Einsam
und verloren

Karin Franke

Einsam
und verloren

Impressum

Copyright: Karin Franke 2023

Lektorat: Tobias Franke

Covergestaltung: Ralf B. Franke
Foto: 123rf.com/ pitinan

Alle Rechte vorbehalten

Herstellung und Verlag:
BoD - Books on Demand, Norderstedt

ISBN: 9 783757818920

Prolog

Jörn Seibel war gute zehn Minuten zu früh an diesem Sonntagmorgen. Verständlich bei dem ersten eigenen Objekt, wie er fand. Dass er diesen Auftrag nur bekommen hatte, weil der Vater krank war, wusste er. Trotzdem fühlte er sich zum ersten Mal ernst genommen. Immerhin hatte er ihm diese Besichtigung anvertraut und nicht einem seiner Angestellten.

Er schloss die Haustür auf und machte einen schnellen Rundgang durch das Erdgeschoss und die erste Etage, um sich einen kurzen Überblick zu verschaffen. Den Grundriss trug er in seiner Aktentasche bei sich, aber es war etwas ganz anderes, die Atmosphäre selbst auf sich wirken zu lassen. Außerdem konnte er so sämtliche Rollläden hochziehen, damit das Ehepaar gleich einen vernünftigen Eindruck bekam.

Um Punkt elf trat er wieder vor das Haus. Gegenüber parkte ein heller Mercedes, das mussten die Interessenten sein. Während er noch zögerte, ob er auf sie zugehen und sie ansprechen sollte, öffneten sich beide Vordertüren und ein Mann und eine Frau stiegen aus. Sie überquerten die Straße und traten zu ihm.

„Rieke", stellte der Mann sie vor.

„Seibel", gab Jörn zurück. „Mein Vater lässt sich entschuldigen, ihn hat unversehens ein Darmvirus erwischt. Ich bin mit dem Objekt genauso vertraut und habe sämtliche Unterlagen dabei." Er trat zurück. „Kommen Sie bitte!"

Nacheinander besichtigten sie das große Wohnzimmer und die ebenfalls großzügig geschnittene Küche, in das Gästebad und den kleinen Raum, den der Vorbesitzer als Arbeitszimmer genutzt hatte, warfen sie nur einen kurzen Blick.

„Hier unten ist eine komplette Renovierung angesagt", flüsterte Frau Rieke ihrem Mann zu, während sie die Treppe nach oben nahmen.

Jörn verdrehte hinter ihrem Rücken die Augen. Das Haus war gut in Schuss, die Bodenfliesen im gesamten unteren Bereich ohne Sprünge und Macken, Fenster und Rollläden entsprachen dem normalen Standard – eigentlich hätte man nur einen Maler durchschicken müssen und anschließend sofort einziehen können.

„In diesem Geschoss befinden sich vier Zimmer und das Bad", wandte er sich an das Ehepaar, sobald sie die Diele betreten hatten. „Schauen Sie sich in aller Ruhe um."

Obwohl er einen gewissen Abstand hielt, damit sie sich nicht bedrängt fühlten, war es eindeutig die Frau, die das Sagen hatte. Ihr Mann schaute sich nur flüchtig um, sie dagegen inspizierte jede Ecke. Einschätzen, ob das Haus ihr gefiel, konnte Jörn nicht. Im Prinzip fand sie an jedem Raum etwas auszusetzen. Es machte ihm mittlerweile Mühe, seine gleichmütige Miene beizubehalten, die seine wahren Gedanken nicht verriet.

Der Vater hatte ihm keine allzu großen Hoffnungen gemacht. „Das kommt äußerst selten vor, dass gleich der erste Interessent zuschlägt. Großartig gehandelt wird nicht, hörst du? Wir haben für nächste Woche drei weitere Termine."

Klar, im Moment boomte der Markt und die Preise waren regelrecht explodiert. Wer jetzt noch Eigentum erwerben wollte, musste sich mit den wenigen Angeboten zufriedengeben, die noch zur Verfügung standen. Da hatten die Verkäufer gute Karten, den anvisierten Gewinn zu erzielen.

Frau Rieke warf ihm einen kurzen Blick zu, bevor sie dichter an ihren Mann herantrat und sich flüsternd mit ihm beriet. Jörn merkte auf. Das sah aus, als würden sie gleich die Verhandlungen eröffnen wollen. Vielleicht gelang ihm der Coup doch!

„Dreihundertfünfzigtausend?", fragte die Frau schließlich und verzog ablehnend das Gesicht. „Da müssten Sie uns schon entgegenkommen, junger Mann. Die notwendige Renovierung wird einiges kosten."

„Für die Grundstücksgröße ist das ein Schnäppchen", widersprach Jörn. „Viel Verhandlungsspielraum gibt es da nicht."

„Der Besitzer ist verstorben?" Herr Rieke war schneller als seine Frau.

„Ja, das Haus wird von den Erben verkauft." Die es möglichst zügig loswerden wollten, da es bis oben hin verschuldet war. „Deshalb ist der Garten ziemlich verwildert", fügte er hinzu. Besser gleich darauf aufmerksam machen, bevor er sich weitere Nörgeleien von der Frau anhören musste. „Diese Arbeit hat er zuletzt nicht mehr geschafft. Dazu die Sonne und der Regen, es ist alles ziemlich hochgeschossen." Gut, dass er sich eben noch kurz umgesehen hatte, davon war in dem Exposé natürlich nicht die Rede gewesen.

Der Mann warf seiner Frau einen auffordernden Blick zu. Diese nickte. „Wir schauen ihn uns selbst an."

„Der Schuppen neben dem Haus, gehört er auch dazu?", erkundigte sich Herr Rieke auf dem Weg zurück ins Wohnzimmer.

„Das ist eine große Wellblechhalle", verbesserte Jörn ihn. „Der ehemalige Besitzer hatte dort seine komplette Werkstatt eingerichtet. Sie wurde bereits leergeräumt." Er nahm den Schlüssel von der Fensterbank, um die Schiebetür aufzuschließen. „Bitte schön!"

Die Riekes traten nacheinander auf die Terrasse, die aus Holzbohlen bestand. Gut, diese wirkten verwittert und teilweise richtig marode. Die musste man herausreißen und den Bereich neu gestalten. Dafür hatte man von hier aus eine hervorragende Aussicht über den gesamten Garten. Er wirkte mit dem vielen blühenden Unkraut, das sich ausgebreitet hatte, fast wie eine dieser in Mode gekommenen Blühwiesen. Dazwischen ragten dekorativ ein paar Bäume hervor und dichte Büsche sorgten für den Sichtschutz zum rechten und linken Nachbarn.

„Da vorn befindet sich ein Gartenteich." Jörn wies in die entsprechende Richtung, denn dieser war von ihrem Standpunkt aus wegen der hohen Ziergräser kaum zu erkennen. Hätte er sich nicht die Unterlagen vorher gründlich angesehen, hätte er sie gar nicht darauf aufmerksam machen können.

„Wo?" Frau Rieke versuchte seinem ausgestreckten Arm zu folgen. Die Wiese zu betreten war anscheinend in ihren Augen nicht möglich.

Ihr Mann, gute zehn Zentimeter größer als sie, reckte den Hals. „Ah, ich glaube … was ist denn das rote da?" Er stellte sich auf die Zehenspitzen, um mehr zu erkennen. „Das ist …" Er sprang ansatzlos vorwärts.

Jörn zögerte. Sollte er ihm folgen. Im nächsten Augenblick ertönte ein Schrei. „Schnell! Kommen Sie!"

Schon nach wenigen Metern erkannte er, was Herrn Rieke dazu veranlasst hatte loszuspurten. Mitten in dem großen Teich lag jemand bewegungslos im Wasser. Seltsamerweise war sein erster Gedanke: Den Verkauf kannst du vergessen. Dann stand er schon neben dem Mann, der in der Hocke nach den Beinen der Person, anscheinend eine Frau, angelte. „Los, packen Sie mit an! Wir müssen sie rausholen!"

„Sollen wir nicht lieber …"

„Machen Sie schon!" Herr Rieke hatte bereits seine Hand um einen Knöchel gelegt und begann den Körper vorsichtig in seine Richtung zu ziehen.

Jörn beugte sich vor und griff ebenfalls beherzt zu. Ein ekelhaftes Gefühl war das. Trotzdem zwang er sich durchzuhalten, bis die Leiche – davon war er mittlerweile fest überzeugt – neben sie glitt.

„Und jetzt holen wir sie aus dem Wasser!", forderte der Mann ihn auf.

„Das sollten wir der Polizei überlassen", wehrte er ab.

„Packen Sie schon mit an!", brüllte Herr Rieke. „Vielleicht gibt es noch eine Chance!"

Jörn war es gewohnt, herumkommandiert zu werden. Automatisch griff er erneut zu und begann mit ihm gemeinsam den Körper über die Steinkante zu rollen. Die Leiche – nun war es eindeutig – drehte sich im Gras und entpuppte sich tatsächlich als junges Mädchen, was er trotz der aufgequollenen Gesichtszüge sofort erkannte. Schlagartig wurde ihm schlecht. Er schaffte es gerade noch zum benachbarten Busch, bevor sein komplettes Frühstück herausdrängte.

„Wir haben gerade eine Leiche gefunden", hörte er den Interessenten bereits telefonieren. „Ja, sie ist tot." Er gab die genaue Adresse durch.

„Richard?", rief Frau Rieke von der Terrasse her. „Was ist passiert?"

„Komm nicht hierher, Liebling", erwiderte er. „Wir sind gleich bei dir." Er klopfte Jörn auf den Rücken. „Geht es wieder? Wir sollen vor dem Haus auf die Beamten warten", fuhr er fort, ohne ihm die Gelegenheit zu einer Antwort zu geben.

Jörn nickte und trottete hinter ihm her. Ehrlich gesagt war er erleichtert, sich nicht weiter kümmern zu müssen. Seine Beine zitterten immer noch. Allein wenn er an den Anblick des toten Mädchens dachte!

1

Samstag, 9. Juli 2022

„Und du weißt wirklich nicht, was dein Vater uns zeigen will?", fragte ich zum wiederholten Male meine Freundin.

Sie seufzte genervt. „Nein, selbst aus der Oma ist nichts rauszukriegen. Das habe ich dir doch schon gesagt."

Ich hasste solche Aktionen, wenn ich nicht wusste, was auf mich zukam. Meine Fantasie gaukelte mir andauernd neue Geschichten vor, eine schrecklicher als die andere. Dabei handelte es sich höchstwahrscheinlich um den Kauf eines neuen Restaurants, weil mein Schwiegervater in spe mit seinem einen kleinen Lokal nicht ausgelastet war. Zumindest lautete so Felicitas' und meine Vermutung. Er habe bei seinem Anruf freudig und gleichzeitig ehrfürchtig geklungen, hatte sie mir berichtet, so, als könne er es kaum erwarten, uns seine aufregende Neuigkeit zu präsentieren. Nur deshalb hatte sie zugestimmt, ihn gleich heute zu treffen. Normalerweise gingen wir die heißeren Wochenenden geruhsam an, schliefen lange und setzten uns abends nach einer ausgiebigen Runde durch einen unserer Dortmunder Parks mit Mirko oder Tom zusammen in ein Gartenrestaurant. Mirko hatte endlich auch wieder eine Freundin gefunden, unser Freund und Nachbar Tom war jetzt offiziell mit Frau Poschallas Tochter, die er bei unserem letzten Fall kennengelernt hatte, zusammen. Mit beiden Frauen verstanden wir uns ausnehmend gut. Es war geplant, den nächsten Abend zu sechst zu verbringen.

Aufgrund der Wettervorhersage hatte Felicitas' Vater, für mich Dietmar, darauf bestanden, dass wir schon um elf bei ihm vor der Tür stehen sollten. Dann würden wir hoffentlich nähere Einzelheiten erfahren.

„Wetten, dass er sich einen zweiten Imbiss zugelegt hat", begann Felicitas, kaum dass wir losgefahren waren. „Der Koch, der neue, ist super gut. Den kann er ohne Weiteres allein agieren lassen. Der Laden läuft auch ohne ihn wie geschmiert. Ihm wird es langweilig geworden sein. Ja, ich tippe auf ein zweites Lokal, wiederum nichts Großes, eher ein Pendant zu dem jetzigen."

Nicht lange nach der Trennung von seiner Frau hatte ihr Vater sein gut gehendes Restaurant aufgegeben. Es sei für ihn allein zu anstrengend, hatte er argumentiert. Dabei war sie in erster Linie damit beschäftigt gewesen, die Honneurs zu machen, vom Geschäft selbst hatte sie keine Ahnung.

Da er sich kurz vor der Rente befand und wohl genügend Vermögen besaß, war die Idee mit der Verkleinerung durchaus einleuchtend. Nur Felicitas hatte schon damals getönt, ohne von morgens bis abends zu arbeiten, könne er nicht lange leben. Bisher hatte es so ausgesehen, als läge sie falsch. Eigentlich hatte er auf mich durchaus zufrieden gewirkt. Nun schien sie doch recht zu behalten.

Ich hütete mich vor weiteren Spekulationen. In ein paar Minuten würde Dietmar uns aufklären.

Er stand vor dem Haus seiner Mutter und winkte ab, als Felicitas ihm den Vordersitz überlassen wollte. „Für die kurze Fahrt kann ich hinten einsteigen."

„Wohin soll es denn gehen?", fragte ich.

„Der Straßenname wird dir nichts sagen. Ich gebe dir Anweisungen."

Wir bogen an der nächsten Kreuzung links ab, dann sofort wieder rechts, nach ein paar Metern bedeutete er mir einzuparken. Verblüfft schauten Feli und ich uns an. Hier gab es nur Einfamilienhäuser. Wollte er in dieser abgelegenen Ecke etwa sein Restaurant eröffnen?

Sobald der Motor erstarb, sprang er hinaus und wies auf das Haus vor uns. „Was haltet ihr davon?"

Was hätte ich sagen sollen? Es handelte sich um ein ganz normales zweigeschossiges Gebäude, nicht besser und nicht schlechter als die nebenstehenden, außer dass es statt einer Garage eine große Wellblechhalle besaß, in die bestimmt drei Fahrzeuge hineinpassten.

„Ein Haus?", fragte Felicitas verwirrt. „Willst du etwa ausziehen und Oma allein lassen?"

Dieser eigentlich nur vorübergehend gedachte Wiedereinzug nach der Trennung von seiner Frau war in unseren Augen für beide ein Glücksfall. Er konnte die Oma, immerhin schon über achtzig, entlasten, sie bekochte ihn und kümmerte sich um seine Wäsche – es war eine Win-win-Situation.

Oder hatte er eine neue Frau kennengelernt, schoss es mir durch den Kopf. Dass er mit dieser nicht bei seiner Mutter wohnen bleiben wollte, wäre verständlich. Allerdings hatte er nie Andeutungen in diese Richtung gemacht. Auch die Oma hatte nichts dergleichen erwähnt. Hätte diese uns nicht brühwarm davon erzählt? Normalerweise hielt sie nie etwas zurück, meine Freundin wurde bei jedem Telefongespräch über alles informiert, was sich ereignet hatte.

„Bin ich günstig drangekommen", strahlte er. „Los, kommt rein. Ich zeig euch alles!"

Hinter seinem Rücken warfen Feli und ich uns erstaunte Blicke zu. Nur kurz, weil er sich in der Haustür schon wieder umdrehte und uns mit einer einladenden Handbewegung aufforderte, an ihm vorbeizugehen. „Tada!" Er blieb in der Diele stehen und wies nacheinander auf die Raumöffnungen und die Treppe nach oben. „Trautes Heim, Glück allein."

Ich musste mir ein Lachen verbeißen. So überdreht kannte ich ihn gar nicht.

„Ein so großes Haus nur für dich?", begann meine Freundin vorsichtig.

Er schüttelte nachsichtig lächelnd den Kopf. „Es ist für euch. Sobald es renoviert ist, könnt ihr einziehen."

Wie bitte? Natürlich wusste er von unserer Suche nach einer größeren Wohnung. Aber gleich ein ganzes Haus! Das war völlig übertrieben!

„Da hinten ist ein kleines Zimmer, das Alex sich als Büro einrichten kann", fuhr er lebhaft fort, als merke er unsere ablehnende Haltung gar nicht. „Oben gibt es insgesamt vier Räume." Er strahlte seine Tochter an. „Für den baldigen Nachwuchs. Und die Halle an der Seite lasse ich abreißen. Da bauen wir eine kleine Praxis für dich hin. Dann kannst du deine Patienten direkt hier empfangen."

Feli schluckte. „Papa, du stellst uns einfach vor vollendete Tatsachen", begann sie vorsichtig. „So weit waren wir mit unseren Überlegungen noch gar nicht."

Sie liebte ihren Job als Physiotherapeutin im Klinikum Dortmund und hatte nie vorgehabt, ihn aufzugeben und sich selbstständig zu machen. Und Kinder … na ja, irgendwann wollten wir schon welche, allerdings nicht in diesem oder nächsten Jahr.

„Außerdem können wir uns ein solches Objekt gar nicht leisten", ergänzte ich. Klar, ich hätte meine kleine Eigentumswohnung verkaufen und einen Kredit aufnehmen können. Davor schreckten wir im Moment noch zurück. Eigentlich überhaupt vor einer Veränderung, wir redeten ab und zu darüber und vertagten uns jedes Mal, aktiv auf die Suche gemacht hatten wir uns bisher nicht.

„Ich schenke es euch", wehrte er ab. „Oder ich überlasse es euch für eine Mini-Miete. Das können wir in Ruhe klären. Jetzt kommt und schaut es euch an."

Feli zuckte hilflos die Schultern und folgte ihm von einem Raum in den anderen. Ich trottete hinterher. Alles in mir war Ablehnung pur. Niemals würde ich ein solches Geschenk annehmen können.

Die Aufteilung war super, das musste ich zugeben. Das Wohnzimmer schätzte ich auf ungefähr vierzig Quadratmeter, die Seite zum Garten hin bestand fast nur aus Fenstern, auf der Terrasse davor konnte man im Sommer Partys feiern. Auch die Küche war großzügig geschnitten und in den kleinen Raum, den Dietmar als Büro für mich angedacht hatte, hätte locker unser Schlafzimmer gepasst. Sämtliche Fußböden waren mit beigefarbenen Kacheln gefliest, sie bedurften nur einer gründlichen Reinigung, einzig die Tapeten mussten gestrichen werden.

„Sogar das Gästebad benötigt bloß eine neue Toilette", flüsterte mir Felicitas auf dem Weg die Treppe hinauf zu. Täuschte ich mich oder begann sie sich schon langsam für das Angebot ihres Vaters zu erwärmen?

Die oberen Räume waren ebenfalls in einem guten Zustand. So ein Schnäppchen, wie Dietmar behauptete, konnte es nicht gewesen sein. Die Immobilienpreise hatten deutlich angezogen, zudem wurden zurzeit kaum noch vernünftige Objekte angeboten. Selbst wenn man bedachte, dass Sölderholz vielleicht nicht zu den bevorzugten Wohngebieten gehörte, verschenken tat heutzutage keiner mehr was.

Als hätte sie meine Gedanken gelesen, erkundigte sich Felicitas: „Was hast du für das Haus bezahlt?"

„Das erkläre ich euch gleich." Er wies zur Decke. „Es gibt leider nur eine Klapptreppe, um auf den Dachboden zu kommen. Ich habe mich schon erkundigt, das ließe sich relativ einfach ändern. Sollen wir uns erst die Kellerräume anschauen oder den Garten?"

Ich überließ es meiner Freundin, zu antworten. Mein Argwohn war geweckt. Irgendetwas hielt Dietmar zurück. „Wohin sind die Vorbesitzer gezogen?" Ich bemühte mich, meine Frage beiläufig klingen zu lassen.

„Die Frau ist an Krebs gestorben, kurz darauf hat sich ihr Mann umgebracht, ist von einem Hochhaus gesprungen, habt ihr vielleicht gelesen. Seine Schwester erbte das Haus und wollte es zügig loswerden, da noch etliche Hypotheken darauf lasten." Er wandte sich ab, eilte vor uns her die Stufen hinunter und in Richtung Wohnzimmer. Da wir uns nicht zu seiner Frage geäußert hatten, gab er eben die Richtung vor. „Hier draußen ist einiges zu tun, wie ihr seht", sagte er, als wir ihn auf der Terrasse endlich einholten. „Aber du, Alex", er knuffte mich in die Seite, „hast ja genügend Ahnung, um das anzugehen."

Als wenn ich früher bei uns zu Hause mehr als den Rasen gemäht hätte! Für das Pflanzen war meine Mutter zuständig, für das Grobe, also Arbeiten mit der Heckenschere oder Kettensäge, mein Vater. Und unser Garten war wesentlich kleiner. In diesem stand das Unkraut so hoch, dass man es wahrscheinlich mit einer Sense kappen musste, ganz zu schweigen von den Bäumen und Sträuchern, die aussahen, als hätte schon lange niemand mehr Hand an sie gelegt.

Trotz knapper Shorts ließ Felicitas es sich nicht nehmen, jedes Fleckchen zu inspizieren. „Warum ist dort eine riesige, kahle Fläche?", rief sie uns, die wir auf der Terrasse stehen geblieben waren, zu.

Von meinem Standpunkt aus konnte ich nichts erkennen, deshalb blickte ich Dietmar fragend an.

Der seufzte tief. „Da war ein Gartenteich. Den hat die Erbin zuschütten lassen."

Mein Argwohn wurde zur Gewissheit. „Und warum?", hakte ich nach.

„Darin ist vor kurzem ein Mädchen ertrunken."

Völlig geschockt wartete ich auf eine nähere Erklärung. Er wand sich sichtlich. „Das ist eine längere Geschichte. Am besten erzähle ich sie euch, sobald wir zurück bei der Oma sind. Lasst uns zuerst unsere Besichtigung abschließen."

Danach stand jedoch weder mir noch Felicitas der Sinn. Wir waren uns einig: Zuerst einmal mussten wir reden.

2

„Und, wie hat es euch gefallen?", empfing uns die Oma schon an der Haustür. Sie musste uns durchs Küchenfenster vorfahren gesehen haben, denn sie hielt noch ein Geschirrhandtuch in der Rechten.

„Gut", gab meine Freundin zu. „Es ist eigentlich ein Traum." Das Wörtchen eigentlich überhörend begann sie zu strahlen. „Nicht wahr? Genau das Richtige für euch."

Dietmar hinter uns räusperte sich umständlich. „Sie wollen die Einzelheiten wissen."

Sie nickte, immer noch lächelnd. „Gut, lasst uns in die Küche gehen. Ich habe schon frischen Kaffee aufgesetzt."

Natürlich hatte sie auch einen Kuchen gebacken, einen Butterstreuselkuchen mit Rosinen, den ich besonders gern aß. War das Zufall oder steckte die Absicht dahinter, mich versöhnlich zu stimmen?

Wir warteten, bis sie jedem von uns ein Stück auf den Teller gelegt und Dietmar den Kaffee eingeschenkt hatte. „Dann erzähl!", forderte Feli ihren Vater auf.

„Das Haus ist zügig einem Makler übergeben worden", begann dieser. „Es gab bereits eine Liste mit Interessenten. Als die ersten das Objekt besichtigten, entdeckten sie das tote Mädchen im Gartenteich." Er räusperte sich wieder langanhaltend. „Unglücklicherweise handelte es sich bei der Toten um die Tochter der Erbin. Die Mutter ist natürlich zutiefst erschüttert. Ich traf zufällig den Makler, er ist ein guter Bekannter von mir. Er erzählte mir von den Schwierigkeiten, die sich bei einem erneuten Verkauf ergeben würden. In den Zeitungen war groß über die Geschichte berichtet worden. Die Nachbarn hatten die Ermittlungen aus nächster Nähe mitbekommen. Wer will schon in ein Haus ziehen, in dem ein Mord begangen wurde?"

Jetzt endlich erinnerte ich mich an den besagten Artikel. Bei dem Mädchen handelte es sich um eine Sechzehnjährige. Allerdings hatte sich der Reporter, mein Bekannter Herr Pickard, wesentlich vorsichtiger ausgedrückt. Bei ihm klang es eher nach Totschlag im Affekt. „Es gibt keinen Hinweis auf den Täter?"

„Und was hat das Ganze jetzt mit deinem Schnäppchenkauf zu tun?", fragte Felicitas gleichzeitig.

Ihr Vater lief rot an. „Ich habe ihm gegenüber öfter meinen tollen Schwiegersohn erwähnt, der die Kriminalfälle löst, in denen die Polizei nicht weiterkommt. Als er herausfand, dass ich das Objekt eventuell trotz seiner Vorgeschichte kaufen wollte, schlug er mir vor, die Besitzerin mit einem Hinweis auf dich zu locken, dass du dich einbringen würdest." Er sah verschämt auf seine Hände.

Ich starrte ihn nur geschockt an, mir fehlten echt die Worte.

„Papa!" Felis gesamte Entrüstung lag in diesem Aufschrei. „Wie konntest du!"

„Herr und Frau Klinger, die Eltern des Opfers, würden sich wirklich freuen, wenn du dich einbringst, Alex. Sie haben mir einen extra guten Preis gemacht – nur damit ich dich überzeuge, den Fall zu übernehmen."

Meine Freundin und ich sahen uns schweigend an. Anstatt uns im Vorfeld zu fragen, stellte er uns vor vollendete Tatsachen. Wie sollten wir darauf reagieren?

Dann fiel mir die erste Unklarheit auf. „Ist der Kauf bereits gelaufen und du stehst als neuer Besitzer im Grundbuch?"

Das war unmöglich! Der Mord war vor ungefähr zwei Wochen geschehen. Selbst wenn sie sich super schnell einig geworden waren und einen sofortigen Termin beim Notar ergattert hatten – was ich nicht glaubte -, die Eintragungen ins Grundbuch dauerten. Allein bis der Vorvermerk erfolgte und der Kaufpreis überwiesen werden konnte, vergingen normalerweise mehrere Wochen.

„Wir haben einen gut ausgeklügelten Vertrag erstellen lassen, der einen Rücktritt beider Parteien ausschließt. Das Haus habe ich sicher, so oder so."

„Er meint, selbst wenn du den Mörder nicht findest oder die Polizei dir zuvorkommt, kriegt er es für den vereinbarten Preis", fügte die Oma hinzu und lächelte mich verschmitzt an. „Wobei das Quatsch ist, Alex. Deine Ermittlungen haben bisher immer zu einer Verhaftung geführt. Du bist der geborene Detektiv."

Felicitas runzelte die Stirn und warf ihrem Vater einen bedrohlichen Blick zu. „Du bist überhaupt nicht auf die Idee gekommen, uns vorher zu fragen, richtig?"

„Ich wollte euch überraschen. So ein eigenes Haus, noch dazu ganz in unserer Nähe, ich dachte, ihr freut euch."

Sie schnaubte. „Wir suchen nach einer größeren Wohnung im Umfeld der alten und gewiss nicht nach solch einem Riesenobjekt."

Ich lehnte mich zurück und schwieg. Das war ihr Kampf.

Dietmar schien tatsächlich erstaunt über ihre schroffe Reaktion. „Aber Schätzchen! Ich dachte, ihr seid begeistert."

„Dein Vater wollte sein Geld vernünftig anlegen", bekam er Unterstützung von der Oma. „Wir beide brauchen nichts Größeres, für uns reicht dieses Haus. Selbst wenn ihr ablehnt, ist es eine gute Investition."

„Und weil er großspurig versprach, Alex zu aktivieren, ein echtes Schnäppchen", ätzte Feli.

„Ja, vielleicht hätte er lieber den Klingers eure Telefonnummer geben sollen, damit sie ihn selbst um seine Hilfe bitten."

Die Oma hatte es genau richtig aufgezogen, indem sie mir den Spiegel vorhielt. Mich wurmte es, dass Dietmar über meinen Kopf hinweg entschieden hatte. Dabei wäre ich der Letzte gewesen, der bei einem direkten Kontakt die Bitte, mich einzubringen, abgeschlagen hätte. „Du weißt genau, dass ich nie garantieren kann, den Mörder zu finden", hielt ich trotzdem dagegen. „Würdest du dich nicht schäbig fühlen, wenn der Fall ungelöst bleibt und die Eltern dir den Preisnachlass umsonst gewährt hätten?"

„Der Vorschlag kam von ihnen", protestierte er. „Mein Freund, der Makler, ist ein Fan von dir. Er kennt jedes deiner Bücher. Der hat die Klingers wahrscheinlich heißgemacht, an mich zu verkaufen. Es ist ihnen klar, dass du keine Wunder bewirken kannst. Sie möchten halt alles in ihrer Macht Stehende tun, damit der Mord aufgeklärt wird. Und ich weiß ja, dass du dich richtig reinhängst, Alex."

Felicitas schnaubte erneut. „Und statt uns gleich aufzuklären, veranstaltest du eine Hausbesichtigung."

„Es wäre das ideale Heim für euch", übernahm es wieder die Oma zu antworten. „Für Kinder ist die Gegend ideal: kaum Verkehr, Felder und Wiesen drumherum, Opa und Uroma in der Nähe."

Darauf fiel selbst meiner Freundin keine passende Erwiderung mehr ein. Ich wandte mich an Dietmar. Egal ob wir dort nun einzogen oder nicht - darüber würden wir beide in aller Ruhe allein reden -, wollten die Eltern der Toten offensichtlich meine Mithilfe bei der Aufklärung. „Was ist bis jetzt über den Mord bekannt?"

Er strahlte, als er merkte, dass ich interessiert war. „Die Julia ist am Abend weggegangen, angeblich zu einer Freundin. Die Mutter ist auf einer Tageskonferenz gewesen, hat sich anschließend noch mit den anderen Teilnehmern zusammengesetzt und kam erst gegen ein Uhr nachts zurück. Da war im Haus schon alles dunkel. Die Tochter hat meist morgens lange geschlafen und erst spät gefrühstückt. Als die Polizei klingelte, dachte Frau Klinger, sie schlafe noch. Sie ist direkt hoch und hat nachgeschaut." Er hob entschuldigend die Schultern. „Du weißt, wie es ist. Man will es nicht glauben. Das Bett war unberührt. Sie ist zwischen neun und zehn Uhr abends gestorben, stellte der Gerichtsmediziner später fest.

Und dass es eindeutig kein Unfall war. Jemand muss sie absichtlich heftig geschubst haben, sodass sie mit dem Kopf auf den steinernen Springbrunnen in der Mitte aufprallte. Sie verlor das Bewusstsein und ertrank."

Auch Felicitas wirkte betroffen von der Schilderung ihres Vaters. „Was hatte sie um diese Zeit bei dem Haus zu suchen?"

Danach hatte sich Dietmar nicht erkundigt. „Das Gespräch ist so schon schlimm genug gewesen. Ich habe mich nicht getraut, den Eltern Fragen zu stellen. Das wird Alex sowieso tun, dachte ich mir."

Der letzte Satz reichte, um seine Tochter wieder auf hundertachtzig zu bringen. „Ach, du wusstest sofort, dass Alex sich kümmert?"

Dieses Mal hob ich beschwichtigend die Hände. „Lass es gut sein, Feli. Selbst wenn die sich nicht diesen dämlichen Vertrag ausgedacht hätten, sondern er ihnen nur meine Telefonnummer gegeben hätte, ich wäre darauf angesprungen, du kennst mich."

„Ich finde es unmöglich, wie du das Ganze aufgezogen hast", ließ sie sich nicht beirren. „Als müsstest du Alex locken, damit er …"

Die Oma schlug auf den Tisch. „Schluss jetzt!"

Selbst meine Freundin zuckte zusammen. Das war so völlig untypisch für die alte Frau. Sonst verbreitete diese ständig gute Laune und versuchte ein harmonisches Miteinander ihrer Lieben zu erreichen. „Deine Tochter hat recht", sagte sie in Richtung ihres Sohnes. „Mit der Wahrheit wärest du besser gefahren."

„Ja, ja", brummte er. „Hinterher ist man immer schlauer. Ich war halt stolz auf meine Idee, euch mit dem Haus überraschen zu können. Oma wäre auch froh, euch in der Nähe zu haben."

Aha, er schwang die moralische Keule! Auf dass sich die Kinder beeilten zu versichern, sie würden gern dort einziehen.

„Wie hast du dir das vorgestellt?", wechselte ich das Thema. „Soll ich allein zu den Eltern fahren oder begleitest du mich?"

„Wir hatten verabredet, ich melde mich bei ihnen, sobald wir beide miteinander gesprochen haben. Wann hättest du denn Zeit?"

„Am besten sofort." So konnte die Oma die Gelegenheit nutzen, sich allein mit Feli, die immer noch ziemlich sauer wirkte, auszutauschen.

Er sprang auf. „Ich gebe eben Bescheid, dass wir kommen."

„Meine Überraschung ist voll in die Hose gegangen", gab er zu, nachdem wir losgefahren waren. „Ich hatte gedacht, ich zeig euch erst alles, weil für mich dieses supertolle Haus im Vordergrund stand. Ich suche nämlich schon länger, eigentlich seitdem ich weiß, dass ihr euch vergrößern wollt. Das Objekt ist ideal, besser geht es nicht. Das mit der eigenen Praxis, das muss ja nicht sofort sein. Ich dachte halt, wenn erst mal Kinder da sind, ist sie froh, vor Ort arbeiten zu können. Wann kriegt man solch eine Gelegenheit schon mal, wo sich alle Vorteile verbinden?"

Ich würde mich weder in die eine noch in die andere Richtung äußern, bevor Felicitas und ich uns nicht besprochen hatten. Deshalb nickte ich und sah scheinbar interessiert nach draußen.

„Ich habe das Geld und wollte es sowieso lieber in eine Immobilie stecken. Wir, also die Oma und ich, würden uns freuen, wenn ihr mein Angebot annehmt und einzieht. Aber es ist selbstverständlich eure Entscheidung."

Ich grinste in mich hinein. Hätte er uns gleich seine Offerte auf diese Weise unterbreitet, wäre ihm viel Stress erspart geblieben.

3

Frau Klinger – die Eltern waren geschieden – bewohnte einen gepflegt wirkenden Bungalow, der allerdings deutlich kleiner war als das geerbte Haus. Dafür hatten die Besitzer bei sämtlichen Baumaterialien keine Unkosten gescheut. Den Weg pflasterten Marmorplatten, die Pflanzen im Vorgarten waren sorgfältig aufeinander abgestimmt und wie die zwei hässlichen Metallskulpturen dazwischen bestimmt nicht billig gewesen. Die Haustür sah aus wie schmiedeeiserne Handwerkskunst, genauso wie die Gitter vor den Fenstern. Alles in allem erweckte das Objekt den Eindruck, dass hier Leute mit Geld wohnten.

Bevor ich Dietmar danach fragen konnte, hatte er schon geklingelt. Der Mann, der uns öffnete, ein Durchschnittstyp, schmal, längliches Gesicht, das braune Haar wurde an den Schläfen bereits grau, begrüßte uns mit ernster Miene und bat uns einzutreten. Er führte uns in ein großzügig geschnittenes Wohnzimmer und bat uns Platz zu nehmen. „Ich hole eben meine Ex dazu."

Während wir uns nebeneinander auf die schwarze Ledercouch setzten, blickte ich Dietmar fragend an.

„Der Vater ist genauso daran interessiert, dass der Mörder gefunden wird", flüsterte er. „Er ist extra dieses Wochenende wieder hergekommen, um dich zu treffen."

Gut, dass Felicitas uns nicht begleitete. Dieser Spruch, der durchblicken ließ, wie fest er mit meiner Zustimmung gerechnet hatte, wäre für sie garantiert das Startsignal für eine weitere ätzende Bemerkung gewesen.

Schon trat Frau Klinger ein, eine kleine, schmächtige Frau mit blondem Kurzhaarschnitt, bekleidet mit Stoffhose und ärmelloser Bluse. „Guten Tag", sagte sie mit leiser Stimme und setzte sich in den Sessel uns gegenüber. Sie hielt sich kerzengerade, aber ihr bleiches Gesicht, in das sich tiefe Falten eingegraben hatten, zeigte deutlich, dass sie den Tod ihrer Tochter noch nicht verkraftet hatte.

Herr Klinger, der hinter ihr erschien, brachte ein Tablett mit Gläsern und Flaschen. „Ich denke, Saft oder Sprudel ist bei diesem Wetter wesentlich angenehmer, oder? Ich kann auch einen Kaffee machen."

Wir beeilten uns zu versichern, dass die Getränke okay seien. Dabei war es hier im Wohnzimmer nicht warm, wahrscheinlich gab es eine Klimaanlage.

Dietmar griff zu der Wasserflasche und füllte sich und mir daraus ein. „Mein Schwiegersohn, Alexander Grahl, hat sich bereit erklärt, den Fall anzugehen", wandte er sich an die Eltern. „Ob er etwas rausbekommt, kann er natürlich nicht versprechen. Aber er wird sein Bestes geben."

Als könnte ich nicht für mich selbst sprechen! „Zuerst einmal müsste ich von Ihnen weitere Einzelheiten wissen", begann ich.

Beide nickten.

Mit wem war Ihre Tochter an besagtem Samstag verabredet?", fragte ich die Mutter.

„Das weiß ich nicht. Ich war auf einer Konferenz, bin anschließend noch mit einigen anderen zum Essen gegangen und erst spät in der Nacht zurückgekehrt. Ich nahm an, Julia schliefe schon."

„Meine Frau ist Ärztin", mischte sich Herr Klinger ein. „Sie hat eine eigene Praxis und engagiert sich zusätzlich bei der Obdachlosenhilfe. Sie und Julia sind sich selten begegnet. Jede führte ihr eigenes Leben."

Mit sechzehn? „Auf welche Schule ging Ihre Tochter?" Vielleicht würde ich über die Klassenkameraden mehr erfahren.

„Sie hatte gerade ihren Abschluss an der Wilhelm-Röntgen-Realschule gemacht." Wieder war es der Vater, der antwortete. „Nach den Ferien sollte sie auf eine Fachschule wechseln, um das Abitur zu erreichen."

Ich hatte total vergessen, dass die Sommerferien schon gestartet waren. Die früheren Lehrer und Mitschüler zu erwischen, würde damit zur Glückssache. „Hatte Julia Freundinnen, mit denen sie etwas unternahm?"

Frau Klinger schüttelte den Kopf. „Leider kenne ich keine Namen. Ab und zu traf sie Olivia. Der Vater ist ein Kollege von mir. Sie wohnen in der Aplerbecker Mark. Julia war vor zwei Wochen auf ihrer Party."

Ich ließ mir die Telefonnummer und Adresse geben, ebenso von der Schule. Ja, es habe einige Klassenkameraden gegeben, mit denen sie in der Schule näheren Kontakt hatte, fiel es der Mutter dann ein, zwei Mädchen und ein Junge, wenn sie sich richtig erinnerte. Ob sie sich auch privat getroffen hätten, wisse sie nicht.

Anschließend durfte ich mich in Julias Zimmer umschauen, sogar allein, wie ich gebeten hatte. Dietmar und ich betraten ein typisches Mädchenzimmer mit hellen Möbeln und Reihen von Kuscheltieren in den Regalen. Das Einzige, was fehlte, waren die üblichen Boygroup-Poster an den Wänden. Stattdessen hingen dort dicht an dicht Fotos von Hunden. Der Schreibtisch, auf dem wohl sonst der Computer stand, wirkte aufgeräumt. Bis auf eine Zeitschrift über Tiere und eine Dose mit Stiften lag nichts darauf.

Ich trat zu der Wand mit den Bildern, um sie näher zu betrachten. In der Mitte hing ein Foto, das ein Mädchen in inniger Umarmung mit einem großen Mischlingshund zeigte. Ich wies darauf und erhielt von Dietmar die Bestätigung, dass es sich dabei um Julia handelte.

Sie war nicht größer als ihre Mutter, ihre Haare wiesen den gleichen Braunton auf wie die des Vaters, sie hatte ein einnehmendes Lächeln, wirkte allerdings noch sehr kindlich. Ich hätte sie auf allerhöchstens dreizehn geschätzt.

„Die Polizei wird alles Wichtige mitgenommen haben", vermutete Dietmar, als ich mich vor den Schreibtisch setzte und die Schublade aufzog. „Du wirst nichts finden."

Nichts war ein wenig übertrieben. Immerhin entdeckte ich ein Kärtchen von einer Tierschutzorganisation mit hingekritzelter Telefonnummer. Dabei konnte es sich um einen weiteren Kontakt handeln, ich schrieb mir die Nummer ab. Zusätzlich fand sich in der hintersten Ecke der Schreibtischschublade eine Packung Anti-Baby-Pillen. Anscheinend hatte Julia einen festen Freund gehabt.

Dietmar pfiff leise durch die Zähne, als er meinen Fund begutachtete. „Ist der letzte Streifen von dreien. Sie nahm die schon länger."

Das einzige Interessante, was ich sonst noch feststellte, war, dass Julia eindeutig Jeans bevorzugte, dazu einfache T-Shirts oder Sweatshirts ohne Label, ebenso markenlose Jacken und Turnschuhe. Bei den Stofftieren handelte es sich fast ausnahmslos um Hunde diverser Rassen. Einige trugen an einem Bändchen ein Namensschild um den Hals. Auf dem, der dem Hund auf dem Foto ähnlichsah, stand „Bronko", ich nahm an, dass es sich um ein Plüschpendant handelte.

Herr und Frau Klinger saßen schweigend in den Sesseln, als wir uns wieder zu ihnen gesellten. Beide blickten mich hoffnungsvoll an. „War Ihre Tochter im Tierschutz aktiv?"

Die Mutter verzog missbilligend das Gesicht. „Sie wollte immer unbedingt einen eigenen Hund. Irgendwann lernte sie eine Frau kennen, die ein privates Tierheim betreibt. Das war vor ungefähr drei oder vier Jahren. Seitdem ging sie regelmäßig zu ihr und half ihr bei der Versorgung von Fundtieren."

„Wie ist ihr Name?"

Sie zuckte die Schultern. „Ich habe sie nie kennengelernt. Julia besuchte die Einrichtung oft nach der Schule, auch schon mal am Wochenende."

„Sie und ihre Mutter haben sich gestritten, als Julia ihr Herz an einen der Hunde verlor", ergänzte der Vater. „Sie wollte ihn unbedingt adoptieren."

„Sie hat schließlich eingesehen, dass das unmöglich war." Frau Klinger warf ihrem Ex einen strafenden Blick zu, dass er das Thema überhaupt erwähnt hatte. „Unsere Haushaltshilfe konnte sich nicht auch noch um ein so großes Tier kümmern."

Ihr Tonfall sagte etwas anderes. Sie war gegen den Hund gewesen, eindeutig. „Mit dieser würde ich auch gern sprechen." Vielleicht konnte sie mir mehr über Julia erzählen als die Mutter.

Noch ein Name wanderte auf meine Liste.

„Was ist mit den Nachbarn? Bestand zu einem von ihnen näherer Kontakt?"

„Nein. Die Herrschaften links und rechts sind erst vor kurzem eingezogen, die anderen haben entweder jüngere Kinder oder sind bereits im Rentenalter."

Das war eigentlich keine Antwort auf meine Frage. „Ist Julia von der Schule aus nach Hause gegangen oder blieb sie in der Betreuung?" Gab es diese für Ältere eigentlich? Ich hatte keine Ahnung, wollte nur keinen ausschließen, der mir mehr über das Mädchen hätte erzählen können.

„Als sie auf die Realschule wechselte, war sie zwei Jahre dort, anschließend hatte sie durchaus das Alter, um allein zu bleiben", wurde ich belehrt. „Das Essen stand fertig auf dem Herd, wenn es irgendwelche Probleme gab, konnte sie mich in der Praxis anrufen."

Was machte sie denn in ihrer Mittagspause? Fuhr sie nicht nach Hause? Ich verkniff mir diese Frage, denn ich hatte das Gefühl, dass ihr mein Verhör langsam lästig wurde. Außerdem war eine andere wichtiger. „Haben Sie eine Idee, was Ihre Tochter auf dem Grundstück des Onkels wollte? Hatte sie einen Schlüssel für das Haus?"

„Sie hat ihn ab und zu besucht", kam es zögerlich. „Aber warum sie …"

„Sie wird regelmäßig die Fische gefüttert haben", unterbrach Herr Klinger sie. „Die Goldfische lebten bis zuletzt in dem Teich. Julia konnte kein Tier leiden sehen, sie fühlte sich immer verantwortlich, wenn kein anderer es tat."

Das war eine eindeutige Spitze gegen seine Ex.

„Ich vermutete erst, sie hätte Einbrecher gestört. Das Haus war noch nicht leergeräumt. Doch die Polizei fand keine dementsprechenden Spuren."

Bevor Frau Klinger, deren Gesichtsausdruck immer biestiger geworden war, ihm darauf antworten konnte, erhob ich mich. „Das war erst einmal alles. Ich werde mich im Umkreis von Julia umhören, ob ich da vielleicht auf einen weiteren Hinweis stoße. Nur kann es natürlich auch sein, dass sie ein Zufallsopfer war und der Täter nie gefasst wird."

„Wir sind Ihnen dankbar, dass sie sich wenigstens bemühen." Auch Frau Klinger stand auf. „Und egal, ob sie Erfolg haben oder nicht, das Haus ist Ihrem Schwiegervater sicher."

Ich hob abwehrend beide Hände. „Von diesem Deal wusste ich nichts. Ich habe erst heute davon erfahren."

War ihr Lächeln leicht überheblich, als sie sagte: „So haben Sie einen zusätzlichen Ansporn." Irgendwie konnte ich mir sehr gut vorstellen, dass sie genau so dachte. Diese Frau war mir nicht sonderlich sympathisch und ich ihr vermutlich auch nicht.

Falls sich weitere Fragen ergeben würden, könne ich sie jederzeit anrufen, gab sie mir zum Abschied mit, auch in der Praxis.

„Puh!", stöhnte Dietmar, als wir uns auf den Weg zu seinem Auto machten, dass wir schräg gegenüber geparkt hatten. „Die ist eisenhart. Sollte man gar nicht meinen, wenn man sie so sieht. Gestern, beim Notar, war sie wesentlich freundlicher."

„Ich habe in ihren Augen zu viel in ihrem Leben herumge-
stochert. Das war ja nicht unbedingt positiv, was da rüber-
kam."

„Für sie, meinst du wohl." Er lachte leise. „Nur gut, dass Felicitas nicht bei uns saß. So sauer, wie sie auf mich ist, hätte
die sich bestimmt nicht zurückgehalten und gnadenlos tiefer
gebohrt. Ist das so eine Art WG zwischen Mutter und Tochter gewesen, wo jeder machen konnte, was er wollte?"

„Fand ich auch eigenartig." Ich warf einen Blick auf meine
Liste und danach einen auf meine Armbanduhr. Nein, wir
würden nicht weiter recherchieren, sondern zurück zu Oma
und Feli fahren. Besser, ich klärte mit meiner Freundin ab,
was heute noch anlag, und meldete mich bei den potenziellen
Auskunftgebern telefonisch an.

4

Wir hatten gerade erst die nächste Kreuzung erreicht, als ein Audi hinter uns auftauchte und heftig blinkte. Als ich mich umdrehte, erkannte ich Herrn Klinger. „Fahr mal rechts ran!", forderte ich Dietmar auf.

Der Wagen hinter uns tat es uns nach und Julias Vater kam auf uns zugelaufen. „Ich muss Ihnen noch einiges erklären, wovon meine Ex keine Ahnung hat", stieß er atemlos hervor. Wir beide stiegen ebenfalls aus und stellten uns mit ihm in den Schatten eines Baumes, da die Temperaturen schon gewaltig nach oben geklettert waren.

„Eigentlich hatten Julia und ich geplant, dass sie nach dem Abschluss zu mir zieht und eine Ausbildung zur Tierpflegerin macht. Sie war auch bei mehreren Vorstellungsgesprächen, es hätte garantiert geklappt. Nach dem Tod ihres Onkels änderte sie ihre Meinung plötzlich. Sie habe es sich anders überlegt und gehe doch auf eine weiterführende Schule, wie meine Ex es unbedingt wollte. Eine richtige Erklärung, außer sie habe es sich halt anders überlegt, bekam ich nicht."

„Ein Freund?" Zwar hatte Frau Klinger vehement bestritten, dass ihre Tochter jemand kennengelernt hatte, aber ich bezweifelte, dass ihre Tochter sie ins Vertrauen zog.

Er nickte heftig. „Davon bin ich ausgegangen. Ich habe ihr mehrfach angeboten, mit mir könne sie ruhig darüber reden. Sie behauptete, daran läge es nicht." Er zögerte. „Wenn ich jetzt überlege, bestritten hat sie es nicht. Und sie sagte nach dem Tod des Onkels sämtliche Treffen zwischen uns beiden ab, angeblich weil es ihr nicht gut ginge. Natürlich hat sie darunter gelitten, die beiden standen ihr sehr nahe. Aber ich hätte sie ein wenig aufmuntern können."

„Wie oft sahen Sie sie?"

„Das war unterschiedlich. Ich bin Pilot und oft mehrere Tage unterwegs. Sandra, also meine Ex, war in diesem Punkt flexibel. Wenn ich zu Hause war, durfte Julia kommen."

„Ihre ehemalige Frau ..." Wie sollte ich ihn fragen, ohne meine Meinung zu deutlich zu zeigen?

„Sandra ist nicht die Richtige gewesen, sie zu trösten", gab er offen zu. „Sie war nur erpicht darauf, ihr weiteres Leben durchzuplanen. Mit Trost oder liebevollem Zuspruch durfte sie von ihr nicht rechnen. Gegen sich selbst ist sie genauso hart und erwartet, dass alle sich ihrem Beispiel fügen."

Wahrscheinlich war diese Charaktereigenschaft mit ein Grund, warum es zur Trennung kam. „Seit wann sind Sie geschieden?"

„Wir haben uns getrennt, als Julia fünf war. Meine Frau ... wie soll ich es sagen? Sie kann keine Gefühle für andere aufbringen. Für die Patienten und ihre Obdachlosen reibt sie sich auf, für ihre Tochter und mich blieb nichts übrig. Natürlich habe ich versucht, das Sorgerecht zu bekommen. Ich habe den Richter regelrecht angefleht, sie zu mir zu geben. Vergeblich, Sandra trumpfte mit ihrer täglichen Anwesenheit auf, dem hatte ich nichts entgegenzusetzen." Er seufzte schwer. „Ich weiß nicht, warum sie darauf bestand, dass Julia bei ihr blieb. Für sie stand immer der Beruf im Vordergrund. Als unsere Tochter geboren wurde, arbeitete sie noch im Krankenhaus und hätte sich beurlauben lassen können. Nein, sie nicht! Nach sechs Wochen ist sie wieder arbeiten gegangen und Julia bekam eine Kinderfrau. Mit drei Jahren war sie dann von morgens bis abends in der Kita, Sandra hatte extra eine mit langen Öffnungszeiten ausgesucht. An den Wochenenden kam meist ein Babysitter. Sie hat nie Muttergefühle entwickelt, sich nie gekümmert. Die Kleine lief am Rande mit. Ob sie sie wirklich geliebt hat? Ich bezweifle es."

„Immerhin möchte sie, dass der Mörder gefasst wird", mischte sich Dietmar ein.

„Und was hat Julia davon? Verstehen Sie mich bitte nicht falsch. Ich finde es toll, dass Sie sich derart engagieren", wandte er sich an mich. „Nur hätte unsere Tochter mehr Vertrauen zu ihr gehabt, wäre es wahrscheinlich nie zu diesem Mord gekommen."

Sollte ich ihn daran erinnern, dass sie sich ihm zuletzt auch nicht mehr geöffnet hatte? „Wie war Julias Verhältnis zu Onkel und Tante, die verstorben sind?", hakte ich stattdessen nach.

„Super. Sie mochte die beiden und hielt sich oft bei ihnen auf. Selbst als bei Marina Krebs diagnostiziert wurde, hat sie sie regelmäßig besucht, bis zuletzt eigentlich. Dass Jochen über ihren Tod nicht hinwegkam und schließlich Selbstmord beging, hat sie schwer getroffen."

„Er ist der Bruder Ihrer Ex?", vergewisserte ich mich.

Er nickte. „Eigentlich war damit zu rechnen, dass er das Haus an Julia vererbt. Sie war für die beiden wie ein eigenes Kind. Sandra hatte vor, das erzielte Geld aus dem Verkauf für Julia wegzulegen, als Polster für ihre Ausbildung." Sein Lachen klang bitter. „Es musste immer alles so laufen, wie sie es wollte, sonst gab es einen Riesenstreit."

„Kennen Sie vielleicht den Namen der Frau vom Tierschutz?"

„Natürlich, ich habe auch ihre Telefonnummer." Er zückte sein Handy und diktierte sie mir. Es war die gleiche, die auf dem Kärtchen gestanden hatte. „Allerdings stimmt die Aussage meiner Frau, dass Julia keine engen Freundinnen hatte. Und Olivia hasste sie regelrecht. Diese Party, auf die sie vor zwei Wochen eingeladen gewesen war, sie hat sich kurzfristig mit einer akuten Krankheit entschuldigt und ist lieber den ganzen Samstag im Haus geblieben."

„Wie war Ihre Tochter so als Mensch? Wie würden Sie sie beschreiben?"

„Lieb", erwiderte er ohne Zögern. „Sie hatte ein großes Herz, besonders für Tiere. Sie war eher der ruhige, nachdenkliche

Typ, nicht sonderlich spontan. Ein einziges Mal habe ich es erlebt, dass sie, ohne nachzudenken, handelte. Das war die Sache mit dem Bronko. Der war bei dieser Pflegestelle untergebracht und sollte da weg, weil er sich mit den anderen nicht vertrug. Sie nahm ihn mit nach Hause und wollte ihre Mutter vor vollendete Tatsachen stellen: Der Hund bleibt bei mir. Doch so was ging mit Sandra gar nicht. Sie brachte ihn noch am selben Abend zurück und verbot Julia, sich dort weiter zu engagieren. Ich musste eingreifen und den Kompromiss aushandeln, dass sie einsieht, zu Hause kein Tier halten zu dürfen, sie aber dafür ihre Tätigkeit bei der Hundehilfe fortsetzen kann." Sein Lächeln war wehmütig. „Damals machte ich ihr den Vorschlag, dass sie nach dem Schulabschluss zu mir ziehen könne und wir dann einen Hund aufnehmen. War nur ein schwacher Trost. Sie hatte ihr Herz an Bronko gehängt."

„Was passierte mit ihm?"

Er runzelte die Stirn. „Das weiß ich gar nicht. Er kam kurz darauf in gute Hände, hat Julia berichtet. Danach sprach sie nicht mehr von ihm. Ich dachte …", er hielt inne, denn ihm war genau wie mir aufgefallen, dass die Mutter bei meiner Bitte um ein neueres Foto von Julia behauptet hatte, das oben in ihrem Zimmer mit dem Hund sei erst vor acht Monaten entstanden. Daraufhin war ich noch einmal hinaufgegangen und hatte es abfotografiert.

„Wir fragen die Frau von der Hundehilfe danach." Jetzt hatte ich doch noch eine Menge an Hinweisen zusammentragen können. „Wie äußert sich die Polizei? Was ist genau mit Julia passiert?" Deutlicher wollte ich nicht werden, ich hoffte, dass er verstand, worum es mir ging.

„Laut der Spurenlage hat jemand sie in den Teich geschubst und sie ist auf den Rand des Springbrunnens geknallt. Sie muss augenblicklich das Bewusstsein verloren haben und ist ertrunken. Die Wucht des Aufpralls katapultierte sie herum, sodass sie mit dem Gesicht im Wasser lag, sonst …" Er rang sichtlich um Fassung. „Übrigens fragte der zuständige

Ermittler genau wie Sie nach einem Freund", setzte er nach einer kleinen Pause hinzu. „Denn Jungfrau war sie nicht mehr, wie der Gerichtsmediziner feststellte."

Sehr interessant! „Haben die Auswertungen ihres Computers und ihres Handys etwas Relevantes erbracht?"

„Auf dem Computer befand sich nichts Außergewöhnliches. Dafür wurde sie seit mehreren Wochen mehrfach von einem Prepaid-Handy angerufen. Am Tag ihres Todes rief sie selbst diese Nummer an."

„Sie wissen nicht, um wen es sich dabei handeln könnte?", fragte ich vorsichtshalber nach.

Er schüttelte nachdrücklich den Kopf. „Weder ich noch meine Ex."

„Waren Sie zu der Abschlussfeier an der Schule?"

„Selbstverständlich. Meine Frau hat es schon richtig beschrieben: Julia hatte keine festen Freunde in ihrer Klasse, nur ein paar Mitschüler, mit denen sie etwas mehr Umgang hatte. O-livia dagegen war für sie ein rotes Tuch. Wir saßen mit ihren Eltern und ihr an einem Tisch. Julia hat sie nicht beachtet und sich verdrückt, sobald das Essen vorbei war. Wir sind allerdings nicht sehr lange geblieben. Bei Sandra stand früh am Morgen ein wichtiges Gespräch mit einem Kollegen an und ich musste am nächsten Tag um zehn am Flughafen in Düsseldorf sein."

„Wann war diese Feier?"

„Eine Woche vor dem offiziellen Ferienbeginn."

„Wollte Ihre Tochter einen Teil der Zeit bei Ihnen verbringen?"

„Normalerweise flogen wir für drei Wochen weg. Dieses Jahr allerdings schob sie Frau Naumann vom Tierschutz vor. Es wäre ein größeres Projekt geplant, bei dem sie versprochen hätte zu helfen. Es ging dabei um eine Sportanlage für Hunde, um die Tiere besser auszulasten."

„Was hat Ihre Ex in der Ferienzeit mit Julia unternommen?"

Er lachte verbittert. „Gar nichts. Für die gab es selbst im Urlaub nur Studienreisen oder kurze Weiterbildungen. Entweder nahm ich unsere Tochter oder sie zog so lange zu Marina und Jochen. Die haben sich wirklich liebevoll gekümmert."

So viele Neuigkeiten, die ich erst einmal überdenken musste! Wenn mich nicht alles täuschte, würde dieser Fall nicht so einfach aufzuklären sein.

„Aber warum ich unbedingt allein mit Ihnen sprechen wollte: Juli rief mich zwei Tage vor ihrem Tod an und bat mich, sie am Wochenende zu besuchen. Es sei dringend, betonte sie mehrfach, wollte mir jedoch am Telefon keine nähere Auskunft geben. Die Geschichte sei kompliziert und sie brauche meinen Rat und meine Hilfe, möglichst schnell."

Ich starrte ihn ungläubig an. Meine Eltern hätten garantiert nicht lockergelassen, bis sie wussten, was mich bedrückte.

„Natürlich habe ich versucht mehr zu erfahren. Sie kennen … kannten meine Tochter nicht. In manchen Dingen war sie unheimlich stur. Wenn sie mit ihrem Geheimnis warten wollte, bis ich bei ihr war, konnte nichts sie davon abbringen."

Trotzdem! Beinahe hätte ich den Kopf geschüttelt.

„Glauben Sie mir, ich mache mir schon genug Vorwürfe. Wenn ich schneller bei ihr gewesen wäre …" Tränen traten in seine Augen und er wandte den Kopf ab.

„Haben Sie den Ermittlern von diesem Anruf erzählt?"

„Ja, weiter brachte es sie anscheinend nicht."

Immerhin war damit klar, dass Julia tatsächlich ein Problem hatte – mit wem und um was es sich dabei handelte, musste ich versuchen herauszufinden.

Nachdem wir unsere Handynummern ausgetauscht hatten, verabschiedeten wir uns und legten schweigend die paar Meter zum Haus der Oma zurück, jeder mit dem eben Gehörten beschäftigt.

5

Felicitas würdigte ihren Vater keines Blickes und bestand darauf, dass wir sofort aufbrachen. „Wie konnte er nur!", fuhr sie auf, kaum dass wir im Auto saßen.

„Er hat es gut gemeint, das zumindest musst du anerkennen." Falsche Antwort! „Jetzt nimm du ihn auch noch in Schutz!", fauchte sie.

„Andere Kinder wären froh, wenn ihr Vater ihnen so ein Angebot machen würde", konnte ich es nicht sein lassen, weiter zu sticheln.

„Sag mal …" Sie hielt inne und holte tief Luft. „Blödmann!"

„Im Endeffekt haben wir die Wahl", erinnerte ich sie. „Wir müssen dieses Geschenk nicht annehmen."

„Das Haus ist ein Traum", bekannte sie seufzend. „Wäre er von Anfang an offen und ehrlich zu uns gewesen, ich glaube, ich hätte mich vor lauter Freude gar nicht mehr eingekriegt."

„Du hättest über meinen Kopf hinweg entschieden?", gab ich mich entrüstet. „Und was, wenn ich gar nicht in diese Gegend ziehen will?"

Sie beugte sich vor und strich mir über den Arm. „Wir wären uns schon einig geworden."

„Du bist echt begeistert von dem Haus?", hakte ich nach. Okay, während des Rundgangs hatte ich ebenfalls schon gedanklich die Räume eingerichtet, obwohl ich eher damit rechnete, dass Felicitas das Angebot ablehnen würde. Die Hälfte der Zimmer war in unserer momentanen Situation überflüssig. Wir wären allein mit dem unteren Bereich gut ausgekommen.

„Es ist ein Traum", wiederholte sie. „Natürlich viel zu groß für uns. Und eine eigene Praxis will ich gar nicht. Mir gefällt mein bisheriger Job."

„Gründen wir halt eine WG mit Mirko", schlug ich halb im Spaß, halb im Ernst vor. „Er bekommt die obere Etage, wir die untere. Über die Badbenutzung werden wir uns schon einig."

Sie lachte, wurde aber schnell wieder ernst. „Meinst du, er würde sich wirklich darauf einlassen?"

Dass wir während der Rückfahrt das Thema ausgiebig von allen Seiten betrachteten, muss ich bestimmt nicht extra erwähnen.

Weil wir wie sonst auch erwartet hatten, mindestens zum gemeinsamen Mittagessen zu bleiben, und deshalb nichts Eigenes eingeplant hatten, hielt ich an unserem Dönerimbiss und besorgte uns eine anständige Mahlzeit. Während ich meine Dönerpizza verzehrte und Feli ein Thunfischbaguette, berichtete ich ihr von dem, was ich erfahren hatte.

„Armes Mädchen, was für eine Kindheit!"

Ich wusste, dass meine Erzählung sie an ihre eigene erinnerte. Ihre Mutter hatte vormittags in der Galerie ihres Onkels mitgearbeitet und am Abend in Dietmars Restaurant. Nur hatte sie Großeltern gehabt, die sich liebevoll kümmerten, später, als der Opa starb, hatte die Oma die Aufgabe allein übernommen. Ihr war es zu verdanken, dass Felicitas und ihre Schwester Sina immer einen Ansprechpartner fanden, an den sie sich mit großen und kleinen Problemen wenden konnten. Sie hatte beide Mädchen bei ihrem Berufswunsch unterstützt, denn für die überkandidelte Mutter kam nur ein Studium infrage. Gut, dass zu dieser der Kontakt abgerissen war, dachte ich insgeheim und nicht zum ersten Mal. Die drei waren ohne sie besser dran.

„Wie willst du vorgehen?", riss Feli mich aus meinen Gedanken.

„Ich werde gleich Frau Naumann von der Hundehilfe kontaktieren und mich mit ihr verabreden. Am Montag spreche ich mit dieser Olivia. Vielleicht kann sie mir wenigstens weitere Klassenkameraden nennen und nicht zu vergessen den

Namen der Klassenlehrerin. Mit etwas Glück gelingt es mir trotz der Ferien, den einen oder anderen zu erreichen. Am meisten Hoffnungen setze ich auf die Haushälterin. Mit der hat Frau Klinger mir direkt einen Termin für morgen gemacht. Anschließend wollte ich die Nachbarn von Onkel und Tante befragen. An einem Sonntag sind die meisten hoffentlich zu Hause."

„Ich komme mit und wir beide schauen uns noch einmal in aller Ruhe um."

Sie musste sich nicht näher erklären. Ich wusste genau, was sie vorhatte. Wir würden noch einmal sämtliche Räume und den Garten besichtigen, um zu einer Entscheidung zu gelangen.

Nach dem Essen rief ich Frau Naumann an.

„Am besten Sie kommen sofort", meinte sie. „In der Hitze wollen sich die Hunde nicht bewegen. Später muss ich mich wieder mit ihnen beschäftigen."

Sie wohnte in einem Randbezirk von Aplerbeck. Das Haus stand am Ende einer Straße, ein ziemlich altes Gebäude, an dem dringend Renovierungsarbeiten von Nöten gewesen wären. Ich parkte vor dem Tor, denn das Gelände war komplett eingezäunt. Daneben befanden sich der Briefkasten und die Klingel. Ich drückte darauf. Kurz darauf trat eine weißhaarige, sportlich wirkende Frau in Begleitung von vier kleinen Hunden aus der Tür und kam, um mir zu öffnen. „Kommen Sie rein, die Großen habe ich eingesperrt."

Sie führte mich um das Haus herum zu einer durch hohe Bäume im Schatten liegenden Terrasse. Ich nahm ihr gegenüber auf einem der Holzstühle Platz, die ziemlich wackelig aussahen. Meiner ächzte warnend, als er mein Gewicht spürte. Ich würde mich bemühen, mich so wenig wie möglich zu bewegen. Trotzdem drehte ich mich ein wenig, viel zu neugierig auf das, was sich hinter mir befand.

Der Garten war riesig. Im vorderen Bereich standen mehrere Bäume, auf dem hinteren erstreckte sich ein

Trainingsgelände, ausgestattet mit allen Schikanen, und wenn mich nicht alles täuschte, lag an dessen Ende sogar ein Teich. Frau Naumann war meinem Blick gefolgt. „Das ist alles nach und nach entstanden, mit der Hilfe von Freiwilligen. Gott sei Dank gibt es viele junge Menschen, die sich für den Tierschutz begeistern."

Womit wir beim Thema waren. „So auch Julia Klinger."

Sie nickte. „Das Mädchen war eine meiner besten Kräfte. Sie hatte die besondere Fähigkeit, selbst mit den schwierigsten Kandidaten zurechtzukommen. Ich nehme auch Hunde auf, die wegen ihrer Macken nicht mehr vermittelbar sind", setzte sie erklärend hinzu. „Darunter sind einige, die aus dem Nichts heraus aggressiv reagieren. Julia hatte sie alle im Griff."

„Wie haben Sie beide sich kennengelernt?"

„Durch ihre Tante. Marina kam ab und zu samstags vorbei. Irgendwann brachte sie ihre Nichte mit. Die war sofort begeistert. Da ich relativ schnell merkte, dass sie einen hervorragenden Instinkt im Umgang mit den Tieren hatte, bot ich ihr an, sie könne uns so oft besuchen, wie sie wolle. Das war vor vier Jahren und ich habe mein Angebot nie bereut."

„Und die Sache mit Bronko?"

Sie lachte herzhaft. „An und für sich ist Julia ein Mäuschen, ein bisschen naiv und sehr schüchtern. Sie war zum ersten Mal verliebt, würde ich sagen. Bronko kam aus schlechter Haltung, ihm fehlten nur die richtige Erziehung und eine straffe Führung. Julia hat jeden Tag mit ihm gearbeitet. Sie war auf einem guten Weg. Dann ergab sich die Gelegenheit, ihn in gute und erfahrene Hände zu vermitteln. Sie fiel aus allen Wolken. Sie hatte gedacht, er würde für immer hierbleiben. Das ist mir leider nicht möglich. Ich bin froh für jedes Tier, das ein neues Zuhause findet. Es gibt so viele, die sonst keine Chance hätten. Das wusste sie auch, nur bei Bronko war es eben das Herz, das rebellierte." Ihr entrang sich ein heftiges Schnauben. „Dass die Mutter dabei nicht mitspielen würde, war mir von vornherein klar. Sie hat sie nicht einmal gebracht oder abgeholt, sich nie für die Arbeit ihrer Tochter interessiert. Deshalb war Julia ja so eifrig, weil sie selbst keinen Hund halten durfte."

„Hat sie …" Das laute Kläffen ihrer vier Begleiter machte es mir unmöglich, mich verständlich zu machen. Wie von einem Affen gebissen sausten sie los, hinüber zu einem der Bäume, sprangen an dem Stamm hoch und bellten in den höchsten Tönen.

Frau Naumann blieb gelassen. „Eine Katze, die bleibt oben hocken und wartet, bis die Racker wieder verschwinden. Ich habe im Moment zehn, alles halbwilde Geschöpfe, die sich zu wehren wissen."

„Hat sie Ihnen von den Eltern oder von Schulkameraden erzählt?"

„Nein, nie. Nur wenn sie das Wochenende mit ihrem Vater verbrachte oder er sie mit in den Urlaub nahm. Klar wusste ich, dass die Eltern geschieden sind und der Papa Pilot ist, in Essen wohnt und in der ganzen Welt unterwegs ist. Groß gekümmert um seine Tochter hat der sich nicht. Wenn sie einmal im Monat zu ihm durfte, war das schon viel."

Da sah man wieder mal, dass jeder seine eigene Version der Wahrheit hatte. Herr Klinger war ziemlich überzeugend in seinen Ausführungen gewesen. „Ich dachte, sie habe vorgehabt, zu ihm zu ziehen?"

„Wegen der Ausbildung zur Tierpflegerin", nickte sie bestätigend. „Letztendlich hat sich die Mutter durchgesetzt. So unabhängig von ihr, wie sie es darstellte, war Julia nicht. Auch die Ferienkurse waren auf deren Mist gewachsen. Viel freie Zeit blieb der Kleinen nicht."

„Was waren das für Kurse?" Und wieso hatte Frau Klinger diese nicht angesprochen?

Sie zuckte die Achseln. „Julia hat sie nur kurz erwähnt, weil sie deswegen keine Zeit mehr zum Helfen hatte. Mehr weiß ich nicht darüber."

Wieder begannen die Hunde lauthals zu bellen. Dieses Mal rannten sie in Richtung Tor. Frau Naumann warf einen Blick auf ihre Armbanduhr und sprang auf. „Sekunde, das ist bestimmt Sabrina."

Kurz darauf kehrte sie mit einer circa Vierzehnjährigen zurück, die mir scheu zulächelte und aufmerksam den Anweisungen von Frau Naumann lauschte. Diese trug ihr gleich eine ganze Liste zu erledigender Dinge auf, fast schien es mir, als setze sie ihre Helfer in erster Linie für ihr unliebsame Arbeiten ein, damit sie selbst genügend Zeit für den eigentlichen Umgang mit den Tieren fand.

Dieser Eindruck vertiefte sich in unserem weiteren Gespräch noch. Sie kannte keinen einzigen von Julias Kontakten, das Mädchen habe nie etwas über ihr Zuhause oder die Schule erzählt, ihre Unterhaltungen hätten sich ausschließlich um die hiesigen Bewohner und ihre Marotten gedreht, auch die Helferinnen untereinander seien nicht über die normalen Floskeln hinausgekommen. Die Tiere hätten immer im Vordergrund gestanden.

Sonderlich nett ging sie mit ihren Hilfen nicht um, wie ich feststellen konnte, da im Verlauf unseres Gespräches noch zwei weitere auftauchten. Ihre Anweisungen kamen eher wie Befehle, als einem der Mädchen ein Bernhardiner entschlüpfte und dieser aufgeregt wedelnd auf uns zulief, wäre sie beinahe ausgerastet. Nach außen ruhig und gelassen bleibend packte sie den Hund am Halsband und zog ihn, während sie beschwichtigend auf ihn einredete, zurück ins Haus. Anschließend musste das Mädchen eine gehörige Schimpftirade über sich ergehen lassen. „Der Eder ist nicht ohne", meinte sie mir erklären zu müssen, als sie sich wieder zu mir setzte. „Bei Fremden weiß man nie, wie er reagiert."

Deshalb hätte sie trotzdem nicht derart ausfällig werden dürfen. Wenn mich jemand als dummes Stück beschimpft hätte, ich hätte mich auf dem Absatz umgedreht und wäre gegangen.

Als ich mich verabschiedete, brachte sie mich persönlich zum Tor und versperrte mir den Weg. „Eine kleine Spende können wir immer gebrauchen."

Ich hob bedauernd die Schultern. „Leider habe ich kein Bargeld dabei. Geben Sie mir Ihre Kontodaten und ich zeige mich für die Auskünfte erkenntlich."

Sie ließ mich tatsächlich am abgeschlossenen Tor stehen und eile zurück ins Haus.

„Hier erfahren Sie alles Nähere", sie drückte mir einen Flyer in die Hand. „Falls Sie noch Fragen an mich haben, können Sie sich jederzeit bei mir melden."

Wenn es irgendwie möglich war, ganz bestimmt nicht.

„Die beutet die Teenies aus", schimpfte ich, als ich Felicitas gegenübersaß. „Das ist keine „Wir spielen mit den Hunden Runde", die Mädchen müssen richtig ran: Näpfe auswaschen, Futtersäcke schleppen, Hunde bürsten, Katzenklos säubern, keine Ahnung, was noch. Halt alles, was so damit zusammenhängt. Zum Abschluss dürfen sie Frau Naumann dann beim Bespielen helfen."

„So lernen sie eben gleich, was alles zur Tierhaltung dazugehört", versuchte sie mich zu beschwichtigen.

„Du müsstest mal hören, wie sie mit denen umgeht. Die stellt nur Forderungen, das ist kein nettes Miteinander. Ich verstehe nicht, dass die Mädchen sich diesen Ton gefallen lassen."

„Und Julia auch", resümierte meine Freundin.

„Eine nette Oma, bei der sich die Jugendlichen geborgen fühlen, sieht anders aus", gab ich ihr recht. „Damit hatte Julia auch dort keine echte Anlaufstelle."

Bevor wir einen geruhsamen Abend einläuteten, rief ich noch einmal Frau Klinger an. „Ich habe gerade mit der Frau von der Tierhilfe gesprochen."

„Das ging aber schnell!", lobte sie mich. „Wie sind Sie denn an ihren Namen und ihre Adresse gekommen?"

„Eine kurze Recherche und ein paar Telefonate", behauptete ich, um ihren Mann außen vor zu lassen. „Julia hat der Frau gesagt, sie könne in den Ferien nicht helfen, da sie mehrere Kurse für die neue Schule besuchen würde."

„Nein." Frau Klinger klang eindeutig überrascht. „Davon weiß ich nichts. Mir hat sie erzählt, sie wolle ganz oft dorthin, weil sie einen neuen Parcours für die Hunde aufbauen wollten."

Danach hatte ich Frau Naumann beiläufig ebenfalls befragt. Der, den ich vor mir sähe, sei relativ neu und noch gut in Schuss, hatte diese geantwortet. Zurzeit lägen keine besonderen Projekte an.

6

Sonntag, 10. Juli
Die Haushälterin hatte darum gebeten, dass ich schon gegen zehn bei ihr sein solle. Für die Mittagszeit erwarte sie Besuch und hätte noch einiges vorzubereiten. Felicitas bestand darauf, gleich mitzufahren, damit ich nicht noch einmal bei uns zu Hause vorbeimusste, um sie abzuholen.

„Außerdem bin ich neugierig, was sie zu erzählen hat", gestand sie während der Fahrt. „Wenn man von Anfang an den Haushalt führt, kriegt man bestimmt so einiges mit."
Weit gefehlt! Dabei fing eigentlich alles gut an.

Frau Jung wohnte auch im Sölderholz, allerdings etliche Straßen von ihrer Arbeitsstelle entfernt. Sie schaute uns neugierig entgegen, als wir die Treppenstufen zu ihr in die erste Etage emporstiegen. „Gleich zwei Detektive!", rief sie aus, in einer Lautstärke, dass ich dachte, sie wolle unbedingt die restlichen Hausbewohner auf uns aufmerksam machen.

Felicitas gelang es, sie zügig zurück in ihre Wohnung zu komplimentieren. Ich folgte den beiden und schloss schnell hinter mir die Tür.

„Kommen Sie durch!" Die Haushälterin führte uns in die Küche, in der schon zwei Töpfe auf dem Herd brodelten und die Luft zusätzlich erhitzten. Heute war es zwar wesentlich kühler, in den Räumen staute sich jedoch die Wärme. Mir brach augenblicklich der Schweiß aus.

„Benötigt das Essen Ihre Aufmerksamkeit oder wäre es möglich, dass wir uns auf den Balkon setzen?" Meine Freundin rieb sich über die Brust. „Ich habe mir wohl eine leichte Erkältung eingefangen und möchte niemanden anstecken."
Ich sah das Corona-Warnsignal in Frau Jungs Augen aufleuchten. Die Inzidenz war in diesem Sommer stark

angestiegen und die Medien machten zusätzlich auf diese Problematik aufmerksam. Wie so viele andere auch befürchtete sie bei diesen Worten sofort eine eigene Gefährdung.

Tatsächlich drückte sie Feli eine FFP2-Maske in die Hand und befahl ihr, sie aufzusetzen, bevor sie uns auf einen kleinen Balkon führte, der mit den zwei Stühlen darauf schon ausgelastet schien.

„Ich bin vierfach geimpft und mache jeden Tag einen Schnelltest, da ich im Krankenhaus arbeite", versuchte meine Freundin unser Gegenüber zu beruhigen, als diese mir den zweiten Stuhl zuwies und in einigem Abstand von uns stehen blieb.

„Ist mir lieber so. Ich kann mir im Moment keine Krankheit leisten, egal welche", blieb diese hart. „Meine Familie, die Frau Doktor, ich bin von morgens bis abends auf den Beinen."

Ich musste mich echt anstrengen, ernst zu bleiben. Die reichlich beleibte Mittfünfzigerin vermittelte eher den Eindruck, sie hätte die Ruhe weg und genauso bewegte sie sich auch. Wie eine gestresste Person wirkte sie nicht. „Sie sind schon sehr lange bei Frau Klinger beschäftigt, richtig?", begann ich.

„Seit siebzehn Jahren", nickte sie. „Seitdem ihr Mann und sie heirateten und in das Haus einzogen. Als Julia kam, habe ich mich von der Frau Doktor überreden lassen, zusätzlich das Baby zu betreuen. Sie war ein ruhiges Kind, anfangs war das ein Klacks. Später, als sie anfing zu krabbeln und zu laufen, musste die Hausarbeit eben warten. Der Frau Doktor war die Kleine wichtiger."

„Und ihr Mann?"

Sie winkte ab. „Der war oft die ganze Woche nicht da oder hatte anderweitige Verpflichtungen."

„Sind Ihre Arbeitszeiten denn nicht geradezu explodiert?", fragte Felicitas in verständnisvollem Tonfall.

Dieses Mal fiel ihr Nicken heftig aus. „Als die Julia zwei wurde, hat die Frau Doktor sich selbstständig gemacht. Da war sie von morgens bis abends in der Praxis. Mein Mann sagte, so was könne ich nicht auf Dauer machen, das sei viel zu anstrengend. Die Frau Doktor hat sich sofort um einen Kita-Platz bemüht und dann ist die Kleine mit zweieinhalb aufgenommen worden. Dann bin ich nur noch eingesprungen, wenn sie krank war." Sie verzog das Gesicht. „Das war am Anfang oft der Fall. Kaum war sie gesund und ging ein paar Tage dorthin, lag sie wieder auf der Nase. Aber die Frau Doktor hat mir jede Überstunde gut bezahlt, das kann ich nicht anders sagen."

„Wir war Julia denn so als Kind?", hakte ich nach.

„Still und genügsam. Die Frau Doktor und ich haben Wert darauf gelegt, dass sie vernünftig erzogen wurde. Nicht so wie die meisten anderen Kinder heutzutage."

Jetzt wäre ich doch beinahe herausgeplatzt. Ihr entrüsteter Gesichtsausdruck sprach Bände. Mühsam beherrschte ich mich. „Waren Sie so etwas wie ihre Vertraute?"

„Ich habe sie zuletzt gar nicht mehr gesehen. Ich arbeite bis eins und sie kam immer wesentlich später aus der Schule. War sie ausnahmsweise mal eher da, ist sie sofort in ihr Zimmer gegangen und hat ihre Hausaufgaben erledigt, darauf war Verlass."

„Und in den Ferien?"

„Ist sie direkt nach dem Frühstück unterwegs gewesen, entweder zu dieser Hundefrau oder zu Tante und Onkel."

„Hat sie mal irgendjemand mit nach Hause gebracht?"

Frau Jung wirkte ehrlich erstaunt. „Nein, so enge Freundinnen hatte sie nicht."

Dieses Gespräch brachte rein gar nichts. Ich erhob mich und gab Felicitas einen Wink. „Vielen Dank, dass Sie sich die Zeit genommen haben, mit uns zu reden."

„Der Frau Doktor war das wichtig", erklärte sie eifrig. „Sonst hätte das heute nicht geklappt. Ich habe noch so viel vorzubereiten."

„Deshalb wollen wir Sie nicht länger aufhalten." Felicitas ging vor mir her zur Tür.

„Wenn Sie noch Fragen haben sollten, Sie erreichen mich jeden Tag bis um eins bei der Frau Doktor!", rief die Haushälterin hinter uns her, hielt aber möglichst viel Abstand, damit sie sich nicht doch noch ansteckte.

„Beinahe wäre ich geplatzt", flüsterte mir Felicitas zu, als wir die Treppe nach unten nahmen. „Dieses Frau Doktor hier und Frau Doktor da, das war ja unerträglich."

„Frau Jung ist eben jemand von der alten Schule", zog ich sie auf. „Die weiß, wie wichtig gutes Benehmen und Standesdünkel sind."

„Ach, du!" Sie kniff mich leicht in die Seite.

Kaum im Auto hielt sie mir triumphierend einen Schlüssel vor die Nase. „Der ist fürs Haus, den hat die Oma mir gestern gegeben."

„Aha."

„Sie dachte sich schon, dass wir erst mal in Ruhe überlegen wollen."

Oder hatte so auf ihre Enkelin eingewirkt, damit diese das Angebot nicht direkt kategorisch ablehnte. „Schön, sonst wäre vermutlich entweder dein Vater oder die Oma mitgekommen und hätte versucht, uns zu beeinflussen."

Sie grinste spöttisch. „Als wenn wir das zulassen würden."

Ich parkte in der Einfahrt vor der kleinen Wellblechhalle. „Die könnten wir gut als Garage nutzen. Auto, Fahrräder, sämtliches Zubehör, groß genug ist sie."

Felicitas blickte stirnrunzelnd auf das Bund in ihrer Hand. „Der ist für die Haustür, der für den Briefkasten, der kleine hier, das muss er sein."

Sie machte Anstalten, auf das Tor zuzugehen. „Halt!", stoppte ich sie. „Erst die Arbeit, dann das Vergnügen. Wir befragen die nächsten Nachbarn. In der Mittagszeit möchte ich ungern stören."

Wir begannen mit den rechten. Auf unser Klingeln öffnete eine rothaarige Frau, noch relativ jung, wie ich schätzte, und musterte uns neugierig. „Sie haben das Haus nebenan gekauft?"

„Mein Vater", berichtigte Felicitas sie. „Wir überlegen noch, ob wir sein Angebot, einzuziehen, annehmen wollen."

„Tun Sie's ruhig. Wir haben unsers gekauft, als das erste Kind zwei war. Die Renovierung und der Umzug sind nicht gerade einfach mit einem Kleinkind."

Während ich krampfhaft überlegte, wie ich den Übergang zu Julia herstellen sollte, begann meine Freundin einfach. „Die Erbin, also die jetzige Eigentümerin, hat uns gebeten, ein paar Nachforschungen ihre Tochter betreffend anzustellen. Sie kann sich nicht erklären, wieso diese sich an dem bewussten Abend auf dem Grundstück nebenan aufgehalten hat."

„Die Frau Dr. Klinger", nickte sie. „Julia war doch oft hier, auch noch nach Jochens Tod. Sie fühlte sich hier mehr zu Hause als bei sich. Die hatte ja einen eigenen Schlüssel und konnte kommen und gehen, wie sie wollte."

„War das Verhältnis zu Onkel und Tante so gut?", staunte Feli.

Ihr Gegenüber zögerte.

„Wir sind mit den Klingers nicht bekannt, es handelt sich um eine Gefälligkeit – und eigene Neugier", gestand ich. „Ein junges Mädchen zu ermorden, das ist heftig."

„Sie sagen es! Julia war so ein liebes Ding. Hat auch mal mit unserem Fabian gespielt, wenn dem langweilig war. Und als die Tante krank wurde, ist sie jeden Tag vorbeigekommen. Ach, was sag ich, auch nach ihrem Tod hat sie sich oft blicken lassen, um dem armen Jochen beizustehen. Armer Kerl, der war völlig am Boden, hat sich nicht mehr aufraffen können."

„Er hat Selbstmord begangen."

„Hat sich in seiner Halle erhängt", nickte sie. „Er …"

„In der Wellblechhalle neben dem Haus?", fragte Felicitas alarmiert nach.

„Das hat die Frau Doktor Ihnen wohl nicht mitgeteilt." Sie wirkte fast zufrieden, uns aufgeklärt zu haben. „Die kam nur selten vorbei und machte immer einen auf unnahbar." Sie schlug sich die Hand vor den Mund und kicherte. „Tut mir leid, aber ich kann sie nicht ausstehen. Ich habe echt aufgeatmet, dass sie nicht selbst einzieht."

„Julia war anders?"

„Das können Sie laut sagen, ein nettes Ding war sie, ein bisschen schüchtern, wenn man sie kannte, legte sich das."

„War sie oft bei ihren Verwandten?"

„Fast jedes Wochenende. Marina hat sich viel mit ihr beschäftigt. Sie sind auch zusammen in die Stadt gefahren oder mal in einen Freizeitpark."

„Unter der Woche nicht?"

„Marina hat als Verkäuferin gearbeitet, sie kam erst spät nach Hause."

„Und ihr Mann?"

„Der war selbstständig als Gas- und Wasserinstallateur. In der Halle befanden sich sein Warenlager und sein Werkzeug."

„Hat Julia manchmal Freunde mitgebracht?"

„Nein, zumindest habe ich nie welche gesehen."

„Gab es Nachbarskinder, mit denen sie sich traf?"

„Nein, nur mit dem Fabian hat sie ab und zu gespielt. Er war …"

„Mama?" Hinter ihr tauchte ein rothaariger Junge auf und zupfte an ihrem Jackenärmel. „Der Fabi muss mal."

„Oh, da muss ich mich sputen", entschuldigte sie sich bei uns. „Er ist gerade erst operiert worden und darf noch nicht alleine aufstehen."

„Vielen Dank für die Auskünfte!", rief ich zu der sich schließenden Tür.

Felicitas zog mich zügig die Treppe hinab. „Gegenüber hat sich die ganze Zeit die Gardine bewegt. Vielleicht sollten wir dort unsere Befragung fortsetzen."

7

Die restliche Nachbarschaft, auch die alte Dame auf der anderen Straßenseite, hüllte sich in Schweigen. Die meisten hatten Julia angeblich nur vom Sehen gekannt, keiner konnte uns Näheres über sie erzählen, keiner hatte an dem Abend ihres Todes eine besondere Beobachtung gemacht.

„Mist, diese Frage habe ich der Rothaarigen überhaupt nicht gestellt", wurde mir reichlich spät klar.

„Halb so wild", beruhigte mich Felicitas. „Vielleicht sehen wir sie gleich noch, wenn wir den Garten inspizieren."

Innerlich stöhnte ich auf. War ja klar, dass sie sich nicht mit einer Hausbesichtigung zufriedengab.

Wir begannen mit dem Haus und schritten durch die unteren Räume. „Es ist ideal", seufzte Felicitas, „Nur viel zu groß für uns."

Ich musste ihr recht geben. Das Wohnzimmer war bestimmt doppelt so groß wie unser jetziges, die Küche fast das Dreifache, das Arbeitszimmer konnten wir tatsächlich als Schlafzimmer nutzen. Auch die Diele war wesentlich geräumiger und nicht so beengend, dass man sich regelrecht aneinander vorbeiquetschen musste.

„Schade, dass wir hier unten nur ein Gästebad haben", seufzte sie. „Sonst könnte man das Obergeschoss tatsächlich abtrennen und als eigene Wohnung vermieten."

Ich dachte mit Grausen an den Aufwand, denn dann musste auch ein separater Eingang geschaffen werden, nicht zu vergessen die Elektroarbeiten für eine zweite Küche. Außerdem ... „Was ist, wenn du schwanger wirst? Willst du in ein paar Jahren alles wieder zurückbauen?"

Sie seufzte noch tiefer. Fast erwartete ich, sie würde vorschlagen, ihr Vater könne es ein paar Jahre vermieten. Stattdessen

fragte sie: „Hast du den Vorschlag, dass Mirko mit uns einziehen könnte, ernst gemeint?"

Je länger ich darüber nachdachte, umso sicherer wurde ich
mir, dass er freudestrahlend zustimmen würde. „Ich rufe ihn
heute Abend an und frage ihn", schlug ich vor. „Wenn du
denn damit klarkämst."

„Inga ist super verträglich, er sowieso, mit dem gemeinsamen
Bad kommen wir bestimmt übereinander. Allerdings müsste
oben ein Raum als Küche hergerichtet werden", überlegte sie.

„Sie haben keinen Balkon und der Dachboden ist nur von
ihnen aus zu erreichen", erinnerte ich sie.

„Ja, und?" Sie winkte ab. „Der Garten ist riesig. Wir teilen ihn
auf. Das ist auch für uns vorteilhaft, müssen wir nicht den
gesamten Bereich in Ordnung halten."

Natürlich verlangte sie als Nächstes einen Abstecher dorthin.
Das Unkraut stand in voller Blüte, einzig der mit Erde aufge-
füllte Bereich des ehemaligen Teiches wies nur einige küm-
merliche grüne Flecken auf. Ich blieb vor dem leicht ovalen
Kreis stehen und sah mich um. Die Hecke zum Nachbarn
verhinderte eine direkte Sicht, die durch die Fenster war von
den Baumkronen ebenfalls versperrt.

Felicitas schüttelte sich unwillkürlich. „Hier kommen ein paar
Blumenbeete hin, irgendwelche Schattenpflanzen halt, keine
Bank, keine Obstgewächse."

Es wäre der ideale Platz für einen Sandkasten und später auch
für ein Planschbecken, dachte ich spontan, behielt diesen Gedanken aber lieber für mich. Die Zeit würde schon für mich
arbeiten.

Wir durchstreiften den gesamten Bereich. Die Frau des Hauses hatte anscheinend ein glückliches Händchen gehabt. Alle
Pflanzen gediehen prächtig. Wenn das Unkraut verschwunden war, konnte man im Prinzip alles so lassen, wie es war –
und im Sommer und Herbst reichlich ernten. Es gab so viele
unterschiedliche Obstsorten, angefangen von Erdbeeren, die
leider dieses Mal in den Beeten fast alle schon verschimmelt

waren, bis hin zu drei Weinpflanzen, an denen bereits kleine Reben hingen. Dazu zählte ich jede Menge Ziergewächse, die dringend einen radikalen Schnitt benötigten. Allein die Gartenarbeit würde mich wochenlang beschäftigen.

Ungefähr mittig entdeckten wir hinter einem wildwachsenden hohen Busch einen Geräteschuppen, auch aus Wellblech und gut erhalten. Neugierig zog Felicitas die Türen auf und blickte hinein. „Guck mal, Gartenmöbel! Die reichen für uns alle", stellte sie zufrieden fest.

Das Einzige, was es hier reichlich gab, waren riesige Spinnweben. Hier musste alles gründlich ausgeräumt und saubergemacht werden, bevor man entscheiden konnte, was man noch benutzen wollte.

Der hintere Bereich bestand aus Wiese und Obstbäumen: Apfel, Kirsche, Pflaume, Birne – was das Herz begehrte. Viel interessanter war allerdings die kleine Pforte. „Ein Hinterausgang!" Ich zog mein Handy zurate und rief eine Karte des Ortsteils Sölderholz auf. Mein Verdacht bestätigte sich, wenn Julia diesen Eingang genommen hatte, waren es von ihrem eigenen Zuhause aus gerade mal zehn Minuten Fußweg.

„Deswegen hat sie an dem Abend keiner gesehen", kommentierte Felicitas unsere Entdeckung. „Der Feldweg, den sie genommen haben muss, wurde um diese Zeit bestimmt nicht mehr frequentiert. Und die Nachbarn haben den gleichen langen Garten wie Onkel und Tante, zumeist dicht bewachsen, sodass man vom Haus aus auch im Hellen niemanden erkennen konnte, der hier entlanglief."

„Die Ermittler werden diesen Fakt längst überprüft haben", wiegelte ich ab. „Anscheinend brachte er sie nicht weiter."

„Genauso wenig wie die Spuren rund um den Teich", ergänzte Feli und legte den Kopf schief. „Wie es aussieht, hast du es mit einem wirklich vertrackten Fall zu tun. Julia hatte keine näheren Kontakte, bisher deutet nichts auf den Täter hin."

Wie immer war sie viel zu ungeduldig. „Noch habe ich nicht mit allen infrage kommenden Personen gesprochen. Außerdem ergeben sich die Hinweise oft erst aus dem gesammelten Ganzen. Ich werde mich morgen gleich hinsetzen und das, was ich bisher erfahren habe, aufschreiben."

Wir machten uns auf den Rückweg. Sie hängte sich bei mir ein und schmiegte sich an mich. Daher ahnte ich, wie ihre nächste Frage lauten würde.

„Was hältst du denn jetzt von dem Objekt? Meinst du, wir sollen es wagen?"

„Es bringt viel Arbeit mit sich", warnte ich sie. „Allein der Garten wird uns von Frühjahr bis Herbst beschäftigen, und zwar auf Dauer."

„Ist allemal besser als Spaziergänge. Überleg bitte, wie viel Geld wir sparen, wenn wir nicht mehr jedes Wochenende unterwegs sind."

Beinahe hätte ich laut losgeprustet. Wir waren das Paradebeispiel zweier fauler Erwachsener. Das Fahrrad benutzten wir fast nur im Urlaub, unsere Ausflüge beschränkten sich auf die Parks in der Nähe, mit den Freunden trafen wir uns in der Dortmunder Gastronomie oder bei einem von ihnen zu Hause.

Sie hatte mein Schweigen völlig falsch interpretiert. „Also ich würde es schon gerne nehmen", sagte sie mit dünner Stimme. „Du bist nicht so begeistert, stimmt's?"

Damit war die Sache entschieden. Wenn sie hier leben wollte! Mir war es egal, wo es uns hin verschlug. „Mir liegt nur das Angebot deines Vaters schwer im Magen", wehrte ich schnell ab. „Ein Geschenk dieses enormen Ausmaßes möchte ich nicht annehmen."

Meine Freundin sah diesen Punkt viel lockerer. „Lass ihn doch. Er denkt, er schuldet dir was, weil du ihn damals, als er unter Verdacht stand, rausgehauen hast. Zusätzlich ist es dir gelungen, meine Schwester reinzuwaschen und ihre Anschuldigungen zu beweisen."

Ja, und dadurch war die Ehe ihrer Eltern kaputtgegangen und genauso ihre Beziehung zu der Mutter.

„Es ist besser, mit der Wahrheit zu leben", sagte sie, als hätte sie meine Gedanken erraten. „Auch wenn sie wehtut. Komm", sie beschleunigte ihren Schritt. „Bevor wir zu Oma und Papa fahren, schauen wir uns eben noch den Keller und den Dachboden an."

Beide waren genauso leer wie das Haus. Unten befanden sich insgesamt vier Räume, davon war einer als Wasch- und Trockenraum eingerichtet. Den konnten wir, falls Mirko und Inga zustimmten, gemeinsam nutzen. Der Zugang befand sich in der Diele, zudem führte eine Stahltür in den Garten - nahmen wir zumindest an, einen Schlüssel hierfür hatte Felicitas nicht.

„Möchtest du einen Blick in die Halle werfen?", fragte ich, während sie die Haustür sorgfältig abschloss.

Sie schauderte. „Nein, im Moment nicht. Vielleicht ist es sinnvoller, sie abreißen zu lassen."

Verstehe einer diese Frau! Dass Julia im ehemaligen Gartenteich getötet worden war, schien ihr nicht so zuzusetzen wie der Selbstmord des Onkels. Natürlich hütete ich mich, sie darauf anzusprechen. Ihre Erklärung hätte ich sowieso nicht nachvollziehen können.

Wir saßen schon in meinem Fiat und Feli telefonierte mit ihrer Oma, um unseren Besuch anzukündigen, als ich sah, dass die rothaarige Nachbarin mit ihrem Auto aus der Einfahrt rollte. Ich hupte kurz und rannte dann auf sie zu. Sie hatte angehalten, die Seitenscheibe heruntergelassen und sah mir fragend entgegen. „Ich habe vorhin total vergessen, Sie zu fragen, ob Sie Julia an ihrem Todestag nebenan bemerkt haben."

„Und Sie haben vergessen zu erwähnen, dass Sie sich häufiger als Detektiv betätigen, Herr Grahl." Sie schüttelte strafend den Kopf. „Ich musste mich von meinem zehnjährigen Sohn aufklären lassen."

„Ich gehe nicht gern damit hausieren", gestand ich. „Bisher bin ich eher durch Zufall in diese Mordfälle hineingerutscht, so auch dieses Mal. Mein Schwiegervater versprach der Verkäuferin, dass ich mich kümmern würde. Wie kann ich da ablehnen?"

„Wenn Sie mir die Bücher signieren, werde ich noch mal Gnade vor Recht walten lassen", grinste sie. „Mein Mann ist bei uns der Krimileser. Er besitzt jeden Band der Dortmund-Reihe." Ihr Gesicht wurde wieder ernst. „Wir waren an dem Samstag auf einer Party und sind mit den Kindern schon am Freitagabend zur Oma gefahren. Wir haben das komplette Wochenende dort verbracht und sind erst am späten Abend zurückgekehrt. War ein ganz schön großer Schrecken, als wir da gleich von dem Mord erfuhren. Na ja, für die Kinder war es besser, dass sie von dem Rummel nur wenig mitkriegten. Der Fabian hat sehr an der Julia gehangen."

Für mich war dieser Umstand eher schade, denn ich hätte wetten können, dass sie sonst eine Eins-A-Zeugin abgegeben hätte.

Ich versprach, mich demnächst bei ihr für die gewünschten Eintragungen zu melden, und kehrte zum Fiat zurück. Feli, die aufgehört hatte zu telefonieren, zog die Augenbrauen hoch. „Und, hat sie was mitgekriegt?"

„Nein, sie und ihre Familie waren von Freitag- bis Sonntagabend bei Verwandten."

„Verdammt!" Sie schlug sich aufs Knie. „Wieder eine Spur weniger." Sie rang sich ein Lächeln ab. „Dafür sind Oma und Papa schon sehr gespannt auf unsere Entscheidung. Ich habe ihnen bisher nichts verraten. Sie sollen es von uns beiden gleichzeitig hören."

8

Die Diskussion mit der Oma und Dietmar dauerte lange, besonders weil wir uns anfangs weigerten, ein derart großes Geschenk anzunehmen.

„Der Sina habe ich nach der Entlassung aus der Klinik eine Eigentumswohnung gekauft", verkündete Dietmar schließlich mit rollenden Augen. „Euch beiden fühle ich mich wesentlich mehr verpflichtet. Meine Güte, ich habe das Geld! Nehmt es einfach an."

Schließlich einigten wir uns darauf, dass Felicitas die Eigentümerin des Hauses werden sollte, als Voraberbe sozusagen. Ihr Vater ließ es sich aber nicht nehmen, die Renovierung einschließlich des Abrisses der Wellblechhalle zu übernehmen, wahrscheinlich, weil er uns belogen hatte, was den Selbstmord des Vorbesitzers betraf. Nur die Gestaltung des Gartens würden wir übernehmen – und die elektrischen Gegebenheiten, um oben eine zweite Küche einzurichten, falls Mirko überhaupt auf meinen Vorschlag einging.

Nachdem die Oma mit ihrer Enkelin in der Küche verschwunden war, redete ich Tacheles mit Dietmar. „Jetzt erkläre mir mal genauer, wie du diesen Deal eingestielt hast!"

„Das ist so gelaufen, wie ich es euch erzählt habe, ehrlich", behauptete er. „Der Immobilienmakler wusste, dass ich nach einem Haus hier in der Gegend suche. Ich war längst als Interessent für das Objekt eingetragen. Allerdings hatte ich ungefähr zwanzig Mitbewerber. Die ersten sind direkt nach Julias Auffinden abgesprungen. Frau Klinger bat den Makler, die restlichen Besichtigungstermine zu streichen. Sie sah sich nicht in der Lage, in dieser Situation einen Verkauf durchzuziehen. Daraufhin rief er mich an und fragte, ob du dich nicht in die Ermittlungen einbringen könntest."

Ganz schön geschäftstüchtig, der Mann!

Dietmar grinste verschmitzt. „Für mich war das natürlich die Gelegenheit. Dass du dich kümmern würdest, sobald du von dem Mord erfuhrst … bisher hast du nie Nein gesagt, wenn man dich darum bat."

„Du hättest mich wenigstens vorher fragen können."

„Und meine Überraschung wäre keine mehr gewesen!"

War seine Empörung nur gespielt oder fühlte er sich tatsächlich im Recht? „Deine Abmachung setzt mich ziemlich unter Druck", gab ich zu. „Ohne euren Vertrag hätte ich mich wohler gefühlt."

„Frau Klinger ist sofort drauf angesprungen und mir sogar mit dem Preis entgegengekommen."

Noch schlimmer für mich! Ich befand mich in einer echten Zwangslage. Wenn es mir nicht gelang, Julias Mörder zu finden, würde ich mich auf ewig schuldig fühlen.

„Sie hatte schon von dir gehört, sogar dein Buch mit dem Schizophrenen gelesen", fuhr er fort. „Besonders gut gefiel ihr dein Statement am Schluss, also Toms YouTube-Film. Sie ist nämlich Neurologin und Psychiaterin und behandelt einige Patienten mit dieser Krankheit."

Dabei hatte ich das eins-zu-eins von meinem Freund übernommen, ihm gebührten die Lorbeeren.

„Sie war es, die vorschlug, diesen Vertrag aufzusetzen, damit ihr so schnell wie möglich renovieren könnt. Ich hatte das Gefühl, als sei sie froh, wenigstens ein bisschen zur Aufklärung beizutragen."

Sie hätte sich genauso gut einen Detektiv nehmen können, dachte ich insgeheim. „Sie hat das Haus allein geerbt?", fragte ich stattdessen. Weiter auf diesem Punkt herumzureiten, war nicht sinnvoll. Dietmar hatte es gut gemeint, nur das zählte.

„Ansonsten gibt es keine weiteren Geschwister. Und die Eltern sind tot. Wieso ist das wichtig?"

„Es ist nur ein Gedanke. Wir haben bei der Befragung der Nachbarn erfahren, dass Julia häufig bei Onkel und Tante war. Seltsam, dass er, als er sich umbrachte, nicht ihr das Haus vererbte. Das hat sogar der Ex gemeint."

„Angeblich ist es mit jeder Menge Hypotheken belastet. Vermutlich wäre nicht viel übrig geblieben."

Trotzdem fand ich es seltsam. Vielleicht konnte ich rauskriegen, ob der Onkel überhaupt ein Testament hinterlassen hatte. Klärte man nicht seine Angelegenheiten, bevor man sich umbrachte?

Montag, 11. Juli

Am Vorabend hatte mir Frau Klinger eine Nachricht geschickt, dass der Termin mit Olivia bereits feststehe. Ich solle um vier Uhr bei der mitgesendeten Adresse auftauchen. Deshalb setzte ich mich, nachdem Felicitas zur Arbeit aufgebrochen war, hin und listete alles, was wir bisher erfahren hatten, in einer neuen Datei auf. Ich füllte fast fünf Seiten, eine Menge für einen Tag Recherche, nur waren die Ergebnisse nicht sonderlich ergiebig. Daher hoffte ich auf das Gespräch mit der Klassenkameradin. Selbst wenn die beiden keine besten Freundinnen waren, sie würde zumindest wissen, an wen ich mich wenden musste, um tiefergehende Informationen zu bekommen.

Die Reiters wohnten in der Aplerbecker Mark, in einer ruhigen Seitenstraße, in der prächtige Einfamilienhäuser auf großen Grundstücken standen. Das Haus, vor dem ich hielt, war ein besonders eindrucksvolles Gebäude, mit Erkern und Verzierungen ausgestattet und in strahlendem Weiß gestrichen. Den mit Bruchsteinen gepflasterten Weg von der schmiedeeisernen Pforte zu Tür säumten links und rechts in voller Pracht stehende Rosenbüsche, die Klingel hallte als Gong durchs Innere.

Die Frau, die mir öffnete, schätzte ich auf Anfang vierzig. Sie trug eine lässige Blusen-Hosen-Kombination, einfach wirkend, aber mit Sicherheit teuer, die halblangen hellblonden Haare deuteten auf einen hervorragenden Frisör hin und unterstrichen ihre Schönheit. Auf mich wirkte sie wie eines dieser hochbezahlten Modelle, die erstklassige Kleidung vorführten.

Sie musterte mich stumm von Kopf bis Fuß, sodass ich mich gezwungen fühlte, den Anfang zu machen. „Alexander Grahl. Frau Klinger hat mich angemeldet."

Sie nickte hoheitsvoll. „Die Kinder sind im Garten. Olivia war für heute mit ihren Freunden verabredet. So können Sie gleich mehrere der ehemaligen Klassenkameraden befragen."

Sie führte mich in kerzengerader Haltung durch die geräumige Diele in ein ganz in Beige und Weiß gehaltenes Wohnzimmer und durch die offene Schiebetür hinaus in den Garten. Fünf Jugendliche saßen um einen hölzernen Gartentisch auf ebensolchen Stühlen und blickten uns neugierig entgegen. „Das ist Herr Grahl", stellte mich Frau Reiter vor. „Julias Mutter hofft darauf, dass ihr ihm weiterhelfen könnt."

Ein gertenschlankes Mädchen mit ebenfalls hellblondem Haar und ähnlich klassischen Gesichtszügen - also vermutlich Olivia - winkte ab. „Unwahrscheinlich, wir hatten nichts mit ihr zu tun."

„Sie gehörte zur Loser-Ecke", kicherte eine pummelige Braunhaarige mit Stupsnase und roten Bäckchen. „Nicht unser Fall."

„Nehmen Sie bitte Platz." Frau Reiter wies auf den freien Stuhl neben einem ernst blickenden Jungen, der sofort einige Zentimeter zur Seite rückte, näher an seinen Freund heran. Sie selbst setzte sich zu ihrer Tochter.

Als erkennbar wurde, dass sie gar nicht daran dachten, sich einzeln vorzustellen, sah ich auffordernd in die Runde. „Mit wem war Julia befreundet?"

„Mit keinem", stellte Olivia klar. „Die hielt sich abseits."

„Die blieb für sich, egal was anlag", ergänzte das dunkelblonde Mädchen an ihrer anderen Seite. Später einmal würde sie bestimmt ebenso gut aussehen wie ihre Freundin – wenn die vielen entzündeten Pickel in ihrem Gesicht verschwunden waren. Einer auf der Nase stand in voller Blüte. Kein Wunder, dass sie versucht hatte, mit ein bisschen Schminke nachzuhelfen.

„Neben wem saß sie?"

„Das war Corinne." Zum ersten Mal antwortete einer der beiden Jungen.

„Das ist Corinne Starker, sie wohnt drei Häuser weiter", übernahm es Frau Reiter, mir nähere Informationen mitzuteilen. „Sie ist ein bisschen, nun ja …"

Während sie noch überlegte, sagte Olivia hämisch: „Zurückgeblieben."

„Lernbehindert", verbesserte ihre Mutter mit sanfter Stimme. „Corinne hat Legasthenie. Julia war eine gute Schülerin und immer bereit zu helfen."

„Sie gehörte auch in die Loser-Ecke", tönte die Braunhaarige.

„Das hieß, die sogenannten Loser verbrachten die Pausen zusammen?", vergewisserte ich mich.

„Mal so, mal so", ließ sich mein Sitznachbar vernehmen. „Wir haben nicht groß auf die geachtet."

„Jeder hatte seine Gruppe", verdeutlichte die Dunkelblonde.

„Und wer war alles in der von Julia?"

„Mal überlegen!" Olivia warf theatralisch den Kopf in den Nacken. „Corinne, Nils, Nadine, das sind alle, denke ich. Dem Nils hat die Julia Nachhilfe in Mathe gegeben, umsonst. Die Nadine … die ist nicht ganz di…", sie warf ihrer Mutter einen Blick zu und verbesserte sich schnell: „Die ist komisch. Die Mutter von der ist mehr in der Klapse als zu Hause. Die hat ihren Abschluss nur mit Ach und Krach geschafft."

„Mit wem hatte Julia am meisten Kontakt?"

Die fünf zögerten. „Mit Nils", war sich dann Olivia plötzlich sicher. „Der lief ihr hinterher wie ein Hündchen. Der stand auf sie, keine Frage."

„Er ist ihr heimlich gefolgt", platzte die Braunhaarige heraus und verdrehte die Augen. „Im Unterricht hat er sie angehimmelt, wenn sie drangenommen wurde. Echt peinlich, der Typ."

Die Dunkelblonde öffnete ihren Mund und schloss ihn wieder und blickte zur Seite.

„Gab es sonst jemand an eurer Schule, mit dem Julia näher bekannt war?"

Einstimmiges Kopfschütteln! Wieder schien es, als wolle das dunkelblonde Mädchen etwas sagen und traue sich bloß nicht vor den anderen.

„Wie heißt eure Klassenlehrerin?"

„Frau Redegger", erwiderte Frau Reiter. „Soll ich Ihnen ihre Telefonnummer geben?"

„Das wäre nett." Ich sah noch einmal in die Runde und prägte mir die Gesichter der Jugendlichen ein. Irgendetwas hielten sie zurück, das war deutlich zu spüren. „Diese Party, zu der Julia eingeladen war", wandte ich mich an Olivia. „Sie ist nicht gekommen?"

Sie verzog das Gesicht und schaute zu der Terrassentür, durch die ihre Mutter verschwunden war. „Mein Vater bestand darauf, dass ich sie einlud, freiwillig hätte ich das nie gemacht. Er und ihre Mutter sind Kollegen und ziemlich dicke." Sie hielt inne, weil ihre Mutter im Türrahmen auftauchte.

„Soll ich bei den Starkers nachfragen, ob Corinne zu Hause ist?"

„Das wäre sehr nett", wiederholte ich.

Sie verschwand wieder im Inneren.

„Die Julia und ich, das passte einfach nicht", setzte Olivia hinzu, nachdem sie sicher sein konnte, dass ihre Mutter außer Hörweite war. „Die war durch und durch langweilig."

Die anderen nickten, niemand hatte das Bedürfnis, dieses Statement zu ergänzen.

„Ist sie mal von der Schule abgeholt worden, vielleicht von einem Freund oder einer Freundin?"

„Einem Freund?" Olivia lachte laut. „Die doch nicht! In der Beziehung war sie zurück, eindeutig. Die interessierte sich nicht für Jungs, schminkte sich nicht und ihre Klamotten erst, so was hätte ich nie angezogen."

Mir gingen die Fragen aus, ich war erleichtert, als Frau Reiter zurückkehrte, mir einen Zettel mit dem Namen, der Anschrift und der Telefonnummer der Lehrerin überreichte und hinzufügte: „Corinne ist zu Hause. Sie können sie gleich aufsuchen. Es ist die Nummer achtzehn."

9

Das Haus war auf seine Weise genauso imposant wie das der Reiters, nur wesentlich jünger und moderner, die Würfelform wirkte in dieser Gegend etwas zu futuristisch und abgehoben. Dafür hatte man am Drumherum gespart, soweit ich es erkennen konnte, gab es nur akkurat geschnittene Grasflächen, die durch Kiesstreifen voneinander abgetrennt wurden.

Auf mein Klingeln öffnete mir eine Jugendliche mit rotblondem Haar, das Gesicht und die bloßen Arme voller Sommersprossen, nicht von einer derartigen Schönheit wie Olivia, aber mit warm blickenden braunen Augen. „Sie sind der Detektiv?"

Ich nickte. „Und Sie Corinne?"

Sie lehnte sich an den Türpfosten und verschränkte die Arme vor der Brust. „Was wollen Sie denn wissen?"

Wurde ich nicht mal hereingebeten? „Wie gut kannten Sie Julia?"

Sie zuckte zusammen und wirkte, als wolle sie gleich in Tränen ausbrechen. „Sie war meine Freundin."

„Nur in der Schule oder habt ihr auch was in eurer Freizeit zusammen unternommen?", hakte ich eingedenk der gerade geführten Unterhaltung nach.

„Sie hatte nie Zeit", kam es prompt. „Entweder war sie bei diesem Hundeverein oder bei ihrer Tante und ihrem Onkel. Aber in den Pausen und wenn wir Ausflüge gemacht haben, sind wir immer zusammen gewesen."

„Der Nils und die Nadine auch?"

Sie nickte nachdrücklich. „Zu viert ist man stärker."

„Gegen die anderen, zum Beispiel Olivia und ihre Freunde?"

Treffer, ihr Gesicht verdunkelte sich. „Die haben uns ständig geärgert, uns blöde Spitznamen gegeben und so."

„Was haben sie zu Julia gesagt?"

„Lehrers Liebling und zu mir Dummerchen oder blöde Kuh", fügte sie fast trotzig hinzu. „Der Nils hat uns beschützt und die Nadine auch."

„War Julia gut in der Schule?"

Sie lächelte. „Oh, ja, die konnte alles. Sie hat Nils Nachhilfe gegeben, nach dem Unterricht, im Klassenraum. Das hatte Frau Redegger erlaubt."

„Hatte Julia einen Freund? Oder früher mal einen?", setzte ich vorsichtshalber hinzu.

Sie zuckte die Schultern. „Keine Ahnung. Wir haben uns meist nur über Normales unterhalten, über die Hunde und so. Und als ihre Tante krank wurde, das war schlimm. Julia war total fertig."

„Hat sie erzählt, dass sie zu ihrem Vater ziehen wollte?"

„Nee, von den Eltern eigentlich nie was. Ich bin bei ihrer Mutter in Behandlung gewesen, das wusste sie."

„Ist sie immer nach der Schule direkt nach Hause gefahren? Seid ihr nie in die Innenstadt bummeln gegangen oder habt erst ein Eis gegessen?"

„Wenn, dann ohne Julia. Die stand nicht auf so was. Der waren ihre Klamotten egal. Ihre Nachmittage waren verplant, entweder zu Tante und Onkel oder zu den Hunden."

Lautes Bremsenquietschen lenkte mich ab. Vor dem Haus hatte ein Porsche gehalten, eine Frau sprang heraus, die roten Haare verrieten, dass es sich um Corinnes Mutter handelte. Sie kam eilig auf uns zu gestöckelt. „Habe ich dir nicht gesagt, du sollst nicht öffnen, wenn ich nicht da bin!", fuhr sie ihre Tochter an.

„Der Mann ist ein Detektiv, er untersucht den Tod von Julia. Frau Reiter hat angerufen, dass er mit mir reden will", verteidigte diese sich. „Ich hab ihn nicht reingelassen, nur hier an der Tür mit ihm geredet."

„Wir sind auch schon fertig", versuchte ich die aufgebrachte Frau Starker zu beruhigen. „Es ist wichtig für mich, mit jedem zu sprechen, der näher mit Julia bekannt war."

Sie bemühte sich um ein Lächeln. „Schon gut, es ist nur, man hört und liest so viel. Corinne ist zu vertrauensselig. Deshalb soll sie nicht öffnen, wenn sie allein ist."

„Kann ich verstehen", behauptete ich. Meine Güte, die Kleine war sechzehn!

„Ich habe Julia ein paarmal bei Veranstaltungen von der Schule gesehen. Es ist wirklich entsetzlich, was ihr passiert ist. Ich hoffe, Sie finden den Kerl, der ihr das angetan hat."

„Danke, dass Sie mir so offen Auskunft gegeben haben", wandte ich mich an Corinne. „Falls Ihnen noch irgendetwas einfällt, egal wie unwichtig Sie es finden, bitte geben Sie mir Bescheid." Ich drückte ihr eines der Zettelchen mit meiner Handynummer in die Hand, eine Idee von Felicitas, die ich sofort umgesetzt hatte. „Wie heißt Nils mit Nachnamen und wo wohnt er?" Der stand als Nächstes auf meiner Liste.

„In der Nähe der Schule", mischte sich die Mutter ein. „Wie hieß die Straße noch?"

„Kuithanstraße und sein Nachname ist Goebel", erwiderte Corinne.

„Und Nadine?"

„Die ist im Urlaub, keine Ahnung, wie lange der dauert. Sie wollte sich bei ihrer Rückkehr melden. Ich sage Ihnen Bescheid, wenn sie mich anruft."

„Super, vielen herzlichen Dank!"

Die Kuithanstraße befand sich in der Nähe der Realschule im Kreuzviertel, wie mein Navi mir anzeigte. Ich schrieb Felicitas eine kurze Nachricht, dass es noch eine Weile dauern würde, bis ich heimkäme, und fuhr los.

Die Goebels wohnten in einem grauen, unscheinbaren Mehrfamilienhaus, kein Vergleich mit den Wohnverhältnissen der anderen. Leider reagierte niemand auf mein Klingeln. Ich verfluchte mich, dass ich Corinne nicht nach Nils'

Handynummer gefragt hatte, und griff zum Telefon, um wenigstens noch die Lehrerin zu kontaktieren.

Nachdem ich ihr erklärt hatte, dass ich ihre Nummer von Frau Reiter erhalten hätte, wurde sie zugänglich. „Wenn Sie mich sprechen wollen, müssten Sie jetzt gleich vorbeikommen. Ich fahre morgen in den Urlaub."

Sie wohnte am Ostwall, das war sowieso meine Richtung. „Ich bin in zehn Minuten da, vielleicht etwas später, je nachdem, wie schnell ich einen Parkplatz finde."

Sie lachte. „Angenehmes Suchen!"

Zu meiner Erleichterung stellte ich fest, dass die Dauerbaustelle in diesem Bereich verschwunden war. So stellte es kein Problem dar, einen, wenn auch kostenpflichtigen, Parkplatz auf der Rückseite der beiden Gymnasien zu finden. Ich schaffte es tatsächlich, zwei Minuten nach der vereinbarten Zeit bei ihr zu klingeln.

Ich stieg die Treppe zur zweiten Etage hinauf und wurde von einer kleinen, etwas dicklich aussehenden Mittfünfzigerin empfangen. „Frau Klinger hat mir gerade bestätigt, dass Sie in ihrem Auftrag handeln. Ich musste mich rückversichern, das verstehen Sie bestimmt."

Sie führte mich in ein schmuckes Wohnzimmer, dessen einziger Nachteil darin bestand, dass es zur Straße hin lag. Die Fenster standen auf Kipp, sodass die Luft angenehm kühl war. „Ich hatte mir den Lärm von der Straße her schlimmer vorgestellt", platzte ich heraus, während ich auf ihre einladende Handbewegung hin auf der Couch an der Wand Platz nahm.

„Unter der Woche ist es erträglich." Sie setzte sich auf das mir gegenüberstehende zweite Exemplar. „Am Wochenende dagegen … die Polizei bekommt die Szene einfach nicht in den Griff."

Ähnliches hatte der Reporter der hiesigen Zeitung berichtet. Trotz der Bemühungen der Beamten und ihrer ständigen Präsenz kamen die Anwohner nicht zur Ruhe. Dabei waren es meist nicht die Raser, sondern die Poser und Tuner, die sich in Massen auf den Parkplätzen trafen und lautstark über ihre Autos fachsimpelten oder die Motoren röhren ließen. Dazu gesellten sich all die, die sich gern draußen mit anderen Leuten trafen und neue Leute kennenlernen wollten – seit einigen Jahren ein angesagter Trend, in Parks oder an besonders beliebten Orten bis spät in der Nacht zusammenzustehen oder zu sitzen und dabei die mitgebrachten Getränke zu genießen. Wenn sich die Leute denn alle an Regeln halten und beachten würden, dass den Nachbarn drumherum ihre Nachtruhe zustand, wäre daran nichts auszusetzen gewesen. Nur gab es wie so oft einige bis viele, die keine Rücksicht nahmen. Ich konnte mich erinnern, dass einer der Anwohner, der zu Wort kam, anführte, der Geräuschpegel sei so laut, dass man auch im Sommer bei geschlossenem Fenster schlafen müsse und abendliches Lüften und gleichzeitiges Fernsehen eine Unmöglichkeit sei.

„Wie wäre es, wenn man an den Wochenenden ein allgemeines Parkverbot einführt, das nur die Anwohner ausnimmt?", schlug ich aus diesem Gedanken heraus vor.

„Und wer soll das kontrollieren?" Die Skepsis stand ihr ins Gesicht geschrieben.

„Ein Wachdienst. Wenn sich alle beteiligen, dürfte das nicht teuer werden."

Sie schüttelte nachsichtig lächelnd den Kopf. „Die Stadt zieht nicht mit, denn dadurch würde sich das Problem nur verlagern und andere treffen." Sie warf ostentativ einen Blick zu der Pendeluhr an der Wand, eine Aufforderung an mich, endlich zum Thema zu kommen.

Die konnte sich gegen ihre Schüler durchsetzen, schoss es mir durch den Kopf. Dabei hatte man anfangs den Eindruck einer sanften Person, mit der man jedes Problem ausdiskutieren konnte. Jetzt erst erahnte ich die unbeugsame Haltung dahinter, die jedwede Aufmüpfigkeit im Keim erstickte. „Im Moment bemühe ich mich darum, mir ein Bild von Julia zu machen", begann ich. „Können Sie mir bitte Ihren Eindruck schildern?"

„Sie war die ideale Schülerin, wissbegierig, ruhig im Unterricht, angenehm im Umgang. Hätten wir mehr von ihrer Art, wäre unsere Arbeit einfacher."

Ein klares Statement! „Mit den Klassenkameraden kam sie nicht sonderlich gut zurecht, wurde mir erzählt."

Sie wehrte ab. „Julia war sehr zurückhaltend und wollte keine näheren Kontakte. Es lag zum Teil auch an ihr, dass sie ein wenig abseitsstand."

„Und an Jugendlichen wie Olivia und ihren Freunden", ergänzte ich.

Ihr Gesicht verschloss sich. „Es handelte sich dabei um Neid, weil diese Gruppe ihr in keinem Fach das Wasser reichen konnte. Wir Lehrer sind geschult darin, jegliche Form von Mobbing im Unterricht zu unterbinden."

„Bleiben die Pausen, der Hin- und Rückweg, die Ausflüge und die Jugendherbergsaufenthalte", hielt ich dagegen.

„Unsere Mittel sind begrenzt. Wir können nur das ahnden, was wir miterleben beziehungsweise was uns zugetragen wird."

Gut pariert, wie gewöhnlich wurde die Untätigkeit so begründet, dass man keine Ahnung hatte von dem, was passierte. Wenn der Gemobbte sich doch nicht dazu äußerte?

Als hätte sie meine Gedanken erraten, setzte sie hinzu: „Was wollen Sie ändern, wenn die Eltern sich querstellen und Entschuldigungsgründe für ihre Kinder vorschieben? Wir Lehrer sollen das richten, was eigentlich von zu Hause kommen müsste: vernünftiges soziales Miteinander, kein Mobben, kein Ausgrenzen, kein Diskriminieren. Man macht uns für die Misere verantwortlich, für die andere die Schuld tragen."

Ich hob kapitulierend die Hände. „Ich wollte Sie nicht angreifen. Es ist mir halt bei der Befragung von Olivia und ihren Freunden aufgefallen, dass diese fünf ziemlich von sich überzeugt sind und meinen, die Führungsposition in der Klasse eingenommen zu haben."

„Was leider auch stimmte", gab sie zu. „Allerdings war es Julia, die sich der Gemobbten annahm und sie beschützte. Sie hat sich selbst in die Lage der Außenstehenden gebracht."

10

Viel mehr hatte die Lehrerin nicht zu berichten. Sie kannte weder Julias Freunde noch wusste sie, was diese im Nachmittagsbereich unternahm. Die Zusammenschlüsse in der Klasse waren Notgemeinschaften, wobei das Mädchen anscheinend auch keinerlei Interesse daran gehabt hatte, sich mit jemand tiefergehend anzufreunden. Das einzig Interessante war ihre Aussage, warum Julia gerade an diese Schule gekommen war. Zum einen lag es an der Nähe zur mütterlichen Arbeitsstelle, sodass sie bei plötzlichem Unwohlsein umgehend abgeholt und versorgt werden konnte, zum anderen war Frau Klinger die Schule mehrfach empfohlen worden für Kinder wie ihre Tochter, mit zehn noch kindlich-verträumt, sehr zurückhaltend und schnell von Neuem eingeschüchtert. Die Mutter hatte Angst gehabt, dass die Kleine in der raueren Atmosphäre eines Gymnasiums untergehen würde.

„Wir haben unseren Teil gut erledigt. Julia hatte gelernt, sich durchzusetzen. Ihre schulischen Leistungen waren mehr als gut. Sie hätte ihr Abitur mit Leichtigkeit erreicht."

Die Lehrerin schüttelte ungläubig den Kopf, als ich ihr von Julias Idee erzählte, zum Vater zu ziehen und eine Lehre als Tierpflegerin zu machen. Davon sei nie die Rede gewesen und die Anmeldung zur weiterführenden Schule längst erfolgt. Sie hätte studieren wollen, wahrscheinlich Tiermedizin. Dass sie sehr an Onkel und Tante gehangen habe, sei eindeutig gewesen. Die beiden seien auf jeder Schulveranstaltung erschienen, das: häufiger als die Mutter, wurde nicht explizit erwähnt, klang aber durch. Sie hätten ein ausnehmend gutes Verhältnis zu ihrer Nichte gehabt.

Viel schlauer war ich nach diesem Besuch auch nicht. Niemand schien Julias heimlichen Freund zu kennen – was ihn in meinen Augen verdächtig machte. Ein ausufernder Streit zwischen den beiden heimlich Verliebten schien immer wahrscheinlicher.

Ich schrieb Frau Klinger eine Nachricht, dass ich morgen ihre Nachbarn befragen wolle, ob diese irgendjemand mit Julia zusammen gesehen hätten. Ihre Rückantwort kam prompt: *Das hat die Polizei bereits getan. Leider konnte ihnen niemand weiterhelfen.* Natürlich erwiderte ich, dass ich es trotzdem versuchen würde, man könne ja nie wissen, ob ich nicht ausgerechnet auf den einen träfe, der den Beamten durchgegangen sei. Deren Nachbarschaftsbefragung hatte sich bestimmt nur auf einen Durchgang bezogen, ich dagegen würde mehrfach dort auftauchen.

„Bist du den ganzen Tag im Einsatz gewesen?", fragte Felicitas mitfühlend, als ich endlich nach Hause zurückkehrte.

„Alles für dich", nickte ich grinsend. „Damit wir uns unser neues Heim auch wirklich verdienen!"

Sie tat, als wolle sie nach mir schlagen, und schmiegte sich dann doch lieber an mich. „Ich finde es toll, dass du so da hinterher bist, den Mörder ausfindig zu machen."

„Leider habe ich bis jetzt nichts vorzuweisen."

„Das wird schon", munterte sie mich auf. „Hat es nicht jedes Mal am Anfang so ausgesehen, als würdest du es nicht schaffen?"

Sagte ausgerechnet die, die sonst immer nörgelte, dass sich die nötigen Beweise nicht auf die Schnelle finden ließen! Immerhin hatte sie es mit diesem Spruch geschafft, mich wieder in die Spur zu bringen. Noch war ich dabei, erste Fakten zu sammeln. Wäre es einfach, den Täter zu entlarven, hätte die Polizei ihn längst verhaftet.

Am nächsten Morgen suchte ich mir die Telefonnummer von Corinne heraus – gestern hatte ich ihr zwar meine gegeben, aber versäumt, nach ihrer zu fragen – und rief sie an. Die Mutter meldete sich und versprach, ihrer Tochter, die bereits unterwegs sei, Bescheid zu geben. Ich schmunzelte, als ich die Verbindung trennte. Es war früher Morgen, bestimmt lag das Mädchen noch im Bett und schlief. Schließlich waren Ferien.

Nils würde mir um diese Uhrzeit bestimmt ebenfalls nicht öffnen. Ich konnte diese Stunden für eine erste Runde durch die Nachbarschaft der Klingers nutzen.

Ich traf überall, wo mir geöffnet wurde, auf Anteilnahme. Obwohl die meisten Leute Julia nur vom Sehen kannten, hatte ihr Tod sie mitgenommen. Die Nachricht, dass die Mutter einen Detektiv eingeschaltet hatte, war schon überall bekannt, durch die Haushälterin Frau Jung, wie ich vermutete. Diese wurde mehrfach lobend erwähnt, wie gut sie sich doch kümmerte.

Leider hatte keiner Julia irgendwann mal in Begleitung gesehen und niemand wusste Näheres über sie zu berichten. Sie habe immer lieb gegrüßt, hieß es, mehr gab es anscheinend nicht zu sagen.

Corinnes Anruf gegen elf erlöste mich aus den Klauen einer über Achtzigjährigen, die meinen Besuch nutzte, mir ausführlich ihre Altersbeschwerden zu schildern. „Ich habe nur seine Handynummer", verkündete sie.

„Das ist sogar besser. So kann ich ihn auch erreichen, wenn er unterwegs ist. Können Sie sie mir bitte durchgeben?"

Konnte sie. Ich notierte die Ziffern.

Sie zögerte, hatte offensichtlich noch etwas auf dem Herzen. „Ja?", fragte ich nach, als die Pause immer länger wurde.

„Falls Ihnen etwas eingefallen ist, und wenn es noch so unwichtig ist, ich behalte den Hinweis für mich."

„Es ist nur ... also der Nils, der stand auf Julia, eindeutig. Er hat es nie zugegeben." Sie holte tief Luft. „Ich denke, er ist ihr manchmal gefolgt, so, dass sie es nicht bemerkt hat. Geredet darüber haben wir nie, er hätte es abgestritten."

„Ein wichtiger Hinweis, ich danke Ihnen, dass Sie offen mit mir darüber reden. Ich werde ihm nicht verraten, dass Sie mich informiert haben, ganz sicher nicht. Bisher habe ich niemand finden können, der Julia mit einem Freund zusammen gesehen hat. Vielleicht ist es Nils, der mir den entscheidenden Tipp gibt."

„Vielleicht hatte sie nie einen", gab sie lebhafter zu bedenken. Meine Worte hatten sie eindeutig beruhigt.

„Das ist leider ausgeschlossen. Ähm, es gibt entsprechende Hinweise auf eine engere Beziehung."

Es dauerte einen Moment, bis sie den richtigen Schluss gezogen hatte. „Nein, über eine große Liebe hat sie nie gesprochen", erklärte sie, nur dass sich jetzt noch eine Portion Überraschung in ihre Stimme mischte, als hätte sie Julia wirklich keine Beziehung zugetraut.

„Ich melde mich bei Ihnen, sobald ich Klarheit habe", verabschiedete ich mich und rief umgehend die erhaltene Handynummer an.

„Ja?", meldete sich eine männliche Stimme.

Klar, ein unbekannter Anrufer, da war man vorsichtig. „Hi, mein Name ist Alexander Grahl. Die Frau Klinger, Julias Mutter ..." Weiter kam ich nicht, er hatte mich weggedrückt. Mein nächster Versuch wurde ignoriert, ebenso der dritte zehn Minuten später. Ich versuchte es mit einer SMS, in der ich behauptete, es ginge mir nur darum, mit jedem, der Julia näher gekannt hatte, persönlich zu sprechen, und bäte um einen Rückruf. Ich wartete vergebens.

Gegen zwölf hatte ich jeden Anwesenden in der Nachbarschaft befragt. Es blieb dabei: Julia sei jeden Tag zur Haltestelle gegangen, allein, und sie sei auch nie in Begleitung zurückgekehrt.

Was nun? Das Haus, in dem Nils wohnte, besaß eine Sprechanlage. Er würde mir nicht öffnen, wenn ich meinen Namen nannte. Am besten verschob ich meinen Versuch in die Abendstunden. Vielleicht waren seine Eltern kompatibler.

Trotzdem schrieb ich Corinne eine Nachricht und bat sie, mir ein Foto von ihm zu schicken. Im schlimmsten Fall würde ich in der Nähe des Wohnhauses parken und mich auf die Lauer legen, wenn es sein musste auch den ganzen Tag.

Statt nach Hause fuhr ich zu unserem bald neuen Heim. Dietmar hatte meine Freundin gestern angerufen. Er sei heute vor Ort, um mit einem Handwerker gemeinsam über die nötigen Renovierungen zu sprechen. Wäre vielleicht gut, wenn ich mich sehen ließ.

Am Straßenrand entdeckte ich sein Auto und vor der Wellblechhalle einen Transporter ohne Aufschrift. Hm, schien eine komische Firma zu sein, wenn nicht mal ihr Name aufgedruckt war.

Dietmar und ein Mann in blauem Overall standen in der Küche und diskutierten, was in welcher Reihenfolge zu erledigen sei. Mein Schwiegervater in spe strahlte, als er mich entdeckte. „Du kannst deine Fragen direkt mit dem Verlobten meiner Tochter abklären", wandte er sich an seinen Begleiter, bevor er uns einander vorstellte. „Das ist Toni, das Alex."

Dieser streckte mir seine Pranke entgegen und schüttelte sie kräftig. „Wann soll es denn losgehen, Meister?"

Etwas irritiert blickte ich zu Dietmar. „Sollten wir nicht lieber abwarten, bis der Verkauf über die Bühne gegangen ist?"

„Ach", winkte dieser lässig ab. „Das wäre Zeitverschwendung. Bis dahin hat Toni die Räume auf Vordermann gebracht und ihr könnt gleich einziehen."

Gut, es war sein Risiko. „Wann können Sie denn anfangen?", fragte ich diesen.

Er kratzte sich am Kopf und überlegte. „Nächste Woche Montag. Ist ja nicht viel zu tun."

Da die Wände relativ neue Raufasertapeten aufwiesen, reichte ein neuer Anstrich in unseren Augen aus. Schließlich wollten wir die Kosten nicht unnötig in die Höhe treiben.

Toni drehte sich zu seinem Auftraggeber. „Sollen wir nach dem Abriss der Halle gleich den Neubau in Angriff nehmen?"

„Nein", ging ich dazwischen, bevor dieser antworten konnte. „Felicitas will bestimmt zuerst Pläne machen. Wir sollten es ihr überlassen, wann sie", wenn überhaupt, „dieses Vorhaben umsetzen möchte." Im Zweifelsfall stellten wir eine Garage oder besser gleich eine Doppelgarage an diese Stelle, die gab es vorgefertigt.

Toni zuckte die Schultern. „Wie Sie wollen, beschränken wir uns eben auf das Haus. Nur denken Sie dran, im Moment wird die Lage auf dem Bau immer unübersichtlicher. Dazu die drohende Gasabschaltung, ich kann Ihnen nicht garantieren, dass wir später noch an Material kommen, von zügig reden wir jetzt schon nicht mehr."

Ich würde Felicitas heute Abend fragen, wie sie dazu stand. Den Auftrag erweitern konnten wir immer noch. Bauengpässe hin und her, wenn es nach mir ging, konnten wir diese Maßnahme ruhig noch einige Jahre aufschieben.

„Die Fliesen auf den Böden sollen bleiben?"

Ich nickte. „Was sind Sie von Beruf?"

„Ich habe Gas- und Wasserinstallation gelernt, mich aber schon vor Jahren mit allen Arbeiten rund ums Haus selbstständig gemacht", klärte er mich auf. „Wir verlegen Fliesen, Laminat, Parkett, streichen und tapezieren und renovieren preiswert Ihr Bad."

„Und erledigen auch Abbrucharbeiten", fügte Dietmar hinzu. „Ihr seid doch einverstanden damit, die Halle abzureißen, oder wollt ihr sie lieber behalten."

„Nein, weg damit." Ich funkelte ihn an. „Seitdem Felicitas hörte, dass sich der Vorbesitzer dort erhängte, ist sie erpicht darauf, dass sie verschwindet." Was mich gleich daran erinnerte, dass wir uns dort noch nicht umgesehen hatten. Das sollte ich direkt nach diesem Gespräch erledigen.

„Sollen wir Montag anfangen?"

Ich wies auf Dietmar. „Das machen Sie besser mit ihm aus. Er ist Ihr Auftraggeber."

Während ich mich schon zur Tür wandte, hörte ich, dass sie tatsächlich vereinbarten, Toni solle Anfang der Woche beginnen. Wie es aussah, stand unserem baldigen Umzug nichts im Wege.

11

Erst draußen fiel mir ein, dass ich keinen Schlüssel für die Wellblechhalle hatte. Trotzdem ging ich hinüber - und konnte ungehindert eintreten. Obwohl das Schloss unversehrt war, hatte niemand daran gedacht, abzuschließen.

Wahrscheinlich, weil es nichts mehr zu holen gab, stellte ich fest. Bis auf leere Regale fand sich nichts.

„Na? Willst du sie lieber selbst nutzen?"

Ich hatte Dietmar gar nicht eintreten gehört. „Seid ihr schon fertig?"

„Es ist alles geklärt. Länger als eine Woche benötigen sie nicht, meinte Toni."

„Wie bist du an ihn gekommen?" Soweit ich wusste, waren Handwerker normalerweise ausgebucht bis zum Geht-Nicht-Mehr, man musste mit wochenlangen Wartezeiten rechnen.

„Er hat ein paar Monate lang in meinem Imbiss ausgeholfen. Nun hat er sich wieder selbstständig gemacht. Ich bin sein erster Kunde." Er interpretierte meinen Gesichtsausdruck falsch. „Toni ist ein super Handwerker, wirklich. Nur mit dem Bürokram hat es gehapert. Dazu kamen einige größere Ausfälle von Leuten, die nicht bezahlt haben, und er ging in die Insolvenz. Ich erfuhr von dem Neuanfang und habe ihn mir gleich an Land gezogen. Er arbeitet wirklich gut, in spätestens einem halben Jahr kann er sich vor Anfragen nicht mehr retten."

Die Kontakte meines Schwiegervaters in spe waren wirklich bemerkenswert, besonders seitdem er das noble Restaurant mit dem Imbiss getauscht hatte. „Dein Maklerfreund", fiel es mir ein, „wo war der Kunde?"

„Sowohl als auch", grinste er. „Der ist mir treu geblieben. Wir haben erst letztens das Büffet für seine Geburtstagsfeier geliefert."

„Weißt du, wo die Sachen aus den Regalen abgeblieben sind?" Ich wies einmal rundherum. Es handelte sich nämlich um Hochregale, die sich über drei Seiten zogen.

„Das Zeug hat der Mann nach und nach verkauft. Seit dem Tod seiner Frau war er nicht mehr fähig zu arbeiten. Von irgendwas musste er schließlich leben."

„Das Haus ist schuldenbelastet?"

„Bis zum Dach", bestätigte er. „Der war bankrott, vielleicht hat das zu seinem Entschluss beigetragen."

Unwillkürlich wanderte mein Blick nach oben. Nein, selbstverständlich gab es keine Balken, an denen man ein Seil befestigen konnte.

„Er hat eins der Regale genutzt." Dietmar hatte meine Kopfbewegung richtig gedeutet. „Unten ein paar schwere Steine rein und oben den Strick dran."

„Wer hat ihn gefunden?"

„Seine Schwester. Er hatte sie für den nächsten Tag zu sich bestellt."

„Besser sie als Julia."

„Da hast du recht. Die Kleine soll so schon richtig fertig gewesen sein."

„Was mir nicht in den Kopf will: Die beiden Verstorbenen hatten ein super gutes Verhältnis zu Julia. Normalerweise, wenn du beschließt, Selbstmord zu begehen, ordnest du alles beziehungsweise hinterlässt zumindest einen Abschiedsbrief." Den Punkt mit dem Testament behielt ich vorsichtshalber für mich. „Weißt du, ob es einen gab?"

Er starrte mich verblüfft an und schüttelte dann langsam den Kopf. „Es hieß, er sei am Ende gewesen, sowohl finanziell als auch von der Psyche her. Ich erkundige mich, wenn es wichtig für dich ist."

„Mach das bitte! Bist du dir eigentlich sicher, dass du dich auf euren Kaufvertrag hundertprozentig verlassen kannst?" Ich musste einfach nachfragen. Normalerweise konnte jede Partei nämlich eine gewisse Zeit davon zurücktreten.

„Vertrau mir! Es ist alles vernünftig geregelt. Meinetwegen wartet mit dem Einzug, bis Felicitas als neue Besitzerin im Grundbuch eingetragen ist. Ich möchte halt, dass bis dahin sämtliche Arbeiten erledigt sind."

Das würden wir garantiert tun.

Du hast immer noch nicht mit Mirko gesprochen, fiel es mir siedend heiß ein. Irgendwie konnte ich mich nur schlecht daran gewöhnen, bald umziehen zu müssen und eine Vielzahl von Räumen zur Verfügung zu haben. Und dann war da dieser Mordfall, der mich vermutlich eine ganze Weile beschäftigen würde.

Prompt fragte Dietmar nach, was ich bisher herausgefunden hatte. Während ich ihm berichtete, wanderten wir durch den Garten bis zu dem Häuschen auf der Hälfte des Weges.

„Habt ihr da schon reingeguckt?"

„Nur einen kurzen Blick riskiert."

Dietmar winkte mir auffordernd zu. „Los, wir räumen es leer und prüfen, was ihr behalten wollt."

Kurz darauf standen wir vor einer kompletten Ausrüstung mit sämtlichen Geräten, die man benötigte, zehn Stühlen, zwei Liegen und einem hochwertigen Gasgrill. Es wirkte alles ein wenig verstaubt, als wäre nichts davon in letzter Zeit benutzt worden.

„Hm", Dietmar kratzte sich nachdenklich am Kopf. „Ist so weit in Ordnung, wenn wir eben den Schuppen ausfegen, müsst ihr anschließend nur die Möbel ein wenig putzen und das war's."

Ich griff schon zum Besen. Am besten entfernte ich auch die zahlreichen Spinnennetze, sonst würde sich Felicitas nicht hineintrauen. Sie hasste die kleinen Krabbeltiere, bei uns in der Wohnung war ich immer dafür zuständig, sie zu entsorgen. Ich war echt gespannt, wie sie bei ihrer Phobie die Gartenarbeit bewältigen wollte.

Ich stutzte, als ich plötzlich Dietmars Stimme vernahm. Mit wem sprach er da?

Als ich durch die Tür schaute, entdeckte ich einen kleinen rothaarigen Jungen neben ihm, der, ohne Luft zu holen, auf ihn einredete. Neugierig trat ich hinaus und ging auf die beiden zu.

Der Junge klappte mitten im Satz seinen Mund zu und musterte mich neugierig. „Bist du der neue Nachbar?"

Die Ähnlichkeit mit seiner Mutter und seinem älteren Bruder war so verblüffend, dass ich mir den Blick auf seinen eingegipsten Arm schenken konnte. „Ich heiße Alex und du Fabian, richtig?"

Er schien sich nicht zu wundern, dass ich ihn erkannt hatte, sondern nickte eifrig. „Hast du Kinder?" Meine Antwort schien ihn zu enttäuschen. „Mist, wieder keiner zum Spielen!"

Dietmar warf mir einen warnenden Blick zu: Fang nicht von Julia an, hieß das wohl. Als wenn ich den Kleinen damit belästigt hätte. Er hatte den Schock über ihren Tod bisher bestimmt nicht verarbeitet. „Wie bist du reingekommen?", fragte ich stattdessen.

„Durch den Zaun, den kann man aufklappen. Die Julia hat mir dabei geholfen. Damit ich nicht immer den langen Weg nehmen muss." Er legte mit einem verschwörerischen Grinsen den Finger an die Lippen. „Aber nicht der Mama sagen. Die macht das sonst zu."

„Von mir erfährt sie nichts", versicherte ich ihm und wandte mich wieder dem Gartenhäuschen zu. „Tut mir leid, ich muss weiterarbeiten."

Obwohl ich fast eine Stunde benötigte, standen die beiden immer noch ins Gespräch vertieft, als ich die Tür wieder hinter mir schloss.

„Begleitest du mich zur Oma?"

„Okay." Vielleicht konnte ich sogar ein Mittagessen abstauben.

Im selben Moment ertönte vom Nachbarhaus ein Ruf. „Fabian? Essen!"

„Ich komme."

Schneller, als ich es ihm zugetraut hätte, rannte er zum Zaun, klappte die losen Enden auseinander, schlüpfte hindurch und verschloss den Spalt mit der gesunden Hand wieder. „Tschüss, bis bald."

„Viel Spaß demnächst bei der Gartenarbeit", grinste mein Schwiegervater in spe. „Wetten, dass du ihn ganz oft an der Backe hast? Sein bester Freund ist im Urlaub, sie fahren dieses Jahr gar nicht weg, die Mama arbeitet momentan im Homeoffice, sein Bruder ist ständig unterwegs und er langweilt sich. Falls du dich demnächst dem Grünzeug widmen willst, bist du hiermit vorgewarnt."

„Sobald er den Gips los ist, trifft er sich lieber mit den Nachbarskindern", tat ich seine Warnung mit einer lässigen Handbewegung ab. „Dann sind Feli und ich schnell uninteressant."

„Sei dir lieber nicht zu sicher. Er hat viel Zeit mit Julia verbracht, ist hier sozusagen ein und aus gegangen."

„Er wird älter", blieb ich optimistisch. „Sein Freiraum wächst. Im Moment bin ich zu sehr mit dem Fall beschäftigt, als dass ich mich großartig dem Garten widmen könnte."

Bevor ich losfuhr, klingelte ich noch einmal bei der Nachbarin. „Ich weiß, sie wollen Mittagessen, ganz kurz nur: Kennen Sie Freunde der Verstorbenen mit Namen, an die ich mich wenden kann, um die genaueren Umstände zu erfahren?" Den Grund dafür ließ ich offen. Ich musste ihr nicht unbedingt auf die Nase binden, dass ich auch Frau Klinger näher überprüfen wollte. Das fehlende Testament – wenn es denn stimmte – ließ mir keine Ruhe.

„Die Bellmanns, die Hausers und die Schellenbergs", kam die prompte Antwort. „Ich an Ihrer Stelle würde es bei den Hausers probieren. Die Bellmanns haben sich mit Beginn der

Erkrankung von Marina kaum noch blicken lassen, die Schellenbergs auch sehr unregelmäßig. Nachdem sie verstarb, kamen als Einzige die Hausers."

Sie wusste sogar deren Adresse, denn sie wohnten nur eine Straße weiter. Ich konnte sie gleich nach dem Kurzbesuch bei der Oma aufsuchen.

Zuerst aber ließ ich mir das wie immer vorzügliche Essen schmecken. Kein Wunder, dass ihr Sohn als Koch derart große Erfolge feierte. Seine Mutter war bestimmt nicht unschuldig daran. Glücklicherweise hatte sie ihr Können auch an meine Freundin weitergegeben, weshalb diese meist am Wochenende am Herd stand. Ich gehörte in diesem Bereich eher zu den blutigen Anfängern.

Anschließend versuchte ich mein Glück bei den Hausers. Leider war noch niemand zu Hause. Ich würde später wiederkommen müssen. Für einen Besuch bei Nils war es ebenfalls noch zu früh. Meine nächste Runde in Julias Nachbarschaft wollte ich im Abendbereich drehen. Selbst der Anruf bei Mirko musste noch warten. Gegen sechzehn Uhr machte er normalerweise Feierabend, ich sollte ihm zuvor ein wenig Erholung gönnen.

Zurück in unserer Wohnung setzte ich mich vor den Computer und ergänzte meine Notizen. Anschließend überschrieb ich eine neue Datei mit „Julia" und setzte sämtliche Fakten hinein, die ich erfahren hatte. Weiter half mir dieser Punkt nicht. Das Einzige, was sich immer deutlicher herauskristallisierte: Irgendetwas an dieser neuen Liebe war oberfaul. Niemand wusste davon, das Mädchen hatte es verstanden, die Treffen absolut geheim zu halten, hatte mit keinem darüber gesprochen, war nie mit einem Typ gesehen worden. Das konnte nur heißen, dass es sich dabei entweder um einen verheirateten Mann handelte oder um einen Jugendlichen, der in keiner Form der üblichen Norm entsprach – wobei ich mir, so, wie mir Julia beschrieben wurde, eigentlich nicht vorstellen konnte, dass sie die Meinung der anderen gestört hätte.

Es sei denn, der Junge steckte dahinter und wollte nicht, dass ihre Beziehung bekannt wurde, spann ich den Faden weiter. Wenn es sich zum Beispiel um den älteren Bruder von einem aus diesem Fünferklub handelte, der würde sich vermutlich bedeckt halten wollen und sie genauso. Aber warum hatte er sich nicht nach ihrem Tod gemeldet? Dieses Versteckspiel legte geradezu nahe, dass er darin verwickelt war.

Oder konnte es irgendeinen anderen Grund für sein Schweigen geben, auf den ich mit meiner normalen Denkweise überhaupt nicht kam? Wahrscheinlich war es sinnvoller, heute Abend gemeinsam mit Felicitas noch einmal zu überlegen. Vielleicht fand sich so etwas, das ich überprüfen konnte.

Ich warf einen weiteren Blick auf die Uhr. Immerhin konnte ich nun endlich Mirko anrufen. Es wurde Zeit, Nägel mit Köpfen zu machen.

12

Als ich um fünf zum zweiten Mal bei den Hausers klingelte, wurde mir von einem älteren Mann geöffnet. „Ich ermittle im Auftrag von Frau Klinger wegen des Todes ihrer Tochter", begann ich, als sich eine Frau mit klatschnassem Haar neben ihn schob. „Ha! Habe ich doch richtig gesehen!", rief sie erfreut aus. „Sie sind Alexander Grahl, der Schriftsteller. Sie wollen zu uns? Worum geht es denn?"

„Um die Julia." Ihr Mann gab ihr einen kleinen Schubs. „Ich setze mich mit ihm in die Küche und du föhnst dir eben die Haare, du tropfst."

Sie lachte. „Wenn ich ihn dafür tatsächlich live vor mir sehe, ist mir das egal."

„Aber mir nicht." Er schob sie sanft zurück. „Geh endlich. Er ist gleich auch noch da." Dann wandte er sich zu mir. „Kommen Sie durch in die Küche. Bei Kaffee und Kuchen lässt es sich leichter reden."

Der Platz reichte gerade für einen kleinen Tisch und zwei Stühle. Trotzdem forderte er mich auf, mich zu setzen. „Ich hole gleich einen Hocker. Erst mal koche ich uns einen Kaffee." Er befüllte die Maschine und schaffte es, das Geschirr zu verteilen und einen Teller mit selbst gebackenem Kuchen aus dem Ofen zu holen, bevor seine Frau herbeieilte.

„Ja!" Mit einem erfreuten Lächeln glitt sie auf den Stuhl mir gegenüber. „Endlich lerne ich Sie persönlich kennen! Sie sind an der Aufklärung des Todes von Julia beteiligt? Ist ja ein Ding! Die Umstände, weswegen sie uns besuchen, sind natürlich heftig", beeilte sie sich hinzuzufügen. „Schöner wäre es gewesen, wir hätten uns auf einer Ihrer Lesungen kennengelernt. Ich hatte gehofft, Sie würden im Sommer eine in der Buchhandlung halten. Das wäre …"

„Nun hol mal Luft und lass ihn erzählen, was er von uns will",
tadelte ihr Mann sie gutmütig. Er schenkte uns allen Kaffee
ein und wies mit einer einladenden Geste auf den Kuchen.
„Bedienen Sie sich. Hat meine Frau verbrochen. Backen kann
sie, der schmeckt fantastisch."

„Frau Klinger hat mich gebeten Nachforschungen anzustellen", erklärte ich, bevor ich zugriff und mir ein Stück auf den
Teller legte. „Mein Schwiegervater", es war einfacher, ihn so
zu bezeichnen, „hat das Haus ihres Bruders erworben. So
sind wir in Kontakt gekommen." Ich legte eine kurze Pause
ein, um abzubeißen. Der Mann hatte nicht gelogen, das Baiser-
gebäck zerfloss auf der Zunge und hinterließ einen angenehmen Nachgeschmack. „Sehr lecker", lobte ich.

„Sie kriegen anschließend das Rezept von mir, für Ihre
Freundin", grinste sie.

Ertappt! „Na ja, ich gehöre so gut wie zur Familie", verteidigte ich mich. „Seine Tochter und ich sollen dort einziehen."

„Ist ja interessant." Ihre Hand, die sie mit ihrem Kuchenstück
zum Mund hatte führen wollen, sank wieder herab. „Also
sind Ihnen die Merkwürdigkeiten direkt ins Auge gefallen,
richtig?"

„Einige, vielleicht noch nicht alle", gab ich zu. „Die Nachba-
rin, Frau Jacobs, sagte mir, Sie und Ihr Mann seien gute
Freunde von Marina und Jochen gewesen und hätten tiefere
Einblicke nehmen können."

„Das stimmt", nickte Herr Hauser, der neben der Spüle saß
und in der Zwischenzeit seinen Kuchen bereits aufgegessen
hatte. „Meine Frau war eine Kollegin von Marina, die beiden
freundeten sich an, Jochen und ich verstanden uns auf Anhieb, wir hatten eine gute Zeit zusammen, haben viel unternommen, sind zusammen in Urlaub gefahren, für uns war es
normal, dass man sich auch in schlechten Zeiten kümmert."

„Von der Diagnose Krebs bis zu ihrem Tod verging fast ein
Jahr", übernahm seine Frau. „Jochen hat sie rührend versorgt, allerdings kaum noch gearbeitet. Nach der Beerdigung

ist er völlig zusammengebrochen, in ein tiefes Loch gefallen, aus dem er nicht wieder herauskam. Selbst Julia hat es nicht geschafft, ihn aufzurichten."

„Sie war wie deren Kind", ergänzte ihr Mann. „Hat sich da mehr zu Hause gefühlt als bei der Mutter."

„Wie würden Sie Julia schildern."

„Lieb, ziemlich schüchtern, ein bisschen naiv", Frau Hauser kicherte. „Lang nicht so weit wie wir in dem Alter. Die Tiere waren ihr Ein und Alles, vor allem die Hunde. Eine Schande, dass die Mutter ihr verbot, einen eigenen zu halten!"

„Andererseits war sie sehr intelligent", fügte ihr Mann hinzu. „Ihr Wunsch war es, Tierärztin zu werden. Das hätte sie locker geschafft."

„Ihre Freunde haben sie unterstützt?"

„Mehr als das", erwiderte Frau Hauser. „Sie haben, als sie zwölf wurde, vorgefühlt, ob sie nicht zu ihnen ziehen könne. Leider gab es deswegen einen hässlichen Streit mit der Mutter. Danach musste Julia eine Zeit lang heimlich vorbeikommen. Nur war die Frau Doktor dermaßen beschäftigt, dass sie es sowieso nicht mitgekriegt hätte."

Ich konnte nicht anders, trotz der aufregenden Neuigkeiten nahm ich mir ein zweites Stück Kuchen, was von Frau Hauser mit einem freudigen Lächeln belohnt wurde. „Hat Julia davon gesprochen, dass sie vorhatte, zum Vater zu ziehen?", fragte ich, nachdem ich gekaut und geschluckt hatte.

Das Ehepaar wirkte eindeutig überrascht. „Nein, nie", versicherte der Mann. „Der hatte doch selbst kaum Zeit für sie."

„Brachte Julia manchmal Freunde mit oder erzählte von ihnen?"

„Sie kümmerte sich ab und zu um den kleinen Nachbarssohn, den Fabian. Sie hatte eine Engelsgeduld, konnte sich auf seine Spiele einlassen und ihm all seine Fragen beantworten. Das ist auch so einer", bemühte sie sich, mir zu erklären. „Die beiden sind weiter als andere ihres Alters, sie haben andere Interessen, sind nicht so oberflächlich, sondern wollen allem auf den Grund gehen. Es gibt nicht viele, die damit umgehen können."

„Niemals wäre Julia weggezogen", wiederholte Herr Hauser. „Angedacht war, dass sie, wenn sie achtzehn ist und selbst entscheiden kann, bei Marina und Jochen wohnt."

„Vielleicht hatte sie zwischendurch, nachdem abzusehen war, dass Marina stirbt, diese Idee", wandte seine Frau ein. „Oder später, als wir merkten, wie schlecht Jochen zurecht war. Bestimmt hatte sie erkannt, dass das mit ihrem Einzug nichts wird. Er wurde immer depressiver", sagte sie zu mir. „Konnte sich zu nichts mehr aufraffen. Saß meist in der Küche und starrte vor sich hin. Nicht mal auf die Terrasse setzte er sich mehr. Der Garten war Marinas Steckenpferd, er hätte zu jeder Pflanze sagen können, wann sie gesetzt wurde, wie alt sie ist. Aber das ging ihm zu nah. Jedes Mal, wenn er ihren Namen aussprach, kamen ihm die Tränen."

„Wir beide und Julia, wir haben uns alle um ihn bemüht", Herr Hauser seufzte. „Es war nichts zu machen."

„Zum Arzt wollte er auch nicht. Mein Leben ist vorbei, wiederholte er, wenn ich ihn bat, einen Psychologen aufzusuchen. Ich will nicht mehr. Ein halbes Jahr später hat er den Strick genommen."

„Julia war fix und fertig. Und was macht ihre Mutter? Schickt gleich zwei Tage später die Haushälterin vorbei und überlässt ihr die komplette Durchsicht." Herr Hauser schüttelte immer noch erschüttert über diese Dreistigkeit den Kopf. „Die hatte für alles ihre Leute. Das Ausräumen hat eine Firma übernommen. Ich gehe mal davon aus, dass alles auf der Müllkippe gelandet ist."

„Und Julia? Durfte sie sich wenigstens ein paar Andenken aussuchen?"

Frau Hauser zeigte mir den erhobenen Daumen. „Sie hatte einen eigenen Schlüssel, davon wusste außer uns keiner. Sie und ich sind gemeinsam hin, sofort an dem Tag, als die Haushälterin zum ersten Mal da war. Wir haben das, was sie aufheben wollte, zu uns gebracht." Sie seufzte schwer. „Der Kram liegt noch im Keller. Ich weiß nicht, soll ich Frau Klinger die Sachen geben oder sie wegwerfen?"

„Wegwerfen", bestimmte ihr Mann. „Es sind ja bloß Erinnerungsstücke ohne großen Wert."

Jetzt war der richtige Zeitpunkt für meine Frage gekommen. „Was ich nicht verstehe, ist, wieso der Onkel nicht seiner Nichte das Haus mit allem Drum und Dran vererbte."

„Ha!" Frau Hauser beugte sich vor, ihre Augen funkelten. „Genau das stößt uns auch auf. Jochen und Marina haben Julia geliebt. Ich kann mir nicht vorstellen, dass er wirklich wollte, dass das Haus an seine Schwester geht." Sie schüttelte nachdrücklich den Kopf. „Beim besten Willen nicht."

„Wir vermuten, sie hat das Testament verschwinden lassen." Ihr Mann hatte seine Stimme gesenkt, als wage er kaum, diesen Gedanken laut zu äußern. „Dabei hat die als Ärztin ein super Einkommen. Was soll das?"

„Sie wollte Julia unselbstständig halten, denke ich." Frau Hauser zuckte die Schultern. „Anders kann ich es mir nicht erklären. Außerdem würde es zu ihr passen. Sie bestimmte, wo es langging."

„An dem Selbstmord ist jedenfalls nicht zu rütteln", erklärte Herr Hauser, bevor ich nachhaken konnte. „Ehrlich gesagt hatten wir schon länger damit gerechnet, vor allem nachdem er sein Lager verkaufte. Der wollte einfach nicht mehr."

„Wie war seine finanzielle Lage?"

Er winkte ab. „Gut. Der war, seitdem Marina nicht mehr aus dem Bett kam, krankgeschrieben, hatte eine gute Versicherung."

„Auf dem Haus lagen keine Hypotheken?", vergewisserte ich mich.

„Das haben die Eltern von Marina gebaut, war so als Mehrgenerationenhaus gedacht. Sie haben oben gewohnt, die beiden unten. Nein, Quatsch, die hatten oben ihr Schlafzimmer und das Bad wurde gemeinsam genutzt. War aber nicht für lange. Die Eltern sind im Urlaub bei einem Autounfall gestorben."

„Sie hatten vor, wenn erst mal Kinder da sind, anzubauen", ergänzte Frau Hauser. „Tja, erst starben die Eltern so früh, dann hatte sie drei Fehlgeburten und nach der letzten meinte der Arzt, sie dürfe nicht mehr schwanger werden. Da waren sie für eine Adoption schon zu alt."

„Was absolut lächerlich ist", schnaubte ihr Mann. „Es gibt so viele, die mit vierzig ein Kind kriegen. Oder gucken Sie sich die mit den Pflegekindern an. Ich kenn welche, die haben mit fünfzig noch ein Kleinkind aufgenommen."

„Also war das Haus nicht belastet?", wiederholte ich. „Ich frage deswegen, weil Frau Klinger das Gegenteil behauptet und damit auch den schnellen Verkauf begründet."

Beide starrten mich entgeistert an. „Ganz bestimmt nicht." Frau Hauser fasste sich als Erste wieder. „Ich gehe sogar davon aus, dass sein Konto gut gefüllt war. Er hat ja kaum noch was verbraucht."

Äußerst seltsam! „Gab es neben Frau Klinger und ihrer Tochter noch weitere Verwandte?"

„Von seiner Seite aus nicht, nur von Marinas ein paar entfernte."

„Wie es aussieht, hatte Julia einen festen Freund. Hat sie Ihnen davon erzählt?"

„Sind Sie wirklich sicher?", fuhr Frau Hauser auf. Dann schien sie zu begreifen. „Die Obduktion, natürlich!" Sie dachte angestrengt nach und malte dabei immer schnellere Kreise auf die Tischplatte, bis sie abrupt innehielt und mit leiser Stimme gestand: „Als Jochen tot war, ist sie jedes Wochenende im Haus gewesen, oft stundenlang. Manchmal kam sie auch unter der Woche. Wir haben sie in Ruhe gelassen, haben gedacht, es sei ihre Art des Trauerns. Natürlich hatten wir ihr angeboten, dass sie jederzeit zu uns kommen könne. Ich musste meinen Schlüssel der Haushälterin geben. Die stand tatsächlich irgendwann vor der Tür und hat ihn zurückverlangt. Sie konnte sogar ein Schreiben von der Frau Doktor vorweisen." Sie schüttelte den Kopf. „Die Möbel sind erst in der Woche, nachdem man die Kleine fand, abgeholt worden. Ich dachte …"

„… sie hält sich bis auf den letzten Drücker da auf", übernahm ihr Mann, weil sie schwieg und nur wieder den Kopf schüttelte. „Wir sind nicht hin, um sie nicht zu stören."

13

Ich verabschiedete mich gegen zwanzig Uhr von den Hausers und beschloss, alle weiteren Aktivitäten auf den nächsten Tag zu legen. Besser war es, mit Felicitas zusammen dieses Gespräch Revue passieren zu lassen.

Allerdings blieb es nicht aus, dass ich mir schon auf der Rückfahrt Gedanken machte. Vielleicht hatte Julia diesen ominösen Freund genau in der Phase kennengelernt, in der sie dringend auf Beistand angewiesen war, jemand brauchte, der sie tröstete und wieder aufrichtete. Gerade bei oder nach solchen Schicksalsschlägen war man besonders verwundbar. Und wenn sie sich anschließend in dem verwaisten Haus getroffen hatten … das war ein hervorragender Rückzugsort, bei dem, wenn man eine gewisse Sorgfalt walten ließ, keiner etwas davon mitbekam.

„Hat dein Fan gleich die Gelegenheit genutzt, dich auszufragen?", empfing mich meine Freundin leicht vorwurfsvoll, obwohl ich ihr kaum im Auto eine kurze Nachricht geschickt hatte.

„Nein, wir haben uns nur sehr gut unterhalten. Und ich bekam einige wertvolle Vorschläge bezüglich unseres neuen Hauses", konnte ich mich nicht zurückhalten vorzupreschen, wodurch ihr Interesse natürlich einen anderen Fokus bekam.

„Erzähl!"

Ich berichtete von den Überlegungen der Vorbesitzer.

Sie nickte nachdenklich. „Das wäre eine super Möglichkeit. Wir behalten einen Raum der oberen Wohnung für ein Schlafzimmer, das Bad erhält zwei Eingänge, den Rest trennen wir komplett ab. Du bekommst den unteren Raum als Büro, später können wir ein Kinderzimmer daraus machen und dich im Wohnzimmer unterbringen." Sie grinste frech.

„Oder wir lassen es lieber, wie es ist, mit der Option, es bei einem zweiten Kind umzubauen, und du kommst in den Keller."

„Und Mirko als Mieter der oberen Wohnung erhält das alleinige Nutzungsrecht für den Dachboden", setzte ich, ihre Spitze überhörend, hinzu.

„Er ist einverstanden?" Auf mein Nicken sprang sie auf und umarmte mich stürmisch. „Super! Ich kann kaum noch erwarten, bis es losgeht."

„Vielleicht sollten wir außen, auf der linken Seite, einen separaten Zugang anlegen. So teuer wird das bestimmt nicht."

Sie rückte etwas von mir ab und runzelte die Stirn. „Wäre es nicht sinnvoller, den Bekannten von Papa wieder abzubestellen und mit den Arbeiten zu warten, bis das Objekt wirklich auf meinen Namen eingetragen ist?"

„Sehe ich genauso, besonders nach dem, was ich heute erfahren habe." Damit waren wir beim Thema.

„Meinst du, die Mutter hat was mit Julias Tod zu tun?", fragte Felicitas anschließend.

„Nein, eher nicht. Ganz ausschließen möchte ich sie zum jetzigen Zeitpunkt allerdings nicht. Dass Frau Klinger ihre Tochter um das Erbe gebracht hat, werde ich vermutlich nie beweisen können. Es zeigt nur, wie seltsam sie denkt und handelt. Für mich ist dieser Freund der Dreh- und Angelpunkt. Er muss etwas zu verbergen haben, sonst hätte irgendwer die beiden zusammen gesehen – und Julia hätte mit irgendwem über ihn gesprochen." Nicht mal bei ihren Andenken aus dem Haus der Verstorbenen hatte sich irgendein Hinweis auf ihn gefunden.

„Wie willst du vorgehen?"

„Morgen klappere ich noch einmal die Nachbarn von Onkel und Tante ab. Vielleicht gibt es einen besonders aufmerksamen, der irgendeine Beobachtung gemacht hat. Am Abend will ich versuchen, endlich mit diesem Nils zu sprechen. Wenn ich Glück habe, ist er ihr ausgerechnet an einem der

Tage gefolgt, an dem sie sich mit dem Freund traf." Und mit noch etwas mehr Glück konnte er diesen einigermaßen gut beschreiben.

Sie nickte zufrieden. „Ich rufe morgen früh Papa an und sage ihm, was wir uns ausgedacht haben, und dass wir mit dem Umbau noch so lange warten wollen, bis das Haus auf meinen Namen eingetragen ist."

Na, der würde bestimmt nicht begeistert sein. Aber meine Freundin konnte sich durchaus gegenüber ihrem Vater durchsetzen.

„Außerdem stelle ich klar, dass wir beide diese Veränderungen bezahlen werden."

Ganz in meinem Sinne.

„Den Garten jedoch", sie produzierte einen gekonnten Augenaufschlag. „Den würde ich gern vorher in Angriff nehmen, mit deiner Unterstützung natürlich. Du hast davon viel mehr Ahnung als ich."

Na ja, die hielt sich in Grenzen. Das meiste wusste ich nur aus den Kommentaren und Belehrungen meiner Mutter, die mich bei jeder gepflanzten Neuanschaffung in den Garten zog, um mir begeistert ihr neues „Schnäppchen" zu zeigen. Dabei hatte sie es nie versäumt, auf jede Blühte und jede noch so kleine Frucht hinzuweisen, die wir auf dem Weg dorthin entdeckten. In der Theorie wusste ich tatsächlich so einiges.

„Bis wir fertig sind, dürfte der Verkauf komplett über die Bühne gegangen sein", kam sie zu dem gleichen Schluss wie ich. „Das passt prima. Anschließend können wir anfangen, unsere Sachen durchzusortieren. Sobald die Arbeiten für unseren Bereich abgeschlossen sind, ziehen wir um."

Ade Freizeit! Ade Schreiben! Es kamen harte Wochen auf mich zu. Hoffentlich gelang es mir wenigstens, bis dahin Julias Mörder zu fassen!

Mittwoch, 13. Juli

Mit den Nachbarn der Verstorbenen war ich relativ schnell durch. Die meisten waren nicht zu Hause, die wenigen, die ich antraf, konnten sich nicht an einen Fremden oder ein eine Zeit lang häufiger hier parkendes, unbekanntes Auto erinnern. Die kleine Straße, die an die hintere Seite des Gartens grenzte, führte nur an den Grundstücken vorbei bis zu einem Bauernhof. Der Weg war zu schmal, als dass jemand dort sein Fahrzeug hätte abstellen können.

Weil ich sowieso Zeit genug hatte, machte ich zu dem Hof einen Abstecher. Eigentlich müssten die Bewohner Julia gekannt haben.

„Das ist die Kleine von Jochen und Marina", nickte die Frau, die mir aus einem der Ställe entgegenkam, kaum dass ich meinen Fuß auf ihr Grundstück gesetzt hatte. Begleitet wurde sie von einem Border Collie, der brav bei Fuß blieb. „Tragisch, wirklich tragisch. Das arme Kind! Ob sie einem Einbrecher über den Weg gelaufen ist?"

„Gab es hier denn in den letzten Monaten Einbrüche?"

Sie schüttelte den Kopf. „Nein, ich dachte halt ... wer sonst sollte ihr so etwas antun?"

„Haben Sie sie nach dem Tod des Hausbesitzers noch gesehen?"

„Ich nicht, mein Mann zweimal. Weil sie immer den Weg hintenrum nahm und durch unsere Straße musste – aber nur im Vorbeifahren vom Trecker aus."

„War sie allein?"

„Hätte sie jemand dabei gehabt ..." Sie verstummte. „Ich frag ihn eben schnell!", bot sie an.

Ich wartete, bis sie zurückkehrte.

Ein Lächeln zog über ihr Gesicht, dass die Falten darin vertiefte. „Sie hätten ruhig näherkommen können. Nein, sie war allein. Unser Sohn hat sie auch einmal gesehen, ziemlich spät am Abend. Er kann es nicht beschwören, aber er meint, es hätte so ausgesehen, als würde sie sich gerade von einem

Mann verabschieden. Jedenfalls stand sie neben einem Auto und er stieg dann ein, sie nicht. Hilft Ihnen das weiter?"

Der erste Hinweis, meine Vermutung stimmte! „Wo hatte er geparkt? Kann Ihr Sohn das Auto beschreiben?"

Sie wandte sich um. „Ralf? Dein Typ wird verlangt!", brüllte sie in Richtung Scheune.

Kaum hatte sie ausgesprochen, löste sich ein Schatten aus dem Tor. Er hatte sich wohl den komischen Vogel, der nach Julias Tod Fragen stellte, selbst ansehen wollen.

Er war schätzungsweise in meinem Alter, aber wesentlich kräftiger, mit muskulösen Oberarmen und einem breiten Rücken.

„Alexander Grahl", stellte ich mich etwas verspätet vor. „Mein Schwiegervater hat das Haus der Verstorbenen gekauft. Die Schwester, Frau Klinger, bat mich, eigene Nachforschungen anzustellen. Es ist nicht mein erster Fall, in dem ich tätig werde, und sie hofft, dass ich irgendwelche relevanten Spuren finde, die zu Julias Mörder führen."

„Siehst du, ich hatte recht." Mit einem zufriedenen Blick verschränkte seine Mutter die Arme vor der Brust. „Die Frau Jacobs erwähnte ihn, als ich sie traf. Ich dachte mir schon, dass er auch zu uns kommt."

Er musterte mich skeptisch. „Ich bin mir nicht sicher", sagte er dann nach kurzem Zögern. „Ich bin an den beiden vorbeigefahren. Für mich sah es aus, als hätten sie sich gerade verabschiedet, denn Julia drehte sich noch einmal zu ihm um, er reagierte aber nicht. Das Auto habe ich nur flüchtig gesehen. Ich meine, es wäre ein Audi gewesen, hellbeige, ein Viertürer."

„Und der Mann?"

„War nur ein Schatten für mich. So groß wie ich, denke ich, schlank, mehr konnte ich nicht erkennen."

„Wo hatte er geparkt?"

„Wenn Sie die Straße runterfahren, ist rechts so eine Parkreihe für fünf Autos. Er stand ganz vorn, sonst wäre ich wahrscheinlich gar nicht drauf aufmerksam geworden."

„Trotzdem ein guter Hinweis", bedankte ich mich und wagte nachzufragen: „Ansonsten ist Ihnen zu einem anderen Zeitpunkt nichts aufgefallen? Jemand, der zusammen mit Julia oder allein das Grundstück betrat?"

Sowohl seine Mutter als auch er schüttelten den Kopf. Also lief ich die Straße zurück, bis ich an die Einmündung kam. Der Mann hatte recht. Es gab Parkboxen für fünf Autos, davon waren im Moment zwei belegt. Während ich noch überlegte, ob es sich lohnte, die Anwohner jetzt zu befragen oder lieber am Abend wiederzukommen, fiel mein Blick auf einen Kiosk, der sich ziemlich versteckt zwischen den Häuserreihen befand. Hätte ich nicht das auf dem Bürgersteig stehende Schild gesehen, das auf eine Paketannahmestelle hinwies, wäre er mir durchgegangen.

Ich kaufte ein Eis und erkundigte mich, wie lange er geöffnet habe.

„Unter der Woche bis neun, am Wochenende bis zehn", erwiderte er.

„Ist Ihnen vielleicht ein hellbeiger Audi aufgefallen, den ein Mann fuhr, der nicht hier wohnt? Ich recherchiere im Auftrag der Mutter zu Julias Tod", fügte ich schnell hinzu, da sein Gesicht einen abweisenden Eindruck angenommen hatte. „Einer der Nachbarn hat ihn mal mit ihr gesehen."

Er kratzte sich den spärlichen Haarkranz. „Kann sein, ich achte nicht so darauf, wer hier parkt. Vielleicht hat er mal was bei mir gekauft. Wenn Sie ihn beschreiben könnten oder mir ein Foto zeigen ..."

Na ja, war einen Versuch wert gewesen! „Sobald ich mehr weiß, lasse ich mich wieder blicken", verabschiedete ich mich. Auf dem Weg zu meinem Fiat zückte ich mein Handy. Gestern hatte ich im Netz den Anschluss der Goebels nachrecherchiert. Vielleicht hatte ich Glück und erreichte ein

Elternteil. Sollte Nils sich melden, würde ich versuchen mit ihm zu reden. Ich hatte mir schon die passenden Worte zurechtgelegt, dass er mir als Einziger helfen könne, Julias Mörder zu schnappen. Eigentlich musste doch auch er daran interessiert sein, ihn festzusetzen.

Nach dem achten Läuten meldete sich eine Frauenstimme. „Goebel?"

„Mein Name ist Alexander Grahl", begann ich. „Ich stelle im Auftrag von Julias Mutter Nachforschungen zum Tod ihrer Tochter an. Ihr Sohn Nils war ein guter Freund des Mädchens. Ich würde gern einmal mit ihm sprechen." Wenn sie ihn rief, würde er es bestimmt nicht wagen, mich wegzudrücken.

„Er ist schon unterwegs", erwiderte sie bedauernd. „Keine Ahnung, wohin. Rufen Sie ihn auf dem Handy an. Soll ich Ihnen die Nummer geben?"

„Das habe ich mehrfach versucht", bekannte ich. „Er geht nicht ran."

„Hm."

Ich konnte förmlich hören, wie sie überlegte.

„Sind Sie Detektiv?"

„Kein offizieller. Meist kümmere ich mich, wenn ich von einem Angehörigen darum gebeten werde. In der hiesigen Zeitung stehen ab und zu Berichte über mich. Zuletzt habe ich mitgeholfen, den Tod zweier Dortmunder aufzuklären." Über meinen letzten Fall musste ich vorsichtshalber schweigen. Diese Verbindung sollte nicht bekannt werden.

„Ah, der Schriftsteller!", rief sie aus. „Ja, ich erinnere mich. Wann könnten sie hier sein? Ich muss später arbeiten, habe Mittagsdienst."

„In zwanzig Minuten?" Das müsste zu schaffen sein.

„Okay, ich sehe zu, dass Nils bis dahin zurück ist."

14

Ich war fast pünktlich. Auf mein Klingeln wurde sofort reagiert, in der zweiten Etage erwartete mich eine circa Vierzigjährige in Jeans und T-Shirt, die den Finger auf die Lippen legte. „Ich habe ihm erzählt, ich hätte einige Aufträge für ihn, die ich mit ihm besprechen müsse", flüsterte sie. Laut sagte sie: „Na, das ist ja eine Überraschung! Kommen Sie rein, selbstverständlich können Sie sich mit Nils unterhalten."

Sie führte mich in eine enge Küche. Am Tisch saß ein dürrer Jugendlicher mit so kurz geschnittenem Haar, dass er fast kahlköpfig wirkte. Er verzog missmutig den Mund, als ich eintrat und seine Mutter mich aufforderte, ihm gegenüber Platz zu nehmen.

„Der Herr Grahl will helfen, Julias Tod aufzuklären", sagte sie an ihren Sohn gewandt. „Du hast sie gut gekannt. Vielleicht weißt du etwas, das ihn zu ihrem Mörder führt."

Er schüttelte sofort heftig den Kopf. „Ich habe keine Ahnung, echt nicht. Sonst hätte ich bei der Polizei geredet."

„Dann wiederhole bitte deine Aussage", verlangte sie. Anstatt sich zu uns zu setzen, griff sie nach der Türklinke. „Ich habe noch zu tun. Wenn was ist, kannst du nach mir rufen."

Nils wartete, bis sie die Tür hinter sich geschlossen hatte. „Ich weiß echt nichts", beteuerte er.

„Julia war eine Klassenkameradin von Ihnen", begann ich.

„Bitte du!"

„Okay, Corinne, Nadine, Julia und du habt euch zusammengeschlossen gegen Olivia und ihre Freunde, richtig?"

Er nickte mürrisch.

Als keine Antwort kam, hakte ich nach: „Waren die so schlimm?"

„Schlimmer", brach es aus ihm heraus. „Die hatten die ganze Klasse hinter sich. Keiner traute sich, gegen die aufzumucken."

„Corinne lobte dich als den Beschützer der Gruppe. Du hast dich mit ihnen angelegt?"

„Nee, das war Julias Idee, dass wir uns zusammentun. Zu viert lassen sich deren Sprüche besser aushalten, meinte sie."

„Hat es geholfen?"

Wieder nickte er nur.

Meine Güte gab der sich zugeknöpft! Ich beschloss, ihn direkt mit meinem Wissen zu konfrontieren. „Du hast sie nach der Schule beobachtet, bist ihr gefolgt."

Nils hatte sichtlich Mühe, sich zusammenzureißen. Statt einer Antwort senkte er den Kopf und starrte auf die Tischplatte. Ich wartete, doch anscheinend war er nicht bereit, sich dazu zu äußern.

„Überleg bitte", drängte ich. „Hast du sie mal mit einem jungen Mann oder älteren Jugendlichen zusammen gesehen?"

Noch einmal schüttelte er stumm den Kopf.

Langsam wurde es mir zu bunt. „Ich kann auch zu den Ermittlern gehen und denen berichten, was ich erfahren habe. Dass Julia vermutlich einen älteren Freund mit einem Audi hatte und sich heimlich mit diesem traf. Und dass du ihr mehrfach gefolgt bist und eines dieser Treffen beobachtet hast", setzte ich nachdrücklich hinzu, obwohl das eine reine Spekulation war.

Wie erhofft zuckte er zusammen und sah mich mit großen Augen an. „Der war es nicht. Ich habe ihn an dem Abend auf dem Konzert in der Warsteiner Music Hall gesehen. Und genau wie wir, also meine Freunde und ich, ist er danach noch einen trinken gegangen."

Ich beugte mich gespannt vor. „Weißt du, wie er heißt?"

Er sank noch tiefer in den Stuhl, verkroch sich regelrecht. „Es ist unser ehemaliger Mathelehrer", presste er mit Mühe hervor. Es fehlte nicht viel und er wäre in Tränen ausgebrochen.

„Euer Mathelehrer?", echote ich, selbst um Fassung ringend. Damit hatte ich nicht gerechnet.

„Ein absoluter Scheißkerl. Der hat ihre Situation voll ausgenutzt."

„Meinst du den Tod von Tante und Onkel?"

„Das fing schon bei der Erkrankung von ihr an, er war ja ach so verständnisvoll. Hat nach der Stunde mit ihr gesprochen und sie getröstet. Sie sagte, er sei eine echte Stütze. Von ihrer Mutter kam nicht viel", fügte er erklärend hinzu. „Die ging sofort zur Tagesordnung über. Die hat sich kaum bei ihrem Bruder blicken lassen. Julia dagegen ist fast jeden Tag hin."

„Und konnte seinen Selbstmord nicht verhindern."

Er nickte. „Danach war sie völlig fertig, hat nur noch geweint. Die waren wie Eltern für sie, wollten, dass sie mit achtzehn zu ihnen zieht."

„Sie hat dich ins Vertrauen gezogen, nur dich", ermunterte ich ihn zum Weiterreden.

„Das kam durch die Nachhilfestunden. Bei irgendwem musste sie sich wohl ausheulen." Er senkte den Kopf und begann nervös seine Hände zu reiben.

„Du verliebtest dich in sie und glaubtest, dass sie deine Gefühle erwidert", stellte ich das Offensichtliche fest.

„Sie erzählte mir Sachen, von denen die anderen nichts wussten", murmelte er so leise, dass ich ihn kaum verstand. „Mit ihrer Mutter war es wie in einer WG, die zog ihr eigenes Ding durch. Mit der über irgendwas reden, konnte sie nicht. Außerdem war die ständig verplant."

„Du hast ihr beigestanden, als der Krebs bei ihrer Tante bekannt wurde", nahm ich an.

Er nickte heftig. „Am Anfang hoffte sie, hofften alle, sie könne ihn besiegen. Aber nach der dritten Chemo war klar, sie schafft es nicht." Er hob den Kopf und schaute mich anklagend an. „Warum sagen die Ärzte nicht gleich, dass es keinen Sinn macht? Meine Mutter hat sofort gemeint, das wird nichts mehr. Der Krebs hatte schon überallhin gestreut.

Durch die Chemos ging es ihr immer schlechter. Sie lag fast nur noch im Bett. Warum sagt man den Leuten nicht einfach: Genieße deine paar Monate, die dir bleiben, anstatt sie zusätzlich zu quälen?"

Was sollte ich ihm darauf antworten, was seine Mutter ihm nicht längst gesagt hatte? Besser ich schwieg und ließ ihn weiterreden.

„Wäre das alles nicht passiert, hätte der Olchert nie bei ihr landen können. Klar, kann der sich besser ausdrücken als ich. Jedes Mal, wenn er mit ihr gesprochen hatte, fühlte sie sich wieder stark. Als es dann zu Ende ging, hat er sie darauf vorbereitet und hinterher war er besonders aufmerksam ihr gegenüber. In der Stunde ließ er sie in Ruhe und in den Pausen rief er sie zu sich. Und sie rannte hin."

„Wie hast du erfahren, dass sie sich auch privat treffen?" Bisher hörte die Beschreibung sich nicht so an, als hätte der Lehrer die Situation ausgenutzt.

Eine fleckige Röte breitete sich auf seinem Gesicht aus. „Ich hatte öfter versucht, mich mit Julia zu verabreden, nur so zum Quatschen. Sie wollte nicht, brachte immer irgendwas vor, warum es nicht passte. Da bin ich ihr gefolgt, um zu gucken, ob es stimmte."

„So hast du die beiden zusammen gesehen", schlussfolgerte ich.

„Nee, sie ist wirklich immer zu ihrer Tante und später zu ihrem Onkel. Ich glaube, die haben sich erst getroffen, nachdem er tot war."

„In deren Haus?"

Er nickte. „Julia ist früher hin und er kam nach. Ist durch das kleine Tor auf der Rückseite rein und hat sein Auto eine Straße davor geparkt."

„Ein hellbeiger Audi?"

Wieder nickte Nils. „Er ist lange geblieben, vor allem am Wochenende. Und immer ohne sie heimgefahren. Manchmal hat sie im Haus übernachtet, manchmal kam sie kurz darauf mit dem Fahrrad raus."

„Was geschah an ihrem Todestag?"

„Ich weiß es nicht!" Jetzt brachen sich die Tränen ihre Bahn. Er wandte sich ab, seine Schultern zuckten. Er weinte still vor sich hin.

Ausgerechnet diesen Moment nutzte seine Mutter, um nach uns zu schauen. Netterweise reagierte sie super. Sie schloss leise die Tür wieder und ließ uns in Ruhe.

Nils hatte ihr Eintreten nicht mitbekommen. Er war viel zu sehr darum bemüht, seine Fassung zurückzugewinnen. „Sie hat mich erwischt", stieß er mit dem Rücken zu mir hervor. „Ein paar Tage davor. Sie regte sich tierisch auf, warf mir vor, ich sei ein Stalker. Ich solle sie in Ruhe lassen, sonst würde sie mich anzeigen."

„Woraufhin du dich zurückzogst", sagte ich, als er keine Anstalten machte, weiterzureden.

Er stand auf, nahm sich ein Küchentuch von der Rolle über der Spüle und trocknete sich umständlich das Gesicht. „Wir haben uns heftig gestritten", murmelte er. „Ich habe sie gewarnt, dass sie dem Olchert nicht vertrauen soll, dass er sie nur ausnutzt. Sie hat geantwortet, das sei allein ihre Entscheidung, was sie tue und was nicht. Er sei als Einziger für sie da gewesen." Er rieb erneut heftig über seine Augen und Wangen. „Dabei hatte ich ihr andauernd angeboten, ihr zu helfen, mit ihr zu reden und so. Da wollte sie nie."

„Du bist dir sicher, dass sie eine Beziehung hatten?", hakte ich nach, obwohl ich mir nicht vorstellen konnte, weshalb sie sich sonst in dem leeren Haus getroffen haben sollten.

Vor Überraschung, dass ich seinen Verdacht anzweifelte, fuhr er herum, das Tuch fiel achtlos zu Boden. „Was sollen sie sonst dort gemacht haben? Nee, der stand schon länger auf sie, das war schon am Anfang des Schuljahres so. Wie er sie anschaute, wenn er dachte, keiner kriegt was davon mit, wie er sie lobte - sie war nämlich ein Ass in Mathe -, wie er sich über sie beugte, um ihre Arbeit zu kontrollieren. Ich verstehe echt nicht, dass keiner der anderen was gemerkt hat."

„Seit wann war er euer Mathelehrer?"

„Seit Beginn der Neunten. Vorher hatten wir die Frau Krause. Die wurde krank und kam nicht wieder."

„Hat er neu an eurer Schule angefangen?"

„Nee, den hatte mein Bruder schon in Mathe. Der ist fünf Jahre älter."

„Und Herr Olchert? Wie alt schätzt du ihn?"

Er hob die Augen zur Decke und überlegte. „So Mitte dreißig, schätze ich. Keine Ahnung. Die Mädchen aus unserer Klasse haben alle für ihn geschwärmt, fanden, er sei ein toller Typ. Er sieht auch nicht schlecht aus", gab er widerwillig zu, „ist sportlich, interessiert sich für die gleiche Musik wie wir. Und sein Unterricht war im Gegensatz zu dem von der Krause nicht so langweilig. Er konnte gut erklären und man traute sich auch nachzufragen, wenn man was nicht verstanden hatte. Der blieb immer ruhig, hat nie rumgeschnauzt. Trotzdem hatten alle vor ihm Respekt. Selbst Olivia und ihre Freunde wagten es in seinen Stunden nicht, ihre blöden Sprüche abzulassen."

„Hast du zufälligerweise ein Foto von ihm?", fragte ich ohne große Hoffnung.

„In unserem Jahrbuch. Da sind alle Lehrer von uns hinten drin. Soll ich es holen?" An der Tür blieb er noch einmal stehen. „Meine Mutter … die weiß nichts davon … also dass ich die Julia beobachtet habe. Müssen Sie ihr das sagen?"

„Nein, das bleibt unter uns", versprach ich leichten Herzens. „Du bist dir völlig sicher, ihn an dem Tag auf dem Konzert gesehen zu haben?"

„Leider", quetschte er gequält hervor und verließ schnell den Raum.

Abschluss 2022 stand in großen Lettern auf dem Buch, das er mir hinhielt. Ich blätterte es langsam durch. Es gab ein gemeinsames Klassenfoto und viele weitere von einzelnen

Schülern oder kleineren Gruppen, die meisten waren offensichtlich auf den diversen Ausflügen in den sechs gemeinsamen Jahren entstanden. Julia hatte sich nicht großartig verändert, Nils dagegen schon. Als Zehnjähriger war er niedlich gewesen, nicht ganz so mager wie jetzt, große braune Augen dominierten das schmale Gesicht, der wilde Lockenkopf passte zu seinem schelmischen Blick. Vielleicht würde aus ihm später einmal doch noch ein gutaussehender Mann.

Auf den letzten zwei Seiten fanden sich die Fotos der Lehrer, die die Klasse über die Jahre begleitet hatten. Nils deutete auf eines in der letzten Reihe. „Das ist er."

Tatsächlich sah er sympathisch aus. Er hatte braunes, zu den Seiten sehr kurz geschnittenes Haar, grüne Augen und ein einnehmendes Lächeln. Ob Mädchen oder Frauen auf ihn aufgrund seines Aussehens standen, konnte ich nicht beurteilen. Danach musste ich Felicitas fragen. Ich zog mein Handy hervor und fotografierte das Foto ab. „Kennst du zufällig seinen Vornamen und vielleicht auch seine Adresse?"

15

Als meine Freundin nach Hause kam, saß ich bereits vor dem Computer.

„Na, einen erfolgreichen Tag gehabt?"

„Oh, ja", erwiderte ich.

Sie ließ sich auf die Couch fallen. „Erzähl!"

Ich gab ihr alles, was ich heute erfahren hatte, so gut wie möglich wieder.

„Warum hat der Junge der Polizei gegenüber geschwiegen?" Sie schüttelte verständnislos den Kopf. „Das sind doch wichtige Details."

„Erstens, weil er nicht zugeben wollte, dass er Julia nachspioniert hat. Und zweitens, weil er ja sicher sein konnte, dass der Typ nicht der Täter ist. Dessen Alibi kann er selbst bezeugen."

„Trotzdem, so was muss man öffentlich machen", beharrte sie. „Wenn der Lehrer wirklich eine Vorliebe für junge Mädchen hat, greift er sich bald die Nächste."

Ganz zu schweigen von denen, die ihm vor Julia zum Opfer gefallen waren, ergänzte ich im Stillen. Laut sagte ich: „Noch steht nicht fest, dass es sich nicht um einen Einzelfall handelt. Vielleicht war sie die Erste. Aber ich rufe morgen früh Herrn Janzen an und teile ihm die Neuigkeiten mit. Ich hoffe, er kümmert sich darum."

„Du offensichtlich auch", stellte sie mit einem Blick auf den Monitor fest.

„Ich habe nur versucht, ein bisschen was über den Kerl rauszukriegen", wiegelte ich ab. Die offene Seite verriet mein Interesse deutlich. „Leider findet sich über ihn fast nichts." Er hatte weder eine Facebook-Seite noch schien er in den anderen sozialen Netzwerken aktiv zu sein. Durch Nils wusste ich, dass er im Haus seiner Mutter wohnte und diese von einem Pflegedienst versorgt wurde. Eigentlich hatte ich vorgehabt, morgen einmal bei der Adresse vorbeizuschauen.

Felicitas wirkte zufrieden, dass ich in ihren Augen das Richtige unternahm, und wechselte das Thema. „Dadurch wird dein Fall noch komplizierter. Ob es doch ein Einbrecher war, den Julia überraschte und der sie deshalb tötete?"

Diesen Fakt schloss ich eher aus. Wenn, hätte dieser sie vermutlich niedergeschlagen oder mit einer Waffe angegriffen und nicht in den Gartenteich geschubst. Das sah eher nach einem eskalierenden Streit aus.

Um einer längeren Diskussion aus dem Weg zu gehen, versicherte ich ihr, dass ich darüber ebenfalls mit dem Kommissar sprechen würde. Die Ermittler hatten sich in der Zwischenzeit bestimmt ihr eigenes Bild gemacht.

Donnerstag, 14. Juli
Gleich um acht Uhr wählte ich die Nummer von Herrn Janzen.

„Herr Grahl", tat er überrascht. „Jetzt sagen Sie nicht, dass wir schon wieder an ein und demselben Fall arbeiten."

„Wenn es der von Julia Klinger ist, muss ich leider gestehen, dass ich wieder einmal involviert bin", gab ich zurück. „Bin ich da bei Ihnen überhaupt richtig?"

Er stieß einen lang gezogenen Seufzer aus. „Wer oder was hat Sie denn dieses Mal dazu gebracht?"

Ich teilte ihm die nötigen Details mit und bat anschließend um einen Termin. „Ich glaube, ich habe einige Zusatzinformationen für Sie, die Sie noch nicht kennen."

„Sie glauben oder Sie wissen?"

„Keine Ahnung", behauptete ich. Immerhin konnte es durchaus sein, dass die Ermittler in der Zwischenzeit durch andere ebenfalls auf diese seltsame Beziehung gestoßen waren.

Er fackelte nicht lange. „Kommen Sie um elf vorbei."

Sehr gut, damit konnte ich mich selbst im Vorfeld eingehender informieren! Gestern, mit Felicitas neben mir, hatte ich diese Recherche nicht mehr in Angriff genommen. Sie sollte lieber denken, ich konzentrierte mich auf Julias Mörder. Im Prinzip war es reine Neugier, die mich antrieb. Ich wollte in Erfahrung bringen, inwieweit man den Mann auch noch nach ihrem Tod zur Rechenschaft ziehen konnte.

So einfach, wie ich es mir vorgestellt hatte, war es natürlich wieder mal nicht. Nicht nur das Alter der Schülerin war maßgeblich, sondern auch die Beziehung zwischen dem Lehrer und ihr. Unterrichtete er sie nicht und gab auch keine Kurse, an denen sie teilnahm, wurde eine sexuelle Beziehung zwischen ihnen anders gewertet, als wenn sie in einem direkten Lehrer-Schüler-Verhältnis zueinanderstanden. Dann handelte es sich zumindest bei Minderjährigen um einen Verstoß gegen die Fürsorgepflicht und eine Ausnutzung des Abhängigkeitsverhältnisses, was normalerweise zu einer Entfernung des Lehrers aus dem Beamtenverhältnis führte, das hieß, er wurde fristlos entlassen.

Schwieriger wurde es bei der Bewertung, ob es sich um sexuellen Missbrauch handelte oder nicht. Schülerinnen über vierzehn Jahre durften straffrei Sex mit ihrem Lehrer haben – soweit es die normale Gerichtsbarkeit betraf, immer vorausgesetzt, es handelte sich um einvernehmlichen Sex.

Aber auch hier kam es zu unterschiedlichen Gerichtsurteilen, wie ich nachlesen konnte. Ein Lehrer, der auf der Abschlussfeier der Klasse einmaligen sexuellen Kontakt mit einer ehemaligen Schülerin hatte, wurde nicht einmal aus dem Dienst entfernt.

Noch schwieriger wurde es bei den Vorwürfen jüngere Schülerinnen betreffend. Ein Lehrer, der das betreffende vierzehnjährige Mädchen zwar nicht unterrichtete, sie jedoch in einigen AGs betreute und auch zeitweise die Vertretung ihrer Klasse übernahm, erhielt für die ein halbes Jahr andauernde Affäre eine neunzehnmonatige Bewährungsstrafe, ein anderer, der „nur" Vertretungslehrer war und ebenfalls eine sexuelle Beziehung zu einer Vierzehnjährigen hatte, wurde vor Gericht freigesprochen. Keine Relevanz bestand allerdings, wenn die Beziehung erst nach Beendigung der Schulzeit begann, es sich also nicht mehr um ein Lehrer-Schülerin-Verhältnis handelte. Ich war jetzt schon echt gespannt, wie sich dieser Herr Olchert aus der Affäre ziehen würde.

Als ich im Präsidium erschien, durfte ich sofort zu dem Zimmer des Kommissars hochgehen. Ich klopfte an die geschlossene Tür und folgte seiner Aufforderung einzutreten.

Er blickte von seinen Unterlagen hoch und wies mir den Stuhl vor seinem Schreibtisch zu. „Legen Sie los!", forderte er mich auf.

Folgsam berichtete ich in aller Ausführlichkeit, was Nils mir anvertraut hatte. „Selbst wenn er nicht als Julias Mörder infrage kommt, sollte er überprüft werden", schloss ich. „Wer weiß schon, ob sie die Erste war."

„Das werden wir tun, sein bisheriges Leben sogar ganz genau unter die Lupe nehmen", gab er in einem derart bissigen Tonfall zurück, dass ich ihn erstaunt ansah.

„Der Herr Olchert ist heute Morgen tot aufgefunden worden", klärte er mich auf. „Er wurde ermordet."

Es dauerte einen Moment, bis mir die Bedeutung seiner Worte klar wurde. „Meinen Sie, die beiden Morde hängen zusammen, haben einen gemeinsamen Hintergrund?", platzte ich heraus.

Er wiegte den Kopf hin und her. „Dass er eine Beziehung zu einer seiner Schülerinnen hatte, ist für mich neu", gestand er. „Wir werden Ihre Aussage natürlich überprüfen müssen und selbst mit dem jungen Mann reden. Natürlich hat sich dadurch auch der Blick auf Julia Klingers Ermordung verändert."

„Ja, vielleicht hatten die beiden einen gemeinsamen Feind", schoss ich ins Blaue hinein, in der Hoffnung, er würde mit irgendwelchen Ermittlungsergebnissen herausrücken.

Leider kannte er mich mittlerweile zu gut. „Das wird sich zeigen, Herr Grahl. Ich danke Ihnen für Ihre prompte Meldung."

Er wollte mich rausschmeißen? „Wo wurde Herr Olchert aufgefunden?", fragte ich schnell.

Herr Janzen grinste breit. „Das können Sie bald in der Tageszeitung nachlesen. Ihr Freund, der Herr Pickard, veröffentlicht bestimmt jedes ihm bekannte Detail."

Von dem Kommissar würde ich nichts Wichtiges erfahren. Ich gab mich geschlagen, erhob mich und verabschiedete mich von ihm. Kaum hatte ich das Präsidium verlassen, griff ich zum Handy.

„Herr Grahl, sind Sie wieder am selben Fall dran wie ich?", tönte es mir freudig entgegen. Der Reporter und ich waren zwar keine Freunde, aber gute Bekannte und hatten uns schon des Öfteren ausgetauscht.

„Der Lehrer, der heute tot aufgefunden wurde, sind Sie mit der Berichterstattung betraut?"

„Ich bin gerade mit dem entsprechenden Artikel beschäftigt", erwiderte er. „Ist schon sehr seltsam. Er wurde auf dem Parkplatz neben der S-Bahnhaltestelle am Knappschaftskrankenhaus gefunden. Er lag ziemlich versteckt in der letzten Reihe hinter einem wohl dort schon längere Zeit abgestellten Transporter. Sein Auto dagegen stand direkt an der Ausfahrt. Er wohnt in …"

„… Asseln", fiel ich ihm ins Wort. „Zusammen mit seiner Mutter in einem Einfamilienhaus."

„Durch sie ist sein Verschwinden gleich gestern Morgen aufgefallen, und zwar durch den Pflegedienst. Der kommt jeden Tag zwischen acht und neun und eins und zwei vorbei, um die alte Dame zu versorgen. Sie hat ziemlich weit fortgeschrittene Demenz, liegt nur noch im Bett und kann sich nicht mehr allein behelfen. Normalerweise kümmert sich abends der Sohn, füttert sie, wechselt die Windel, gibt ihr die Medikamente et cetera. Der Pflegerin fiel auf, dass er am Abend zuvor nichts davon getan hatte. Sie suchte das Haus nach ihm ab und rief ihn, nachdem sie keine Spur von ihm entdeckte, auf seinem Handy an. Da sie ihn nicht erreichen konnte, informierte sie die Polizei und den Amtsarzt. Die Mutter kam vorübergehend in ein Pflegeheim, nun wird sie wohl dableiben müssen."

„Wurde denn überhaupt nach dem Mann gesucht?" Normalerweise mussten einige bestimmte Voraussetzungen erfüllt sein, um eine Vermisstenanzeige aufgeben zu können. Bestand Gefahr für Leib und Leben der Person, befürchtete man zum Beispiel einen Selbstmordversuch, wurde die Polizei tätig. Ansonsten erhielt man den Spruch, dass jeder Erwachsene seinen Aufenthalt selbst bestimmen konnte.

„Vermutlich nicht", bestätigte er meine Annahme. „Die Lage änderte sich, als man seine Leiche entdeckte. Kurz darauf stellten die Beamten seinen Wagen sicher."

„Einen cremefarbenen Audi", ergänzte ich.

„Also doch", entfuhr es ihm. „Sie ermitteln wieder."

„Ich wurde gebeten, mich um den Tod der sechzehnjährigen Julia Klinger zu kümmern", verbesserte ich ihn. „Gestern erfuhr ich, dass Herr Olchert und seine ehemalige Schülerin ein Verhältnis miteinander hatten."

Er stieß heftig die Luft aus. „Ist nicht wahr!"

„Der Zeuge, mit dem ich sprach, ist sich hundertprozentig sicher. Für den Zeitpunkt ihres Todes hat er allerdings ein Alibi."

„Wäre ich nie drauf gekommen, dass da eine Verbindung besteht."

„Und ich hatte keine Ahnung von dem Tod des Mannes, bis Herr Janzen mich aufklärte."

„Ah, daher wissen Sie Bescheid. Sie haben ja einen besonderen Draht zu ihm."

„Der mir auch nicht weitergeholfen hat", wehrte ich ab. „Netterweise verwies er mich an Sie."

Anschließend musste ich ihm genauestens berichten, was ich bisher herausgefunden hatte.

„Sie vermuten einen Zusammenhang? Die Polizei auch?"

„Herr Janzen ließ sich nicht in die Karten blicken. Ich selbst gehe davon aus, dass es sich bei dem Mörder in beiden Fällen um denselben handelt. Denn es gibt bisher keinen einzigen Anhaltspunkt, warum Julia sterben musste."

„Wer weiß alles von ihrem Verhältnis mit Herrn Olchert?"

„Bis auf diesen jungen Mann, meinen Zeugen, angeblich niemand. Die beiden haben ihre Beziehung aus wohl bekannten Gründen geheim gehalten. Sie hatte nämlich gerade erst den Abschluss gemacht."

„Sonst wäre er hochkant von der Schule geflogen. Hm." Er überlegte.

Ich hatte noch mehrere Fragen, die ich loswerden wollte.

„War der Auffindeort der Leiche auch der Tatort?"

„Das konnte die Spurensicherung mit einem eindeutigen Ja beantworten. Herr Olchert wurde zu Tode geprügelt. Eine mir bekannte Polizistin steckte mir, dass von seinem Gesicht kaum noch was übrig gewesen sei."

Also eine Beziehungstat. Der Mörder musste einen gewaltigen Hass auf sein Opfer gehabt haben.

„Was ist mit seinen Nachbarn? Haben Sie mit einigen von ihnen sprechen können?"

„Die halten sich im Moment bedeckt. Aber versuchen Sie ruhig Ihr Glück."

Das würde ich tun. Wir verabschiedeten uns mit der Versicherung, uns gegenseitig auf dem Laufenden zu halten.

16

Obwohl ich kaum hoffen konnte, dass mir die Anwohner mehr entgegenkommen würden, machte ich mich auf den Weg nach Asseln. Zuvor rief ich Nils an, denn nun war es nicht mehr möglich, ihn außen vor zu lassen. Die Ermittler würden ihn baldmöglichst vernehmen wollen, wie ich Herrn Janzen einschätzte.

Dieses Mal nahm er den Anruf tatsächlich an.

„Nils, es tut mir leid, die Lage hat sich verändert", legte ich gleich los. „Der Olchert ist ermordet worden. Ich musste der Polizei deinen Namen nennen. Die Verbindung zwischen Julia und ihm ist zu wichtig geworden, als dass man sie verschweigen könnte."

„Der ist tot? Ha! Geschieht ihm recht, dem Schwein!"

Ob er meine restlichen Worte überhört hatte? „Die Ermittler werden sich bestimmt bald bei dir melden", wiederholte ich.

Er stöhnte auf. „Was sag ich denen denn, warum ich ihnen nichts davon erzählt habe?"

„Gib ihnen die gleiche Antwort wie mir. Ich denke, sie werden es verstehen. Keiner konnte ahnen, dass diese Auskunft wichtig ist", beruhigte ich ihn.

„Ja, okay." Es klang sehr zögerlich.

„Nimm dir deine Mutter dazu, das ist dein gutes Recht. Fahrt ihr in den Urlaub?" Nicht dass ich irgendwann dastand und konnte ihn nicht erreichen.

„Erst am Samstag in einer Woche. Meinen Sie, die sind sehr sauer auf mich?"

„Nein, ich denke, der Kommissar wird deine Situation verstehen. Am besten vertraust du dich gleich deiner Mutter an und lässt sie das Gespräch regeln." Auf mich hatte die Frau den Eindruck gemacht, als schaffe sie so eine Situation mühelos.

„Okay."

„Wie bist du eigentlich an die Adresse von dem Olchert gekommen?", hakte ich nach.

„Ich habe im Telefonbuch nachgeschaut. Es war nur eine Adresse in ganz Dortmund angegeben, in Dortmund-Asseln. Ich bin mit der Bahn hingefahren und habe mir das Haus angeschaut. Sein Audi stand vor der Garage. Ich fragte eine Nachbarin, ob dort die Susi wohnen würde und sie antwortete: Nein, da würden nur ein Mann und seine Mutter leben."

Ganz schön clever, das Kerlchen!

„Hast du ihn längere Zeit beobachtet?"

„Nee, ich hätte ihm ja sowieso nicht folgen können, selbst wenn ich mein Fahrrad mit dabeigehabt hätte."

„Gab es Anzeichen dafür, dass Julia nicht die Erste war? Hast du vielleicht mitbekommen, ob ihm vorher ein anderes Mädchen näherstand?"

„Die Weiber fanden den alle toll." Er lachte. „Sogar Olivia. Die hätte den auch genommen. Aber keiner wusste von ihm und Julia. Die waren super vorsichtig. Ich kann mal meinen Bruder fragen. Vielleicht hat er früher selbst was mitgekriegt."

„Tu das bitte!"

Er versprach, ihn anzurufen und mir Bescheid zu geben.

Auf dem Weg nach Asseln machte ich einen kleinen Umweg, um mir den Tatort anzusehen. Noch immer war der Parkplatz gesperrt und ein Team der Spurensicherung dabei, alles akribisch abzusuchen. Vorn in der ersten Reihe stand ordentlich abgestellt der beigefarbene Audi. Demnach musste Herr Olchert ihn verlassen haben, um ... tja, warum? Hatte er sich hier zu später Stunde mit jemand getroffen?

Tagsüber war der Bereich viel zu stark frequentiert. Auf der einen Seite lag der Friedhof, schräg gegenüber auf der anderen das Knappschaftskrankenhaus. Zudem war der S-Bahn-

Haltepunkt direkt nebenan. Kaum vorstellbar, dass eine heftige Auseinandersetzung kaum Beachtung fand. Ich machte mir eine gedankliche Notiz, beim nächsten Telefonat mit Herrn Pickard nachzufragen, ob er nähere Einzelheiten dazu wusste, und ob meine Überlegung, der Lehrer sei schon in der Nacht, bevor sein Verschwinden überhaupt aufgefallen war, getötet worden, stimmte.

Anschließend nahm ich Kurs auf das Haus, in dem Herr Olchert und seine Mutter gelebt hatten. Es lag still und verlassen da, keine Ermittler und leider auch keine neugierigen Schaulustigen vor Ort. Wäre ja auch zu schön gewesen!

Ich suchte mir etwas weiter entfernt einen Parkplatz und schlenderte langsam an dem Grundstück vorbei. Das Einfamilienhaus über zwei Etagen wirkte alt, aber gepflegt, auch der Vorgarten war gut in Schuss. Auf der rechten Seite befand sich ein schmaler Weg, der in den Garten führte. Links war eine Garage angebaut worden, noch mit einer dieser alten Doppeltüren aus Holz versehen. Die Fenster im Parterre waren mit Rollläden verschlossen, die oberen geschlossen. Ob sich jemand im Inneren aufhielt, konnte ich nicht erkennen.

Um nicht aufzufallen, ging ich weiter die Straße entlang. Etwa hundert Meter voraus entdeckte ich eine Bäckerei mit kleinem Café. Vielleicht würde ich hier Näheres erfahren.

Zwei der vier Tische waren besetzt, an einem saß ein Rentnerehepaar, an dem anderen drei ältere Männer, die sich lautstark unterhielten.

Ich bestellte an der Theke einen Kaffee und ein Stück Erdbeertorte und wählte den Tisch neben ihnen. Mit gespitzten Ohren begann ich zu essen.

Die Unterhaltung bewegte sich zwischen Freizeit und Job, der Mord an Herrn Olchert kam nicht zur Sprache. Während ich noch überlegte, ob es sich lohnte, länger auszuharren, trat ein vierter Mann zu ihnen. Dieser wurde mit lautem Hallo begrüßt.

„Hast du schon gehört?", fragte der hinter mir Sitzende. „Der Olchert ist umgebracht worden."

„Längst bekannt", winkte der Neuankömmling ab. „Die Ermittler sind bis eben im Haus gewesen."

„Würde mich interessieren, wer das war", tönte ein Grauhaariger mit riesigem Schnurrbart. „Der Typ hatte kaum Kontakte. Die Einzigen, die den besuchten, waren zwei weichgespülte Typen und eine Zeit lang diese Kleine, wie heißt die noch?"

„Svea", half ihm mein Nachbar aus. „Seitdem die alte Frau Olchert nicht mehr laufen konnte, brauchte er sie nicht mehr. Die sollte aufpassen, dass sie nicht wegläuft."

„Weil er selbst es nicht auf die Reihe kriegte!", höhnte der Grauhaarige. „Dreimal habe allein ich sie gesehen, wie sie morgens im Nachthemd über die Straße lief. Und mindestens zweimal hat die Polizei sie zurückgebracht, sagt Gisela. Die wäre im Heim besser aufgehoben gewesen als bei ihm."

Blöderweise nutzte genau diesen Moment die Verkäuferin der Bäckerei, um an meinen Tisch zu treten und zu fragen, ob ich noch etwas bestellen wollte. Ich orderte schnell einen zweiten Kaffee und ein Stück Apfelkuchen und bemühte mich, wenigstens den Rest des Satzes zu verstehen.

„… der Pflegedienst", sagte der Neuankömmling.

Eine kurze Pause entstand, da die Angestellte ihm einen Kaffee brachte.

„Ja", nahm der Grauhaarige das Thema wieder auf. „Waren schon ein komisches Pärchen, die zwei. Ich kann mich erinnern, wie sie einzogen. Der Sohn war so vierzehn, fünfzehn. Die hielten sich von Anfang an für sich. Mit den Nachbarn hatten die nichts am Hut, haben sich gerade mal ein Guten Tag abgerungen."

„Dass der sich nichts Eigenes gesucht hat, als er Vater wurde, hat mich schon gewundert", pflichtete ihm der Letzte der vier bei. „Dabei war die Frau doch ganz nett, oder?"

„Lange hat sie es nicht mit ihm ausgehalten", brummte der neu Hinzugestoßene. „War ein liebes Mädchen, nur viel zu jung. Die war achtzehn, als die Kleine kam. Ich glaube, mit neunzehn war sie schon wieder weg."

„Mit der Schwiegermutter hätte ich es auch nicht ausgehalten", erwiderte mein Nachbar.

Meine Bestellung wurde serviert und ich verstand wiederum das Ende des Satzes nicht.

„Vielleicht kam die beginnende Demenz hinzu", vermutete einer der anderen.

„Nein", stellte der Neuankömmling kategorisch fest. „Die war von Anfang an ein Biest. Ihr hättet hören sollen, wie die mit ihrem Sohn umging. Der musste immer kuschen, sie bestimmte alles."

„Und so was wird dann Lehrer", spöttelte der Grauhaarige. „Ob der sich überhaupt in der Klasse durchsetzen konnte?"

„Zuhause auf jeden Fall nicht, sonst hätte er mit Frau und Kind nicht im Keller gewohnt und die Mutter den Rest des Hauses für sich beansprucht."

Auf diesem Thema ritten sie eine Weile herum. Der Neuankömmling, von dem ich annahm, dass er ein direkter Nachbar sein musste, berichtete ausführlich von einigen Episoden, die er mitbekommen hatte und die seine Aussagen stützten. Demnach war Frau Olchert wirklich sehr dominant gewesen, ihr Sohn und die Frau, mit der er kurz zusammen gewesen war, mussten spuren, sonst drohte sie mit einem Rauswurf. Warum der Mann sich diese Behandlung bis zuletzt hatte gefallen lassen, war allen ein Rätsel. So schlecht konnte er als Lehrer schließlich nicht verdient haben.

Kein Wunder, dass er sich kaum um die Demente gekümmert hatte, lautete ihr Fazit. Echte Gefühle dürfte er für sie nicht gehabt haben.

Auf die Frau und seine Tochter kamen sie nicht mehr zurück, sondern spekulierten, wer das Haus nun erben würde. „Das wird verkauft, um die Kosten für die Heimunterbringung zu decken", war sich der Grauhaarige sicher.

„Es sei denn, es gibt weitere Verwandte, die das bezahlen", warf mein Nachbar ein. „Das gesamte Objekt ist ne Menge wert. Wer sich das entgehen lässt, ist schön blöd."

„Besonders, weil die Alte bestimmt nicht mehr lange durchhält", ergänzte der Neuankömmling. „Seit fast einem Jahr liegt die nur noch im Bett rum. Ist damit nicht der Sterbeprozess eingeläutet?"

Damit hatten sie ein neues Gesprächsthema gefunden und diskutierten sich die Köpfe heiß. Ich brachte mein Geschirr zurück zur Theke, wurde dafür mit einem dankbaren Lächeln belohnt und verließ die Bäckerei. Zu schade, dass es keine Gelegenheit für mich gegeben hatte, mich in das Gespräch einzubringen. Doch die vier machten nicht den Eindruck, als ob sie jedem Dahergelaufenen Rede und Antwort stehen würden. Vermutlich wäre es mir wie Herrn Pickard ergangen und sie hätten mich nicht beachtet.

Auf dem Weg zurück zu meinem Auto rief ich ihn an und berichtete ihm, was ich erfahren hatte. „Wenn wir diese Frau finden und mit ihr sprechen könnten, das wäre ein guter Anfang", schloss ich.

„Oder dieses Mädchen namens Svea", hielt er dagegen. „Sie wird einiges mitbekommen haben."

„Eventuell sehe ich eine Möglichkeit, wie wir Näheres erfahren." Als er mehr wissen wollte, wehrte ich ab. Zuerst einmal musste ich vorfühlen, ob Nils überhaupt bereit war, mir zu helfen. Oder sollte ich Corinne bitten, sich nach Svea zu erkundigen? Bei ihr würde vermutlich die Mutter ein Veto einlegen, lieber doch nicht.

„Wann hat sie ihn denn verlassen? Und wie alt ist das gemeinsame Kind?"

„Darüber redeten die Herren nicht." Wozu auch? Die wussten, wann es passiert war. „Ich versuche es rauszukriegen. Gleichzeitig könnten Sie sich bei der Schule erkundigen", schlug ich vor. „Die einzige Lehrerin, mit der ich sprach, ist leider im Urlaub und ich habe nur ihre Festnetznummer."

„Jetzt, in den Ferien?" Begeistert klang er nicht.

„Vielleicht treffen Sie auf den Hausmeister oder die Schulsekretärin." Die machten bestimmt nicht sechseinhalb Wochen Ferien.

„Und ich klappere morgen noch einmal die Nachbarschaft ab", gab er nach. „Wäre doch gelacht, wenn ich nicht einen finden könnte, der mir Auskunft gibt."

17

Bevor ich Nils anrief, durchdachte ich meine Anfrage an ihn noch einmal. Doch es blieb in meinen Augen der einzige gangbare Weg. Einem Jugendlichen würde nicht das gleiche Misstrauen entgegenschlagen wie mir.

Netterweise war er sofort bereit, mir zu helfen. Auf dem Weg, ihn abzuholen, besorgte ich die Kleinigkeiten, die wir benötigten.

Er stand bereits vor dem Haus, als ich vorfuhr. „Der Polizist hat sich gemeldet. Er will morgen früh mit mir sprechen, wenn meine Mutter dabei sein kann", sagte er beim Einsteigen. „Von der Sache hier soll er nichts erfahren, richtig?"

„Nein, er würde mir wahrscheinlich die Hölle heißmachen", gab ich zu. „Leider sehe ich keine andere Möglichkeit, an die nötigen Informationen zu kommen. Ich bin echt froh, dass du einspringst."

„Was soll ich denn genau tun?"

„Du klingelst beim Nachbarn gegenüber den Olcherts und behauptest, ein kleines Präsent für Svea abgeben zu wollen. Ich hoffe darauf, dass er dir ihre Adresse nennt."

„Und falls nicht?"

„Überlegen wir gemeinsam, wie wir vorgehen", wiegelte ich ab. Schließlich konnte er nicht an sämtlichen Haustüren in der Straße nach ihr fragen.

Dieses Mal hielt ich weit ab von unserem eigentlichen Ziel. „Ich rufe dich jetzt an und du hältst die Verbindung auf deinem Weg", erklärte ich ihm. „Dann kann ich mithören. Gesehen werden möchte ich lieber nicht."

Ich legte die Süßigkeiten in den kleinen Präsentkorb, den ich dazu erstanden hatte, und drückte ihm das Körbchen in die

Hand. „Du bist nur ein Bote", schärfte ich ihm ein, „der sich die Hausnummer nicht richtig gemerkt hat."

„Das kriege ich hin, bis gleich."

Ich sah seiner schmächtigen Gestalt mit reichlich schlechtem Gewissen nach. Es war ein dämlicher Einfall, ihn mit reinzuziehen, machte ich mir reichlich spät Vorwürfe. Ich sollte mich wenigstens in der Nähe aufhalten, sodass ich rechtzeitig eingreifen konnte, wenn etwas schieflief. Ich sprang aus dem Auto und lief die Straße hinunter.

Vor dem letzten Haus in dieser verhielt ich und lehnte mich an die Wand, mein Handy ans Ohr pressend, um nichts Wichtiges zu verpassen. Nils summte leise vor sich hin, ansonsten blieb es still.

„Ich gehe auf die Haustür zu", informierte er mich kurz darauf leise. „Ich klingele."

„Ja, bitte?", hörte ich die Stimme einer Frau.

„Guten Tag, ich soll das für Svea abgeben", sagte Nils forsch.

„Svea? Die wohnt hier nicht?"

„Ach du Schreck!" Es hörte sich völlig authentisch an. „Shit, habe ich die Hausnummern verwechselt."

An den Geräuschen erkannte ich, dass er zwei Schritte zurücktrat.

„Ach, herrje! Ich glaube, ich habe mir die falsche aufgeschrieben." Ein flehender Ton schlich sich in seine Stimme. „Kennen Sie sie vielleicht? Wo genau muss ich hin?"

„Warte kurz, ich frage meinen Mann. Helmut?" Sie schien sich ins Innere des Hauses zu begeben, denn ihre Worte wurden unverständlich.

Kurz darauf kehrte sie zurück. „Die Svea hat die gleiche Hausnummer wie wir. Du hast dich mit dem Straßennamen vertan." Sie erklärte ihm den Weg.

„Großartig!" Ich konnte fast sehen, wie Nils aufstrahlte. „Vielen Dank, Sie haben mir sehr geholfen. Wäre echt peinlich gewesen, wenn ich im Büro hätte nachfragen müssen. Ich mache den Job erst seit zwei Tagen."

„Nicht der Rede wert. Viel Erfolg noch!"

Sich entfernende Schritte zeigten mir, dass er auf dem Rückweg war. „Komm zum Auto!"

„Ja, klar, ich gehe andersrum, weil die Frau im Vorgarten steht und hinter mir herschaut. Ich muss nämlich in die andere Richtung, wenn ich zu Svea will."

Was für ein cleveres Kerlchen! So schlecht, wie ich befürchtet hatte, war meine Idee doch nicht gewesen.

Er kam strahlend auf mich zugelaufen und schwenkte dabei den Korb hin und her. „Was jetzt? Klingeln wir bei ihr?"

„Nein", musste ich ihn enttäuschen. „Ich fahre dich nach Hause. Anschließend lege ich mich auf die Lauer und warte darauf, dass ich sie allein erwische."

„Manno", maulte er wie erwartet. „Warum kann ich nicht dabei sein? Ich habe den ganzen Tag nichts vor. Mama muss zur Arbeit, Papa legt sich hin, sobald er da ist." Er riss die Augen weit auf, damit ich mich davon überzeugen konnte, wie traurig und enttäuscht er über meine Ablehnung war. „Ich mach auch genau das, was Sie mir sagen."

„Es kann passieren, dass wir völlig umsonst rumsitzen", warnte ich ihn vor, schon bereit nachzugeben. Der Junge verstand es ausnehmend gut, Erwachsene zu manipulieren.

Drei Stunden später war ich froh über diese Entscheidung. Wir hatten uns einen Parkplatz in der Nähe gesucht – es handelte sich wiederum um ein Einfamilienhaus, allerdings um ein Reihenendhaus - und saßen tatenlos herum beziehungsweise vertraten uns abwechselnd die Beine. Zum Glück hielten sich die Temperaturen in einem gemäßigten Rahmen und wir standen im Schatten, ansonsten wäre die Warterei noch unangenehmer gewesen. So hatten wir wenigstens gegenseitige Unterhaltung.

Und erzählen konnte Nils. War er bei unserem ersten Aufeinandertreffen eher einsilbig geblieben, taute er nun richtig auf. Ich erfuhr von seinen Schwierigkeiten in Mathe, die zu den Nachhilfestunden mit Julia führten und er somit insgesamt einen befriedigenden Abschluss hinbekam, von den unterschiedlichen Lehrern und deren Marotten, besonders allerdings von dem verhassten Herrn Olchert, dem es eine Befriedigung gewesen zu sein schien, ihn vorzuführen. „Bei den Mädchen tat er immer total verständnisvoll, die Jungen ließ er gnadenlos auflaufen, besonders die schwachen, so wie ich."

„Du wolltest deinen Bruder fragen", erinnerte ich ihn, „was er für Erinnerungen an den Mathelehrer hat."

„Mache ich nachher, der arbeitet noch."

Ich erfuhr, dass die Eltern beide als Krankenpfleger in den Städtischen Kliniken angestellt waren, der Bruder eine Ausbildung zum Physiotherapeuten erfolgreich abgeschlossen hatte und er zum ersten September eine Lehre als Hörgeräteakustiker antreten würde. „Sind alles krisenfeste Berufe", ergänzte er. „Uns braucht man immer."

Ich verbiss mir ein Grinsen, kramte in meiner Hosentasche nach Geld und schickte ihn in den nächsten Supermarkt, uns einen Snack und zwei weitere Flaschen Wasser zu holen, da mein Vorrat an Getränken zu Ende ging.

„Prima, dann kann ich dort auf die Toilette gehen. Wie machen Sie das denn sonst, wenn Sie alleine sind?"

Als ich auf den leeren Behälter mit großer Öffnung verwies, den ich mittlerweile ständig im Auto mit mir führte, verzog er das Gesicht und fragte, ob ich anschließend nicht ebenfalls in das Geschäft gehen wollte. Ich verneinte und nutzte die Gelegenheit seiner Abwesenheit, um mich zu erleichtern. Diese Skrupel hatte ich schon länger nicht mehr.

Nils hatte zwei Gläser Würstchen, Brötchen und einen Streifen Streuselkuchen mitgebracht. Wir konnten in Ruhe essen, es tat sich weiterhin nichts.

„Vielleicht ist sie verreist", überlegte er nach der nächsten Stunde untätigen Herumsitzens. „Soll ich mal bei denen anrufen oder rübergehen und klingeln?"

Die Ungeduld der Jugend! Ich fühlte mich tatsächlich uralt neben ihm. Er strömte eine Energie aus, die ihn kaum stillsitzen ließ.

„Ich könnte den Präsentkorb mitnehmen und nach ihr fragen."

Sein Vorschlag war zumindest eine Überlegung wert. „Wir warten bis morgen", entschied ich schließlich. „Tut sich nichts, bitte ich Corinne, bei ihr anzurufen." Ich wusste nicht, wie Sveas Verhältnis zu den Eltern war. Nicht dass einer der beiden überreagierte, wenn für sie ein Geschenk ohne Absender abgegeben wurde.

Er verzog das Gesicht. „Wieso nicht ich?"

„Ein junger Mann? Deine ehemalige Klassenkameradin kann sich viel besser rausreden." Ja, wie denn? Darüber musste ich noch in Ruhe nachdenken.

Bis zum Abend sahen wir einen Mann offensichtlich von der Arbeit zurückkehren und eine Frau zum Einkaufen gehen und anschließend den Vorgarten gießen, der liebevoll mit bunt blühenden Blumen bepflanzt war. Ein Mädchen oder eine junge Frau ließ sich nicht blicken.

Gegen halb acht gab ich mich geschlagen. Nils war natürlich sehr enttäuscht, dass wir Svea nicht zu Gesicht bekommen hatten. „Immerhin haben wir dank dir ihre Adresse rausgefunden", versuchte ich ihn zu trösten. „In den meisten Ermittlungen geht es nur in kleinen Schritten vorwärts."

„Ja, aber du", ich hatte ihm in der Zwischenzeit angeboten, mich auch zu duzen, „machst morgen mit Corinne weiter und ich steh draußen."

„Ohne dich wäre ich heute echt aufgeschmissen gewesen. Vielleicht ergibt sich bald schon die nächste Möglichkeit, dich einzusetzen."

„Ja?" Er begann schon wieder aufgeregt hin und her zu rutschen.

„Ja", bestätigte ich. „Falls ich weitere Jugendliche befragen muss, ist es sinnvoll, wenn du mich begleiten würdest."

Das erinnerte ihn daran, seinen Bruder anzurufen. Er berichtete ihm von dem Tod des Lehrers und dem Verdacht, dass dieser auf junge Mädchen stand. Nach einem kurzen Wortwechsel fragte er ihn: „Als du bei ihm Unterricht hattest, ist dir da mal aufgefallen, dass er irgendeine von den Schülerinnen bevorzugte?"

Ich löste eine Hand vom Lenkrad – wir befanden uns bereits auf dem Rückweg – und hob anerkennend den Daumen. Besser hätte ich es selbst nicht ausdrücken können.

Die Antwort fiel ziemlich lang aus. Anscheinend hatte der Bruder einiges zu erzählen.

Wir hatten fast unser Ziel erreicht, als er sich verabschiedete und an mich wandte. „Bingo! Es gab damals eine, nicht in seiner Klasse, sondern in der Parallelklasse. Da war der beste Freund meines Bruders drin und die beiden haben sich oft über den Arsch ausgetauscht. Später erwähnte der Freund mal, dass der Typ kurz nach ihrer Entlassung was mit einem der Mädchen angefangen hätte. War wohl eine längere Beziehung. Er will gleich den Freund anrufen und nachfragen, wie die hieß." Nils strahlte mich an. „Wenn du mit der redest, darf ich dann dabei sein?"

Ich verfluchte mein vorlautes Mundwerk. „Ja, wir ziehen die Unterhaltung zusammen durch", versprach ich.

Fröhlich sprang er aus dem Auto, als ich vor seinem Wohnhaus hielt. „Ich melde mich, sobald ich die Adresse habe."

Statt weiterzufahren, wählte ich die Nummer von Frau Klinger. Es wurde höchste Zeit, sie über die neue Lage zu informieren.

18

Obwohl sie anfangs darauf bestand, das Gespräch am Telefon zu führen, blieb ich hart und betonte, dass wir uns unbedingt zusammensetzen mussten. Daraufhin wollte sie wissen, ob ich jetzt noch bei ihr vorbeikommen könnte. Ich sagte zu. Je eher ich diese Unterhaltung hinter mir hatte, desto besser.

Frau Klinger empfing mich im Businesskostüm: schwarze Stoffhose und bunt gemusterte Bluse, und bat mich durch ins Wohnzimmer. „Was ist denn so wichtig, dass Sie es mir persönlich mitteilen müssen?"

„Ihre Tochter hatte in den Monaten vor ihrem Tod ein Verhältnis mit ihrem Mathelehrer", kam ich sofort zur Sache. Ihre schroffe Art lud nicht zu einer behutsamen Vorgehensweise ein.

Sie sackte in sich zusammen. „Nein, das kann nicht sein!"

Nun kam ich mir doch wie ein Arsch vor. „Leider steht es unumstößlich fest", bemühte ich mich, etwas netter aufzutreten. „Sie trafen sich nach dem Tod des Onkels in dessen Haus."

Sie straffte sich. „Was ist das für ein Mann? Kann ich ihn belangen?"

„Er ist heute Morgen ebenfalls ermordet worden." Ich ließ ihr Zeit, die Nachricht zu verarbeiten, bevor ich fortfuhr: „Wie es aussieht, hängen die Todesfälle miteinander zusammen. Wollen wir den Täter finden, müssen wir das Leben dieses Mannes ebenfalls in den Fokus nehmen."

Geduldig wartete ich, bis sie die Situation durchdacht hatte. „Wie kann ich Ihnen helfen?"

„Keine Ahnung", gestand ich. „Mir ging es in erster Linie darum, Ihnen diese Nachricht persönlich zu überbringen. Denn wahrscheinlich werden sich die Ermittler in den nächsten Tagen noch einmal bei Ihnen melden."

„Wie heißt der Lehrer?"

„Olchert, den Vornamen weiß ich nicht, dafür kenne ich seine Adresse." Ich nannte ihr diese. „Das Problem ist, bisher habe ich niemanden gefunden, der mir Auskunft über ihn gibt. Ein paar Einzelheiten habe ich in einem Café aufschnappen können: Er lebte mit seiner dementen Mutter zusammen in einem Einfamilienhaus. Die beiden waren ziemliche Einzelgänger und hatten nur wenig Kontakt zu den Nachbarn. Für kurze Zeit gab es eine Lebensgefährtin, mit der zusammen er ein Kind hat. Ihren Namen habe ich bisher leider nicht erfahren."

Wieder überlegte Frau Klinger kurz. „Ein guter Kollege von mir praktiziert in Asseln. Ich rufe ihn morgen früh an und bitte ihn, Ihnen einen Kontakt herzustellen. Spätestens Anfang nächster Woche sollte das möglich sein. Was haben Sie noch über meine Tochter herausgefunden?", fragte sie nach einer Pause.

„Sie verbrachte ihre Zeit hauptsächlich bei Onkel und Tante und bei diesem Hundeverein", zählte ich auf. „Sie traf sich nie mit irgendwelchen Bekannten, sah ihre Schulfreundinnen nur während des Unterrichts und erzählte natürlich keinem von ihrem Verhältnis. Es war eher ein Zufall, dass ein Junge aus der Schule den Lehrer sah, als er das hintere Gartentor benutzte. Der Sohn des Bauern hat sie ebenfalls einmal mit ihm zusammen in der Nähe beobachtet. Das Auto, das er mir beschrieb, passt genau auf das von Herrn Olchert."

Sie lächelte mit verkniffener Miene. „Sie waren ziemlich fleißig in den letzten Tagen. Sie wissen mehr über Julias letzte Monate als Frau Jung oder ich. Zu uns war sie äußerst sparsam in ihren Äußerungen. Ihr Lehrer!" Sie schüttelte missbilligend den Kopf. „Wie lange dauerte diese Beziehung an?"

„Da beide sehr viel Wert darauf legten, nicht zusammen gesehen zu werden, ist mir dieser Punkt nicht bekannt. Der

Klassenkamerad machte seine Beobachtung ungefähr vor einem Monat, der Bauernsohn vor circa sechs Wochen."

„Also noch in der Schulzeit", rekapitulierte sie.

Ich nickte, mehr gab es dazu nicht zu sagen.

Als sie sich erhob, um mich hinauszubegleiten, merkte man ihr deutlich an, dass ich ihr gerade einen ziemlichen Schock versetzt hatte. Trotzdem gab sie sich kühl und unnahbar. „Ich melde mich bei Ihnen, sobald ich den Namen einer Auskunftsperson habe", verabschiedete sie mich.

Felicitas, die ich mit WhatsApp-Nachrichten über mein bisheriges Tun informiert hatte, empfing mich an der Wohnungstür. „Wie hat sie es aufgenommen?"

„Nach außen hin relativ gefasst. Sie versucht mir über ihren dortigen Kollegen einen aussagewilligen Nachbarn zu besorgen."

Meine Freundin lachte. „Wenigstens etwas. Auch wenn es Julia nicht viel bringt."

Damit war alles gesagt, wir widmeten uns angenehmeren Dingen.

Freitag, 15. Juli

Nach unserem gemeinsamen Frühstück setzte ich mich an den Computer, um meine Notizen zu ergänzen. Danach las ich sie mir aufmerksam durch. Nein, es gab noch keinen Anhaltspunkt, der auf einen möglichen Täter wies.

Gegen elf rief ich Corinne an. „Ich habe eine etwas ungewöhnliche Bitte an Sie. Würden Sie sich für mich telefonisch nach einem Mädchen erkundigen? Ob sie zu Hause ist oder in den Ferien", ergänzte ich. „Sie könnten sich als Schulfreundin oder ehemalige Klassenkameradin ausgeben. Nils hat sich angeboten, nur würde ich eine weibliche Stimme bevorzugen."

Ob es die Erwähnung des Jungen war? Jedenfalls stimmte sie eifrig zu. „Wann wollen Sie kommen? Am besten jetzt gleich.

Meine Mutter ist mit ihrer Freundin in der Stadt. Die kehrt nicht so schnell zurück."

Das gab den Ausschlag. Nicht dass diese mir dazwischenfunkte.

Der Verkehr in der Ferienzeit war mäßig, ich bewältigte die Strecke zügig. Trotzdem stand Corinne bereits wartend vor dem Haus. Als ich allein ausstieg, schaute sie reichlich enttäuscht drein. Anscheinend hatte sie erwartet, dass ich Nils mitbrachte. „Ich habe mir überlegt, es ist vielleicht besser, wenn wir ein paar Straßen weiter fahren. Soll ja keiner mitkriegen, dass Sie und ich telefonieren."

Sie lotste mich durch ein Gewirr von Spielstraßen, bis wir auf einem kleinen Platz mit mehreren Parkbuchten landeten. „Hier bleiben wir", entschied sie.

Bevor ich ihr mein Handy reichte, klärte ich sie über den Tod des Lehrers und seine bis zuletzt bestehende Verbindung zu Julia auf.

Sonderlich angegriffen wirkte sie nicht, sondern zog stattdessen gleich die richtige Verbindung. „Sie meinen, das hat irgendwie mit Julias Ermordung zu tun?"

„Auch die Polizei vermutet, dass die beiden Fälle zusammenhängen", nickte ich. „Das Mädchen, das Sie anrufen sollen, ist als Aufsicht für seine demente Mutter oft im Haus gewesen. Es wäre interessant zu wissen …"

„… ob sie was von ähnlichen Beziehungen mitgekriegt hat", beendete sie den Satz.

Perplex starrte ich sie an. Sie war wesentlich intelligenter, als ich erwartet hatte.

„Wie soll ich vorgehen?", fragte sie ungerührt, als sei ihre logische Bewertung das Normalste der Welt.

„Ich nehme lieber mein Telefon", entschied sie, nachdem ich ihr genaue Anweisungen gegeben hatte. „Falls diese Svea mich zurückruft. Dann tue ich so, als sei ich meine Schwester und hätte keine Ahnung, um was es geht."

Was hatte ich die Kleine verkannt!

Sie meisterte auch das Gespräch souverän, gab sich als ehemalige Klassenkameradin von Svea aus, die zufällig für ein, zwei Wochen in der Stadt sei, und bat darum, das Mädchen zu sprechen. Die Mutter, die das Telefonat annahm, musste sie enttäuschen. Svea sei bei ihrer Oma in Paderborn. Sie habe in der Nähe eine Lehrstelle als zahnmedizinische Fachangestellte gefunden und käme nur noch in den Ferien heim. Ohne dass ich eingreifen musste, bat sie um deren Handynummer, die sie leider durch den Wechsel ihres eigenen Telefons nicht mehr habe. Arglos und bereitwillig wurde ihr dieser Wunsch erfüllt.

„Sie waren klasse!" Ein vollkommen ehrlich gemeintes Lob, ich war echt erstaunt über ihre schnelle Reaktion.

Sie grinste zufrieden. „Ich habe Legasthenie, ansonsten funktioniert mein Gehirn."

„Sogar super." Ich klopfte mir in Gedanken selbst auf die Schulter, dass ich diesen Part ihr überlassen hatte. Keiner hätte es besser hingekriegt.

„Soll ich sie gleich anrufen?"

„Nein, das übernehme ich." Allerdings musste ich mir zuerst genauer überlegen, wie ich vorgehen sollte.

„Ach, Quatsch! Es ist einfacher, wenn ich das mache." Sie wartete meine Antwort nicht ab und begann die Zahlen, die ich aufgeschrieben hatte, aus dem Gedächtnis zu tippen.

„Svea, hi, hier ist Corinne. Erinnerst du dich an mich? Ich war in deiner Parallelklasse und bin vor zwei Jahren weggezogen. Hör mal, es ist was total Aufregendes passiert, deshalb rufe ich an", ließ sie ihr überhaupt keine Zeit zu reagieren. „Der Olchert ist ermordet worden. Hast du schon davon gehört?"

Den Aufschrei, der folgte, hörte selbst ich aus zwei Metern Entfernung. „Erzähl!"

„Viel weiß ich auch nicht, nur dass er umgebracht wurde und die Polizei keine Ahnung hat von wem."

Ich hatte mich weit zu Corinne hinübergebeugt, daher konnte ich Sveas Stammeln verstehen. „Das ist ... furchtbar. Ich ... ich kann ... ich muss Schluss machen."

„Halt, Moment!", rief Corinne energisch. „Deine Mutter sagte mir, du bist in Paderborn bei deiner Oma. Ich komme auch in die Gegend. Wollen wir uns nicht treffen? Ich sehe zu, was ich bis dahin rauskriegen kann. So in einer Woche käme ich. Gib mir deine genaue Adresse, ich rufe vorher kurz an."

Stotternd folgte Svea ihrer Aufforderung, dann brach das Gespräch ab.

„Puh", Corinne rubbelte durch ihre Haare. „Da habe ich gerade noch die Kurve gekriegt."

„Sie haben fantastisch reagiert", lobte ich sie.

„Und jetzt?" Ihre Augen funkelten unternehmungslustig.

„Bringe ich Sie zurück und bedanke mich herzlich für Ihre Hilfe."

Sie starrte mich entgeistert an. „Nee, ne?"

„Ich fahre sowieso nicht direkt zu Svea. Sie muss den Schock erst verdauen", versuchte ich ihr begreiflich zu machen.

„Nehmen Sie mich denn mit?"

Die Nächste, die Blut geleckt hatte! Andererseits war ihr Vorschlag gar nicht mal so schlecht. Mit ihr an meiner Seite würde Svea eventuell zugänglicher sein. „Und was erzählen Sie Ihrer Mutter?"

„Äh."

„Die ist bestimmt nicht begeistert, wenn Sie sich detektivisch bestätigen."

Sie grinste verschmitzt. „Sie muss es ja nicht erfahren. Ich schiebe ein ganztägiges Treffen mit meiner Freundin vor und sage der Bescheid, dass sie mich deckt. Wann wollen Sie denn los?"

„Nächste Woche, wie Sie es behauptet haben. Vielleicht können wir ihr bis dahin wirklich schon Neuigkeiten berichten."

„Kein Problem, wie wäre es mit Donnerstag?"

Die Kleine wollte mich gleich festnageln. „Halte ich fest. Sollte was dazwischenkommen, rufe ich an."

Sie lehnte sich zufrieden zurück und schwieg, bis wir kurz vor ihrem Zuhause Olivia mitsamt ihrem Gefolge entdeckten, die die Straße entlang schlenderten.

„Blöde Kuh!", zischte Corinne. „Wenn ich die sehe, könnte ich jedes Mal das Kotzen kriegen."

Ich merkte auf. „So schlimm war es mit ihr?"

„Noch schlimmer. Die ist so was von hinterhältig. Und eingebildet. Denkt, sie wäre der Nabel der Welt."

„Und ihre Freunde?"

„Machen alles mit. Sie hat die voll im Griff. Was bin ich froh, dass diese Zeit hinter mir liegt!"

19

„Was liegt morgen an?", fragte Felicitas am Abend.
„Ich dachte mir, wir verbringen unser Wochenende mit Gartenarbeit." Frau Klinger hatte sich noch nicht bei mir gemeldet, also gab es keine weiteren Termine. Laut Wetterbericht sollten sich die Temperaturen im angenehmen Bereich bewegen, ideal also, um sich stundenlang im Freien aufzuhalten.
Sie umarmte mich mit einem zufriedenen Lächeln. „Eine super Idee!"
„Wir könnten zwischendurch ein kleines Picknick einlegen", setzte ich noch einen drauf. „Die Zutaten habe ich heute Nachmittag eingekauft."
Ihre Freude kannte keine Grenze. Prompt kam ich mir wieder einmal schäbig vor, dass ich mich so selten um sie bemühte. Eigentlich musste ich ihr viel öfter sagen oder zeigen, wie viel sie mir bedeutete.

Samstag, 16. Juli
Kaum hatten wir die Tür des Gartenhäuschens geöffnet, um uns die benötigten Geräte herauszuholen, tauchte Fabian auf. „Wollt ihr heute hier was tun?"
„Büsche beschneiden, Unkraut zupfen, Rasenmähen – es liegt jede Menge Arbeit an", bestätigte Felicitas.
Bekümmert blickte er auf seinen Gipsarm. „Schade, dass ich nicht helfen kann."
Während ich begann den Rasen zu mähen, setzte er sich neben meine Freundin und sah ihr beim Unkrautzupfen zu. Schon bald kam ich aus dem Fluchen nicht mehr heraus. Angesichts der hohen Halme hatte ich andauernd mit diversen Ausfällen zu kämpfen, da entweder der Auswurf oder der Messerkranz verstopfte beziehungsweise festhing. Dazu

hatte ich mir ausgerechnet das freie Stück in der Sonne als Erstes vorgenommen – weil ich einfach nur hin und zurück gehen musste. Nach einer Stunde hing ich mehr an der Wasserflasche als am Rasenmäher.

Felicitas kam genauso langsam voran wie ich. Aber sie saß wenigstens im Schatten! Trotzdem stöhnte sie erleichtert auf, als ich ihr nach der halben Fläche eine kleine Pause vorschlug. „Meine Muskeln!"

Mit Fabian im Schlepptau holten wir drei Stühle aus dem Häuschen und ließen uns darauf nieder. „Deine Freundin hat keine Ahnung", teilte er mir mit wichtiger Miene mit, kaum dass wir saßen. „Die hätte beinahe den tollen Schneckenschutz von Julia weggetan."

„Ich wusste nicht, wofür dieses komische Knäuel gedacht ist", verteidigte diese sich. „Für mich sah es aus wie zusammengeknüllter Draht."

Der Junge und ich grinsten uns verständnisinnig an. „Kupferdraht?", vermutete ich.

Er nickte. „Richtig gut zusammengedreht, damit keine durchkommt."

„Gut, dass du rübergekommen bist", lobte ich ihn, „und sie aufgehalten hast."

„Ihr habt ein riesiges Beet voller Erdbeerpflanzen", schwärmte er. „Wenn erst die Bäume zurückgeschnitten sind, kriegen die auch wieder genügend Sonne. Die Marina hat jedes Jahr tonnenweise geerntet. Für mich fiel auch immer was ab."

„Nächstes Jahr klappt das bestimmt wieder", versprach ich ihm.

Felicitas sah zur Seite, damit der Kleine nicht bemerkte, dass sie die Augen verdrehte. „Ja", brachte sie mühsam hervor. „Du kannst dann mithelfen ernten."

Ein lauter Ruf schallte zu uns herüber: „Fabian! Wo bist du? Essen!"

„Ich muss los." Bedauernd hob er die Schultern. „Vielleicht kann ich anschließend wiederkommen."

„Wie alt ist er? Fünf oder sechs?", fragte ich meine Freundin, nachdem er außer Hörweite war.

„Letzten Monat sechs geworden." Sie prustete los. „Wenn er loslegt, denkst du, er war mehr hier als zu Hause. Dabei war diese Marina über ein Jahr lang krank. Vieles, was er erzählt, kann einfach so nicht stimmen."

„Hat er Julia erwähnt?"

„Nur am Rande. Die war wohl ab und zu seine Babysitterin, genauso wie Onkel und Tante. Das Verhältnis zu den Nachbarn scheint ausnehmend gut gewesen zu sein. Die meiste Zeit erzählte er von der Renovierung, die seine Eltern gerade angefangen haben. Klar ist ihm langweilig, sein Bruder ist nun für zwei Wochen in dem Ferienlager, das der Papa für beide gebucht hatte, wohin er jedoch mit dem eingegipsten Arm nicht fahren konnte. Er und Mama haben nicht viel Zeit, sich um ihn zu kümmern. Die wollen die kompletten Kellerräume in ihrem Urlaub neu herrichten."

„Du hast eine Menge erfahren!"

„Der Kleine redet ununterbrochen." Sie seufzte. „Hoffentlich bleibt er drüben. Für heute reicht es mir."

„Geh ins Haus und tu dir die Ruhe an", schlug ich vor und stand auf, um wenigstens den restlichen Rasen zu mähen. Eigentlich hatte ich gedacht, ich würde wesentlich mehr schaffen, bevor Mirko und seine Freundin auftauchten.

Felicitas zögerte und wandte den Kopf zu den Beeten. „Ich … Papa!", rief sie überrascht aus.

Dietmar kam näher. „Dachte ich mir doch, dass ich euch hier finde. Na, ist noch reichlich zu tun!"

Das war mein Stichwort. „Genau, ich leg sofort wieder los." Mit einem Winken nahm ich Kurs auf den Rasenmäher und startete ihn. Bei diesem Gespräch musste ich nicht unbedingt dabei sein.

Felicitas' Vater war nicht sonderlich erbaut gewesen, als sie ihm mitteilte, dass die Renovierungsarbeiten am Haus verschoben werden sollten, weil sich unsere Pläne geändert hatten. Ob es daran lag, dass er den Auftrag bereits erteilt hatte, oder es ihm eher darum ging, dass wir zügig einzogen, wusste meine Freundin nicht. Es erwies sich als mühevoll genug, ihn von unserer Sicht der Dinge zu überzeugen. Wie ich ihn kannte, hatte er bestimmt schon wieder die nächste Idee, die er uns unterbreiten wollte. Besser sie setzte sich allein mit ihm auseinander.

Als alle Rasenflächen frisch geschnitten waren, saß er immer noch neben ihr. Daher griff ich zum Kantenschneider und vervollständigte meine Arbeit. Ich war so vertieft darin, dass ich erschreckt zusammenfuhr, als ich eine Berührung an meiner Schulter spürte.

„Und ich dachte schon, du ignorierst mich absichtlich", grinste mich Mirko an. „Soll ich dir helfen?"

Ich schielte auf meine Armbanduhr.

„Wir sind eher gekommen. Inga konnte es nicht länger aushalten vor Neugier."

„Spinner!" Sie trat näher und gab ihm eine leichte Kopfnuss. „Wir wollten mithelfen."

„Quatsch!" Auch Felicitas kam zu uns herüber. Von ihrem Vater war keine Spur mehr zu sehen.

Er hatte sich nicht mal von mir verabschiedet! Das hieß, die beiden trugen einen neuen Konflikt aus. Weiter kam ich nicht in meinen Überlegungen, denn sie nickte mir zu. „Wir essen was und danach zeigen wir den beiden das Haus."

„Nichts da! Die beiden sollen sich erst umschauen."

Mirko strahlte und hob den Daumen. „Wäre ich auch für."

„Okay", gab meine Freundin nach. „Wir machen einen schnellen Rundgang. Dann könnt ihr euch während des Essens überlegen, ob ihr wirklich interessiert seid."

Ich ließ die drei ziehen, holte einen Tisch und einen zusätzlichen Stuhl aus dem Gartenhäuschen, stellte sie auf die

Terrasse und packte die Köstlichkeiten aus der Kühltasche auf den Tisch. Felicitas hatte sogar an Teller und Besteck gedacht – in vierfacher Ausführung. Als wenn sie geahnt hätte, dass unsere Besucher eher auftauchen würden.

„Ah!" Erfreut ließ sich Mirko neben mich auf den Stuhl fallen. „Und wir hatten noch überlegt, ob wir euch was vom Italiener mitbringen."

„Um Gottes willen!" Felicitas schüttelte entsetzt den Kopf. „Es wäre zu schade um unser Essen gewesen."

Während alle kräftig zulangten, nickte Inga mir zu. „Die Wohnung ist ein Traum. Mirko und ich sind begeistert."

„Auch wenn sie kleiner wird als geplant", heuchelte mein Freund Enttäuschung.

„Blöder Witz!" Inga warf ihm einen strafenden Blick zu. „Nein, sie ist von der Größe und der Aufteilung her ideal. Was habt ihr euch denn für eine Miete vorgestellt?"

Ich sah auffordernd zu Felicitas, das war ihr Part.

„Ich habe keine Ahnung, was ein angemessener Preis wäre", räumte diese ein und fügte an Mirko gewandt hinzu: „Abzüglich einem Freundschaftsrabatt natürlich."

Der lachte. „Den kann ich ja wohl auch erwarten."

„Es dauert eh noch, bis wir loslegen können", wandte ich ein. „Bevor Felicitas nicht im Grundbuch eingetragen ist, passiert hier gar nichts."

„Oder vielleicht doch", entgegnete sie. „Papa will mit den anfallenden Umbauarbeiten lieber sofort beginnen – und sie auch bezahlen. Er hat eine neue Idee ins Spiel gebracht. Wir sollen den oberen Bereich komplett abtrennen und den Raum, den wir durch den Wegfall der Treppe gewinnen, für ein großes Badezimmer nutzen. Später, wenn sich Nachwuchs einstellt, könnten wir in Richtung Garten erweitern, also anbauen."

„Reiche Eltern müsste man haben", witzelte Mirko.

„Er meint es nicht so." Inga war das Verhalten ihres Freundes sichtlich peinlich.

135

„Wir kennen ihn lange genug und wissen, wie er tickt", beruhigte Felicitas sie. „Sonst hätten wir euch das Angebot mit der Wohnung garantiert nicht gemacht."

Ich dachte über Dietmars Vorschlag nach. Er war wesentlich besser als das, was wir geplant hatten – allerdings auch wesentlich teurer. „Wenn wir uns dafür entscheiden, stemmen wir die Kosten selbst", erklärte ich. Selbst mit dem Haus standen wir schon tief in seiner Schuld, noch mehr konnte und wollte ich nicht annehmen.

„Sehe ich genauso", nickte meine Freundin, „und habe ich ihm auch deutlich zu verstehen gegeben."

Deshalb war er so schnell verschwunden!

„Wir nehmen die Wohnung so oder so." Mirko beugte sich interessiert vor. „Du bist schon wieder an einem neuen Fall dran? Feli erwähnte bei unserem Rundgang was in diese Richtung."

Ich begann zu erzählen. Es war immer sinnvoll, sich mit anderen auszutauschen. Oft schon hatten diese mir neue Anregungen geben können.

„Ganz schön verzwickt", kommentierte er meinen Bericht. „Denk dran, falls du einen zweiten Mann benötigst, ich habe genügend Zeit."

Wie ich es vorausgesehen hatte, war sein Zweitjob bei einem Wachdienst in dem Moment, da er Inga kennenlernte, obsolet.

„Das ist mein zweites freies Wochenende", setzte er hinzu. „Fühlt sich echt gut an. Wie habe ich es nur so lange in dem Job ausgehalten?"

Dabei hatte er zuvor immer wieder betont, wie abwechslungsreich und interessant die Arbeit sei und der ideale Ausgleich zu seiner eigentlichen Tätigkeit als Lektor. Tja, die Liebe veränderte eben die Perspektive.

„Dieser Lehrer, welche Straße ist das in Asseln?", ging seine Freundin dazwischen, bevor er sich noch weiter auslassen konnte.

Ich sagte ihr die genaue Adresse.

Sie strahlte mich an. „Wie es aussieht, kann ich dir helfen, jemand zu finden, der mit dir spricht. Meine Großeltern wohnen in der Ecke und haben viele Bekannte in der Nachbarschaft. Wenn ich ihnen die Situation erkläre, können sie bestimmt einen von ihnen überzeugen, dir nähere Auskünfte zu geben. Soll ich sie mal anrufen?"

„Das wäre super!" So ein Kontakt war wesentlich besser und schneller, als wenn Frau Klinger ihren Kollegen bemühte.

Inga nahm sich ihr Handy und verschwand in den Garten, um ungestört zu telefonieren. Wir blieben in gespannter Erwartung zurück. Obwohl es eine lange Unterhaltung wurde, kam kein vernünftiges Gespräch zwischen uns mehr auf.

Schließlich kehrte sie mit dem Telefon in der Hand zurück. „Würde es dir gleich morgen passen? Der Opa kennt einen der direkten Nachbarn und würde ihn heute noch bitten, sich mit dir zu treffen. Er hat angeboten, dass du das Gespräch bei ihnen führen kannst."

„Das wäre sogar ausgezeichnet", gab ich ehrlich zu. Mit ihrem Opa neben mir sollte es mir gelingen, alles Wissenswerte aus meinem Auskunftgeber herauszubekommen. Er war sozusagen der Garant für ausführliche Informationen.

„Gut, dann holen Mirko und ich dich morgen um drei ab. Das war nämlich die Bedingung meiner Oma, dass wir dich begleiten und sie meinen Freund endlich kennenlernen. Ist das okay für dich?"

20

Sonntag, 17. Juli

Wir verbrachten den Vormittag wiederum bei der Gartenarbeit, auch Fabian gesellte sich zu uns, nur dass er dieses Mal an mir klebte und mich, während ich arbeitete, zutextete. Als wir gegen kurz nach eins zurückfuhren, kannte ich jede seiner Lieblingssendungen inklusive der jeweiligen Helden und den meisten ihrer Abenteuer.

„Ist er nicht süß", grinste Felicitas, kaum dass wir im Auto saßen.

„Ich glaube, wir schließen die Zaunlücke wieder", brummte ich, noch immer leicht benommen von dem Redeschwall des Jungen.

„Dann kommt er von vorn. Abhalten wirst du ihn nicht können."

„Sobald die Wellblechhalle abgerissen ist, kann uns der Typ dort einen hohen Zaun hinsetzen, mit ebenso hohem Tor."

Klar, mir tat der Kleine leid, dass er anscheinend niemand hatte, der sich um ihn kümmerte. Allerdings war es nicht unsere Aufgabe, ihn täglich zu bespaßen. Für ein, zwei Tage war das mal okay –, vor allem wenn man sich abwechseln konnte. Mir graute jedoch davor, dass es für ihn zur Gewohnheit werden könnte.

Felicitas neigte sich herüber und strich mir über die Hand. „Abwarten, wie es sich entwickelt. Ansonsten ziehen wir tatsächlich einen Zaun."

Oder machen ihm begreiflich, dass uns nicht ständig der Sinn danach steht, uns mit ihm zu beschäftigen, dachte ich im Stillen. Wie wir diesen Punkt umsetzen konnten, ohne ihn zu sehr zurückzustoßen, darüber musste ich in Ruhe nachdenken.

Mirko und Inga standen Punkt drei vor der Tür. Von Körne bis nach Asseln waren es an einem Sonntag knappe fünfzehn Minuten, genügend Zeit, um einen vernünftigen Schlachtplan zu entwerfen. Denn die beiden wollten unbedingt an der Befragung teilnehmen. Da Mirko mir schon mehr als einmal bei einem meiner Fälle geholfen und Inga dieses Treffen vermittelt hatte, gab ich nach, bei drei Personen sollte es eigentlich gelingen, sämtliche interessanten Fakten abzuklären.

Der Auskunftgeber würde erst gegen vier erscheinen, erfuhren wir gleich, als die Oma uns öffnete. Das gemeinsame Kaffeetrinken an dem bereits gedeckten Tisch diente offensichtlich dazu, Mirko näher kennenzulernen und ihn nach Herzenslust ausfragen zu können. Mich behandelten sie, als gehöre ich dazu, keinen Moment lang hatte ich das Gefühl, nicht genauso herzlich willkommen zu sein.

Die Großeltern veranstalteten keine Fragerunde, sondern erzählten ebenso bereitwillig aus ihrem Leben. Daher war es fast eine Störung, als es erneut schellte.

Die Oma drängte ihren Mann, zur Tür zu gehen, und nutzte die Gelegenheit, zusammen mit Inga den Tisch abzuräumen. Uns verbannte sie hinüber auf die große Eckcouch und sagte an ihre Enkelin gewandt: „Wir beide beschäftigen uns in der Küche, damit die Männer in Ruhe reden können."

Bevor Inga widersprechen konnte, sprang schon Mirko für sie in die Bresche. „Ihr dürft gern teilnehmen, je mehr wir sind, desto interessantere Fragen kommen auf. Bitte", setzte er mit Nachdruck hinzu, da die Oma zögerte.

„Wir setzen uns dazu", Inga blinzelte verschwörerisch in unsere Richtung. Als wenn ich mir das Gespräch entgehen lassen würde, konnten wir an ihrer Miene ablesen.

Kaum waren sie mit dem Geschirr verschwunden, betrat der Opa gefolgt von einem älteren Herrn den Raum. Ich setzte mich vor Überraschung gerade auf. Den Man kannte ich doch, er war der Neuankömmling bei der Runde im Café.

Auch er schien mich wiederzuerkennen, sagte allerdings nichts, sondern nahm in dem Sessel uns gegenüber Platz.

„Das ist der Herr Grahl, der Mann daneben der Freund von Inga", stellte der Opa uns vor und zog sich den zweiten Sessel heran. „Der Herr Grahl recherchiert im Fall eines ermordeten Mädchens. Dabei ist er auf eine Verbindung zu Herrn Olchert gestoßen, eine sehr seltsame, die jede Menge Fragen aufwirft", setzte er hinzu.

„Ah, ja?" Der alte Herr schaute mich neugierig an. „Bock, ich wohne genau gegenüber. Viel weiß ich über den Mann allerdings nicht. Wir hatten keinen engen Kontakt. Er und seine Mutter blieben von Anfang an für sich."

„Der Herr Olchert war der Mathelehrer des Mädchens", ging ich gleich in die Vollen. „Nach ihrem Tod fand sich ein Zeuge, der beobachtete, dass die beiden ein Verhältnis miteinander hatten."

„Was?" Mein Gegenüber fuhr sichtlich geschockt auf. „Ihr Lehrer? Wie alt war die Kleine denn?"

„Sechzehn, sie sah allerdings viel jünger aus."

„Das ist ... da muss ich sofort an die Svea denken." Er hielt inne und schüttelte wie benommen den Kopf. „Nein, das kann nicht sein. Oder doch?"

„Die Kleine mit dem Liebeswahn!", rief Ingas Opa aus. „Jetzt sieht die Geschichte plötzlich ganz anders aus."

„Klärt uns bitte mal jemand auf?", forderte seine Enkelin, die offensichtlich hinter der nur angelehnten Tür stehen geblieben war und gelauscht hatte. Jetzt kam sie herein, begrüßte den Nachbarn und setzte sich neben Mirko.

„Das ist die Kleine aus der Nachbarschaft, die der Olchert stundenweise für seine Mutter engagiert hatte." Herr Bock war sichtlich blass geworden. „Vierzehn war sie damals, ein liebes Mädchen, noch sehr kindlich und trotzdem absolut verlässlich."

„Kindlich?", hakte ich nach, denn ein hässlicher Verdacht hatte mich durchzuckt.

„Sie kam erst spät richtig in die Pubertät", präzisierte Ingas Opa, „war auch ziemlich schüchtern und blieb für sich."

Es hätte Mirkos aufmunternden Stoßes gar nicht bedurft. Ich griff bereits nach meinem Handy, öffnete das Foto von Julia und hielt es den beiden Männern hin.

„Das …" Herr Bock griff nach dem Telefon und studierte es aus der Nähe, bevor er es an Ingas Opa weiter reichte. „Was sagst du dazu?"

„Die könnten Zwillinge sein", stieß dieser hervor und winkte seine Frau, die unschlüssig im Türrahmen stehen geblieben war, zu sich.

„Ja", bestätigte sie. „Die beiden gleichen sich wie ein Ei dem anderen."

„Dann ist die Geschichte vielleicht doch wahr, die sie erzählte!", stieß Herr Bock atemlos hervor.

Sich gegenseitig immer wieder ergänzend begannen die älteren Herrschaften, uns ins Bild zu setzen. Herr Olchert war Svea begegnet, als er gerade auf der Suche nach einer kurzfristigen Betreuung für seine Mutter entsprechende Zettel in mehreren Geschäften anbringen wollte. Er hatte sie angesprochen und ihr sein Angebot unterbreitet: Zweimal in der Woche die Mutter für zwei bis drei Stunden beaufsichtigen bei einem Stundenlohn von zehn Euro. Svea holte sich das Okay ihrer Eltern und sagte zu. In den ersten Monaten erschien sie nur zu den vereinbarten Zeiten, dann immer öfter. Die alte Frau sei ihr ans Herz gewachsen, erklärte sie jedem, der sie darauf ansprach. Sie beide kämen super miteinander klar. Es mache ihr Spaß, sich mit ihr zu beschäftigen.

„Da hatten wir schon den Verdacht, dass der Olchert sie ausnutzt", erklärte Herr Bock, „sich einen ruhigen Feierabend macht und sich freut, nicht selbst einspringen zu müssen. Die Demenz war schon so weit fortgeschritten, dass die Mutter ständig unter Aufsicht sein musste. Wir dachten, der manipuliert sie dementsprechend, denn welche Jugendliche würde schon freiwillig auf ihr eigenes Leben verzichten?"

„Wie oft war sie bei ihm im Haus?"

Die beiden Männer überlegten. „Vier- bis fünfmal in der Woche", sagte Herr Bock schließlich.

„Wie lange hat sie dort gearbeitet?"

„Zwei Jahre?"

Ingas Opa nickte. „Kann hinkommen. Klar, sie hat ja mit sechzehn ihren Abschluss gemacht und ist schon in den Ferien zu den Großeltern geschickt worden."

„Das war ein richtiges Drama", übernahm die Oma. „Im Mai oder Juni davor muss das gewesen sein. Der Herr Olchert hat ihr gekündigt, wegen angeblich zunehmender Aggressivität seiner Mutter. Das könne er Svea nicht mehr zumuten."

„Also ich habe sie kurz vorher und auch hinterher jeweils einmal im Nachthemd auf der Straße aufgegriffen, da war sie lammfromm und ließ sich ohne Probleme zurückbringen", warf Herr Bock ein. „Die ist oft weggelaufen, mehrfach musste die Polizei sie suchen."

„Sie wollte sich mit der Kündigung nicht abfinden, ist immer wieder vor dem Haus aufgetaucht und hat geradezu um Einlass gebettelt", erzählte die Oma weiter.

„Einmal ist sie ihn sogar richtig angegangen", erinnerte sich Herr Bock. „Ein anderes Mal hat sie so laut rumgeschrien, dass alle Nachbarn es mitbekamen. Ihr Vater musste kommen und sie abholen. Die Eltern haben so oft versucht, mit ihr darüber zu reden. Hat nicht viel genützt. Sie hat sich immer wieder heimlich zu seinem Haus geschlichen, um auf ihn zu warten."

„Deshalb schickten sie Svea zu den Großeltern nach Paderborn", übernahm die Oma. „Ihr Verhalten war richtig peinlich. Keiner konnte sie von der felsenfesten Überzeugung, der Olchert sei ihre große Liebe, abbringen. Ehrlich gesagt, dachten wir damals an eine Art Wahn, so wie sie sich verhielt. Aber wenn man jetzt von diesem ermordeten Mädchen hört … vielleicht war die Beziehung zwischen ihnen eine ganz andere."

„Angeblich korrigierte er in der Zeit, wo sich Svea um seine Mutter kümmerte, Arbeiten und bereitete sich auf den Unterricht vor." Her Bock schnaubte laut. „Dass er was mit ihr anfing, könnte gut passen. Wie sie sich aufführte! Man nannte sie hinter dem Rücken der Eltern nur noch die Stalkerin. Dabei hat er sie womöglich kurzerhand abserviert." Er rieb sich plötzlich verlegen die Stirn.

„Selbst die Eltern sprachen von einer Obsession", beruhigte ihn Ingas Opa. „Vor allem weil der Herr Olchert bei ihrem Auftauchen jedes Mal den Bernd anrief, damit er sie abholte."

„Also erhielt sie ungefähr mit sechzehn die Kündigung", resümierte ich. „War sie zu dem Zeitpunkt immer noch so unscheinbar?"

Die beiden Herren sahen sich nur ratlos an.

„Nein, das ging bei ihr unheimlich schnell." Scheinbar war die Oma am besten informiert. „Sie ist innerhalb von wenigen Wochen erblüht. Ich hätte sie kaum wiedererkannt, als ich ihr begegnete."

„War das vor oder nach der Kündigung?"

Sie überlegte stirnrunzelnd. „Kurz danach muss das gewesen sein. Ja, sie war in Begleitung ihres Vaters. Sie durfte überhaupt nicht mehr allein raus nach ihrem seltsamen Benehmen."

„Hat der Ortswechsel was gebracht?", fragte Mirko den Nachbarn.

„Anfangs nicht, da ist sie oft ausgebüxt und wieder hier aufgetaucht. Bis der Bernd ihr mit der Einweisung in die Psychiatrie drohte. Die Eltern hatten schon vorher versucht, sie zu einem Psychologen zu bringen. Sie wollte nicht und angeblich kann man nichts machen, wenn derjenige nicht will. Irgendwann hatte er die Faxen dicke. Ich sehe ihn vor mir, wie er mit hochrotem Kopf auf sie zulief, sie am Arm packte und hinter sich her zerrte. Dabei brüllte er, er würde sie selbst einliefern, jetzt sofort. Hat er natürlich nicht gemacht, aber der

Schock hat sie wohl geheilt. Danach ist sie nicht mehr aufgetaucht."

„Ob sie wirklich aufgab?", zweifelte Inga.

Mich überlief es heiß und kalt, als ich an Corinnes Telefongespräch mit ihr dachte. Wir mussten schleunigst mit Svea sprechen, am besten gleich morgen. Ich konnte mir nämlich auch nicht vorstellen, dass sie auf diese Art und Weise über diesen Kerl hinweggekommen war.

„Was war der Herr Olchert für ein Typ?

Herr Bock verzog das Gesicht, als habe er in eine Zitrone gebissen. „Eigenlicht hatten wir nie viel Kontakt. Das meiste, was ich euch erzähle, habe ich gesehen oder von Bernd gehört. Er und seine Mutter blieben von Anfang an für sich. Man sah sie kaum. Jeder hatte sein Auto, zu Fuß gegangen, sind die nicht. Von der Demenz haben wir durch die Ulrike erfahren. Er hatte wohl zuerst bei ihr angefragt. Die hat so eine Art Tagespflege, die alten Leute werden morgens gebracht und bleiben je nach Bedarf."

„Wieso benötigte Herr Olchert dann eine zusätzliche Kraft?"

Mirko war schneller als ich.

Der alte Mann kratzte sich am Kopf. „Vielleicht war sie ihm zu teuer? Die Krankenkasse zahlt, soweit ich weiß, nicht dafür. Das müssen die Angehörigen tun."

„Seit wann kam der Pflegedienst?"

„Das letzte halbe Jahr erst. Nachdem die Svea aufgehört hatte, kam die Mutter in eine richtige Tagespflege, von morgens bis abends, auch am Wochenende. Wir haben schon überlegt, warum er sie nicht ganz ins Heim gibt. Wahrscheinlich lag es daran, dass das Haus ihr gehörte. Um die Kosten aufzubringen, hätte es wohl verkauft werden müssen.

21

Mirko und Inga brannten darauf, sich mit mir und Felicitas noch einmal in Ruhe über das eben Gehörte zu unterhalten. Notgedrungen stimmte ich zu. Immerhin hätte ich ohne Ingas Großeltern nicht von dieser Geschichte erfahren. Musste ich eben sehen, dass ich mich kurz ausklinkte und ein zügiges Treffen mit Corinne anberaumte. Vielleicht war sie ja auch gar nicht zu Hause.

Von Mirko und Inga unterstützt schilderte ich meiner Freundin, was Herr Bock uns erzählt hatte.

„Hat sie wirklich losgelassen?", fragte sie skeptisch, nachdem ich geendet hatte.

„Genau den Punkt müssen wir als Allererstes abklären." Mirko begann unruhig auf der Couch herumzurutschen. „Am besten heute noch."

„Wann ist ihr Vater explodiert und hat mit der Psychiatrie gedroht?"

„Ende letzten Jahres", musste ich zugeben, war aber bereits schon wieder mit meinen Gedanken bei Sveas Aufschrei, nachdem sie von Corinne erfahren hatte, dass der Olchert tot war. Hoffentlich hatte ich mit meiner vorschnellen Aktion keinen Schaden angerichtet.

„Schade, dass ihr das Mädchen nicht selbst befragen könnt", sagte Felicitas.

Ich zuckte schuldbewusst zusammen. Hätte sie von meinem Plan gewusst, wäre sie strikt dagegen gewesen. Vielleicht hätte ich auf sie gehört und … Ich sprang auf. „Ich muss eben kurz mit Corinne telefonieren." Hastig verließ ich den Raum und verschwand mit dem Handy im Schlafzimmer.

Ich erreichte nur die Mailbox und hinterließ ihr eine Nachricht, mich umgehend zurückzurufen.

„Ob sie den Eltern nach der Drohung mit der Psychiatrie gebeichtet hat, wie eng die Beziehung zu dem Lehrer wirklich war?", überlegte Inga. „Bei den entsprechenden Details mussten die ihr doch glauben."

„Vielleicht ist sie erst vor kurzem damit herausgerückt", nahm Mirko den Faden auf. „Woraufhin der Vater den Olchert umbrachte."

„Er soll sich furchtbar für das Verhalten seiner Tochter geschämt haben", erklärte Inga meiner Freundin. „Und dann stellt sich heraus, dass der Mann keineswegs so unschuldig ist, wie er tat."

„Halt, stopp!" Felicitas schüttelte den Kopf. „Trotzdem ist ihr Verhalten indiskutabel. Selbst wenn sie eine Beziehung hatten, bleibt der Punkt, dass Svea ihn nach Beendigung dieser stalkte, und zwar vom Feinsten, wenn diese Schilderungen stimmen."

„Der Olchert war Mitte dreißig, das Mädchen ein Teenager", protestierte Mirko. „Das ist doch nicht normal."

„Aber keine strafbare Handlung, soweit ich weiß." Felicitas zog ihren Laptop heran und schaltete ihn ein.

Ich setzte mich so, dass ich den Bildschirm erkennen konnte. Zumindest konnte man Herrn Olchert nicht als Pädophilen bezeichnen, stellten wir schnell fest. Diejenigen, die wie er Kinder am Beginn oder in der Pubertät bevorzugten, mit schon leichter Entwicklung der Brust und der Geschlechtsteile, bezeichnete man als Hebephile.

Es handelte sich bei beidem um eine sexuelle Präferenz und sei damit nicht behandelbar, las ich zu meinem Erstaunen. Schätzungen ergaben, dass ein bis zwei Prozent aller Erwachsener, vornehmlich Männer, diese Neigung hatten. Nicht alle lebten diese aus. Etliche konnten durchaus auch eine Beziehung mit einem erwachsenen Partner eingehen.

Strafbar war in erster Linie die Pädophilie, weil man Kinder unter vierzehn Jahren die Fähigkeit zur sexuellen Selbstbestimmung - in meinen Augen zu Recht - absprach. Mit

Erreichen des vierzehnten Lebensjahrs änderte sich das Blatt. Strafbar waren nur noch Handlungen, die im Rahmen von besonderen Verhältnissen auftraten, zum Beispiel eben bei Lehrern, die ihren Schülern gegenüber eine besondere Fürsorgepflicht hatten. Oder bei einer anderen Form der Abhängigkeit oder wenn ein wie auch immer gearteter Zwang ausgeübt wurde.

„Er war ihr Arbeitgeber." Triumphierend lehnte sich Mirko zurück. „Damit fällt er unter die besondere Fürsorgepflicht."

„Den psychischen Schaden, den Svea davontrug, wird man ihm nicht anlasten können", beharrte Felicitas. „Sicherlich ist sie ein armes Ding, nur …"

Mein Telefon klingelte: Corinne. Ich erhob mich hastig und verschwand wieder im Schlafzimmer. „Können wir uns kurzfristig treffen?"

Obwohl ich ihr die Zusammenhänge möglichst behutsam erklärt hatte, war sie am Boden zerstört. „Wie konnten wir bloß so vorgehen", wiederholte sie ein ums andere Mal.

„Wir müssen uns Gewissheit verschaffen", brachte ich es auf den Punkt. „Würdest du noch mal bei ihr anrufen?"

Wir verabredeten uns in der Nähe ihres Zuhauses.

Statt mir eine vernünftige Ausrede zu überlegen, platzte ich ins Wohnzimmer zurückkehrend einfach mit der Ankündigung heraus, ich müsse kurzfristig weg, schnappte mir meinen Autoschlüssel und rannte hinaus. Mit jagendem Puls fuhr ich in die Aplerbecker Mark, sammelte Corinne vom Straßenrand ein und parkte zwei Straßen weiter.

„Am besten, du behauptest, dein Besuch in Paderborn sei vorverlegt worden", instruierte ich sie.

„Wenn ich sie überhaupt erreiche", unkte sie mit tränenerstickter Stimme nicht minder aufgeregt und griff zu ihrem Handy. „Hi, ich wollte eigentlich mit Svea sprechen", sagte sie kurz darauf.

Die keifende Stimme war so laut, dass auch ich jedes Wort verstand. „Dank Ihnen musste sie als Notfall in die

Psychiatrie eingeliefert werden. Wagen Sie es nicht, noch einmal anzurufen, sonst melde ich Sie an die Polizei weiter."

Das Handy sank herab, Corinne sah mich mit aufgerissenen Augen an. „Haben Sie das gehört", brachte sie mühsam hervor. „Wir haben sie mit dem Anruf so fertig gemacht, dass sie ins Krankenhaus musste."

Während mir der Schweiß ausbrach vor Scham, versicherte ich ihr: „Dich trifft keine Schuld. Du konntest nicht ahnen, was hinter ihrem Umzug steckte." Aber ich! Ich hätte vorher genauer recherchieren müssen, wie es dazu kam. Vor allem mit den Kenntnissen über Julia!

Corinne konnte die Tränen nicht mehr zurückhalten. „Ich habe das ausgelöst", schluchzte sie. „Die arme Svea!"

Ich riss mich zusammen. Es brachte rein gar nichts, wenn ich ihr zustimmte, selbst wenn ich alle Schuld auf mich nahm. Es musste mir irgendwie gelingen, sie zu beruhigen. „Die Kleine hatte eine echte Obsession entwickelt. Da wäre sie nie allein rausgekommen. Jetzt bekommt sie endlich die Hilfe, die sie benötigt."

Sie schaute mich zweifelnd mit nassen Augen an. „Meinen Sie, Svea hat versucht sich umzubringen?"

Beruhigend schüttelte ich den Kopf. „Dann wäre sie in einem normalen Krankenhaus. Wahrscheinlich ist sie zusammengebrochen. Dadurch konnten die Großeltern endlich einen Klinikaufenthalt einleiten. Dass sie trotzdem sauer auf dich sind, ist verständlich. Bis sie erkennen, dass ihnen diese Holzhammermethode im Endeffekt geholfen hat, wird es noch eine Weile dauern."

Corinne schien mir zu glauben. Sie beruhigte sich wieder. „Und jetzt? Was haben Sie jetzt vor?"

„Ich bemühe mich herauszufinden, wie viele Opfer des Herrn Olchert es insgesamt gibt."

„Kann ich Sie dabei unterstützen?"

Das fehlte noch! Hatte ich ihr nicht schon genug angetan?

„Erst einmal muss ich recherchieren, den Werdegang von

Herrn Olchert überprüfen und seine relevanten Kontakte ausfindig machen", zählte ich auf. „Wann ich diese befrage oder ob überhaupt, steht noch in den Sternen."

„Können Sie auch rauskriegen, wie es mit Svea weitergeht?", fragte sie mit dünner Stimme.

„Unbedingt!" Noch wusste ich nicht, wie ich an diese Informationen kommen sollte, aber es interessierte mich genauso brennend wie sie, was genau passiert war, ob sie einen Selbstmordversuch unternommen hatte oder einfach durchgedreht war nach unserem Anruf.

Als ich nach Hause zurückkehrte, waren Mirko und Inga längst gegangen.

„Was war das denn gerade?", fragte Felicitas leicht verschnupft.

Ich zog sie auf die Couch und beichtete, was ich angerichtet hatte.

Sie schüttelte fassungslos den Kopf. „Wieso bist du derart vorgeprescht? Das ist doch sonst nicht deine Art."

„Keine Ahnung." Klar, ich hätte reichlich Argumente für mein Handeln finden können. Dass zu dem Zeitpunkt keine Verbindung beziehungsweise seine spezielle Vorliebe nicht erkennbar war. Dass ich zudem niemals erwartet hätte, dass der Olchert ein Verhältnis direkt in der Nachbarschaft und in seinem eigenen Haus begänne. Dass ich zu sehr auf Julia fixiert gewesen war und Svea nur als Auskunftsperson gesehen hatte, die mir mehr über ihren Arbeitgeber erzählen konnte. Aber ich würde immer wieder zu dem gleichen Punkt kommen: Ich hatte viel zu voreilig gehandelt und die Folgen, die durch mein forsches Auftreten entstehen konnten, missachtet.

Sie strich mir sanft über den Arm. „Deshalb musstest du die Sache abklären."

„Ich saß wie auf heißen Kohlen", gab ich zu. „Nicht zu wissen, was … Quatsch, ich habe mir von dem Moment an Vorwürfe gemacht, als ich von dem Stalken erfuhr. Sie anzurufen

149

und ihr vom Tod des Geliebten zu erzählen, war reiner Wahnsinn."

„Immerhin ist wohl nichts Schlimmes passiert und sie nun in der Psychiatrie. Die werden ihr helfen, endlich loszulassen."

Ein schwacher Trost. Ich machte mir trotzdem schwere Vorwürfe.

„Mirko und Inga sind noch eine ganze Weile geblieben und haben spekuliert, ob der Mörder des Lehrers nicht ein Angehöriger der Mädchen sein könnte", versuchte Felicitas mich auf andere Gedanken zu bringen. „Mirko würde am liebsten Sveas Vater bezüglich seines Alibis für die Tatnacht befragen."

„Das ist keine gute Idee."

„So sah es Inga auch. Sie rief noch einmal ihre Großeltern an, damit diese sich bitte vorsichtig in der Nachbarschaft umhören."

„Ob sie auch was über Sveas Unterbringung in der Psychiatrie erfahren könnten?" Vielleicht sollte ich mich selbst mit ihnen in Verbindung setzen.

Feli drückte mich zurück. „Warte es ab. Laut Inga haben sie gute Kontakte, auch zu Sveas Eltern. Sie werden sich melden, sobald sie Neuigkeiten haben."

„Mirko unternimmt erst einmal nichts?", vergewisserte ich mich. Nicht dass er nun vorpreschte und noch mehr Schaden anrichtete.

„Uns gelang es, ihn runter zu bremsen, obwohl er sich sehr sicher war – und sehr, sehr zornig, dass man diese Hebephilen nicht wirklich belangen kann."

Ich konnte ihm nur zustimmen. Welcher Vater, welche Mutter würde es als normal bezeichnen, wenn ihre vierzehn-, fünfzehnjährige Tochter ein Verhältnis zu einem mehr als doppelt so alten Mann einginge? Meiner Erfahrung nach waren Jugendliche in dem Alter arg beeinflussbar und nicht in der Lage, sich gegen jemand mit sehr viel mehr Lebenserfahrung und dementsprechendem Gebaren zu behaupten. Das war keine Partnerschaft auf gleicher Ebene und mit Sicherheit keine Erfahrung, die das eigene Kind durchleben sollte. Wenn ich mir vorstellte, es beträfe meine eigene Tochter, würde ich garantiert mit allen Mitteln gegen solch einen Mann vorgehen.

„Dass es keinerlei gesetzlichen Schutz für diese Art des Missbrauchs gibt, empfand er als absolut unverständlich."

„Sehe ich genauso, wieder mal eine Lücke im Gesetz", pflichtete ich seiner Aussage bei und nahm mir vor, ihn morgen anzurufen, mich für mein abruptes Verschwinden zu entschuldigen und ihm gleichzeitig an meinem eigenen Beispiel aufzuzeigen, wie gefährlich es war, zu schnell vorzupreschen. Natürlich wäre es die naheliegende Lösung, dass der Vater Rache genommen hatte. Aber konnte es so einfach sein? Noch wussten wir nicht, wie viele andere Jugendliche in dem Alter ihm zum Opfer gefallen waren.

„Hoffentlich stellt sich nicht Nils als der Täter heraus", durchbrach Felis Stimme meine Gedanken. „Er scheint ein sympathischer Junge zu sein. Und doch, wenn du überlegst, er hatte sowohl das Motiv als auch die Gelegenheit. Weißt du, ob er sich wirklich nach dieser Auseinandersetzung zurückzog? Vielleicht war diese auch erst an ihrem Todestag. Julia ertappte ihn, sie gerieten in Streit, er schubste sie in den Teich und lief, anstatt zu gucken, wie schwer sie verletzt ist, weg."

An Fantasie mangelte es ihr nun echt nicht! „Er hat ein Alibi. Er war mit Freunden auf einem Konzert?"

Sie wiegte skeptisch den Kopf. „Können sie wirklich bezeugen, dass er die gesamte Zeit über anwesend war? Er muss bloß behaupten, die Massen hätten sie getrennt und er keinen von ihnen wiedergefunden, deshalb habe er draußen auf sie gewartet. So schaffte er sich zwei, drei Stunden, in denen er sich seinem eigentlichen Ziel widmen konnte."

So ein Handeln setzte einen Vorsatz voraus, den ich bei Nils nicht sah. Und obwohl ich zu der Auffassung tendierte, dass fast jeder Mensch in einer besonderen Ausnahmesituation zum Mörder werden konnte, war ich der Meinung, er stelle eine der wenigen Ausnahmen dar. Beweisen konnte ich meine These nicht, vielleicht lag ich auch falsch mit meiner Einschätzung von ihm. Besser, ich würde morgen auch diesen Punkt abklären, anstatt ihr meine Einschätzung mitzuteilen. Sie hielt nicht viel von meiner Fähigkeit, Menschen zu durchschauen, weil ich meist nicht in der Lage war, entsprechend auf denjenigen einzugehen. Dabei waren das zwei verschiedene Dinge. Ja, ich tat mich schwer, andere zu trösten oder aufmunternde Worte zu finden. Auch fielen mir in meinen Augen oberflächliche Kleinigkeiten nicht auf. Dafür hatte ich mittlerweile einen ausgeprägten Instinkt entwickelt, inwieweit ich jemand glauben konnte und wie authentisch derjenige war. Nein, Nils hatte die Tat nicht begangen, niemals!

22

Montag, 18. Juli

Nach dem Frühstück rief ich Kommissar Janzen an.

„Na, Herr Grahl? Haben Sie schon wieder bedeutende Neuigkeiten für mich?", scherzte er.

„Wie man's nimmt." Ich berichtete ihm von dem, was ich gestern von Ingas Großeltern und Herrn Bock erfahren hatte. „Moment." Ich hörte, wie er ein paarmal mit der Maus klickte. „Bei uns waren es bisher eher Andeutungen in diese Richtung, nichts Eindeutiges. Danke, damit können wir tiefergehend ermitteln."

„Äh." Ich holte tief Luft. Es half alles nichts, ich musste mit der Wahrheit herausrücken. „Können Sie bitte nachfragen, was mit Svea ist und was genau passierte?", fragte ich ihn nach meiner Generalbeichte.

Er seufzte tief. „Dieses Mal haben Sie sich ein bisschen zu weit aus dem Fenster gelehnt, Herr Grahl,"

„Das ist mir klar", gab ich mit zusammengebissenen Zähnen zurück. „Glauben Sie mir, ich mache mir schon genug Vorwürfe."

„Ich melde mich noch heute zurück."

Wenigstens ein Punkt, in dem ich bald Klarheit hatte!

Da es im Moment niemand gab, den ich befragen konnte, setzte ich mich an meine Notizen. Anschließend war ich auch nicht schlauer. Zwar kristallisierte sich für mich immer mehr heraus, dass es sinnvoller war, nach zwei verschiedenen Mördern zu suchen, aber noch hatte ich keinen Verdächtigen im Visier. Zuerst einmal musste ich überprüfen, mit wie vielen jungen Mädchen Herr Olchert eine Beziehung geführt hatte. Denn dass es sich um eine Beziehungstat handelte, stand für mich an erster Stelle, besonders wenn man bedachte, mit welcher Wut der Täter auf ihn eingeschlagen hatte. Bisher gab es zwei mögliche Kandidaten: Sveas Vater und Herrn Klinger. Nur hatte dieser von dem Verhältnis seiner Tochter gar nichts gewusst. Sveas Opa dagegen schon. Ob ich Herrn Janzen darauf ansprechen sollte?

Bei Julia dagegen deutete alles auf einen plötzlichen Wutausbruch, wahrscheinlich nach einem vorangegangenen Streit hin. Passte so etwas überhaupt zu einem Erwachsenen?

Wieder kamen mir Felicitas' Worte in den Sinn. Was auf Nils zutraf, galt genauso für Herrn Olchert. Auch er konnte es so arrangiert haben, dass er von seinen Begleitern getrennt wurde und die Stunden nutzte, um Julia aufzusuchen. Vielleicht hatten sie sich zuvor nach einer Auseinandersetzung getrennt, diese eskalierte bei dem zweiten Treffen und er stieß sie so fest, dass sie in den Teich fiel. Demnach nahm er ihren Tod billigend in Kauf. Anstatt sie aus dem Wasser zu ziehen, entfernte er sich. Ich wusste viel zu wenig über ihn, um dieses Szenario einfach beiseitezuschieben.

Obwohl gestern gegen Abend eine WhatsApp-Nachricht von Nils eingegangen war, dass sein Bruder sich gern mit mir unterhalten wolle und ich zugesagt hatte, mich gegen zwanzig Uhr mit den beiden bei ihnen zu Hause zu treffen, griff ich zum Handy und rief ihn an.

„Du kommst doch nicht?", meldete er sich.

„Ich bin pünktlich bei euch", versicherte ich ihm. „Nur ist mir gerade eine andere Sache aufgefallen. Das Alibi, das du dem Olchert gegeben hast, wie sicher bist du dir, dass er tatsächlich das gesamte Konzert über anwesend war."

Sein Stutzen war deutlich zu erkennen. „Wieso? Ich habe ihn beim Reingehen gesehen, danach mit seinen Kumpels zusammen vor der Halle und später noch in der Kneipe, in der wir auch waren."

„Hat er dich gegrüßt?"

„Nee, aber gesehen garantiert, besser gesagt mich übersehen."

„Und deine Freunde? Hast du ihnen gegenüber irgendeine Bemerkung gemacht, so ungefähr: Guck mal, mein ehemaliger Lehrer?"

Er zögerte. „Müsste ich sie fragen."

„Tu das bitte. Vielleicht hat einer von ihnen den Kerl zwischendurch bemerkt."

„Nee, dafür war es viel zu voll. Da war ein ziemliches Gedränge."

„Frag sie trotzdem! Die Kumpel vom Olchert, hast du dir die näher angeschaut?"

„Ich habe nicht sonderlich auf die drei geachtet."

„Frag bitte deine Freunde ebenfalls nach ihnen", trug ich ihm auf. „Möglichst bald."

„Was …" Dann folgte die Erkenntnis. „Denken Sie etwa, der Olchert hat Julia umgebracht? Wieso? Warum sollte er?"

„Man muss zuerst einmal alle als verdächtig betrachten", behauptete ich. „Aus dem einen oder anderen Grund ausschließen, kann man sie später immer noch."

Er gab sich mit dieser Aussage zufrieden.

Ein neuer Einfall, mir etwas mehr Klarheit zu verschaffen, durchzuckte mich. Ich packte zwei Flaschen Wasser und einige Snacks zusammen und fuhr zu unserem zukünftigen Haus. Vielleicht gelang es mir gleich heute, Fabian auf diesen Punkt anzusprechen.

Die Wellblechhalle war bereits verschwunden, der Platz, auf dem sie gestanden hatte, wirkte wie geleckt. Schnell gearbeitet hatte Dietmars Handwerker, das musste ich ihm lassen. Ich parkte auf dem Platz davor, trug meinen Beutel mit Lebensmitteln auf die Terrasse und suchte mir dann das benötigte Werkzeug zusammen: Leiter, elektrische Heckenschere, langes Stromkabel. Das sollte für den Anfang reichen.

Obwohl ich zuerst eine Rundumschau abhielt, ob ich vorn anfing oder mir lieber die extremsten Sträucher vornahm, blieb es nebenan ruhig. So ein Mist! Ich hatte darauf gebaut, dass der Kleine, sobald er mich herumwerkeln hörte, rüberkommen würde.

Ich stellte mir die Leiter zurecht und begann mit dem ersten Busch in der Nähe der Terrasse. Vielleicht tauchte er auf, wenn er die Geräusche hörte.

Dann waren die ersten drei Büsche auf eine annehmbare Größe zurechtgestutzt und sämtliche trockenen Äste entfernt und es tat sich immer noch nichts. Ich horchte hoffnungsvoll. Nein, drüben blieb alles still. Also weiter!

Nach halber Strecke legte ich eine längere Pause auf der Terrasse ein und gönnte mir mehrere Snacks. Von nebenan kam kein Laut.

Sollte ich hinübergehen, klingeln und irgendeine Frage stellen, bei der ich mich dann ganz beiläufig nach Fabian erkundigte? Zu offensichtlich, befand ich und lief zum Gartenhäuschen, um mir die dort bereitstehenden Eimer zu holen. Aufgrund der ungewohnten Arbeit schmerzte meine Oberarmmuskulatur gewaltig – besonders nach der gerade eingelegten Pause. Ich würde heute nur noch die abgeschnittenen Zweige einsammeln und es danach gut sein lassen.

Damit war ich weitere Stunden beschäftigt, besonders das Kleinschneiden der langen Zweige war aufwendiger als gedacht. Und natürlich reichten die Eimer bei Weitem für die Menge an Holz nicht aus. Ich stapelte sie neben dem Gartenhäuschen und nahm mir vor, morgen blaue Säcke mitzubringen, diese mit dem Abfall zu füllen und später bei der EDG abzuliefern. Denn einen Häcksler hatte ich im Häuschen nicht gefunden.

Danach war für heute Schluss. Ich sehnte mich nach einer heißen Dusche und einer kurzen Pause, bevor ich zu dem Gespräch mit Nils und seinem Bruder aufbrach.

Als ich auf meinen Fiat zuging, bemerkte ich die braune Tonne neben der Haustür. Ob ich diese nutzen konnte? Damit hatte ich einen guten Grund, morgen bei Frau Jacobs aufzutauchen. Sie wusste bestimmt, wie die momentane Regelung war.

Von Nils wurde ich freudig begrüßt und in die Küche gebeten. Dort saß eine ältere Ausgabe von ihm an dem Tisch, eine deutlich besser aussehende, ohne Pickel, mit ansprechenden Zügen, zwar ebenfalls schlank, allerdings nicht dermaßen hager, sondern wohlproportioniert.

„Hi, ich bin Sven", stellte er sich vor.

„Alex", erwiderte ich und setzte mich ihm gegenüber.

„Viel kann ich dir nicht erzählen. Der Olchert kam in der achten Klasse an unsere Schule. Wir hatten dann mal eine Zeit lang Vertretungsunterricht bei ihm, danach sah ich ihn nur noch ab und zu auf dem Schulhof, wenn er Pausenaufsicht hatte oder gleichzeitig mit mir morgens ankam."

„Wie hast du ihn eingeschätzt?"

Er verzog abschätzig das Gesicht. „Der machte einen auf cool, war zu uns Jungen überheblich und zu den Mädchen besonders freundlich. Er konnte gut erklären, das muss ich zugeben. Ansonsten hatte ich kaum was mit ihm zu tun."

„Gab es ein Mädchen, zu dem er besonders …", ich zögerte. Wie sollte ich nachfragen, ohne ihn zu beeinflussen?

„Das hat Nils schon angedeutet, dass da was gewesen sein könnte. Nein, ist mir nicht aufgefallen. Viele Mädchen sind in den Pausen zu ihm hin, das war nichts Besonderes. Die schwärmten alle für ihn. Dass er eine bevorzugte, könnte ich nicht sagen."

„Aber du hast mitbekommen, dass er später mit einer aus eurer Klasse zusammenkam?"

„Parallelklasse", verbesserte er mich. „Klar, deswegen habe ich extra noch meinen Freund angerufen, der die beiden später zusammen gesehen hat. Das war die Miriam. Die war schon vier Monate nach unserem Abschluss schwanger. Muss ganz schnell gegangen sein mit den beiden."

„Oder sie hatten schon eine Beziehung während der Schulzeit", warf ich ein.

„Nee, das hätte man doch gemerkt", war er sich sicher. „Als ich hörte, dass die mit dem Olchert zusammen war, war ich echt baff. Hätte ich der gar nicht zugetraut. Die interessiert sich nicht für Jungs, hatte ich bis dahin gedacht. Normalerweise mied die uns und kriegte die Zähne nicht auseinander, wenn man sie ansprach."

„Sie war eine Spätentwicklerin?" Gespannt wartete ich auf seine Antwort. Noch stand unsere Theorie auf tönernen Füßen.

Er grinste. „So kann man es ausdrücken. Ich habe kaum auf sie geachtet. Von dem Baby und ihrer Beziehung erfuhr ich so ganz nebenbei durch meinen Freund. So, wie er das sieht, hat damals keiner damit gerechnet, dass sie ihn sich angelt."

„Es ist eher umgekehrt gewesen. Er scheint auf diesen unscheinbaren Mädchentyp zu stehen."

Er wurde schlagartig ernst. „Ja, mein Bruder hat mir eben ein Foto von der Julia gezeigt. Die beiden hätten Schwestern sein können."

„Wie heißt Miriam mit Nachnamen?"

„Eikelmann. Oder Olchert? Keine Ahnung, ob die verheiratet waren."

Ich wandte mich Nils zu. „Damit kommen wir zu meiner Frage an dich. Wann bist du dahinter gestiegen, dass sie und der Olchert was miteinander hatten?"

Der Junge zuckte zusammen. „Äh."

„Wann hat er angefangen, vermehrt mit ihr zu reden?", half ich nach. „Schon bei der Erkrankung ihrer Tante, bei ihrem Tod oder erst später?"

Er kniff die Augen zusammen. „Ich glaube, als es der Tante immer schlechter ging. Aber so haben sich alle Lehrer verhalten. Man hat es der Julia ja angemerkt, dass es schlimmer und schlimmer wurde."

„Wann ist dir denn der Verdacht gekommen, dass zwischen den beiden was läuft?"

„Erst nach dem Tod ihres Onkels. Die Julia war irgendwie komisch drauf, hat fast gar nichts mehr erzählt. Ich bin ihr nach der Schule gefolgt, weil ich mich allein mit ihr unterhalten wollte. Sie ist mit dem Bus zum Haus der Verwandten gefahren und über die Rückseite rein." Nils begann verlegen herum zu zappeln. „Ich musste überlegen, wie ich mein Auftauchen erkläre, und bin ihr deshalb nicht direkt gefolgt. Auf einmal sehe ich den Olchert, auch zu Fuß, wie er das Törchen ansteuert. Ich habe mich versteckt und gewartet. Es war schon Abend, als er wieder rauskam."

„Du hast die ganze Zeit draußen in den Büschen gesessen?", stieß sein Bruder ungläubig hervor.

Nils maß ihn mit einem verächtlichen Blick. „Nee, ich bin zurück bis zum Kiosk und habe mir dort was zu essen gekauft. Dann habe ich auf dem Handy gedaddelt und nachgedacht, was er wohl von ihr wollte und ob ich trotzdem hingehen soll."

„Wann ist dir klar geworden, dass die beiden eine Beziehung haben?"

Er biss sich auf die Lippe und zuckte die Schultern. „Irgendwann halt."

„Du bist bestimmt noch mal hinter ihr her und hast geguckt, ob der wieder auftaucht", soufflierte ihm sein Bruder. „Das hätte ich zumindest gemacht."

„Am nächsten Wochenende", gab er zu. „Der Olchert ist gegen Mittag gekommen und bis zum späten Abend geblieben."

„In welchem Monat war das?"

„Ende April, Anfang Mai."

„Hast du Julia mal auf deine Beobachtung angesprochen?", fragte Sven nach.

Er lief knallrot an. „Was hätte das gebracht?", nuschelte er kaum hörbar.

„Hast du oder hast du nicht?"

„Nein!", fauchte er. „Wozu? Was hätte mir das gebracht?"

„Du hast keinem davon erzählt?", übernahm ich wieder. Sven schien zu ahnen, dass Nils längst nicht alles gebeichtet hatte. Nur würde dieser dem Älteren gegenüber bestimmt nicht sämtliche seiner Aktivitäten zugeben.

„Wem denn? Es war ihr Geheimnis."

„Na, du hättest dich zum Beispiel an Mama oder Papa wenden können." Sven schüttelte ungläubig den Kopf. „Dir muss doch klar geworden sein, dass das ein absolutes No-Go war: ein Lehrer mit seiner Schülerin!"

„Aber dann hätte Julia auch was abgekriegt", wandte Nils ein.

„Wieso …"

Der Junge sprang unvermittelt auf und rannte hinaus.

Sein Bruder sah mich mit hochgezogenen Augenbrauen wortlos an. Natürlich hatte er recht. Aber man musste auch Nils verstehen, der sich schützend vor Julia stellte. Sie hatte ihm anscheinend viel bedeutet und er wollte sie nicht ins Unglück stürzen. Deshalb würde es besser sein, wenn ich die restliche Befragung übernahm.

23

Die Toilettenspülung rauschte, der Wasserkran des Waschbeckens wurde auf- und wieder zugedreht, die Tür öffnete sich und Nils kehrte etwas ruhiger zurück. „Entschuldigt, war dringend."

„Bist du dir sicher, dass wirklich kein anderer von dieser Affäre wusste?", übernahm ich.

„Sie waren sehr, sehr vorsichtig. In der Schule hat man denen nichts angemerkt."

Das war keine Antwort. „Dir ist es schließlich auch gelungen."

Wieder lief er rot an. „Hundertprozentig weiß ich es nicht", gab er zu. „Nur denke ich, jeder andere wäre damit rausgeplatzt oder hätte versucht Julia allein zu erwischen und sie darauf angesprochen. Sie war bis zuletzt gut drauf. Also bis auf die üblichen Querelen mit ihrer Mutter", schwächte er seine Aussage ab. „Weil die sofort die Sachen durchsortieren ließ und das Haus verkaufen wollte. Das fand sie unmöglich. Ich habe ihr angeboten, sie zu begleiten und ihr das, was sie behalten wollte, heim zu schleppen. Sie hat natürlich abgelehnt."

„Gut drauf? Also hat der Selbstmord ihres Onkels sie nicht mitgenommen?"

„Na ja, halt wesentlich weniger als der Tod ihrer Tante. Ich schätze, das lag an dem Olchert. Der hat sie aufgefangen."

„Wann ist ihr Onkel gestorben?"

„Anfang April, die Tante ungefähr ein halbes Jahr vor ihm."

Und im Mai, Juni letzten Jahres hatte der Lehrer sich von Svea getrennt. Demnach konnte es zwischenzeitlich durchaus zu einer weiteren Affäre gekommen sein. „Hatte der Olchert in der Schule einen besonders guten Kontakt?"

Nils schüttelte den Kopf, Sven dagegen nickte. „Der Habersack, der gab auch Mathe und Physik. Die beiden haben oft zusammengehockt, sogar die Pausenaufsicht zusammen gemacht. Ein Jahr später, nach den Sommerferien, war er weg. Angeblich ist er an eine andere Schule gewechselt."

„Angeblich?"

Dieses Mal war er es, der sich wand. „Der Habersack war schwul. Es hieß, der sei einem Schüler zu nahegetreten. Genaues ist nie rausgekommen."

„Kennst du zufällig seinen Vornamen?"

„Harald, der hieß Harald Habersack." Nach einigem Überlegen gelang ihm sogar eine vielversprechende Beschreibung.

„Das ist einer der Männer, die mit dem Olchert bei dem Konzert waren", stieß Nils atemlos hervor. „Ich bin mir echt sicher."

Damit hatte ich gleich einen neuen Ansatz für den morgigen Tag.

Ich verabschiedete mich von dem Jungen. Sven wollte ebenfalls aufbrechen. Wir liefen schweigend die Treppen hinunter und er begleitete mich bis zu meinem Auto, da seines nicht weit davon entfernt stünde, wie er betonte. „Er war eindeutig selbst in Julia verliebt", platzte er heraus, kaum dass wir uns ein paar Meter vom Haus entfernt hatten. „So bescheuert reagiert nur einer, dessen Hirn vernebelt ist."

„Hatte dein Bruder schon einmal eine Freundin?"

„Nee, er ist ein Spätstarter", er grinste. „Ich war in dem Alter ganz anders, lange nicht so schüchtern. Nils kriegte schon rote Ohren, wenn er mal von Julia erzählt hat. Dass sie ihm Nachhilfe in Mathe gab, war für ihn jedes Mal ein Highlight."

„Er muss sehr unter ihrem Tod leiden."

„Deshalb wollte er so unbedingt, dass ich mich mit dir treffe. Er würde alles dafür tun, dass der Mörder ins Gefängnis wandert."

Zuhause angekommen, rief ich Mirko an und entschuldigte mich für mein abruptes Verschwinden am Vortag. Als ich ihm berichtete, weshalb ich so dringend unser Treffen abbrechen musste, reagierte er verständnisvoll. „Was für ein Schock!" Netterweise machte er mir keine Vorwürfe, sondern wechselte sofort das Thema. „Ingas Opa ist bereits dabei, seine Fühler auszustrecken. Ich denke, spätestens morgen wird er sich melden. Sollen wir ihn noch einmal zusammen besuchen?"

„Das wäre das Beste." Ich stieß Felicitas an, die neben mir auf dem Sofa saß und las, damit sie zuhörte. Dann erzählte ich von dem heutigen Treffen mit Nils und seinem Bruder. „Ihre Adresse rauszukriegen, dürfte nicht schwer sein", gab ich mich optimistisch. Immerhin konnte ich auf Herrn Pickard zurückgreifen, für den es bestimmt ein Leichtes war, Frau Eikelmann ausfindig zu machen.

Über meinen Versuch, mit Fabian zu sprechen, schwieg ich allerdings. Der Verdacht war im Prinzip zu unausgegoren, als dass ich darüber reden wollte. Noch wusste ich nicht, inwieweit der Junge mich wirklich weiterbringen würde. Daher beschränkte ich mich auf meine Fortschritte bei der Gartenarbeit.

Anschließend war Felicitas so voll des Lobes für mich, dass ich mich schämte. Warum hatte ich nicht einfach die Wahrheit gesagt? Weil es eigentlich nicht okay ist, den Kleinen auf diese Art und Weise auszufragen, beantwortete ich mir die Frage selbst und behauptete stattdessen: „Ich hatte nichts anderes zu tun und wir wollen ja weiterkommen." Ein schlechtes Gewissen hatte ich trotzdem.

Dienstag, 19. Juli

Anstatt sämtliche Eikelmanns, die ich im Telefonbuch gefunden hatte, durch zu telefonieren, wandte ich mich an Herrn Pickard. „Die ehemalige Lebensgefährtin heißt Miriam Eikelmann", teilte ich ihm mit. „Die Daten der Geburt stimmen

mit dem Auftauchen der jungen Frau bei Herrn Olchert überein. Leider finde ich keinen passenden Eintrag."

„Und da dachten Sie sich, das ist die richtige Recherche für
mich", ergänzte er lachend. „Kein Problem, ich melde mich,
sobald ich mit ihr einen Termin ausgemacht habe."

Damit war mein Versprechen an Nils, er dürfe mich bei dem
Treffen begleiten, obsolet. Denn es war wahrscheinlich sinnvoller, ihn außen vor zu lassen. Zwei fremden Männern Auskunft über diese Beziehung zu geben, war schon schwer genug und ein Teenager, der ihre Beweggründe noch weniger
nachvollziehen konnte, definitiv fehl am Platz.

Schon zwei Stunden später rief er zurück. „Wir haben Glück.
Sie ist zu Hause und bereit, sich mit uns zu unterhalten. Dank
meinem Verweis auf Sie", setzte er hinzu. „Als ich ihr von
Julias Schicksal erzählte und dass diese ebenfalls eine Bezie-
hung mit dem Olchert hatte, wurde sie zugänglich. Soll ich
Sie abholen?"

„Nein, ich komme mit dem eigenen Auto." Vielleicht ergaben
sich aus diesem Gespräch neue Hinweise, die ich verfolgen
konnte.

Da ich anhand der Fahrgeräusche erkannte, dass der Reporter
unterwegs war, berichtete ich ihm von dem, was ich bisher
unternommen hatte. Auch das unselige Telefonat mit Svea
verschwieg ich nicht.

„Heftig, echt heftig. Denken Sie, die Kleine hat ihre Rivalin
ausgeschaltet?"

„Und anschließend das Objekt ihrer Begierde umgebracht?
Warum sollte sie das tun?"

„Weil er sie nicht wieder zurückhaben wollte."

Nein, das konnte ich mir beim besten Willen nicht vorstellen.
Andererseits hatte Herr Bock angedeutet, dass sie den Lehrer
regelrecht gestalkt hatte. Es konnte durchaus sein, dass sie
dabei auf Julia gestoßen war. „Ich hatte eher Sveas Vater in
Verdacht, den Mann getötet zu haben. Als Rache für das, was
er ihr angetan hat."

„Über ein Jahr später? Warum wartete er so lange?"

„Anfangs gingen die Eltern von einer Obsession ihrerseits aus." Ich hielt inne. Schon wieder war ich dabei, mich viel zu weit aus dem Fenster zu lehnen. Ich benötigte mehr Informationen, bevor ich jemand als Täter verdächtigte.

Die ehemalige Lebensgefährtin wohnte in Hörde in einem Hochhauskomplex, einer gepflegten Anlage mit einem Lebensmittelgeschäft gleich um die Ecke. Freie Parkplätze waren allerdings rar, ich stellte den Fiat eine Straße weiter ab und lief zurück.

Herr Pickard wartete vor dem Eingang auf mich. „Ich bin echt gespannt, was sie zu erzählen hat", empfing er mich.

Frau Eikelmann stand im Parterre in der geöffneten Tür und musterte uns schweigend, ich sie ebenso. Anfang zwanzig, braune, mittellange Haare, die ein herzförmiges Gesicht mit großen, braunen Augen umrahmten, und eine etwas füllige, sehr frauliche Figur – das genaue Gegenteil von dem, was der Verstorbene bevorzugt hatte.

Der Reporter ergriff die Initiative und stellte uns vor. „Herr Grahl hat schon mehrfach bei der Aufklärung diverser Verbrechen geholfen."

„Kommen Sie rein." Sie wirkte fast so, als bereue sie ihren Entschluss, mit uns zu reden.

Sie führte uns in ein kleines Wohnzimmer, das mit einer Zweiercouch, einem Sessel, dem Fernseher auf einem Bord und einer Regalwand behaglich eingerichtet war. Nur der kleine zerschrammte Tisch vor den Sitzgelegenheiten passte nicht ins Bild.

„Der kommt noch weg." Sie hatte meinen Blick richtig interpretiert. „Im Moment tut er uns gute Dienste. Mara kann darauf basteln und malen, ohne sich in achtnehmen zu müssen. Sie ist bei meinen Eltern", setzte sie hinzu. „Die Kleine muss nicht mitkriegen, was wir bereden."

165

„Wie haben Sie Herrn Olchert kennengelernt?", begann ich, nachdem wir uns auf die Couch gesetzt und sie uns gegenüber im Sessel Platz genommen hatte.

„In der Schule. Er übernahm in der achten den Mathe- und Physikunterricht." Sie lachte auf. „Ein junger, gutaussehender Mann, der sich bemühte, uns den Stoff vernünftig näherzubringen, vor allem den Mädchen, die mit Rechnen nicht so viel am Hut hatten. Zu denen gehörte ich auch. Er war total einfühlsam, wurde niemals laut, hat nie gemeckert, egal wie blöd man sich anstellte. Alle meine Klassenkameradinnen standen auf ihn." Sie senkte die Augen und starrte auf ihre ineinander verkrampften Hände. Die Erinnerungen nahmen sie sichtlich mit.

„Wie alt waren Sie?"

„Dreizehn, als er mich unterrichtete, vierzehn, als wir uns näherkamen." Sie hob ruckartig den Kopf, ihre Augen blitzten. „Sie können das nicht verstehen. Anfangs bot er mir einfach nur an, dass ich mich bei ihm ausspreche, über meine Sorgen und Probleme mit ihm reden könne. Bei uns zu Hause war damals dicke Luft. Meine Eltern wollten sich trennen und gifteten sich jeden Tag an. Es war die Hölle für mich. Ich hing an beiden. Als mein Vater dann wirklich auszog, und zwar ausgerechnet zu einer Nachbarin, ging es mir sehr schlecht. Thorsten war mein Halt." Sie hielt inne. „Das ist schwer zu erklären, er gab einem das Gefühl wertvoll zu sein. Ich fühlte mich angenommen, wertgeschätzt. Er hat mich in den Arm genommen, mich getröstet. Dabei ist es irgendwann passiert. Er hat mich geküsst. Für mich war es wie ein wahr gewordener Traum, mein größter Wunsch war in Erfüllung gegangen. Ich fand ihn vorher schon toll und hatte mich in ihn verliebt. Nun gestand er mir seine Liebe. Ich war im siebten Himmel und schwebte auf einer rosaroten Wolke. Natürlich mussten wir unser Verhältnis geheim halten, das verstand sich von selbst. Wir trafen uns an versteckten Ecken, im Winter mietete er in einem kleinen Hotel ein Zimmer, in Unna, Schwerte, Hagen – niemals dasselbe wieder."

„Wie oft fanden diese Treffen statt?"

„So zweimal in der Woche. Öfter schaffe er es nicht, sagte er. In der Schule gingen wir uns möglichst aus dem Weg, das hatte er so angeordnet. Er schenkte mir ein zweites Handy, über das wir telefonierten, anfangs ziemlich oft, später seltener. Auch das schob er auf die ihm fehlende Zeit." Sie lächelte schwach. „Ich war schwer verliebt, gutgläubig und von ihm abhängig. Nur mit ihm zusammen fühlte ich mich gut."

„Als Sie die Schule verließen, behielten Sie das Versteckspiel bei?" Es fiel mir zunehmend schwerer, mein Unverständnis nicht zu zeigen. Vermutlich wäre jemand mit Empathie, zum Beispiel Felicitas, die bessere Ansprechpartnerin gewesen. Ich hätte am liebsten fortlaufend den Kopf geschüttelt über so viel Doofheit.

„Ja, Thorsten wollte nicht, dass es zu Gerede kommt. Nur wurde ich kurz darauf schwanger, mit siebzehn. Ich weiß noch genau, ich kam heulend vom Arzt, er war nicht zu erreichen. Ich hatte ihm auf die Mailbox gesprochen, er solle mich dringend zurückrufen, bin zu Hause angekommen ins Bett gekrochen und habe auf seinen Anruf gewartet. So fand mich meine Mutter. Ich habe ihr alles erzählt. Sie hat super reagiert, mir keine Vorwürfe gemacht, mir stattdessen gut zugeredet, dass ich in Ruhe überlegen solle, was ich tun will. Obwohl sie bestimmt nicht erbaut über die Neuigkeiten war, weder über meine Schwangerschaft noch über die Beziehung zu einem ehemaligen Lehrer." Sie sprang auf. „Ich brauche jetzt erst mal einen Kaffee. Wollen Sie auch einen?"

Wir stimmten beide zu. Es war ihr deutlich anzusehen, dass sie eine kleine Erholungspause benötigte. Der Bericht war ihr näher gegangen, als sie zugeben wollte.

24

„Haben Sie Ihrer Mutter gegenüber eingestanden, seit wann sie mit Herrn Olchert liiert waren?", fragte ich, nachdem sie die gefüllten Tassen, in denen schon Löffel steckten, nebst Milch und Zucker vor uns auf den Tisch gestellt hatte.

„Um Gottes willen, nein! Sie war so schon entsetzt und gab sich die Schuld an dieser seltsamen Verbindung. Dabei musste sie, nachdem mein Vater uns verlassen hatte, wieder Voll- anstatt Teilzeit arbeiten. Dazu der Haushalt und ihre Bemühungen, einen neuen Partner zu finden - ich denke, sie war froh, dass ich in ihren Augen so selbstständig war."

„Wie reagierte Herr Olchert?"

„Er ließ mir die Wahl, dachte ich damals zumindest. Erst viel später wurde mir klar, dass er für die Abtreibung war. Die hatte ich nämlich präferiert. Kurz vor dem Termin kippte ich diesen. Ich konnte es einfach nicht." Sie suchte den Augenkontakt mit mir. „Heute bin ich froh darüber. Mara ist das Beste, was mir bisher in meinem Leben passiert ist."

„Und Ihr Freund?"

„War nicht begeistert über meine Entscheidung. Doch ich ließ mich nicht umstimmen. Meine Mutter stärkte mir den Rücken. Thorsten musste zu einem Gespräch mit ihr antreten, in dem sie ihm klarmachte, dass ich weiterhin bei ihr wohnen könne, er allerdings als Vater des Babys eingetragen würde und dementsprechenden Unterhalt zu zahlen hätte. Immerhin müsse ich meine gerade begonnene Ausbildung zur Bürokauffrau abbrechen."

„Daraufhin schlug er Ihnen vor, dass sie zu ihm ziehen sollten", mutmaßte ich.

Sie schüttelte den Kopf. „Er hat mich immer wieder vertröstet, musste angeblich erst renovieren und das zog sich hin.

Das war auch der Grund, warum wir uns nur selten trafen. Sexuell tat sich gar nichts mehr. Er wolle dem Kind keinen Schaden zufügen, war sein Argument. Nach der Geburt bin ich direkt aus dem Krankenhaus mit dem Baby zu ihm hin, habe ihn sozusagen vor vollendete Tatsachen gestellt. Da erst erfuhr ich, dass er sich die Kellerräume im Haus seiner Mutter als Wohnung hergerichtet hatte."

„Wie stand diese zu Ihnen und dem Enkelkind?"

Sie zögerte, suchte offensichtlich nach den richtigen Worten.

„Sie war komisch, sowohl von ihrer Art her als auch zu mir und Thorsten, als seien wir fremde Mieter, mit denen man gezwungenermaßen ein paar Worte wechseln musste, wenn man sie traf. Vielleicht lag ihre Art schon an der beginnenden Alzheimer-Erkrankung, ich weiß es nicht. Sie blieb für sich und wir für uns. Das heißt, ich kümmerte mich um das Baby und Thorsten lebte sein Leben wie zuvor. Er war oft weg, traf sich angeblich mit Freunden oder hatte eine Konferenz oder eine Fortbildung." Sie verzog das Gesicht. „Es dauerte ziemlich lange, bis ich wach wurde. Mara war ein anstrengender Säugling, ich war froh, wenn ich mal ein paar Stunden Schlaf fand. Deshalb fiel es mir am Anfang gar nicht so deutlich auf, dass Thorsten nicht mehr mit mir schlafen wollte. Außerdem war ich sauer, dass er sich nicht um Mara kümmerte, sie mal herumtrug, wenn sie schrie, oder ihr die Windeln wechselte."

Herr Pickard räusperte sich leise, um sich in Erinnerung zu bringen, bevor er fragte: „Lehnte er die Kleine ab?"

„Oh, nein, er war total stolz auf seine Tochter. Er konnte nur nichts mit ihr anfangen. Später, wenn sie älter ist, sagte er immer, nehme ich sie mit auf den Spielplatz und in den Zoo und ins Schwimmbad. Er hatte tausend Ideen, was er alles mit ihr unternehmen wollte. Er und sie, ich war definitiv schon abgeschrieben."

Sie erhob sich, ging hinüber zu dem Regal und wühlte in einer kleinen Kiste. Mit mehreren Fotos bewaffnet setzte sie sich wieder und zeigte uns diese nacheinander. „Meine Mutter hat mich irgendwann drauf gebracht. Das bin ich mit vierzehn, fünfzehn, das ist in der Schwangerschaft entstanden und die beiden sind aus der Zeit danach."

Das Muster war eindeutig zu erkennen. Sie hatte wie ein Zwilling von Julia ausgesehen, wirkte wesentlich jünger und wie an der Schwelle zur Pubertät. In der Schwangerschaft war sie aufgeblüht, hatte weibliche Formen und einen beträchtlichen Busen entwickelt. Beides war anschließend geblieben.

„Ich war immer jungenhaft, ein Schneewittchen, wie meine Mutter es nannte, kein Arsch und keine Titt…" Sie brach, plötzlich verlegen, ab.

„Herr Olchert stand auf junge Mädchen am Beginn der sexuellen Reife", präzisierte ich.

„Er konnte mit mir später nichts mehr anfangen", nickte sie. „Blöderweise dauerte es ziemlich lange, bis ich wach wurde. Ich hatte nie damit gerechnet, dass er sich sein Vergnügen woanders holt. Ich glaubte seinen Ausflüchten, warum er so oft unterwegs war, bis zuletzt. Dann fand ich die Rechnung von einem dieser Hotels in seiner Jacke. Er war nicht zu Hause. Ich rief meine Mutter an und habe so sehr geweint, dass sie sofort vorbeikam. Sie dachte, Wunders was passiert sei. Bei unserem Gespräch rückte ich mit der Wahrheit heraus, also dass wir seit meinem vierzehnten Lebensjahr ein Paar waren. Sie flippte richtig aus und bestand darauf, dass wir seine Sachen durchsuchten. Vorher rief sie meinen Vater an und zitierte ihn zu uns."

Herr Pickard und ich warfen uns einen schnellen Blick zu. Das wurde ja immer besser!

„Wir haben nichts Weltbewegendes gefunden", zerstörte sie unsere Hoffnung gleich wieder. „Thorstens Computer war passwortgeschützt, da kamen wir nicht ran. Trotzdem sind meine Eltern geblieben, bis er nach Hause kam. Wie das Gespräch abgelaufen ist, weiß ich nicht. Mein Vater schickte mich, meine und Maras Sachen packen: Ich solle keine Minute mehr hierbleiben." Sie strich sich in der Erinnerung

170

versunken eine Haarsträhne aus der Stirn. „Mein Vater war wie ein Berserker. Kaum war ich fertig, packte er mich und zog mich mit nach draußen. Meine Mutter kümmerte sich um Mara und unser Gepäck. Ich zog bei ihr ein, bis ich diese Wohnung fand."

Herr Pickard fing sich als Erster wieder. „Gut, wenn man Eltern hat, die einen unterstützen."

„Ja", sie nickte bekräftigend. „Ich hatte Glück im Unglück. Die beiden waren und sind mir eine große Hilfe. Ich hatte ja nur ein Jahr ausgesetzt und danach meine Ausbildung wieder aufgenommen. Normalerweise arbeite ich Vollzeit, im Moment habe ich Urlaub."

„Und Ihre Mutter schöpfte sofort Verdacht?", hakte ich noch einmal nach. „Wie kam sie darauf, dass er auf junge Mädchen stand?"

„Sie fand die gesamte Geschichte irgendwie komisch, damals. Dass er mich ab der Schwangerschaft nicht mehr anrührte und fremdging und dass er sichtlich froh darüber schien, mich loszuwerden. Etwas später stellte sich ja auch heraus, dass sie richtig lag."

„Wie war das nach der Trennung?", hakte ich nach. „Wie hat Herr Olchert in Bezug auf das gemeinsame Kind reagiert?"

Ein Schatten fiel über ihr Gesicht. „Er bestand darauf, dass er Mara regelmäßig sehen durfte. Mein Vater hat dann einen Detektiv beauftragt, ihn zu beobachten. Der fand eindeutige Beweise. Thorsten suchte regelmäßig bestimmte Etablissements auf, in denen er sich mit Teenies traf. Daraufhin hat mein Vater einen Anwalt eingeschaltet und ich bin beim Jugendamt gewesen. Alles war umsonst. Der Richter entschied, von Thorsten gehe keine Gefahr aus." Voller Unverständnis schüttelte sie den Kopf. „Wie kann man so weltfremd urteilen? Ich habe immer Angst um sie gehabt, wenn ich sie für sein Vater-Wochenende zu ihm brachte."

Nun ja, ein Pädophiler war Herr Olchert eindeutig nicht. „Hat der Detektiv etwas Belastendes finden können?"

Sie seufzte. „Leider nicht. Er deckte zwar tatsächlich drei Verhältnisse mit Vierzehnjährigen auf, doch alle Mädchen beharrten darauf, dass der sexuelle Verkehr einvernehmlich gewesen sei. Da sie nicht auf der Schule waren, an der er unterrichtete, hatte es keine Konsequenzen für ihn."

„Und Ihre Beziehung? Sie waren seine Schülerin, wenn auch nur zeitweise."

„Er bestritt vehement, dass wir uns vor meinem Schulaustritt nähergekommen sind. Es stand sein Wort gegen meins. Ich glaube, der Richter hielt mich für ein hysterisches Frauenzimmer, das dem ehemaligen Freund unbedingt eins reinwürgen wollte."

Herr Pickard begleitete mich noch zu meinem geparkten Wagen. „Heftige Geschichte. Ist echt nicht schade um den Typ."

„Julia hatte es nicht verdient zu sterben", wandte ich ein.

„Denken Sie immer noch, es handelt sich bei beiden Morden um denselben Täter? Es könnte genauso gut sein, dass den Olchert einer der Väter totschlug, oder ein älterer Bruder. Ich jedenfalls recherchiere erst einmal in diese Richtung."

Er hatte sich von Frau Eikelmann eine Erklärung ausfüllen lassen, dass der Detektiv ihm Auskunft geben durfte. Laut dem, was dieser herausgefunden hatte, handelte es sich um kurzfristige Beziehungen, nichts längeres – und war ebenfalls schon Jahre her. Daher konnte ich mir nicht vorstellen, dass es eine Verbindung zu unseren Fällen gab.

„Frau Eikelmanns Vater käme ebenfalls in Betracht", sinnierte der Reporter.

„Der hätte sich den Olchert viel früher vorgenommen", widersprach ich. „Spätestens nach diesem Gerichtsentscheid wäre ihm der Kragen geplatzt."

„Wer weiß schon, was in ihm vorging", wandte er ein. „Vielleicht waren ihm die Treffen mit der Kleinen ein zunehmender Dorn im Auge und er wollte sie für immer unterbinden."

Er hatte recht, noch ein Verdächtiger mehr auf meiner Liste.

„Um Sveas Vater kümmern Sie sich?"

172

„Ich habe heute Nachmittag schon das erste Gespräch in diese Richtung", konnte ich guten Gewissens antworten.

„Ich melde mich, sobald ich mit dem Detektiv gesprochen habe", verabschiedete Herr Pickard sich.

„Und ich gebe Ihnen spätestens morgen früh Bescheid, ob es relevante Neuigkeiten gibt", versprach ich.

Da es keine neuen Spuren gab, die ich verfolgen konnte, schlug ich wieder den Weg zu unserem neuen Haus ein. Während der Fahrt grübelte ich über Frau Eikelmanns Aussage nach. Es sei wirklich so gewesen, als habe man mit einer fremden Vermieterin zusammengewohnt, hatte sie mehrfach betont. Thorsten habe sich um die nötigen Kleinreparaturen und den Garten gekümmert, ansonsten sei jeder seiner Wege gegangen. Selbst Weihnachten oder die Geburtstage verbrachte man getrennt. Sie könne sich nicht erinnern, dass die beiden sich jemals gegenseitig Geschenke gemacht hätten.

Was musste zwischen Mutter und Sohn vorgefallen sein, dass man derart miteinander umging? Gut, dass ich einen weiteren Termin mit der Oma und dem Opa von Inga hatte. Nach diesem gerade geführten Gespräch gab es jede Menge neue Fragen.

Gerade als ich mein Auto abstellte, klingelte mein Handy, Herr Janzen wollte mich sprechen.

„Dieser Tipp von Ihnen war Gold wert", lobte er mich. „Wir konnten daraufhin wesentlich gezielter nachfragen."

„Und es gab den einen oder anderen, der sofort bereit war, Tacheles zu reden", vermutete ich.

Er lachte. „So ist das mit den Menschen. Wenn sie einen Skandal wittern, wollen sie vorne mitspielen."

„Was haben Sie für einen Eindruck von Sveas Vater?"

„Für mich zählen nur Tatsachen", belehrte er mich. „Wir haben ihn um eine DNA-Probe gebeten, um diese mit den Spuren, die sich am Tatort fanden, abgleichen zu können. Er wollte zuerst lieber einen Anwalt kontaktieren."

„Ist das erlaubt?" So genau kannte ich mich mit den Gesetzen nicht aus.

„Wir haben schon einen richterlichen Beschluss beantragt. Dem wird er Folge leisten müssen."

„Für den Großvater auch?"

„Darum kümmern sich die Kollegen aus Paderborn", war er nicht willens, mir weitere Auskünfte zu geben.

Mein Puls begann zu rasen, als ich fragte: „Was ist mit Svea?"

„Sie hat tatsächlich nach Ihrem Anruf Tabletten geschluckt, die Herztabletten ihres Opas. Zum Glück war die Oma auf der Hut und rief rechtzeitig den Notarzt. Der brachte sie zum Erbrechen, sodass die Gefahr gebannt war. Aufgrund ihres psychischen Zustandes wies er sie in eine entsprechende Klinik ein. Wir haben im Moment keine Möglichkeit, mit ihr zu sprechen. Es soll ihr aber den Umständen entsprechend relativ gut gehen."

Mir fiel ein wahrer Felsbrocken vom Herzen. Diese gute Nachricht musste ich sofort an Corinne weitergeben.

Sie reagierte genauso erleichtert, wie ich erwartet hatte. „Es ist immer noch blöd gelaufen. Trotzdem bin ich irgendwie froh, dass sie dadurch endlich Hilfe kriegt."

Hoffentlich sahen es ihre Angehörigen genauso!

„Die Eltern und die Großeltern haben wirklich erst durch die Ärzte von dem Verhältnis erfahren?"

„Darum werden sich die Ermittler kümmern. Wenn es Unstimmigkeiten gibt, finden sie es heraus."

„Blöd, dass wir nicht selbst mit den Ärzten oder mit Svea sprechen können!"

Ich stimmte ihr aus tiefstem Herzen zu. Dieser Weg blieb uns leider versperrt.

25

Heute waren die Fenster bei den Jacobs geöffnet. Ich setzte meinen Vorsatz vom Vortag in die Tat um und klingelte.

Es dauerte eine geraume Weile, bis die Tür aufgerissen wurde. Fabian begrüßte mich wie einen lang erwarteten Freund. „Willst du zu uns?"

„Ich möchte deine Mutter kurz was fragen." Siedend heiß fiel mir mein Versprechen ein, die Dortmund-Krimis zu signieren.

„Fabian!" Kaum hatte ich ausgesprochen, tauchte Frau Jacobs hinter ihm auf. „Du sollst doch nicht allein an die Tür gehen!"

„Ich habe vorher aus dem Fenster geschaut und Alex gesehen", verteidigte er sich. „Den kenne ich."

„Ich wollte nur abklären, ob ich die Mülltonnen drüben nutzen kann." Ich zwinkerte ihr zu. „Das Signieren verschieben wir wohl besser auf einen anderen Tag." Die farbbespritzte Kleidung, die sie trug, zeigte deutlich, dass sie anderweitig beschäftigt war.

„Hm, darauf habe ich ehrlich gesagt nicht geachtet, ob die weiterhin geleert werden. Kann ich mir eher nicht vorstellen. Ich denke, die müssen Sie neu anmelden."

„Einen Komposthaufen hatten Ihre Nachbarn nicht?"

„Der war ganz hinten. Ich kann es dir zeigen, wenn du willst", mischte sich Fabian ein.

Die Gelegenheit! „Das wäre nett. Ich habe den Rasenschnitt nämlich einfach neben das Gartenhäuschen gekippt. Jetzt kommt noch der Baum- und Strauchschnitt dazu. Das wird ein riesiger Haufen."

„Den musst du vorher häckseln", klärte er mich mit wichtiger Miene auf.

Seine Mutter lachte. „Unser Gartenfachmann! Er hat recht. Wenn ich Sie wäre, würde ich mir einen zulegen. Marina und Jochen haben einen genutzt. Der ist vorletztes Jahr kaputt gegangen und Jochen ...", Sie seufzte. „Er konnte sich zu nichts mehr aufraffen."

„Den werde ich mir gleich heute besorgen." Warum nicht? Meine Mutter zum Beispiel schwor auf Kompost.

„Sie können gern unseren nutzen."

„Nein, noch bin ich nicht durch mit dem Schnitt. Und nach den Mengen, die sich schon angesammelt haben, bin ich damit bestimmt mehrere Tage beschäftigt."

Fabian begann herum zu zappeln. „Los, komm!"

„Nein, zuerst die Bücher", bestimmte Frau Jacobs. „Wer weiß, wann dein Freund das nächste Mal vorbeikommt." Sie grinste genauso frech, wie Felicitas es tat, wenn sie mich necken wollte. „Er ist ein viel beschäftigter Mann, habe ich gelesen."

Die Sache gestaltete sich kurz und schmerzlos. Sie führte mich in ein gemütlich wirkendes Wohnzimmer und zog die Bände, ohne suchen zu müssen, aus dem hohen Bücherregal. „Ich habe selbst angefangen zu lesen", gestand sie mir mit einem verschmitzten Lächeln, „und bin schon am dritten. Heftig, was Sie so erleben."

Ich hob die Schultern und ließ sie wieder fallen. „Ich bin in die meisten Fälle mehr oder weniger reingeschlittert."

„Von unersättlicher Neugier getrieben." Sie legte die Bücher nebeneinander auf den Couchtisch. „Haben Sie einen Stift?"

Ich nickte und zog den ersten Band zu mir heran. Diese Widmungen waren dank Felicitas, mit der ich eine ganze Reihe von Sprüchen ausgetüftelt hatte, eine Kleinigkeit für mich. Innerhalb von zehn Minuten hatte ich in jedes ein paar Worte geschrieben.

„Vielen Dank! Dafür überlasse ich Ihnen gern Fabian als Führer. Er langweilt sich bei uns sowieso."

„Weil ihr mich nie mitmachen lasst!", kam es trotzig von dem Jungen.

„Mit dem Gips kannst du nicht helfen", erklärte sie geduldig und wohl nicht zum ersten Mal. „Wir renovieren die Kellerräume, machen einen großen Spielraum für die Jungen", setzte sie an mich gewandt hinzu. „Die Kinderzimmer sind ziemlich klein. Wenn viele Freunde kommen, haben sie so richtig Platz."

„Ich bin auf die blöden Bretter gefallen", teilte mir Fabian mit wichtiger Miene mit. „Weil ich beim Ausräumen mitgeholfen habe."

Ich bemühte mich um ein mitfühlendes Nicken. Der Kleine sprach fast wie ein Erwachsener. Man vergaß ständig, dass er erst sechs war.

„Die Heilung verläuft super", ergänzte seine Mutter. „Wir waren gestern zur Kontrolluntersuchung. Wenn alles klappt, kommt der Gips in zwei Wochen ab."

„Lass uns gehen!", nörgelte der Kleine.

„Ja, ich will Sie nicht länger aufhalten", nickte ich brav und winkte ihm, mir zu folgen.

„Ich rufe dich dann zum Mittagessen!", rief die Mutter hinter uns her.

„Was hast du vor?", fragte Fabian aufgeregt neben mir her hüpfend.

„Zuerst das Gras zum Kompost bringen, anschließend weiter Unkraut zupfen", zählte ich auf. Das Schneiden mit der Heckenschere verschob ich auf einen anderen Tag. Dabei konnte man sich nicht unterhalten. Es war im Moment wichtiger, den Jungen auszuquetschen.

Den kleinen grasbewachsenen Hügel, den er mir zeigte, hätte ich nie als Komposthaufen identifiziert. „Sonst lag da viel mehr", erklärte er mir. „Kipp einfach drauf."

Weil ihm das Hin- und Herlaufen zu langweilig wurde, ließ er sich schon bei der zweiten Runde in den Schatten vor die

Beete plumpsen. Ich beeilte mich, fertig zu werden, um all die Fragen zu stellen, die mir auf der Zunge brannten.

Als ich mich zu ihm gesellte, war er näher an das nächste Beet herangerutscht und hatte bereits begonnen, Unkraut zu zupfen, zwar ziemlich umständlich, da er nur mit den Fingern der linken Hand grub, anstatt die in der Nähe liegende Harke zu nutzen, trotzdem lobte ich ihn ausgiebig.

Er strahlte. „Als Tante Marina krank wurde, hat Julia das oft gemacht und ich habe ihr geholfen."

Sehr gut, so musste ich mir nicht mühsam einen Einstieg überlegen. „Du bist gut mit ihr klargekommen?"

„Sie war super nett", schwärmte er. „Sie wollte hier einziehen, wusstest du das?"

„Tante und Onkel wollten sie aufnehmen, sobald sie achtzehn war." Statt ihn anzuschauen, griff ich zur Harke und lockerte die Erde, sodass sich das Unkraut wesentlich einfacher herausziehen ließ. Es sollte sich für ihn anfühlen wie eine belanglose Unterhaltung. Mein starkes Interesse daran verbarg ich.

„Nein, auf jeden Fall", beharrte er. „Sie hat das Haus geerbt."

Jetzt legte ich doch das Gerät zur Seite und sah ihn forschend an. „Das ging an die Mutter. Du musst dich irren."

„Doch, ich weiß das." Er plusterte sich richtig auf. „Der Onkel Jochen hat es extra so aufgeschrieben."

„Du meinst, er hat ein Testament hinterlassen?"

„Ja, so heißt das. Er wollte, dass sie es kriegt und nicht ihre Mutter." Bei den letzten Worten hatte sich seine Miene verdunkelt. Offenbar mochte er die Frau Doktor auch nicht.

„Es sollte verkauft werden", erinnerte ich ihn.

Er schüttelte heftig den Kopf. „Das hätte die Julia verhindert. Wir haben zusammmen nach dem Blatt gesucht, sie ganz oft, auch zusammmen mit dem Mann."

Bingo! Ich versuchte, Gelassenheit vorzutäuschen. „Der Mann?"

„Der ehemalige Lehrer von ihr. Der kam ganz oft zum Helfen."

„Warst du auch dabei?"

„Das wollte die Julia nicht. Dass der ihr half, war ein Geheimnis."

„Ist er oft gekommen?"

„Und lange geblieben." Er warf sich in die Brust. „Dafür hatte ich einen Auftrag von ihr. Ich habe aufgepasst, ob sie beobachtet wird."

„Ah", tat ich erstaunt, dabei hatte ich genau das erwartet. „Du hast diesen Jungen erwischt, als er im Gebüsch hockte?"

„Nicht nur ihn, auch das Mädchen."

„Was für ein Mädchen?"

„Julia kannte die, genau wie den Jungen. Sie haben ganz laut gestritten."

„Die Julia mit dem Mädchen oder mit dem Jungen."

Er schien sich seiner Wichtigkeit bewusst und verkündete stolz: „Mit beiden. Der Junge ist schnell wieder abgehauen, mit dem Mädchen hat sie ganz lange geredet."

Wieder versuchte ich meine Erregung zu zügeln. „Kennst du ihren Namen?"

„Nee, die Julia hat gesagt, sie kennt sie aus der Schule."

„Bist du dir sicher?"

„Sie war mit ihr in einer Klasse, hat sie gesagt."

Corinne oder Olivia, um wen es sich wohl handelte? „Wie sah sie denn aus?"

Er schaute mich verständnislos an.

„War sie größer als Julia oder kleiner", half ich nach. „Welche Haarfarbe hatte sie? War sie dick oder dünn?"

„Ich habe sie nur ganz kurz gesehen", gab er zu. „Mein Wachposten war drüben bei uns, im Baumhaus. Das hat mein Papa für uns gebaut. Da kann ich gut erkennen, wer ans Tor kommt."

179

Leider ergab meine Inspektion, dass man dafür den restlichen Garten wegen der vielen Bäume auf beiden Seiten nicht einsehen konnte.

„Die hatte kurze Haare", erklärte Fabian bei meiner Rückkehr. „So ein richtiger Jungenschnitt."

Also doch nicht Corinne? Olivia schied nach dieser Beschreibung ebenso aus. Wer hatte noch von diesem Unterschlupf gewusst? „Würdest du das Mädchen, wenn ich dir ein Foto von ihr zeige, wiedererkennen?"

Er zuckte die Schultern. „Vielleicht."

Probieren würde ich es auf jeden Fall. „Hast du bei deiner Wache sonst noch jemand entdeckt?"

„Die Frau, die bei ihrer Mama putzt. Julia ist dann so lange zu mir ins Baumhaus gekommen und hat gewartet, bis die weg war."

„Wie oft war das?"

Er kratzte sich unschlüssig am Kopf. „Oft. Die hat alles aus den Schränken gerissen und Stapel gemacht."

„Sonst noch jemand?"

Er schüttelte den Kopf.

Ohne große Hoffnung fragte ich: „Hat die Julia dir erzählt, was das Mädchen wollte?"

Wieder schüttelte er den Kopf. „Hat sich nur beschwert, dass die sie alle nicht in Ruhe lassen."

„Kannst du dich daran erinnern, wann sie hier war?"

Er kniff die Augen zusammen und öffnete und schloss seine kleinen Fäuste, während er angestrengt nachdachte. „Nach dem Streit mit dem Jungen."

„Direkt am nächsten Tag oder lagen mehrere Tage dazwischen?", bohrte ich nach.

„Später, am … Mittwoch", war er sich dann sicher. „Ich war mit Mama beim Bäcker. Ja, es war nach dem Kuchenessen mit Tante Marie."

Demnach drei Tage vor dem Mord. Umso wichtiger, diese Person zu identifizieren.

Wenn sich Nils nicht bald meldete, würde ich ihn in der Mittagspause anrufen, nahm ich mir vor. Vielleicht konnte ich gleich heute noch Fabian das entsprechende Foto zeigen.

Als ich mich wieder den Beeten zuwandte, wechselte er das Thema und begann mich wieder mit seinen Lieblingsfilmen zuzutexten. Wenn man ihm so zuhörte, bekam man den Eindruck, er würde von morgens bis abends vor dem Fernseher sitzen. Dabei hatte er sich beim letzten Mal heftig beklagt, dass seine Zeit, Serien zu schauen, viel zu knapp bemessen sei. Auch die Spielekonsole war nicht offen zugänglich. Genau aus diesem Grund langweilte er sich im Moment dermaßen: Kein Bruder, den er nerven konnte, Eltern, die tagsüber beschäftigt waren, kaum Spielgefährten in der Straße – wenn man ihm das denn glauben konnte, aus mehreren Gärten tönte Kindergeschrei bis zu uns – und sein einziger Freund im Urlaub. Mit nur der linken Hand Lego bauen, funktionierte nicht, zeichnen auch nicht.

„Was ist mit Lesen?", fragte ich ihn jetzt. „Hast du keine Comics?"

Er stöhnte theatralisch. „Die kenne ich alle schon."

„Du könntest deine Eltern während ihrer Arbeit ein bisschen unterhalten."

„Die hören gar nicht richtig zu, die Musik ist viel zu laut."

„Ist ja nicht mehr für lange", tröstete ich ihn. „Sobald der Gips ab ist, kannst du wieder mithelfen."

Er zupfte gedankenverloren an einigen Grashalmen. „Ich würd die Beete wegmachen. Dieses blöde Unkraut. Besser ist überall Rasen."

Die Idee hatte was! Ich klopfte ihm auf die Schulter, dass er beinahe vornüberkippte. „Du hast recht. Wozu sich quälen? Lass uns überlegen …"

„Fabian!", rief die Stimme der Mutter von drüben. „Essen!"

„Och nee", nörgelte er prompt. Viel lieber hätte er mit mir zusammen die Umgestaltung geplant.

„Ich esse eben auch was und sobald du fertig bist, kommst du wieder rüber", schlug ich vor. „Ich warte so lange."
Zufrieden trollte er sich.

26

Ich kaufte mir im nächsten Supermarkt ein paar Snacks und legte sie auf den Tisch, den wir genau wie die Stühle nach Mirkos Besuch gar nicht erst weggeräumt hatten. Bevor ich zu essen begann, griff ich zum Handy.

„Ich habe bisher keinen erreicht", sagte Nils statt einer Begrüßung.

Ein ungutes Gefühl ergriff mich. „Wann erwischte Julia dich beim Spionieren?"

„Am Montag nach unserer Abschlussfeier."

„Erzähl mal genau, wie das abgelaufen ist!"

Er wand sich eine Weile, doch ich ließ nicht locker, bis ich die gesamte Geschichte kannte. Demnach hatte sie ihn aufgestöbert, als er in der Nähe des Hintereingangs auf das Erscheinen des Lehrers wartete. Sie ging direkt auf ihn, der versteckt in den Büschen vor dem Zaun des Nachbargartens kauerte, zu und fuhr ihn wütend an, was er hier zu suchen hätte. Natürlich fiel ihm auf den Schreck über ihr Auftauchen keine vernünftige Erklärung ein. Als er dann zu stammeln begann, der Olchert sei viel zu alt und überhaupt ein komischer Typ, rastete sie aus und schrie ihn an, er solle verschwinden und sich nie wieder in ihrer Nähe blicken lassen. Daraufhin habe er sich nicht mehr getraut, sich ihr zu nähern. Ich sei der Erste, dem er davon berichtet habe. Nicht mal seine Mutter wüsste Bescheid.

Es fiel mir nicht schwer nachzuvollziehen, wie er sich gefühlt haben musste. Nach einer derart heftigen Auseinandersetzung würde er zumindest in der nächsten Zeit einen großen Bogen um sie gemacht haben. Es wäre ihm viel zu peinlich gewesen, auf sie zu treffen.

Trotzdem musste ich Gewissheit haben. „Häng dich bitte ans Telefon und versuche weiter deine Kumpel zu erreichen", bat ich mit Nachdruck, fügte allerdings, bevor er sich zu sehr in die Ecke gedrängt fühlen konnte, hinzu: „Ich habe noch eine andere Bitte. Kannst du das Klassenfoto aus deinem Jahrbuch abfotografieren und mir schicken?"

Kurze Stille, er musste sich wohl erst auf das neue Thema umstellen. „Wozu brauchst du das denn?"

„Ein Nachbarsjunge hat gesehen, wie Julia sich mit einem Mädchen unterhielt. Es muss nichts zu bedeuten haben, ich möchte es trotzdem abklären."

„Jetzt sofort?"

„Das wäre super. Dann kann ich es dem Jungen gleich noch zeigen."

Er versprach, mich sofort zu informieren, sobald er mit seinen Freunden gesprochen hatte. Bedrückt legte ich das Handy zur Seite. Felicitas hatte recht, wurde mir klar. Was auf den Olchert zutraf, passte auch auf ihn. Konnten Nils' Freunde nicht bestätigen, dass er während des Konzerts in ihrer Nähe geblieben war, hatte ich einen weiteren Verdächtigen – mit einem ausgezeichneten Motiv.

Fabian hatte sich beeilt, ich saß noch auf der Terrasse, als er zurückkehrte. So konnte er sich gleich das Bild anschauen, dass Nils abfotografiert und mir umgehend gesandt hatte.

Er betrachte aufmerksam das Gruppenfoto. „Ich weiß nicht, ob ich die erkenne. So genau habe ich sie ja nicht gesehen." Bevor ich dazu kam, ihm zu erklären, wie man einzelne Bereiche vergrößerte, zogen seine Finger die Gesichter schon näher heran. Obwohl er nur mit einer Hand agierte – er hatte sich das Handy auf den Schoß gelegt -, war er mindestens genauso schnell wie ich. Kinder und Technik waren heutzutage eben keine zwei Welten, die aufeinanderprallten. Meine Mutter hätte wesentlich länger für solch eine Aktion gebraucht.

Ich rückte meinen Stuhl näher an den seinen und schaute zu, wie er jedes Gesicht aufmerksam betrachtete. Seltsamerweise hielt er sich bei Olivia und ihrer Gruppe nicht lange auf, dafür verweilte er eine Weile auf Julia, die neben Nils und Corinne in der zweiten Reihe stand. Bei dem nächsten Mädchen hielt er inne und vergrößerte ihr Gesicht, bis es den gesamten Bildausschnitt füllte. „Das ist sie! Ich bin mir ganz sicher, weil ich zuerst dachte, sie ist ein Junge. Bis sie was sagte."

„Es war aber eindeutig ein Mädchen?"

Er nickte und hielt mir das Handy hin. „Das ist sie", wiederholte er.

Ich verkleinerte das Foto etwas, um sie mir genauer anzusehen. Auf den ersten Blick hätte man sie tatsächlich als Junge identifiziert, besonders da sie ein kurzärmeliges Hemd trug und definitiv keine Bluse. Ihr Gesicht war ziemlich breit, das Haar an den Seiten kurz, ein praktischer, allerdings nicht gerade vorteilhafter Stufenschnitt, der den langen Hals viel zu sehr betonte. Dazu war sie wesentlich größer als Julia und Corinne, mit breiten Schultern und von kompakter Statur.

„Als sie hier war, hatte sie eine Jeans an und ein kariertes Hemd, so wie das da", erklärte mir Fabian und zeigte auf das Foto.

Ich schloss die Datei und rief noch einmal Nils an. „Das Mädchen, das neben Corinne steht und wie ein Junge aussieht, wie heißt sie?"

„Das ist Nadine, die Vierte in unserem Bund." Dann erst schien er zu registrieren, weshalb ich ihren Namen wissen wollte. „War sie bei Julia? Aber wieso? Ich meine, wir haben uns nie außerhalb der Schule getroffen, also mit ihr nicht", schwächte er seine Aussage ab. „Sie tat uns leid, weil Olivia und ihr Trupp sie auch ständig blöd anmachten. Erst sind Corinne und Julia ab und zu hingegangen und haben sich mit ihr unterhalten, später sind wir immer zusammen rumgezogen."

„Wann hast du sie zuletzt gesehen?"

„Auf unserer Abschlussfeier. Sie erzählte, dass sie mit ihrer Freundin zusammen in den Urlaub fährt. Wie lange die weg ist, weiß ich nicht." Er zögerte, setzte dann jedoch hinzu: „Die Mutter von ihr, die ist ständig krank und muss oft in die Klinik. Sie und ihre Geschwister kümmern sich um alles selbst. Und weil sie genau wie ich jetzt eine Ausbildung anfängt, wollte sie wenigstens vorher einmal was für sich allein machen."

Da Fabian sich offensichtlich langweilte und herum zu hampeln begann, beendete ich widerstrebend das Gespräch und widmete mich ihm.

„Du sollst alles aufzeichnen", befahl er. „Mama sagt, nur so kann man sich das richtig vorstellen. Hast du Blätter und einen Stift? Sonst hole ich welche."

Ich bezweifelte, dass die Zettel aus meinem Notizbuch ihn zufriedenstellen würden, und bat ihn, Papier von drüben zu besorgen. Als er wiederkehrte, trug er außerdem eine große Packung Filzstifte in der Hand mit dem Block. „Hier sind ganz viele grüne drin. Grün und braun, mehr brauchen wir nicht."

Zwei Stunden später hatten wir drei verdammt gute Vorschläge ausgearbeitet – wobei ich zugeben musste, dass die interessantesten Ideen von Fabian stammten. „So", ich verstaute die Stifte wieder in der Verpackung, „die zeige ich heute Abend meiner Freundin. Sie soll entscheiden. Es ist ihr Haus."

Er zog einen Schmollmund. Anscheinend hatte er erwartet, dass ich sofort mit der Arbeit begann. Mir dagegen stand der Sinn nach einem weiteren Telefonat und dem anschließenden Besuch bei Herrn Habersack. Nur tat der Kleine mir so leid, dass ich vorschlug: „Wir bringen die Schreibutensilien gemeinsam rüber und ich frage deine Mutter, ob ich dich auf ein Eis einladen darf. Ohne dich wären diese tollen Pläne nie zustande gekommen."

Sie war sichtlich erfreut über mein Angebot und empfahl mir eine Eisdiele zwei Straßen weiter. Um Zeit zu sparen, nahmen wir den Fiat. Fabian bestellte ein Spaghettieis und ich schloss mich an.

„Bist du ein echter Detektiv?", fragte er, nachdem die riesigen Portionen vor uns standen, und griff zu seinem Löffel.

„Eher ein Hobbydetektiv, das heißt, Leute wenden sich an mich, wenn sie vermuten, die Polizei schafft es vielleicht nicht, dass begangene Verbrechen aufzuklären."

„Hm."

Entweder hatte er mich nicht verstanden oder das Eis war im Moment wichtiger. Als ich schon nicht mehr damit rechnete, schoss er die nächste Frage ab. „Mama sagt, du schreibst Bücher über das, was du herausfindest."

„Krimis", verbesserte ich ihn. „Meist ist ein Mord passiert und ich helfe bei der Suche nach dem Täter."

Sein Löffel verharrte über den Eisresten. „Wie bei Julia?"

„Ihre Mama und ihr Papa wollen den Täter unbedingt einsperren lassen", nickte ich.

Er sah mich mit großen Augen an. „Aber nicht den Mann! Der war lieb zu ihr. Der ist gekommen, wenn sie ihn gerufen hat."

Nein, ich würde ihn nicht über dessen Tod aufklären. „Der war nicht so nett, wie er tat", erwiderte ich. „Der hat die Julia ausgenutzt." Hoffentlich wollte er nicht wissen, auf welche Weise!

Nein, er widmete sich wieder seinem Eis. Erst als ich bezahlte, kam er auf das Thema zurück. „Kann ich dir nicht helfen?"

„Du hast mir schon sehr, sehr viel geholfen", versuchte ich meine Ablehnung durch ein Lob abzuschwächen. Das fehlte mir noch, dass ich ihn zu meinen Befragungen mitschleppte! „Jetzt muss ich erst einmal überlegen, wie ich weiter vorgehe, ein paar Anrufe und ein paar Besuche machen."

„Also kommst du morgen nicht vorbei?"

„Vermutlich am Wochenende. Das sind nur noch drei Tage."
Er seufzte schwer. „Schade, ich will nämlich auch, dass Julias Mörder erwischt wird."

„Ich werde dich auf dem Laufenden halten", versprach ich.

Nachdem ich ihn abgesetzt und gewartet hatte, bis die Mutter auf sein Klingeln öffnete, fuhr ich eine Straße weiter, um ungestört zu telefonieren.

„Immer noch nichts", behauptete Nils. „Die lassen mich echt hängen."

„Mir geht es um eure Klassenkameradin", bekannte ich.

„Hast du ihre Adresse? Hatte sie außer euch noch andere Freunde oder Bekannte in der Klasse?"

„Die Nadine Schäfer? Wo sie genau wohnt, weiß ich nicht. Irgendwo in der Nähe muss das sein. Sie kam immer zu Fuß, allein oder mit ihren Schwestern zusammen, die auch auf die Schule gehen."

„Wie viele Geschwister hat sie denn?"

„Äh, vier oder fünf. Am besten fragst du Corinne. Die hat sich öfter mal mit ihr unterhalten."

„Mit wem hatte sie sonst noch Kontakt?"

„Mit keinem außer uns."

Wieder eine Sackgasse! „Bitte versuche deine Freunde bis zum Abend zu erreichen", mahnte ich, bevor ich mich von ihm verabschiedete. „Auch wenn ich mich nun auf Nadine konzentriere, ist es wichtig, diesen Punkt abzuklären."

Anschließend rief ich Corinne an.

„Nadine war bei Julia?" Sie war ebenso erstaunt wie Nils. „Bis auf die Schule hatten die nichts miteinander zu tun, ehrlich nicht."

„Ein Nachbarsjunge hat sie auf eurem Klassenfoto eindeutig identifiziert. Deshalb will ich mit ihr sprechen. Es kann eine total harmlose Erklärung dafür geben. Andererseits hat sie vielleicht einen Tipp, der mich weiterbringt." Besser ich verschwieg ihr den Streit, von dem Fabian berichtet hatte. Noch wusste ich nicht, inwieweit er relevant war.

„Sie wohnt irgendwo an der Möllerbrücke, zusammen mit ihrer Mutter und ihren drei Schwestern. Die beiden älteren Brüder sind schon ausgezogen. Ist nicht toll bei ihr zu Hause. Die Mutter ist krank, der Haushalt bleibt an ihr und ihren Schwestern hängen. Aber ob sie schon wieder von ihrer Reise zurück ist?"

„Sie wollte mit einer Freundin zusammen in den Urlaub fahren?"

„Mit ihrer Partnerin", verbesserte sie mich.

„Sie ist lesbisch?"

„Die hat sie schon seit über einem Jahr. Nadine fängt 'ne Lehrstelle bei … Rewe, war das, glaube ich, an, direkt bei sich um die Ecke, am ersten August. Deshalb wollten die beiden die Zeit nutzen, um mal allein wegzufahren."

„Wann sind sie los?"

„Hm, ich denke mal, direkt am offiziellen Ferienbeginn. Unsere fingen ja eine Woche eher an."

„Hast du ihre Handynummer?"

„Nein, wenn, haben wir uns über den PC ausgetauscht. Ging ja nur um Sachen für die Schule."

Ich holte tief Luft, bevor ich das Thema wechselte. „Svea hat tatsächlich einen Selbstmordversuch unternommen. Aber da die Oma sie nach unserem Anruf überwachte, ist er glimpflich ausgegangen. Sie musste nicht einmal ins Krankenhaus." Die genauen Fakten verschwieg ich lieber.

Corinne musste dreimal ansetzen, bevor sie sprechen konnte. „Und wenn sie nicht so gut aufgepasst hätte? Dann wäre ich schuld."

„Du hast nur das umgesetzt, was ich dir vorgab. Es war mein Fehler, im Vorfeld nicht vernünftig zu recherchieren."

Wenn ich hoffte, sie mit diesen Worten zu beruhigen, irrte ich. Sie erging sich so lange in Selbstvorwürfen, bis ich ihr klipp und klar sagte, dass das Kind bereits in den Brunnen gefallen und an Sveas Reaktion nichts mehr zu ändern war. Von daher sollten wir lieber dieses Desaster zum Anlass nehmen, von nun an immer daran zu denken, was vorschnelles Handeln nach sich ziehen konnte.

Sie entspannte tatsächlich etwas, doch es dauerte lange, bis ich unser Gespräch beenden konnte.

Jetzt war es leider so spät geworden, dass ich mich sputen musste, um pünktlich zur Verabredung mit Ingas Großeltern zu erscheinen. Den Besuch bei Herrn Habersack verschob ich nach hinten.

27

Als ich einparkte stand Inga schon in der geöffneten Tür.

„Mein Opa hat den Tag genutzt, um mehrere Nachbarn zu befragen", teilte sie mir mit. „Anscheinend hat er mächtig viele Neuigkeiten für dich."

Er saß mit Mirko zusammen im Wohnzimmer, in eine ernste Unterhaltung vertieft. Bei meinem Eintreten hielt er mitten im Satz inne und wies auf das Sofa. „Tun Sie bitte als Erstes Ihre Meinung kund. Der junge Mann hier verdächtigt allen Ernstes den Bernd, also Sveas Vater. Er, der Mörder? Das kann ich mir beim besten Willen nicht vorstellen."

„Sie kennen ihn vermutlich gut genug, um zu dieser Einschätzung zu kommen", gab ich mich kompromissbereit. „Woran machen Sie sie fest?"

„Er ist nicht der Typ, der gewalttätig wird. Ihr hättet ihn in der Zeit von Sveas Fixierung auf diesen Olchert erleben müssen. Er hat sich so geschämt!"

Vielleicht war diese Scham in Wut umgeschlagen, als er die Wahrheit erfuhr, dachte ich bei mir, hielt mich aber weiter zurück und nickte nur.

„Die Liesel, also seine Frau, war es, die die Psychiater durchtelefonierte. Ihm wäre das viel zu peinlich gewesen. An ihr blieb das meiste hängen, auch dass die Svea zu Oma und Opa abgeschoben wurde, kam von ihr. Es sind ihre Eltern."

„Sie ist durchsetzungsstärker", bestätigte ich, da er mich auffordernd ansah.

„Genau." Triumphierend blickte er zu Mirko hinüber, der sich anscheinend lieber aus dem Gespräch heraushalten wollte. „Wir hatten immer das Gefühl, er steht kurz vor einem Nervenzusammenbruch. Gut, er hat Svea jedes Mal von dem Haus der Olcherts wegholen müssen, mit tausend gestammelten Entschuldigungen auf den Lippen, wie es mehrere Nachbarn mitkriegten. Alles andere hat die Liesel geregelt, sich die Svea vorgenommen, ihr versucht Grenzen zu setzen, ihr mit der Einweisung in die Klinik gedroht."

„Bei ihrem letzten Auftauchen war er es aber, der sie heftig anging", kam ich nicht umhin, ihn zu erinnern.

Er winkte ab. „Direkt anschließend ist er in Tränen ausgebrochen. Das wollte der Herr Bock euch bloß nicht erzählen. Nein, selbst wenn er von der Beziehung erfahren hätte, wäre er nicht bei dem Olchert aufgetaucht. Er ist kein Typ, der sich mit anderen auseinandersetzen kann. Lieber leidet er still für sich allein."

„Seine Frau anscheinend nicht", warf Mirko jetzt doch ein.

„Die Liesel? Diese kleine, zarte Frau? Eine Eisenstange kann die vermutlich nicht mal richtig schwingen."

Ich musste ihm recht geben. Sveas Mutter war noch zarter als Julias gebaut. Jeder Angreifer hätte ihnen eine Waffe im Nu entwunden.

„Sie hätten mal hören sollen, wie die Svea mit ihrem Vater umging. Sie hat ihn beschimpft, ihn beleidigt, wenn er sie von dem Haus wegzerrte, sogar nach ihm getreten. Nicht einmal hat er die Hand gegen sie erhoben."

„Das haben dir die Nachbarn erzählt?", fragte Inga.

„Ich kenne halt viele in der Gegend. Und fast alle haben das Drama miterlebt. Selbst auf dieses Mädchen, das Svea anrief und ihr von dem Mord erzählte, ist der Bernd nicht sauer. Er sieht nur das Positive, dass seiner Tochter endlich geholfen wird." Er beugte sich vor und senkte seine Stimme. „Danach hat sie nämlich versucht sich umzubringen, hat dreißig von den Herztabletten ihres Opas genommen. Zum Glück war die Oma aufmerksam geworden und verhinderte das Schlimmste. Svea kam gleich in die Psychiatrie."

Nur gut, dass ich durch Herrn Janzen längst Bescheid wusste. Sonst hätte man mir meine Betroffenheit bestimmt angesehen. „Die armen Eltern", rang ich mir mühsam ab.

„Nein, die atmen richtig auf", erwiderte er im Brustton der Überzeugung. „Der Olchert ist tot, damit muss die Svea sich abfinden. Und ihr wird endlich geholfen."

„Wissen sie von der Beziehung der beiden?", warf Inga ein.

„Wohl eher nicht. Ich habe ihn gestern, als er von der Arbeit kam, selbst gesprochen. Diese Anschuldigung kam nicht zur Sprache. Er wirkte eher hoffnungsvoll, dass sich jetzt alles zum Guten wendet. Noch ist ja auch nichts bewiesen. Der Herr Bock und ich sind der Meinung, das sollten wir der Polizei oder den Ärzten überlassen."

Wie wahr! Eine vernünftige Entscheidung. „Ich habe heute mit dem zuständigen Ermittler gesprochen. Die Anzeichen für eine Beziehung verdichten sich."

Er kratzte sich am Kopf. „Wir haben es ja gestern schon geahnt. Irgendwie werden sie auch damit klarkommen."

Dann begann er zu berichten, was er über die Olcherts herausgefunden hatte. Das Haus habe zuvor ihren Eltern gehört, die relativ früh starben. Danach sei sie mit dem Sohn eingezogen. Sie habe beim Finanzamt gearbeitet, der Thorsten sei noch zur Schule gegangen und später Lehrer geworden. Außer dass sie offensichtlich keinen näheren Kontakt zu den dort Wohnenden wollten – mehr als einen Gruß gab es nie - , habe er nichts Wichtiges erfahren. Es seien selten Besucher aufgetaucht, der Junge sei nie auf den umliegenden Straßen zu sehen gewesen.

„Das meiste ist über die junge Frau rausgekommen", gab er offen zu. „Die ging oft mit dem Baby im Kinderwagen spazieren. So erfuhren die Nachbarn das dann mit den Berufen und dass die kleine Familie im Souterrain wohnt und die Mutter das übrige Haus für sich beansprucht. Gut klargekommen mit der ist sie wohl nie, keiner hat sie mal mit ihr zusammen gesehen."

„Was war mit dem Mann von Frau Olchert?"

„Angeblich soll der früh gestorben sein. Danach tauchte kein neuer Lebensgefährte mehr bei ihr auf. Der Junge brachte auch nie eine Freundin mit. Deshalb waren alle Nachbarn total erstaunt, als er gleich eine ganze Familie hatte. Ein knappes Jahr hat es die Frau mit dem ausgehalten, danach kam keine neue - dachten wir wenigstens. Also das mit der Svea ist ein starkes Stück!", kam er wieder auf unser ursprüngliches Thema zurück. „Der Olchert hat sich wohl ziemlich schnell Ersatz gesucht, wenn man nachrechnet."

„Junge Frauen oder Teenager kamen nicht zu Besuch?"

„Nein, zumindest haben die direkten Nachbarn nie eine gesehen."

Oder er hatte sich lieber außerhalb mit ihnen getroffen, vor allem nach dem Desaster mit Svea.

„Sind mal Freunde von ihm aufgetaucht?"

„Ganz, ganz selten. Es war die Rede von einem etwas älteren Mann, so um die Fünfzig, der ihn manchmal mit dem Auto abholte, und einem ungefähr gleichaltrigen, der ihn gelegentlich besuchte." Er gab mir die Beschreibungen, die er selbst erhalten hatte. „Das war eigentlich schon alles. Vielleicht sollten Sie bei denen vom Pflegedienst anfragen. Die kamen ja täglich vorbei."

Nein, die des Älteren passte eindeutig auf Herrn Habersack. Er würde mir den Namen und die Adresse des anderen bestimmt sagen können. Denn dass Herr Olchert sich oft bei den Pflegern, die sich um seine Mutter kümmerten, blicken ließ, bezweifelte ich.

Ingas Opa versprach, weiter am Ball zu bleiben. Ich bedankte mich bei ihm und winkte Mirko, mich nach draußen zu begleiten.

„Was denkst du?", begann er sofort. „Ist Sveas Vater raus?"

„Die Polizei will ihn und die Großeltern genauer unter die Lupe nehmen." Ich gab ihm das Gespräch mit Herrn Janzen wieder.

„Es gibt eindeutige Spuren?", wiederholte er ungläubig.

„Leider wohl keine, die auf einen schon bekannten Straftäter hindeuten."

„Bei Julia auch?"

Danach hatte ich gar nicht gefragt. Ich lenkte auf die Neuigkeiten über, die ich heute erfahren hatte.

Blöderweise zog sich unser anschließendes Gespräch so lange hin, dass ich beschloss, Herrn Habersack lieber morgen aufzusuchen.

Natürlich musste ich auch Felicitas' Neugier befriedigen. Zuletzt legte ich ihr die Blätter vor, die Fabian und ich angefertigt hatten.

„Hm." Anstatt begeistert schien sie eher nicht sonderlich angetan von unserer Idee. „Das heißt, es bleiben nur die Erdbeerbeete? Alle anderen willst du entfernen?"

„Nur die Steine kommen weg", verbesserte ich sie. „Die Pflanzen graben wir teilweise aus und setzen sie an eine passendere Stelle. Der größte Teil kann an Ort und Stelle bleiben und wir säen Gras drumherum aus. Allein, dass damit das elende Unkrautzupfen auf ein Minimum begrenzt wird, ist es wert."

„Es wäre schade um die Blumenbeete", wandte sie ein.

„Die kriegen an diesem Standort viel zu wenig Sonne." Den riesigen Ahorn konnte ich nicht wirklich rundum beschneiden, vor allem nicht in der Höhe „Wie wäre es, wenn wir vor der Terrasse eine wilde Blumenwiese anlegen?" Und die halb verdorrten Rosenbüsche würde ich eigenhändig in der braunen Tonne entsorgen.

„Hm", sie blickte versonnen auf die Zeichnungen. „Lass mich eine Nacht darüber schlafen."

Mittwoch, 20. Juli

Ich googelte die lange Liste der Schäfers im Telefonbuch. Wie erwartet fand sich rund um die Möllerbrücke kein Eintrag. Die Familie nutzte vermutlich ausschließlich Handys. Trotzdem beschloss ich, mich dort einmal umzuschauen. Wenn sie in der Nähe wohnte, müsste die genaue Adresse eigentlich rauszukriegen sein.

Die Brücke lag zwischen Westpark und Kreuzviertel, sie überspannte die S-Bahn-Schienen und war seit einiger Zeit als abendlicher Treffpunkt zum Abhängen und Feiern über Dortmund hinaus bekannt. Sobald es wärmer wurde, pilgerten nicht nur Dortmunder, sondern auch Besucher aus anderen Städten dorthin, um neue Leute kennenzulernen, zu plauschen und zu trinken. Die Gelage dauerten oft bis spät in die Nacht – vor allem am Wochenende –, die Anwohner waren mittlerweile arg genervt durch den Lärm und die Hinterlassenschaften der „Gäste".

Wohnraum in diesem Viertel galt bisher als heiß begehrt, ob das immer noch so war, wusste ich nicht. Mich jedenfalls hätte der ständige Lärm vor der Haustür abgeschreckt – und Felicitas genauso. Da wohnten wir lieber etwas weiter außerhalb und fuhren, wenn wir Rummel um uns herum haben wollten, in die Innenstadt.

Einen Parkplatz zu ergattern, war schwierig, ich quetschte mich in eine kleine Lücke drei Straßen entfernt und befragte zuerst mein Handy, wo sich der nächste Rewe befand. Es gab tatsächlich einen fast direkt an der Möllerbrücke.

Von diesem ausgehend suchte ich Haustür für Haustür auf, um die Namen an den Klingelschildern zu prüfen. Fast eineinhalb Stunden dauerte es, bis ich in der Sonnenstraße fündig wurde. Bei dem betreffenden Haus handelte es sich um ein altes Gebäude aus der Vorkriegszeit, an dem bis auf neue Fenster nicht viel renoviert worden war. Nicht dass es baufällig wirkte, nur ziemlich heruntergekommen.

Die Schäfers wohnten unterm Dach, vermutete ich, da sich ihr Namensschildchen ganz oben befand. Ich drückte auf den entsprechenden Knopf, eine Sprechanlage gab es zum Glück nicht. Trotzdem hatte ich keinen Erfolg. Anscheinend war niemand zu Hause. Ich würde es später noch einmal probieren.

28

Ein Blick auf die Uhr, ich konnte wohl davon ausgehen, dass Nils mittlerweile auf war. Am sinnvollsten war es, ihn vor seinem Haus stehend anzurufen, sodass er mir nicht entwischen konnte.

Halb hatte ich schon damit gerechnet, dass er, sobald er meine Nummer erkannte, das Klingeln ignorieren würde. Netterweise gab er sich einen Ruck und nahm das Gespräch an. „Ich habe dringend was zu …"

„Ich bin direkt vor deiner Tür", unterbrach ich ihn. „Fünf Minuten, länger benötige ich nicht."

Statt einer Antwort hörte ich das Summen des Öffners.

Er wich nicht zurück, als ich auf ihn zukam. Wollte er mich nicht mal reinlassen? „Mit wem warst du auf dem Konzert?", fragte ich unverblümt.

Er schloss die Augen und atmete tief durch. „Ich hole mir eben was zum Drüberziehen." Er wich zurück in die Wohnung, ließ sie Tür jedoch offen, sodass ich sehen konnte, dass er wirklich nach seiner Jacke und seinem Schlüssel griff.

Er umrundete mich und rannte vor mir die Treppen hinunter. Ich folgte ihm auf dem Fuße, nicht dass er versuchte wegzulaufen.

Nein, er blieb vor dem Haus brav stehen und sah mich an. „Ich war allein da. Ich habe keine guten Freunde, mit denen ich so was mache, nur Kumpels, die ich ab und zu im Park treffe." Er verschränkte die Arme vor der Brust und wartete auf mein Donnerwetter.

Die Erleichterung war so groß, dass ich ihn am liebsten umarmt hätte. „Und warum hast du das nicht gleich gesagt?"

„Weil sich das blöd anhört. Selbst meine Eltern und mein Bruder glauben, ich wäre mit Freunden da gewesen. Der hat einen riesigen Bekanntenkreis, eine Freundin …" Er verstummte.

„Es war dir peinlich zuzugeben, dass dich niemand zu so einem Event begleitet", soufflierte ich ihm.

Es schien, als habe er mich gar nicht gehört. Den Blick fest auf seine Füße gerichtet murmelte er: „Ich bin zufrieden, wie es ist. Ich brauch nicht ständig wen um mich rum. Ist viel einfacher so."

Na, ob das wirklich stimmte? Egal, mir ging es in erster Linie um sein Alibi für Julias Todesstunden. „Wann ist dir der Olchert aufgefallen?"

„Bein Reingehen. Da war ein ziemliches Gedränge. Ich bin zur Seite ausgewichen und fast in ihn reingelaufen."

„Hat er dich auch gesehen?"

„So schnell wie der sich weggedreht hat bestimmt. Der hatte genauso wenig Lust mich zu grüßen wie ich." Nils holte tief Luft. „Ich bin dann extra in die andere Ecke des Raums gegangen."

„Wann hast du ihn das nächste Mal gesehen?"

„Als ich raus bin. Ich war nicht in der Kneipe. Ich bin dem nur gefolgt, um zu schauen, was er anschließend macht. Der ist mit seinen beiden Freunden rein und ich bin nach Hause gefahren. War eh schon fast zwölf."

Ich atmete heimlich auf. Durch dieses Geständnis war er als Julias Mörder definitiv ausgeschieden. Dass er sich während des Konzerts davongeschlichen hatte, zu ihr gefahren war und sie ertränkte, konnte ich mir beim besten Willen nicht vorstellen. Wie war ich nur auf die Schnapsidee gekommen, ihn überhaupt einer derartigen Tat zu verdächtigen?

„Was hast du jetzt vor?", murmelte er so leise, dass ich ihn kaum verstand.

„Weiter recherchieren. Falls ich noch einmal deine Hilfe benötige, kann ich auf dich zurückgreifen?" Vielleicht gab ihm mein Angebot etwas Auftrieb.

Er hob den Blick und starrte mich ungläubig an, als könne er nicht fassen, dass ich meine Frage ernst meine.

„Im Moment liegt nichts an, ich hoffe darauf, dass sich das bald ändert. Du und Corinne, ihr seid die Einzigen, denen ich vertraue." Ich hoffte, ich hatte nicht zu dick aufgetragen.

Nein, meine Worte gingen ihm runter wie Butter. Er nickte ernst. „Wir sind ab Samstag eine Woche weg, in Holland. Aber du kannst mich jederzeit anrufen. Danach fange ich dann an zu arbeiten."

„Ich melde mich auf jeden Fall zwischendurch", versprach ich, „und halte dich auf dem Laufenden."

Ich fühlte mich tatsächlich befreit, so sehr hatte ich darauf gehofft, dass Nils mir eine vernünftige Erklärung abgeben konnte. Nein, er hatte mich nicht angelogen. Es war ihm anzusehen gewesen, dass er sich schämte, die Wahrheit zugeben zu müssen. Umso stolzer durfte ich darauf sein, dass er sich mir gegenüber geöffnet hatte.

Der Junge war mir von Anfang an sympathisch gewesen – vielleicht weil er mich an meine eigene Jugendzeit erinnerte und ich mich gut in ihn hineinversetzen konnte. Ich war auch in gewisser Weise ein Außenseiter in meiner Klasse gewesen, nicht direkt gemobbt worden, allerdings kannte ich auch diese spöttischen Sprüche hinter meinem Rücken oder sogar teilweise offen ins Gesicht gesagt. Wenn man ein wenig anders war als die Mehrheit, hatte man einen schweren Stand.

Im Unterschied zu ihm hatte ich einen guten Freund, mit dem ich mich regelmäßig traf. Das half, die vielen Blödsprüche besser zu ertragen und sich auf anderes zu konzentrieren. Später, an der Uni, gelang es mir schnell, diese Zeit hinter mir zu lassen. Die Kommilitonen und das völlig neue Betätigungsfeld verdrängten jeden Gedanken an früher. Ich fühlte mich angenommen und integriert. Ich konnte Nils nur aus tiefstem Herzen wünschen, dass er während der Ausbildung die gleichen Erfahrungen machte.

Wieder zu Hause angekommen ergänzte ich meine Notizen. Über fünf Seiten füllte ich allein mit den Erzählungen der jungen Mutter. Sie hatte sich wirklich bemüht, uns alles Wissenswerte zu berichten. Warum Herr Olchert im Haus seiner Mutter wohnen geblieben war, darauf hatte sie nie eine zufriedenstellende Antwort erhalten. Sie vermutete, es sei ihm darum gegangen, die Miete zu sparen. Er habe viel Geld für sich ausgegeben, wusste sie zu berichten, bevor er mit ihr zusammenkam, teure Reisen unternommen, sich stets in Markenklamotten gekleidet, sei oft mit seinen Freunden essen gegangen. Kennengelernt habe sie die beiden nicht, sie hätten telefoniert oder sich außerhalb getroffen. Sie kannte nur die Vornamen: Harald und Kai. Ob sie auch Lehrer waren, woher er sie überhaupt kannte, wusste sie nicht.

Die Neuigkeiten von Ingas Opa brachten mich nicht groß weiter. Trotzdem schrieb ich sie ebenfalls auf. Vielleicht konnten sie mir später noch weiterhelfen.

Die beiden wichtigsten Punkte hatte ich von Fabian erfahren. Zum einen musste ich dringend mit Nadine sprechen, worüber die beiden Mädchen gestritten hatten, zum anderen mich um dieses verschwundene Testament kümmern. Es wurde immer deutlicher, dass es bei Julias Tod eine Rolle spielen konnte. Von seiner Existenz war ich nun fest überzeugt. Irgendjemand hatte es entfernt – nur wer?

Eigentlich kamen nur Frau Dr. Klinger oder die Haushälterin infrage. Die Mutter hatte angeblich ein Alibi. Konnte ich darauf vertrauen? War es sinnvoll, mich bei Kommissar Janzen rückzuversichern, bevor ich irgendwelche Schritte unternahm? Würde er mir die entsprechende Auskunft überhaupt geben?

Unentschlossen wandte ich mich wieder Nadine zu. Was hatte sie dazu getrieben, Julia aufzusuchen? Zum ersten Mal bei ihr privat aufzutauchen, wenn ich Corinne und Nils glauben durfte? War sie etwa … nein, den Gedanken brauchte ich gar nicht weiter zu verfolgen. Das Mädchen war mit

Sicherheit nicht Herr Olcherts Typ. Und außerdem lesbisch. Trotzdem musste ich mich dringend um diesen langen Zeitraum zwischen der Beziehung mit Svea und der mit Julia kümmern.

Resigniert brach ich meine Gedankenspiele ab und rief meinen Reporterfreund an.

„Hallo, Herr Grahl." Im Gegensatz zu mir klang er gut gelaunt. „Gibt es bei Ihnen Neuigkeiten?"

„Ich stochere im Nebel herum und hoffe, dabei eine Entdeckung zu machen."

„Wollen Sie mich begleiten? Ich habe in drei Stunden einen Termin bei dem Detektiv der Eikelmanns bekommen."

Ich zögerte. Interesse hatte ich schon, nur war der Besuch bei Herrn Habersack wichtiger. „Da habe ich leider schon ein anderes Gespräch vereinbart. Lassen Sie uns morgen wieder telefonieren."

Am späten Nachmittag brach ich zu meinem Besuch bei Herrn Habersack, dem einzigen Harald Habersack, den ich in Dortmund ausfindig machen konnte, auf. Wenn ich Pech hatte, war die Fahrt umsonst. Die meisten Lehrer verreisten in den Ferien, vermutlich auch er. Aber vielleicht konnte mir einer der anderen Hausbewohner Auskunft darüber geben, wann er zurückkehrte.

Der Mann wohnte in Kurl, eine Fahrtzeit von einer Viertelstunde. Um diese Zeit kam ich zügig durch und fand sogar direkt vor dem Sechsfamilienhaus einen Parkplatz.

Die Tür öffnete sich, bevor ich klingeln konnte, und ein kleiner Junge hüpfte mit einem Gruß an mir vorbei.

Besser ging es gar nicht. Ich schlüpfte in den Hausflur und stieg die Treppe nach oben. In der zweiten Etage entdeckte ich auf der linken Seite sein Namensschild, holte tief Luft und drückte auf die Schelle. Fast unmittelbar darauf erschien ein großer dicklicher Mann mit aufgedunsen wirkendem Gesicht und hochroten Wangen auf der Schwelle. „Das passt …" Er stutzte. „Wer sind Sie?"

„Grahl, ich ermittle im Auftrag der Mutter der getöteten Julia und würde gern kurz mit Ihnen über Ihren verstorbenen Freund Herrn Olchert sprechen."

Er musterte mich aus schmalen Augen und schüttelte abwehrend den Kopf. „Nein, ich …"

„Herr Habersack, bitte!", unterband ich schnell seine Ausflüchte. „Sie sind der Einzige, der mir weiterhelfen kann. Ich habe nur ein paar Fragen und halte Sie nicht lange auf."

Wieder schüttelte er den Kopf. „Ich habe Ihnen nichts zu sagen."

„Gut, wende ich mich eben an die Polizei", behauptete ich. „Die Ermittler wissen bereits von seinen seltsamen Vorlieben. Ich muss ihnen gegenüber nur fallen lassen, dass Sie beide sich öfter trafen, um deren Interesse an Ihnen wieder zu wecken."

Er erstarrte. Ich sah förmlich, wie die Gedanken hinter seiner Stirn ratterten. „Na gut, fünf Minuten." Er hielt mir widerwillig die Tür auf.

Die Küche, in die er mich führte, war winzig, aber aufgeräumt. Er wies auf den kleinen Tisch, an dem sich zwei Stühle gegenüberstanden. „Setzen Sie sich!"

Nachdem ich ihm versichert hatte, dass ich garantiert nicht bestrebt war, unsere Unterredung weiterzutragen, wurde er etwas zugänglicher. „Sie sollten besser Thorstens anderen Freund befragen", begann er. „Ich bin schwul, stehe aber nicht auf halbe Kinder. Unter-Achtzehnjährige kommen für mich nicht infrage."

Und wie passte das Gerücht von dem Übergriff auf einen Schüler da rein?

Er schien mir meinen Gedanken vom Gesicht ablesen zu können und hob abwehrend beide Hände. „Der Rektor hat mich damals ohne Überprüfung sofort freigestellt. Dabei handelte es sich um den Racheakt von ein paar Kids, denen ich wegen Betrugs eine Facharbeit aberkannte. Die Anzeige des Jungen ist im Sande verlaufen. Es gab nicht einen Beweis in diese Richtung."

„Man stellte Sie trotzdem nicht wieder ein?"

„Als wenn ich dorthin zurückgekehrt wäre! Gut, ich habe nie ein Geheimnis daraus gemacht, dass ich schwul bin. Aber mich nur auf die Aussagen der Kids hin gleich fallen zu lassen, ohne mich richtig anzuhören, ist absolut indiskutabel. Ich hatte in der Zwischenzeit bereits eine eigene Nachhilfeschule initiiert. Die läuft super, vor allem da ich auch Online-Kurse anbiete. So bin ich mein eigener Herr. Es ist ein viel angenehmeres Arbeiten, meine Schüler wollen lernen und sind dankbar für jeden Tipp. Und ich muss mich nicht mehr jeden Tag mit den Unwilligen rumärgern, für die Spaß haben das Wichtigste ist." Er holte schnaufend Luft. „Was wollen Sie denn wissen?"

„Mir ist es einzig und allein wichtig, mehr über die Beziehung von Herrn Olchert zu Julia zu erfahren. Seit wann waren die beiden zusammen?"

Er starrte mich ohne zu blinzeln an und gab keine Antwort.

„Beide sind tot", erinnerte ich ihn. „Diese Angabe könnte wichtig sein, um die Suche nach ihrem Mörder einzugrenzen."

Er gab sich tatsächlich einen Ruck. „Soweit ich weiß, kamen sie vor ungefähr drei Monaten zusammen. Wie genau, hat er mir nicht erzählt. Nur dass er seine große Liebe gefunden habe."

Zum wievielten Mal? „Wieso ist er mit auf das Konzert gegangen, ohne sie?"

Er lächelte schwach. „Sie wollte am Wochenende zwei Gespräche führen, bei denen sie ihn nicht dabeihaben wollte."

Verblüfft starrte ich ihn an. „Mit wem und worum ging es dabei?"

Er zuckte die Schultern. „Das hat er uns nicht mitgeteilt. Hören Sie, wir waren Kumpel, die ab und zu mal zusammen die Sau rausgelassen haben, keine wirklichen Freunde."

„Bei diesem letzten Konzert standen Sie die ganze Zeit über zusammen oder …"

„Wir wären aus der Ecke gar nicht rausgekommen, so voll war es", stöhnte er theatralisch. „Und viel zu heiß."

„Wo wohnt …"

Die Türklingel unterbrach mich. Er sprang auf und rannte zur Tür. „Geh durch ins Wohnzimmer, ich komme gleich", vernahm ich seine Stimme.

Als er zurückkehrte, war er merklich angespannt. „Ihre Zeit ist um", erklärte er im Türrahmen stehen bleibend. „Ich habe noch einen Schüler."

Ich blieb sitzen. „Könnten Sie mir bitte den kompletten Namen und die Adresse seines anderen Freundes geben?"

Er kapitulierte schnell und kritzelte das Gewünschte auf einen Zettel, den er mir, als ich mich erhob, in die Hand drückte.

Ich verabschiedete mich brav und trat ins Treppenhaus. Alles Weitere ging mich nichts an.

29

Während ich einen weiteren Abstecher zu Nadine unternahm, begannen meine Gedanken unwillkürlich zu rattern. Zwei Gespräche hatte Julia führen wollen. Für den Sonntag war ein Treffen mit ihrem Vater geplant, mit wem hatte sie sich am Samstag verabredet? Und warum war es ihr so wichtig gewesen, Herrn Olchert außen vor zu lassen?

Dass ihr Vater nichts von dieser Beziehung wissen durfte, war verständlich. Vermutlich erhoffte sie sich seinen Beistand in dieser Testamentsangelegenheit. Ihm gleichzeitig den ehemaligen Lehrer als Freund zu präsentieren, war unmöglich. Konnte ich also davon ausgehen, dass das Gespräch am Vortag sich ebenfalls mit diesem Thema beschäftigte?

Es half alles nichts, ich musste mich morgen noch einmal an Kommissar Janzen wenden und darauf hoffen, von ihm nähere Auskünfte zu den Alibis der einzelnen Personen zu erhalten. Wenn ich es geschickt aufzog, würde er mir vielleicht entgegenkommen.

Ich grübelte immer noch über dieses Problem nach, als ich mein Ziel erreichte und schräg gegenüber einparkte. Die Wohnung sah nicht anders aus als gestern. Die Fenster waren weiterhin verschlossen, die davor befestigten Rollos halb heruntergezogen. Trotzdem stieg ich aus und klingelte. Nichts rührte sich, auch nicht nach dem zweiten und dritten Klingeln, obwohl ich meinen Finger fast eine Minute auf die Schelle presste.

Dieses Mal gab ich Felicitas nur einen kurzen Abriss. Noch war ich mir ja selbst nicht sicher, wie die neuen Erkenntnisse zueinanderpassten.

„Morgen versuchst du Nadine aufzuspüren?"

„Und diesen anderen Freund von Herrn Olchert zu treffen", nickte ich. „Der heutige war reichlich zugeknöpft. Vielleicht erfahre ich von ihm mehr Einzelheiten." Wenn er tatsächlich ähnlich tickte wie der Verstorbene, würde er mir hoffentlich sagen können, ob es eine weitere Beziehung zwischen Svea und Julia gegeben hatte.

Dass ich mittlerweile begann, wieder an Nils' Angaben zu zweifeln, verschwieg ich lieber. Er als möglicher Mörder war nichts, worüber ich mit anderen, selbst nicht mit meiner Freundin, diskutieren wollte. Es lag durchaus im Bereich des Möglichen, dass er, nachdem er Herrn Olchert bei dem Konzert entdeckte, die Möglichkeit ergriff, in Ruhe mit Julia zu reden, ihr klarzumachen, wie toxisch diese Beziehung auf ihn wirkte. Obwohl ich sie nicht gekannt hatte, war ich mir über ihre Reaktion ziemlich sicher. Sie hätte sich seine Einmischung ziemlich energisch verbeten. Womöglich waren ihre Erwiderungen zu harsch ausgefallen, sodass er die Kontrolle verlor, sie geschubst und anschließend, entsetzt über sein Tun, die Flucht ergriffen hatte.

Ob sie wohl wusste, dass er auf sie stand? Doch selbst das hätte sie nicht umgestimmt. Es sei denn …

„Feli an Alex!", unterbrach die Stimme meiner Freundin meine Gedanken. „Hallo?"

Mühsam riss ich mich zusammen. „Entschuldige, mir ist gerade noch was eingefallen. Was hast du gefragt?"

„Ob wir lieber den Krimi oder diese Doku gucken wollen." Sie hielt mir die Programmzeitschrift hin.

Mir egal, wäre nicht gut gekommen. Ich entschied mich für die Doku. Dabei würde ich in aller Ruhe mein Problem weiter durchdenken können.

Nach den ersten fünf Minuten hatte mich das Thema – es ging um die herrschende Energiekrise – dermaßen gefesselt, dass ich darüber meine Sorgen vergaß. Wir verfolgten die anschließende Diskussion genauso interessiert und beenden

den Abend gemeinsam. Morgen ist auch noch ein Tag, dachte ich schläfrig, während sich Felicitas wohlig an mich kuschelte.

Donnerstag, 21. Juli

In Ermangelung anderer Möglichkeiten setzte ich mich wieder vor den Computer und ergänzte meine Notizen, bis sich Herr Pickard meldete.

„Der Olchert war dazu übergegangen, wenn er keine Beziehung hatte, sich willige Mädchen aus verschiedenen Pubs zu greifen", tönte mir Herrn Pickards Stimme über die Freisprechanlage entgegen. „Der Detektiv klärte mich auf, wie das läuft. Das ist so was Ähnliches wie Tinder live. Es gibt in jeder Stadt einige Etablissements, wo sich junge Mädchen, die nur auf ein Abenteuer aus sind, hinsetzen und darauf warten, angesprochen zu werden. Die sind nicht wählerisch, denen ist das Alter der Typen, wie es scheint, egal. Und ja, da sind auch immer wieder welche in der Art wie Julia dabei, also äußerlich kaum entwickelt, aber willig. Der Detektiv hat an sechs Wochenenden sieben verschiedene Pubs kennengelernt. Jedes Mal ist der Olchert zum Zuge gekommen."

Schlecht ausgesehen hatte er nicht, wie selbst Felicitas fand. Das war bestimmt sein Trumpf. „Hat der Detektiv ihr Alter herausgefunden?"

Der Reporter lachte. „Genau darauf hatten die Eltern von der Eikelmann es ja angelegt. Leider hielt er sich an die geltenden Regeln. Die Mädchen waren zwischen vierzehn und sechzehn. Aus dem Grund wurde der Auftrag beendet. Hatte viel Geld gekostet, für nichts und wieder nichts. Für den Sorgerechtsprozess waren diese Ergebnisse uninteressant."

„War er allein unterwegs?"

„Nein, mit einem Freund zusammen, einem Möbelpacker, der ähnliche Vorlieben hegt."

Demnach stimmten die Angaben von Herrn Habersack, dass sein Kontakt zu Herrn Olchert begrenzt war.

„Wollen Sie seine Adresse?"

Ich glich sie mit der von Herrn Habersack erhaltenen ab, bevor ich ihm von meinem gestrigen Gespräch mit diesem berichtete.

„Zwei wichtige Gespräche", wiederholte er nachdenklich.

„Was vermuten Sie, worum es dabei ging?"

„Mir ist spontan das verschwundene Testament eingefallen", gab ich zu.

„An dem eigentlich nur eine Person ein wirkliches Interesse gehabt haben könnte", kombinierte er relativ schnell. „Nur hat Frau Dr. Klinger ein unumstößliches Alibi."

„Sind Sie sicher?" Vielleicht musste ich mich gar nicht an den Kommissar wenden und eine Abfuhr riskieren.

„Es ist von der Polizei überprüft und bestätigt worden."

„Was ist mit den anderen Personen aus Julias Umfeld? Haben Sie dazu auch Informationen?"

„Herr Klinger war im Landeanflug auf den Düsseldorfer Flughafen, die Haushälterin Frau Jung allein zu Hause."

Gut, zu wissen. Damit war klar, wen ich mir noch einmal vornehmen musste.

„Ob ihre Freunde auch nach einem Alibi gefragt wurden und ob sie damit dienen konnten, entzieht sich leider meiner Kenntnis."

„Wie sieht es bei dem Mord an Herrn Olchert aus?"

Er lachte. „Alles erfahre ich nun auch nicht. Haben Sie etwa Julias Eltern in Verdacht?"

„Ihre Mutter nicht. Der Vater hätte durchaus ein Motiv, wenn er von dieser Beziehung gewusst hätte."

„Wäre das möglich?" Die Stimme des Reporters bebte geradezu vor Aufregung.

„Ich denke, er hatte keine Ahnung", musste ich ihn enttäuschen. „Julia hat ihr Geheimnis gut gehütet."

„Was ist mit Sveas Vater?"

„Laut einem guten Bekannten von ihm ist er nicht der Typ, der körperlich reagiert, auch nicht in Ausnahmefällen. Er würde es eher als zusätzliche Strafe ansehen, die ihn und die

Mutter trifft. Deshalb will ich den zweiten Freund von Herrn Olchert noch heute aufsuchen. Ich hoffe darauf, dass er weiß, ob es eine Beziehung zwischen Svea und Julia gab."

„Soll ich mitkommen?"

„Ich glaube nicht, dass er einem Reporter gegenüber sehr auskunftsfreudig ist", gab ich zu bedenken.

„Leider wahr, also hören wir voneinander?"

„Sobald ich mit ihm gesprochen habe."

Damit hatte ich immer noch keine Gewissheit, ob die Ermittler Nils' Alibi vernünftig überprüft hatten. Und Corinne, fiel es mir siedend heiß ein. Dass sie die Täterin war, hatte ich bisher gar nicht in Erwägung gezogen und deshalb auch nie nach ihrem Verbleib an jenem Tag gefragt. Das musste ich schleunigst nachholen.

Fast eine halbe Stunde grübelte ich darüber nach, wie ich an diese Auskunft kommen sollte, ohne sie zu sehr vor den Kopf zu stoßen. Sie fühlte sich als Teammitglied, wollte mithelfen, den Tod ihrer Freundin aufzuklären. Dass ich sie als Verdächtige in Erwägung zog, würde sie arg treffen.

Schließlich gab ich den Vorsatz, sie anzurufen, auf. Ich musste abwarten, bis sich eine echte Neuigkeit fand, die ich ihr mitzuteilen hatte. Dabei musste ich versuchen, das Thema noch einmal auf die Mordnacht zu lenken.

Es klappte schneller als erwartet. Gegen Mittag meldete sich Ingas Opa, dem ich vorsichtshalber meine Handynummer gegeben hatte. „Gestern Nachmittag ist die Polizei bei Bernd gewesen und hat ihn regelrecht verhört. Er ist völlig neben der Spur. Heute Morgen kam seine Frau zu uns. Sie hat von den Nachbarn erfahren, dass ein Detektiv mit dem Fall beschäftigt ist, und wollte von mir Ihren Namen hören. Ich schlug ihr vor, sie und ihr Mann könnten Sie bei uns treffen. Ist das okay für Sie?"

Ein absoluter Glücksstreffer! „Heute noch?"

„Wann immer es Ihnen passt."

Den Möbelpacker würde ich vermutlich nicht vor dem Abend erreichen, ansonsten lag nichts an. Wir verabredeten, dass ich gegen halb vier bei ihm eintreffen solle.

Kaum hatte ich aufgelegt, wurde mir der Mund trocken vor Aufregung. Ich würde mich Sveas Eltern stellen müssen. Mittlerweile kannten sie bestimmt die Hintergründe, die zu dem Selbstmordversuch ihrer Tochter führten. Welche Reaktion hatte ich zu erwarten, wenn sie in mir den Mann erkannten, der das fatale Telefongespräch initiierte?

Im schlimmsten Fall brechen sie das Gespräch unter heftigen Beschimpfungen ab, war mein Resümee. Daran ließ sich nichts ändern. Ich hatte ihren Ärger eindeutig verdient.

Unfähig still sitzen zu bleiben, begann ich die Wohnung aufzuräumen und jeden Raum zu saugen. Sogar die Küche glänzte nach meiner Arbeitswut. Besser fühlte ich mich trotzdem nicht. Dabei hätte ich eigentlich froh über die Gelegenheit sein müssen, mich bei ihnen entschuldigen zu können. Mein überhastetes Vorgehen lastete immer noch schwer auf mir.

Bevor ich mich auf den Weg machte, schickte ich Felicitas eine kurze Nachricht, dass ich gleich auf Sveas Eltern treffen würde.

Ihre Antwort kam prompt: *Gib dich genauso betroffen, wie du dich fühlst. Du kannst nur darauf hoffen, dass sie dir verzeihen.*

Als wenn mir das nicht selbst klar gewesen wäre!

Mein Handy plingte erneut. *Toi, toi, toi. Du schaffst das!* Dahinter prangte ein Daumen-hoch-Smiley.

Es blieb mir sowieso nichts anderes übrig. Ich musste da durch.

30

Sobald ich Sveas Vater sah, wusste ich, warum Ingas Opa ihn nicht für fähig hielt, einen Mord zu begehen. Wie ein Häufchen Elend saß er zusammengesunken auf der Couch und wagte kaum aufzublicken. Die schmale, zierliche Frau an seiner Seite dagegen saß aufrecht und blickte mir prüfend entgegen.

Sie war es auch, die nach der Begrüßung fragte: „Sie untersuchen den Tod von dem Olchert? Auf eigene Faust oder wer steckt dahinter?"

„Ich wurde von der Mutter eines ermordeten Mädchens gebeten, mich an der Aufklärung ihres Todes zu beteiligen", begann ich vorsichtig, darauf hoffend, dass ich somit auch die Geschichte mit dem Anruf bei ihrer Tochter erklären konnte. „Wie sich herausstellte, hatte sie ein Verhältnis mit ihrem ehemaligen Mathelehrer, dem Herrn Olchert."

„Was, sie auch?" Sveas Mutter starrte mich aus weit aufgerissenen Augen an.

Ich nickte bestätigend. „Zu dem Zeitpunkt, als ich davon erfuhr, war er allerdings schon tot. Niemand aus ihrem Umfeld wusste von dieser Beziehung. Deshalb hoffte ich, über seine Bekannten an nähere Informationen zu kommen."

„Bei Svea war es auch so. Er hat die Mädchen derart manipuliert, dass sie genau das taten, was er wollte!"

Ich schluckte. Es würde noch schwerer als gedacht. „Dabei stieß ich auf Ihre Tochter, die fast zwei Jahre lang in seinem Haus ein- und ausgegangen war. Von ihr erhoffte ich mir nähere Auskünfte. Ich bat eine von Julias Freundinnen, bei ihr anzurufen und sich als Klassenkameradin auszugeben. Leider hatte ich zu dem Zeitpunkt keine Ahnung von den wahren

Gegebenheiten. Ihre Nachbarn waren in der Beziehung äußerst verschwiegen. Ich …"

„Erfreulich, dass Sie Ihren Fehler eingestehen", unterbrach sie mich. „Wir wurden bereits darüber aufgeklärt." Dabei richtete sie ihren Blick auf Ingas Opa. „Nur plagen uns im Moment ganz andere Sorgen."

„Trotzdem möchte ich mich in aller Form bei Ihnen entschuldigen", beharrte ich erleichtert darüber, dass sie es mir so leicht machten.

Sie lachte nervös auf. „Ehrlich, hätte ich vorher davon gewusst, hätten Sie einiges von mir zu hören bekommen."

„Lass es gut sein, Liesel." Zum ersten Mal meldete sich ihr Mann. „Es ist wichtiger, dass Svea endlich die richtige Hilfe erhält. Anders hätte es wahrscheinlich nicht funktioniert."

„Erzählt ihm von dem Verhalten des Kommissars", übernahm es Ingas Opa, das Gespräch in die richtigen Bahnen zu lenken.

„Er denkt, mein Mann hat dem Olchert aufgelauert und ihn erschlagen", brach es aus Sveas Mutter heraus. „Dabei ist erst nach der Einweisung in die Klinik rausgekommen, dass die beiden was miteinander hatten. Der Kommissar wollte einen Abstrich nehmen, um den mit irgendwelchen Spuren abzugleichen. Ich riet meinem Mann, diesen zu verweigern und einen Anwalt einzuschalten. Da wurden wir auf Sie hingewiesen, dass Sie uns vielleicht helfen können."

Wie verzweifelt mussten die beiden sein, um sich auf mich einzulassen?

„Das ist noch nicht alles", fuhr die Frau fort. „Die haben meine Eltern regelrecht in die Mangel genommen, ob die Svea ihnen nicht am Todestag des Mädchens ausgebüxt ist. Wäre natürlich ein toller Erfolg für die, gleich zwei Fliegen mit einer Klappe erschlagen zu können: Mein Mann soll als Mörder des Olcherts herhalten, meine Tochter als der des Mädchens."

„Genau aus dem Grund sitzen wir jetzt hier", mischte sich Ingas Opa ein. „So einfach ist es nicht, Unschuldige zu verhaften."

„Beginnen wir mit Ihrem Mann", wandte ich mich an seine Frau. „Hat er kein Alibi für die Tatnacht?"

„Er saß mit mir vor dem Fernseher. Doch ich zähle wohl für die Ermittler nicht als Zeuge."

„Lassen Sie den Abstrich machen, er wird ihn einwandfrei entlasten. Wenn sich so gute Spuren fanden, dass ein DNA-Abgleich möglich ist, hat Ihr Mann nichts zu befürchten", setzte ich erklärend hinzu. „Das Resultat dürfte Anfang nächster Woche vorliegen."

„Das sehe ich genauso", pflichtete mir Ingas Opa bei. „Meldet euch gleich morgen früh bei denen. Sie sollen den Test umgehend durchführen."

„Ich war es wirklich nicht", beteuerte Sveas Vater. „Der Kommissar denkt, ich hätte von dem Verhältnis früher erfahren und den Typ deshalb umgebracht. Habe ich nicht, ehrlich! Hätte ich es gewusst …" Er holte tief Luft. „Ich wäre garantiert zu ihm hin und …" Er brach ab, offensichtlich war ihm selbst nicht klar, was er dann getan hätte. Vereinzelte Tränen tropften auf seine ineinander verkrampften Finger hinunter. „Was war sie stolz, als sie diesen Job bekam. Das mit der alten Frau ist einfach, hat sie gesagt. Ich verstehe mich super mit ihr. Es ist total easy, ich spiele mit ihr Karten, wir gehen zusammen spazieren oder schauen uns alte Fotoalben an. Aus der Vergangenheit erzählen, das macht ihr Spaß. Jetzt ist rausgekommen, dass der Olchert seiner Mutter oft Schlaftabletten gab, um sich mit Svea in aller Ruhe vergnügen zu können. Und ich hatte mich so geschämt über ihr Verhalten, dass ich ihm empfahl, sich bei Sveas nächstem Auftauchen direkt an die Polizei zu wenden!" Er brach abrupt ab, weil die Tränen in einer wahren Flut herausdrängten.

„Und er gab sich so verständnisvoll!", stieß seine Frau hervor. „Er lehnte ab, angeblich, um dem Mädchen nicht die Zukunft zu versauen. Der besaß noch die Frechheit, sich als Opfer darzustellen. Statt sich selbst mit ihr auseinanderzusetzen, rief er uns an, damit wir sie abräumen sollen."

Wir warteten schweigend, bis sie sich wieder gefangen hatten. Es gab keine Worte des Trostes für ihre Qual.

„Die Großeltern sind sich sicher, dass Svea am Tag von Julias Ermordung nicht nach Dortmund fuhr?", fragte ich behutsam nach, als sie sich beruhigt hatten.

Seine Frau nickte energisch. „Die würden nicht für sie lügen, nicht nach dem, was sie dort veranstaltet hat. Dabei ist meine Mutter einiges gewohnt. Die hat nach meinem Bruder und mir noch die zwei Kleinen von ihm großgezogen. Die Lebensgefährtin von ihm ist einfach abgehauen. Also hat sie die beiden übernommen. Deshalb dachte ich ja auch, die schafft es mit ihr. Dazu die neue Situation ... meine Eltern haben einen Kiosk. Sie hatten vor, die Svea dorthin mitzunehmen, damit sie nicht bloß dumm rumsaß und neue Pläne machte, wie sie den Olchert treffen konnte."

„Es funktionierte nicht", setzte ihr Mann mit rauer Stimme hinzu. „Sie verkroch sich in ihrem Zimmer und weigerte sich, es zu verlassen. Nach einem Monat ungefähr gab sie klein bei, so dachten wir jedenfalls. Zwei Tage lang überwachten die Großeltern sie am Kiosk mit Argusaugen, am dritten gelang ihr die Flucht. Ich habe sie am Bahnhof abgefangen. Sie wurde noch frech, sagte, wir hätten kein Recht, sie einzusperren." Er seufzte. „Sie war so verblendet, so felsenfest davon überzeugt, er sei ihre große, ihre einzige Liebe und wir wären nur darauf aus, ihr Leben zu zerstören."

„Danach haben sie ihr nicht mehr vertraut", übernahm seine Frau. „Die Oma blieb wieder mit ihr in der Wohnung, bei verschlossener Tür. Auch nachts wurde der Schlüssel versteckt. Wir wandten uns an die psychiatrische Ambulanz, doch es hieß, sie müsse bereit sein mitzuarbeiten." Sie lachte ungläubig auf. „Wenn sie eingesehen hätte, dass es Spinnerei ist, hätten wir die gar nicht gebraucht."

„Neunmal hat sie es insgesamt geschafft abzuhauen", fügte ihr Mann hinzu. „Wir haben dann zu einer Lüge gegriffen und ihr erzählt, durch ihr Verschwinden seien wir nun in der Lage, sie beim nächsten Mal einweisen zu lassen. Die Polizei, die wir eingeschaltet hätten, würde ihre Unterbringung jetzt unterstützen. Daraufhin traute sie sich wohl nicht mehr."

„Natürlich haben sich meine Eltern nicht darauf verlassen, sondern sie keinen Moment aus den Augen gelassen. Und die Wohnungstür wurde jede Nacht verschlossen." Auch Sveas Mutter war die Verzweiflung über das Verhalten ihrer Tochter deutlich anzusehen. „Aus dem dritten Stock auf die Straße zu springen, das hat sie sich nicht gewagt. Also wie hätte sie rauskommen sollen?"

„Was gaben Ihre Eltern der Polizei gegenüber an?"

„Sie saß mit der Oma zusammen wie fast jeden Abend vor dem Fernseher. Der Kiosk ist am Wochenende bis zehn Uhr abends geöffnet. Meine Mutter und sie sind normalerweise zwischen halb acht und acht aufgebrochen, extra mit dem Taxi, damit sie keine Chance hat zu entwischen. Sonst hatte Svea ja nichts, was sie tun konnte beziehungsweise wollte. Sie hat keinen Handschlag im Haushalt gemacht, Lesen fand sie blöd, einen Computer haben meine Eltern nicht, ihrer blieb zu Hause bei uns."

Ich musste einfach nachfragen. „Und ihr Handy?"

„Das ist ihr wohl durch Zufall in die Hände gefallen."

Oder sie hatte explizit danach gesucht. Immer hatte die Oma sie sicherlich nicht im Auge behalten können.

„Vermutlich genau an dem Tag, als Sie anriefen."

Ich öffnete schon den Mund, um mich nochmals zu entschuldigen, doch sie schüttelte den Kopf. „Im Endeffekt brachte dieses Telefonat den Durchbruch. Svea war so durcheinander nach der Behandlung durch den Notarzt, dass sie nur noch wirres Zeug brabbelte. Daraufhin bat ihn die Oma, die Kleine vorsichtshalber in die Psychiatrie einzuweisen."

„Dort gab sie die Beziehung mit Herrn Olchert dann ohne Umschweife zu?" Sehr seltsam, aber vielleicht durch den Schock über seinen Tod erklärbar.

„Nein, meine Mutter durchsuchte, kaum dass sie weg war, akribisch ihr Zimmer."

„Und wurde fündig." Wieder standen ihrem Mann die Tränen in den Augen. „Als sie den Kleiderschrank abrückte, fielen ihr drei Blöcke entgegen. Svea hatte alles, wirklich alles aufgeschrieben."

„Sie hat alle Einträge gelesen und die Unterlagen den Ärzten gegeben. Die haben da eine äußerst nette Psychologin. Sie weiß anscheinend genau, wie sie mit Svea umgehen muss. Immerhin hat sie im Gespräch mit ihr zum ersten Mal zugegeben, dass sie was mit dem Mann hatte. Ein guter Anfang, meint diese."

„Nie, nicht mit einem Wort hat Svea vorher auch nur angedeutet, dass zwischen ihnen was lief." Ihr Mann hatte Mühe, sein Zittern in den Griff zu bekommen.

Ingas Opa, der ebenfalls bemerkte, in welchem Zustand er sich befand, deutete mit einer vorsichtigen Handbewegung an, ich solle abbrechen.

Folgsam erhob ich mich. „Ich kann natürlich nichts versprechen. Doch ich glaube Ihnen und werde meine Bemühungen, Julias Mörder zu finden, verdoppeln. Sie sind auf jeden Fall raus, sobald Ihre DNA-Probe untersucht wurde", wandte ich mich an Sveas Vater.

Die Mutter brachte mich zur Tür. „Meine Mutter rief mich an und las mir sämtliche Einträge vor", gestand sie leise. „Grauenhaft, sage ich Ihnen. Nur gut, dass der Kerl da schon tot war. Sonst hätte ich nicht für meinen Vater garantieren können."

Auch sie traute dem eigenen Mann offensichtlich keine derartige Tat zu. „Alles Gute für Sie und Ihre Tochter", verabschiedete ich mich. „Ich hoffe, es wendet sich alles zum Besseren."

Kaum im Auto verband ich das Handy mit der Freisprecheinrichtung und tippte auf Herrn Pickards Nummer. Ich musste mich unbedingt irgendwem mitteilen. „Sveas Vater ist eindeutig raus." Ich gab das gesamte Gespräch wieder. „Keine Ahnung, was Sie davon verwenden können, trotzdem bin ich der Meinung, das Vorgehen solcher Mistkerle sollte publik gemacht werden."

„Bei dem Hintergrund fällt es mir nicht schwer, eine vernünftige Geschichte zu produzieren." Auch er wirkte betroffen. „Wir bringen diese nicht im Zusammenhang mit dem Mord an Julia Klinger, sondern eher allgemein gehalten, was es für Auswüchse in unserer Gesellschaft gibt."

Ganz in meinem Sinne. „Bitte achten Sie darauf, dass man Svea nicht erkennt", bat ich.

„Ehrensache! Ich mische Einzelheiten von Frau Eikelmann und den Erkenntnissen des Detektivs mit rein. Vielleicht besuche ich am Wochenende einmal selbst so ein Etablissement. Meine Erlebnisse passen gut da rein."

Mittlerweile hatte ich mein Ziel erreicht. „Ich stehe vor dem Haus dieses Herrn Steinbrecher", teilte ich ihm mit. „Mal sehen, ob er nicht noch einiges zu Ihrer Story ergänzen kann."

31

Herr Steinbrecher wohnte im Ortsteil Mengede in einem Hochhaus. Ich drückte auf die entsprechende Klingel und wartete. Nichts tat sich. Ich versuchte es ein zweites und ein drittes Mal, wieder ohne Erfolg.

Die Haustür wurde aufgerissen und zwei Kinder stürmten schreiend heraus. Ich schlüpfte in den Flur. Das Innere vermittelte nicht den Eindruck, als würde viel Wert auf Sauberkeit und Sicherheit gelegt. Zwar waren die Briefkästen intakt, aber die Wände und der Boden wiesen zahlreiche Schrammen und Macken auf, Erstere zudem zahlreiche Namenszüge und hingekritzelte Kurznachrichten. Der sich öffnende Fahrstuhl stank zum Gotterbarmen. Da bevorzugte ich die Treppe.

Nie war ich schneller gewesen! Keuchend erreichte ich die dritte Etage und betete, dass der Mann zu Hause war. Auf ein zweites Erlebnis dieser Art konnte ich gut verzichten.

Dieses Mal klingelte und klopfte ich. Als keine Reaktion erfolgte, blickte ich mich kurz um – niemand in Sichtweite – und legte mein Ohr an die Tür. Nein, es war definitiv niemand da.

Und jetzt? Bei den Nachbarn klingeln wollte ich nicht. Es lag mir daran, ihn mit meinem Besuch zu überraschen. Also warten? Der dreckige Hausflur lud nicht gerade dazu ein. Außerdem hörte ich deutlich die Geräusche aus mindestens zwei anderen Wohnungen. Aus einer tönte das laute Geschrei einer Frau, die sich immer mehr in Rage redete. In der anderen brüllte der Fernseher, vielleicht in dem Versuch, die Geräusche zu übertönen.

Als der Nachbar von Herrn Steinbrecher auch noch einen nicht enden wollenden Hustenanfall bekam, ergriff ich die Flucht. Lieber morgen noch einmal vorbeikommen!

Dieses Mal nahm ich den Fahrstuhl nach unten. Damit entkam ich wesentlich schneller.

Zurück im Auto schlug ich automatisch den Weg zur Möllerbrücke ein. Irgendwann mussten Nadine oder ihre Geschwister doch zurückkehren.

Ich suchte mir einen Parkplatz und schlenderte die Straße entlang auf das Haus zu. Das Fenster im Parterre direkt neben der Klingelanlage war sperrangelweit geöffnet. Kaum hatte ich meinen Finger auf die Schelle der Schäfers gelegt, tauchte neben mir eine grauhaarige Frau auf, die sich mit dem Oberkörper auf den Rahmen legte und mich neugierig musterte. „Die sind nicht da. Die Mutter ist mal wieder in der Klinik. Sind Sie vom Jugendamt?"

„Nein, ich bin Detektiv", behauptete ich. „Was …"

Sie winkte ab. „Kommen Sie in zwei, drei Wochen noch mal wieder. So lange dauert das bestimmt." Wumms, schloss sich das Fenster, bevor ich noch irgendeine Nachfrage stellen konnte.

Ich bezweifelte ernsthaft, dass sie in der Lage war, mir eine echte Auskunft geben zu können. Dieser abfällige Ton, in dem sie gesprochen hatte, legte nahe, dass sie nicht gerade in einer guten Beziehung zu den Schäfers stand. Die Mädchen würden ihr bestimmt nicht auf die Nase binden, wo sie lebten und was sie im Moment trieben. Besser war es, mich regelmäßig selbst zu überzeugen, ob sich in der Wohnung etwas tat.

Bevor ich die Rückfahrt antrat, rief ich Corinne an. „Sveas Eltern sind uns nicht böse. Zwar war ihr Selbstmordversuch zuerst ein Schock, andererseits ist ihnen klar, dass nur dadurch die Möglichkeit bestand, sie endlich zu behandeln."

Sie seufzte tief. „Wissen Sie, wie es ihr geht?"

„Die Mutter ist zuversichtlich. Eine sehr engagierte Psychologin kümmert sich um sie."

„Hat sie zugegeben, dass sie und der Olchert …"

„Musste sie nicht. Nach ihrer Einweisung fand die Oma jede Menge Aufzeichnungen zu dem Thema."

„Oh weh! Das war bestimmt heftig."

„Sie gab die Unterlagen an die behandelnden Ärzte weiter. Somit haben diese genügend Ansatzpunkte."

„Also kommen die Angehörigen nicht für den Mord an dem Olchert infrage", kombinierte sie.

„Und Svea nicht für den an Julia", ergänzte ich. „Die Großeltern ließen sie den ganzen Tag über nicht aus den Augen. Nachts wurde die Tür abgesperrt." Hier hatte ich den idealen Übergang zu meiner Frage nach ihrem Alibi. „Sag mal, du warst nicht zufällig an dem Abend bei euch in der Ecke unterwegs?"

„Nein, ich habe unserer Nachbarin bei einem Kindergeburtstag geholfen."

„Schade, wäre ja auch zu schön gewesen, wenn du Olivia und ihrer Truppe begegnet wärest", legte ich schnell nach, bevor sie den Sinn meiner Frage verstand.

Erfolgreich abgelenkt! „Haben Sie die etwa in Verdacht?"

„Es ist nötig, jeden, der näher mit Julia zu tun hatte, zu überprüfen", behauptete ich.

„Ach so. Wenn Sie wollen, kann ich mal rumhören, ob sie einer gesehen hat."

„Bitte ganz, ganz vorsichtig."

Ich atmete auf, als ich den Motor anließ. Damit fiel Corinne als Verdächtige aus meiner imaginären Liste raus. Wenn es mir nun noch gelingen würde, Nils zu entlasten …

Freitag, 22. Juli

Nachdem ich das gestrige Gespräch aufgeschrieben hatte, setzte ich meinen gestern auf der Rückfahrt gefassten Vorsatz in die Tat um und erstellte zwei Listen, eine, in die ich alle Verdächtigen den tödlichen Angriff Julia betreffend eintrug, eine zweite für den mutmaßlichen Täter des Lehrers. Zwar hoffte ich immer noch, dass ich ein oder zwei

Übereinstimmungen erzielte, aber viel eher lag der Verdacht nahe, dass es sich um zwei Personen handelte.

Anschließend überprüfte ich die Namen. Olivia und Freunde, Nadine, Svea, Nils, Frau Naumann und Frau Jung, das waren die, die ich mir genauer vornehmen musste. Im Moment war die Haushälterin meine Favoritin. Auf sie hatte wahrscheinlich keiner der Nachbarn sonderlich geachtet, eben weil sie so oft dort auftauchte. Und sie war diejenige, die als Einzige infrage kam, wenn Julia tatsächlich jemand auf das verschwundene Testament hatte ansprechen wollen.

Oder ihre Mutter durchsuchte nach dem Auffinden der Leiche ihres Bruders sofort das Haus, noch vor einem Anruf bei der Polizei und dem Rettungsdienst, überlegte ich. Vielleicht hatte er es sogar neben sich deponiert, damit man es auf Anhieb sah. Mal abgesehen von meiner Aversion gegen Frau Jung, traute ich ihr die Vernichtung dieses Dokuments durchaus zu. Ihr schien es wichtig zu sein, weiterhin die Kontrolle über ihre Tochter auszuüben.

Nur war diese an dem Tag verplant und ihr Alibi wurde bereits von der Polizei überprüft.

Oder ich lag falsch und Julias Treffen mit den Personen am Wochenende hatten überhaupt nichts miteinander zu tun. Mir würde nichts anderes übrigbleiben, als mich wirklich um alle möglichen Verdächtigen auf meiner Liste zu kümmern.

Svea hatte ich mehr oder weniger pro forma hinzugefügt. Eigentlich glaubte ich der Aussage der Großmutter. Bei Oliva und ihrer Truppe sah das anders aus. Bei der Unterhaltung mit ihr und allem, was ich über sie erfahren hatte, traute ich ihr durchaus so eine Tat zu. Nur wo war das Motiv?

Frau Naumann hatte ich auch viel zu früh ad acta gelegt. Ich wusste zu wenig über sie, um sie ausschließen zu können. Und dann war da noch die lange Zeitspanne zwischen Herrn Olcherts Beziehung mit Svea und Julia. Gut möglich, dass der Lehrer noch eine weitere Freundin hatte. Auch darum musste ich mich kümmern.

Blieb Nils! Der Junge hätte ein Motiv und die Gelegenheit gehabt. Und er war der Einzige, der auf beiden Listen auftauchte. Ansonsten enthielt die zweite nur die allgemeine Formulierung: Angehörige der jungen Mädchen.

Nein, ich wollte mich mit diesem Gedanken jetzt nicht auseinandersetzen.

Ich brach gegen ein Uhr auf, um zu verhindern, dass mir Herr Steinbrecher ein zweites Mal durch die Lappen ging. Bewaffnet mit einigen Broten und einer Flasche Wasser, blieb ich im Auto sitzen und beobachtete, wer aus dem Haus hinaustrat und hineinging. In den ersten zwei Stunden tat sich nicht viel. Ich beobachtete junge und alte Frauen, einen Rentner mit Rollator und mehrere Kinder, ein Mann im Alter des Gesuchten war nicht darunter.

Um drei wurde ich zum ersten Mal aufmerksam und sprang aus dem Wagen, um dem Eintretenden zu folgen. Es handelte sich um einen wahren Koloss mit bärbeißigem Gesichtsausdruck und ich betete, als wir zusammen mit dem Fahrstuhl nach oben fuhren, dass er sich nicht als Herr Steinbrecher entpuppte.

Er stieg in der vierten Etage aus, ich nahm den Umweg bis hinauf in die sechste, bevor ich den Parterre-Knopf drückte. Unten wartete schon der nächste Kandidat. Ich stürmte die Treppe hinauf und lauerte hinter der Hausflurtür, bis ich sicher sein konnte, dass es sich wieder nicht um den Gesuchten handelte. Zu blöd auch, dass ich keine vernünftige Beschreibung von ihm hatte!

Eine weitere Stunde verbrachte ich in meinem Auto, bevor ich erneut aufmerksam wurde. Groß, schlank, blond, ohne besondere Kennzeichen, das passte perfekt. Ich lief hinter ihm her und erreichte kurz nach ihm den Aufzug. Ich kam ihm sogar zuvor und drückte schneller auf den Knopf der dritten Etage. Er zuckte die Schultern und lehnte sich gegen die Wand. Als die Tür aufglitt, ließ ich ihm den Vortritt und folgte ihm etwas langsamer. Bingo! Er holte einen Schlüssel hervor und steckte ihn ins Schloss.

„Herr Steinbrecher?" Ich beeilte mich, zu ihm aufzuschließen.

Er wandte sich mir zu.

„Ich stelle im Auftrag von Julias Mutter Ermittlungen zu ihrem Tod an."

„Ich habe nichts zu sagen", unterbrach er mich, bevor ich eine nähere Erklärung abgeben konnte.

„Gut, wende ich mich eben an die zuständigen Kommissare", brachte ich den gleichen Trick an wie bei Herrn Habersack.

„Ihre Fragen müssen Sie beantworten – zum Beispiel ihnen nähere Erklärungen zu den von Ihnen beiden aufgesuchten Etablissements geben", setzte ich hinzu.

Fast sah es so aus, als wäre es ihm egal. Er ließ mich stehen, trat ein und griff nach der Klinke. „Na schön, kommen Sie rein. Braucht nicht unbedingt die ganze Nachbarschaft zu erfahren."

Wider Erwarten präsentierten sich die schmale Diele und das winzige Wohnzimmer sauber und ansprechend. Wohl aus Platzmangel gab es keine Couch, sondern nur zwei Sessel, die zum Flachbildschirm ausgerichtet waren. Er setzte sich in den einen und wies auffordernd mit der Hand auf den anderen. „Ich kannte das Mädchen überhaupt nicht."

„Dafür Herrn Olchert", konterte ich. „Sie waren mit ihm befreundet, sagte mir Herr Habersack."

Herr Steinbrecher schnaufte geringschätzig. „Klar, dass der mich vorschiebt. Dabei kennen die sich länger."

„Er behauptet, ihr Kontakt zu Herrn Olchert sei regelmäßiger gewesen."

„Was Quatsch ist! Sobald der Thorsten eine Freundin hatte, ließ er sich nicht mehr blicken."

„Kam das oft vor?"

Bevor er antwortete, stand er auf und verschwand im Durchgang zur Küche. Bewaffnet mit einer Bierflasche in der Hand nahm er wieder Platz und trank einen großen Schluck. „Er war eben ein Träumer, träumte immer von der großen Liebe. Jedes Mal dachte er, er hätte sie gefunden."

„Bis die Mädchen ihm zu fraulich wurden", ergänzte ich.

Er warf mir einen unwilligen Blick zu. „Keiner kann was für seine Vorlieben. Der Thorsten und ich stehen eben auf einen bestimmten Typ, den es nur selten gibt."

Ich muss gestehen, ich war schon drauf und dran, ihn in die Enge zu treiben. Dieser Typ entsprach genau dem Klischee, das ich erwartet hatte. Stattdessen holte ich tief Luft, um mich zu beruhigen. Immerhin erhoffte ich mir ein paar wichtige Auskünfte von ihm.

32

„Wann haben Sie ihn kennengelernt?", fragte ich weiter.

„Nachdem seine Freundin mit dem Baby eingezogen war. Wir saßen zufällig in derselben Kneipe und kamen ins Gespräch. Ich nahm ihn dann mit und zeigte ihm …" Er brach ab, vermutlich weil er nicht zugeben wollte, dass sie gezielt diese Szenetreffs aufsuchten.

„Und als Svea auftauchte?"

Unwillkürlich verzog er das Gesicht. „War Funkstille. Auf die ist er richtig abgefahren. Sie auf ihn auch. Hat ihm nach der Trennung das Leben zur Hölle gemacht."

So konnte man es natürlich auch nennen.

„Danach hatte er die Schnauze gestrichen voll von Beziehungen. Nie wieder schwor er. Hat ja auch fast ein Jahr gehalten, bevor er sich die Nächste anlachte."

„Zwischen Svea und Julia gab es keine richtige Freundin?", hakte ich vorsichtshalber nach.

„Nee, wir sind oft genug zusammen unterwegs gewesen. Waren immer nur kurzfristige Sachen für einen Tag oder zwei."

„Kennengelernt haben Sie die in den entsprechenden Pubs?"

„Die Kids dort stehen auf gestandene Männer", behauptete er allen Ernstes, „und suchten genau wie wir nach einem Abenteuer."

Dieses Mal gelang es mir nicht, meinen Gesichtsausdruck unter Kontrolle zu halten. Oder er spürte meine Missbilligung.

„Wir haben immer darauf geachtet, dass die Mädchen mindestens vierzehn sind", fuhr er auf. „Mir reichten diese kurzen Abenteuer, ich suche nicht nach der Traumfrau. Dass der Thorsten anders tickte, dafür kann ich nichts. Der war halt auf der Suche nach einer echten Beziehung, einer Frau, mit der er Kinder in die Welt setzt, eine heile Familie eben. Lag wahrscheinlich an der Mutter. Die hat ihn behandelt wie den letzten Arsch."

„Aber warum gerade seine Schülerinnen?" Ruhig Blut, Alex, ermahnte ich mich. Du benötigst die Auskünfte von ihm. Ihn zu vergrätzen, wäre kontraproduktiv.

„Die Svea war keine, nur die Julia. Er habe nicht länger warten können und sie auch nicht. Außerdem seien es ja nur noch knapp drei Monate bis zu den Ferien gewesen. Danach hätte kein Hahn mehr danach gekräht."

Offensichtlich war ihm nicht bekannt, dass auch Frau Eikelmann zu seinen Schülerinnen gehört hatte.

„Die Julia erbte ja das Haus ihres Onkels. Da wollten sie zusammen einziehen."

Ich beugte mich elektrisiert vor. „Gab es denn ein dementsprechendes Testament?"

„Er hat es nach dem Tod seiner Frau verfügt und ihr gezeigt. Als Julia danach suchte, war es weg. Aber irgendwann wusste sie, wer es genommen hatte, und wollte das klären, allein, ohne Thorsten. Der sollte ihr Geheimnis bleiben, bis sie eingezogen war. Für den nächsten Tag stand ein Gespräch mit ihrem Vater an. Sie war sich sicher, dass er ihr helfen würde, ihren Anspruch durchzusetzen."

Wenn er jetzt noch einen Namen parat hatte ... Ich bemühte mich, mir meine Verärgerung nicht anmerken zu lassen. Wäre Herr Habersack offener zu mir gewesen, hätte ich mir diesen Besuch schenken können. „Wen verdächtigte sie? Mit wem wollte sie sich treffen?"

„Woher soll ich das wissen? Dass Thorsten überhaupt darüber sprach! Er war total hibbelig, weil er sie nach dem Konzert nicht erreichen konnte. Es hat nicht viel gefehlt und er wäre hin gedüst."

Vielleicht hätte er sie noch retten können. Ich verbiss mir die Bemerkung und fragte: „Dann kennt er ihren Mörder?"

Herr Steinbrecher kratzte sich am Kopf. „Ich habe nur einmal danach mit ihm telefoniert. Er war total fertig. Was hätte es auch gebracht, wenn er der Polizei den Namen genannt hätte. Er konnte nicht beweisen, dass derjenige sie umbrachte."

Was für eine blöde Ausrede! Vielmehr hielt ihn wohl die Angst zurück, sein Verhältnis offenlegen zu müssen und dafür belangt zu werden. „Sind Sie nicht von den Ermittlern befragt worden?"

„Zu ihrem Tod nicht, erst zu seinem. Die wussten nichts von unseren speziellen gemeinsamen Ausflügen. Ich habe behauptet, ich hätte keine Ahnung, wer ihn umbrachte. Das bisschen, was er erzählte, hätte die auch nicht weitergebracht."

Ein toller Freund! Ich stand abrupt auf, um zu gehen. „Danke, dass Sie so offen waren."

„Geben Sie das an die Polizei weiter?" Jetzt erst schien ihm aufzugehen, dass er sich um Kopf und Kragen geredet hatte. „Nur wenn es nötig wird", beruhigte ich ihn. „Zunächst ermittle ich selbst."

An der Tür drehte ich mich noch einmal um. „War Herr Habersack noch anwesend, als Herr Olchert über Julia sprach?" Vielleicht war er ja eher gegangen und ich regte mich über sein Schweigen umsonst auf.

Er lachte auf. „Der Harald schob Frust und hat sich die Kante gegeben. Da war so ein Junge auf dem Konzert, den wollte er eigentlich ansprechen. Nur wies Thorsten ihn darauf hin, dass dies ein ehemaliger Schüler von ihm sei und erst sechzehn. Ob er viel von unserem Gespräch mitbekam, wage ich zu bezweifeln."

Ich hüpfte geradezu die Treppe hinunter. Jetzt war es offiziell: Nils hatte sich das Konzert tatsächlich angeschaut. Herr Steinbrecher konnte ihn auf dem von mir präsentierten Klassenfoto eindeutig identifizieren. Damit war er raus aus dem Kreis der Verdächtigen.

Kaum war ich losgefahren, kehrten meine Gedanken zu den gerade erfahrenen Neuigkeiten zurück. Doch bevor ich weitere Überlegungen anstellen konnte, klingelte mein Handy. „Wie sieht es aus?", fragte Mirko. „Habt ihr Lust und Zeit am Wochenende wieder in eurem Garten zu arbeiten? Inga und ich würden uns freuen, wenn wir euch helfen könnten."

In erster Linie ging es ihm darum, die Fortschritte meiner detektivischen Tätigkeit zu erfahren, war mir klar. Er hatte jeden Abend kurz mit mir telefoniert und mich über den Stand der Dinge ausgefragt, merklich ungeduldig werdend, dass es nichts gab, bei dem ich ihn einbinden konnte. Er brannte darauf, mit zu ermitteln. Bei den meisten vorherigen Fällen war er involviert gewesen, oft gemeinsam mit meinen anderen Freunden Tim und Tom. Zusammen hatten sie mich mehr als einmal aus der Bredouille gerettet.

Natürlich war ich froh, auf diese Truppe zurückgreifen zu können. In dem momentanen Fall sah ich jedoch keine Möglichkeit, sie einzusetzen, was ich ihm heute zum vierten oder fünften Mal erklärte. „Ich finde keinen vernünftigen Ansatz", wiederholte ich geduldig. „Am besten wir setzen uns morgen zusammen und sprechen sämtliche Einzelheiten durch." Vielleicht kam er ja nach der Aussage von Herrn Steinbrecher zu dem gleichen Schluss wie ich: Frau Jung war in Bezug auf Julia zur eindeutigen Verdächtigen Nummer eins avanciert.

Ein kurzer Abstecher zur Möllerbrücke, wieder umsonst. Ich gab für heute auf und fuhr nach Hause.

„Super", freute sich Felicitas, als ich ihr kurz darauf von der getroffenen Verabredung berichtete. „Ich packe gleich die Pläne von Fabian und dir ein. Dann kann ich mit Inga zusammen überlegen, wie wir die Neugestaltung angehen."

Samstag, 23. Juli
Da die beiden Frauen sich gemeinsam um die Gartengestaltung kümmern wollten, versammelten wir uns alle um den Tisch auf der Terrasse und ich begann, während Felicitas die

Pläne ausbreitete, von dem gestrigen Gespräch mit Herrn Steinbrecher zu berichten.

„Es muss die Haushälterin, Frau Jung, gewesen sein, mit der Julia sich traf", platzte meine Freundin sofort heraus. „Eine echt unangenehme Person", wandte sie sich an die anderen beiden. „Und ihrer Chefin total ergeben."

Mirko wiegte zweifelnd den Kopf. „Du vermutest, sie habe das Testament verschwinden lassen?"

„Ich gehe davon aus, dass Juli so dachte", berichtigte ich ihn. Dass es genauso gut ihre Mutter gewesen sein könnte, war im Moment uninteressant.

„Aber begeht so jemand eine solche Tat?"

„Ein derber Schubs in einer heftigen Auseinandersetzung geschieht schnell", sprang Inga mir bei. „Anschließend ist die Frau in Panik geraten und weggelaufen."

„Und eben das passt nicht", beharrte mein Freund.

Für Feli war die Sache ganz einfach. „Erzähl Herrn Janzen, was du erfahren hast. Er wird sie einbestellen und sie verhören."

Mirko und ich waren anderer Meinung. „Wir können auch mit ihr reden." Seine Augen funkelten. „Alex stellt mich als Besucher vor, der sie an Julias Todestag ins Haus gehen sah."

Natürlich versuchten die Frauen uns diese Vorgehensweise auszureden. Vergeblich, wir waren viel zu erpicht darauf, in den Ermittlungen endlich einen großen Schritt voranzukommen.

„Die Mutter schließt du aus?", fragte Mirko auf der Fahrt zu Frau Jung.

„Sie hat ein eindeutiges Alibi. Außerdem ist sie nicht der Typ, der weggelaufen wäre. Sie hätte Erste Hilfe geleistet."

„Passt dieses Verhalten denn zu der Haushälterin?"

„Dafür kenne ich sie nicht gut genug", wich ich aus, denn er hatte meinen wunden Punkt getroffen. Diese Reaktion würde ich eher einem kopflosen Teenager zutrauen. „Wie gehen wir vor?", lenkte ich ihn ab.

Den Rest der Fahrt verbrachten wir damit, einen vernünftigen Schlachtplan zu entwerfen.

„Auf in den Kampf", summte Mirko, während wir auf das Haus zugingen. „Ich bin echt gespannt darauf, die Dame kennenzulernen."

Das Glück war auf unserer Seite. Auf unser Klingeln und einem kurzen Geplänkel vor der Sprechanlage, durften wir hochkommen.

Erstaunt blickte Frau Jung auf meinen Freund.

„Ein wichtiger Zeuge", erklärte ich. „Er hat Sie am Tag von Julias Tod ins Haus der Verwandten gehen sehen."

Mirko nickte zu meinen Worten. „Sie ist es, eindeutig."

Sie bedeutete uns einzutreten und schloss nachdrücklich hinter uns die Tür. „Gehen Sie durch in die Küche."

Dieses Mal köchelten keine Töpfe auf dem Herd und die Luft war angenehm frisch. Ohne dass sie uns dazu aufgefordert hatte, setzten wir uns an den Tisch.

Sie selbst lehnte sich mit vor der Brust verschränkten Armen an die Spüle. „Ja, und? In bin jeden Tag dorthin, schließlich musste ich sämtliche Schrankinhalte prüfen, was alles weg kann und was die Frau Doktor aufheben sollte. In der Woche darauf sollte die Räumung erfolgen. Das habe ich dem Polizisten, der mich befragte, auch gesagt."

„Auch, dass Julia Sie zur Rede stellte wegen des Testaments?", ließ ich die Bombe platzen.

Sie wurde weiß wie die Wand hinter ihr und griff haltsuchend nach dem Rand der Spüle. „Das ... das ist ... eine haltlose Unterstellung!"

„Nein, dafür gibt es einen weiteren Zeugen. Julia berichtete im Vorfeld ihrem ehemaligen Lehrer, Herrn Olchert, dass sie Sie an jenem Tag zu dem Testament befragen wollte. Er ist zwar ebenfalls ermordet worden, hat sich aber vorher einem Freund anvertraut." Hoffentlich fragte sie nicht nach, warum er sich nicht an die Ermittler gewandt hatte!

Nein. Stattdessen hob sie abwehrend die Hände. „Ich habe Julia nicht umgebracht. Nie hätte ich das tun können. Sie war doch wie mein Kind."

„Einem Kind, dem Sie ständig hinterherspioniert haben", behauptete ich. Das würde ihr tägliches Auftauchen beim Haus erklären.

„Sie war völlig verblendet", verteidigte sie sich aufgebracht. „Dieser Kerl ist schuld. Er hat sie dazu angestiftet."

„Sie wussten von ihrem Freund?"

Sie schüttelte den Kopf. „Nicht wer er war, nur dass sie einen hatte. Ich fand die Packung von der Verhütungspille in ihrer Schreibtischschublade. Nach dem Tod des Onkels nutzte sie den Leerstand, um ihn heimlich zu treffen. Weder ihrer Mutter noch mir erzählte sie von ihm. Irgendetwas stimmte da nicht."

„Wie mit dem Testament", ging ich zum Angriff über. „Julia wusste, ihr Onkel hatte nach dem Tod seiner Frau eins aufgesetzt, in dem sie als Erbin genannt wurde. Ihr war klar, dass entweder ihre Mutter oder Sie es beiseitegeschafft hatten."

Statt klein beizugeben, richtete sie sich kerzengerade auf. „Ihre Anschuldigungen sind aus der Luft gegriffen. Es gab kein Testament."

„Es gibt mehrere Zeugen, die das Gegenteil sagen", erwiderte ich kühl und erhob mich. „Gut, wenn Sie nicht kooperieren wollen, verständige ich die Polizei und auch Frau Dr. Klinger. Immerhin geht es um Mord."

Sie erstarrte. Ihre Arme sanken herab, die rechte Hand griff Halt suchend nach dem Rand der Spüle. „Ich bin schon um halb sieben wieder gegangen", verteidigte sie sich mit schwacher Stimme. „Ja, Julia war …" Sie hielt erschrocken inne.

„Julia war außer sich vor Zorn, weil Sie nicht zugeben wollten, das Testament genommen zu haben. Sie drohte, sich an die Mutter zu wenden."

„Nein, an ihren Vater." Ihr Kampfesmut war zurück, sie starrte mich aus zusammengekniffenen Augen wütend an.

„Sie sagte, er käme morgen vorbei. Dann würde ich mein blaues Wunder erleben. Sie drohte mir! Mir! Ich habe sie aufgezogen!"

„Sie sind wütend geworden und haben sie in den Teich geschubst."

„Wir waren gar nicht im Garten, sondern im Haus. Ich bin zur Tür raus und habe sie schreien lassen. Einen solchen Quatsch wollte ich mir nicht länger anhören." Auch jetzt war ihr Gesicht gerötet und ihr Tonfall zornig. „Die Frau Doktor wusste, was das Beste für sie ist, Punkt."

33

„Ein Reinfall auf der ganzen Linie", stöhnte Mirko, kaum das wir wieder auf der Straße standen. „Nicht mal, dass sie es war, die das Testament vernichtete, hat sie zugegeben."

„Ich bin ja nicht gerade zimperlich vorgegangen", gab ich mich reuig. Diese Frau hatte eine Art an sich, die mich zur Weißglut trieb. Und ich war mir so sicher gewesen!

„Für mich ist es eindeutig: Sie ließ das Testament verschwinden, wahrscheinlich in vorauseilendem Gehorsam. Nur könnte ich darauf wetten, dass sie es nicht mal ihrer Frau Doktor", er ahmte ihre Stimme nach, „eingestanden hat."

„Arme Julia, gegen diese Furie kam sie nicht an."

„Sie ist nicht Julias Mörderin."

„Sehe ich mittlerweile auch so", seufzte ich. „Zu blöd, dass wir sie nicht fragen konnten, ob irgendjemand in der Nähe herumlungerte."

„Sie verließ das Haus um halb sieben", erinnerte Mirko mich. „Der Täter kam vermutlich erst deutlich später."

Alles zurück auf Anfang! Wir waren genauso schlau wie vorher.

Zurück im Garten machten wir aus unserem Misserfolg kein Hehl. Großmütig gingen die Frauen darüber hinweg und banden uns in die Gartenarbeit ein. Am Abend tat mir jeder einzelne Muskel weh.

Morgen erhole ich mich, schwor ich mir, und verzichte auf jede körperliche oder geistige Anstrengung.

Sonntag, 24. Juli
Natürlich hielt ich mich nicht an meinen Vorsatz. Stattdessen wachte ich bereits um sechs Uhr in der Früh auf und überdachte die ganze Geschichte noch einmal. Irgendetwas hatte

233

ich übersehen, wurde mir klar. Eigentlich konnte nur Herr Klinger der Mörder von Herrn Olchert sein. Sveas Angehörige schloss ich aus, ebenso die von Frau Eikelmann. Erstere hatten meiner Meinung nach wirklich bis zu dem Fund von Sveas handschriflichen Unterlagen keine Ahnung von dieser elenden Beziehung. Den Eikelmanns fehlte ein triftiger Grund, ausgerechnet jetzt zu reagieren.

Auch wenn diese Schlussfolgerungen nur auf Annahmen beruhten und damit auf tönernen Füßen standen, gelangte ich immer mehr zu der Überzeugung, dass Herr Klinger der Täter war. Und vielleicht ließ sich diese These sogar beweisen.

Um acht Uhr sprang ich tatendurstig aus dem Bett, gönnte mir eine lange, entspannende Dusche und bereitete das Frühstück für Feli und mich zu. Da wir gestern früh schlafen gegangen waren, hatte sie ebenfalls bereits die Augen aufgeschlagen.

„So munter?", begrüßte sie mich und ließ sich stöhnend auf den Stuhl am Küchentisch fallen.

„Ich möchte gleich noch einmal in den Garten und weiterarbeiten", flunkerte ich. Meinen wahren Grund, der mich dorthin trieb, verschwieg ich lieber.

„Ohne mich! Ich kann mich kaum noch bewegen."

Genau das, was ich erhofft hatte! „Ich rufe gleich mal Mirko an und frage ihn, ob er mitkommt."

„Lust auf ein weiteres Abenteuer bei uns im Garten?", begann ich vorsichtig, da meine Freundin noch mit am Tisch saß.

„Ist nicht dein Ernst, oder?"

„Nein. Wäre auch nur für zwei, drei Stunden." Hoffentlich verstand er denn Wink.

„Es geht um die beiden Morde, richtig?"

„Ja, genau. Es wäre nett, wenn du mir helfen könntest."

„Klar, ich bin in einer Stunde bei dir."

„Lass uns direkt am Haus treffen", schlug ich vor.

„Ah, damit wir ungestört sind", kombinierte er.

„Bis gleich." Deutlicher wollte ich nicht werden. Feli hatte schon argwöhnisch aufgemerkt.

„Was ist denn so dringend zu tun, dass du nicht abwarten kannst?", fragte sie prompt, als ich zu den Autoschlüsseln griff.

„Mir ist heute Morgen eine gute Idee gekommen, wo wir die drei Büsche aus den Beeten hinsetzen könnten", behauptete ich. „Falls Mirko derselben Ansicht ist, pflanzen wir sie gleich um. Das war's dann aber auch. Mehr ist heute nicht drin."

Eindeutig beruhigt zwinkerte sie mir zu. „Viel Spaß!"

Mirko hatte schon eingeparkt und stieg aus, als ich mich neben ihn stellte. „Was hast du vor?"

„Ich muss dringend noch einmal mit Fabian sprechen. Wenn mich nicht alles täuscht, verschweigt er uns irgendwas." Natürlich war der Junge auch gestern wieder aufgetaucht und hatte abwechselnd die Frauen und uns mit seiner Anwesenheit beehrt. Daher hoffte ich, dass er heute wieder zu uns stoßen würde.

„Hat Herr Klinger kein Alibi?"

„Das weiß ich nicht", musste ich zugeben. „Trotzdem will ich unbedingt mit dem Kleinen reden, je eher, desto besser."

„Im schlimmsten Fall bist du danach wenigstens etwas schlauer", nahm er mein Ansinnen gelassen hin. „Willst du rüber gehen und klingeln?"

„Nein, er soll von sich aus zu uns kommen. Ich dachte, wir suchen nach einem Platz für die drei Büsche, die wir aus dem Blumenbeet entfernen wollten."

Er stöhnte auf. „Ist nicht dein Ernst!"

„Du kannst danebenstehen und zuschauen", beruhigte ich ihn.

Wir überlegten ausgiebig, bis wir uns auf die neuen Plätze für die Pflanzen geeinigt hatten. Bevor ich zur Schaufel griff, schickte ich sogar noch entsprechende Fotos an Felicitas, um ihr Okay einzuholen. Blöderweise hatte sich Fabian bisher nicht blicken lassen.

Er tauchte auf, als wir das erste Loch ausgehoben hatten – natürlich half Mirko mir. Einem anderen bei der Arbeit zusehen, war nicht seins.

„Guten Morgen", krähte er fröhlich. „Bleibt ihr noch lange?"

„Heute werden nur die drei Büsche umgepflanzt, die wir gestern schon ins Visier genommen haben", erwiderte ich.

„Gut, wir wollen nämlich später noch zur Oma. Kann ich euch helfen?"

Ich zog den Busch näher und prüfte, ob der Aushub groß genug war. „Ich setze ihn allein ein und du kannst Mirko zeigen, was wir noch alles geplant haben."

Der verdrehte hinter seinem Rücken die Augen. Als wenn er nicht genau wüsste, wie später alles aussehen sollte! Trotzdem nickte er lächelnd, als der Kleine sich umdrehte und ihn aufforderte, ihm zu folgen.

Ich beeilte mich, den Busch in das Loch zu ziehen, vernünftig auszurichten und die Erde aufzufüllen. Das richtige Wässern würde ich später nachholen.

Als ich mich umdrehte, sah ich, dass Fabian eifrig auf seinen Begleiter einredete und hierhin und dorthin wies. Mein Freund nickte in kurzen Abständen und warf ab und zu ein Wort ein. Sie wirkten wie zwei in die Planung vertiefte Gartenbauarchitekten.

Ich trat zu ihnen. „Alles schon abgeklärt?"

„Wir belassen es vor der Terrasse bei der wilden Blumenwiese", informierte mich Mirko. „Für die Tomaten-, Gurken- und Paprikapflanzen, die Felicitas haben wollte, holen wir Kübel und stellen sie in die eine Ecke von der Terrasse. So haben sie genügend Sonne und einen natürlichen Windschutz."

Beides war erst für nächstes Jahr angedacht. „Was ist mit dem Komposthaufen? Ich würde ihn gern hinter das Gartenhaus verlegen. Dann ist er außer Sichtweite."

„Dafür müsstest du die Fläche dahinter roden", belehrte mich Fabian und stapfte voraus, um mir die kniehohen Büsche zu zeigen, die längs des Zauns wuchsen.

„Kein Problem", winkte Mirko ab. „Die grabe ich dir aus und du schichtest den Gartenmist um."

„Wann wollt ihr das machen?" Der Kleine freute sich offensichtlich bereits auf einen weiteren langen Tag mit uns.

Ich zögerte. „Am nächsten Wochenende?"

Mirko war auf Zack. „Da wolltest du noch einmal mit Julias Vater sprechen."

„Verdammt, ja! Kennst du ihn?", fragte ich Fabian. „War er auch mal hier?"

„Manchmal, wenn er Julia zurückbrachte, haben sie Tante Marina und Onkel Jochen besucht."

„Auch dieses Jahr noch den Onkel?"

„Nein, oder ich habe es nicht mitgekriegt."

Redete er sonst wie ein Wasserfall, war der Kleine plötzlich auffallend kurz angebunden. „Ist er nach Julias Tod noch einmal vorbeigekommen?"

Er biss sich auf die Unterlippe und senkte den Kopf. „Er hat mir den Bronko geschenkt", nuschelte er so leise, dass wir ihn kaum verstanden.

„Den Stoffhund?"

Fabian nickte stumm.

Als ich mit den Eltern sprach, hatte er noch im Regal gesessen. War Herr Klinger am selben Tag noch zu Fabian gefahren? Natürlich! Am Freitag hatten ihm die Ermittler von dem Obduktionsergebnis berichtet, dass seine Tochter keine Jungfrau mehr war. Am Samstag hatte ich mehrfach nach dem Freund gefragt. Er hatte die Wahrheit erfahren wollen. „Er bat dich, ihm von Julia zu erzählen", stellte ich meine Vermutung als Tatsache dar.

Wieder nickte er bloß.

„Dabei hast du ihm auch von ihrer Suche nach dem Testament erzählt und den netten Mann erwähnt, der ihr half."

„Sie hatte ihm schon gesagt, dass sie das Haus erben sollte und Onkel Jochen das aufgeschrieben hat", rechtfertigte er sich.

„Ist völlig okay, er ist ihr Vater", beruhigte ich ihn. „Hast du ihm den Mann beschrieben?"

„Er wollte selbst mit ihm sprechen, weil der ihm vielleicht sagen konnte, ob sie eins fanden."

„Wow, und du hast ihn richtig gut beschreiben können?" Mirko legte genau die richtige Form von Hochachtung in seine Stimme.

„War ja nicht schwer. Ich hatte ein Foto von den beiden." Beinahe wäre ich laut geworden. Warum hatte er mir das verschwiegen?

„Du hast ein eigenes Handy?", griff mein Freund netterweise ein, bevor ich loslegen konnte.

„Das alte von meinem Bruder, aber ohne Karte. Ich kann nur Fotos machen und Spiele spielen." Er warf unter gesenkten Lidern einen Blick zum Nachbarhaus. „Mama und Papa dürfen das nicht wissen. Die denken, er hat es weggeworfen."

„Von uns erfahren sie kein Wort", versicherte ihm Mirko.

„Kannte Julias Vater den Mann?", übernahm ich wieder.

„Nein, woher denn? Er ist ja nicht mehr hier gewesen." Corinne würde mir sagen können, ob Herr Olchert auf der Schulabschlussfeier ebenfalls anwesend war.

„Ich muss langsam die anderen beiden Büsche eingraben und wässern", wechselte ich das Thema, da der Junge unruhig wurde. „Kannst du mir helfen, Mirko?"

„Du solltest sowieso lieber vorher mit den Beeten weitermachen." Fabian schien froh, der unangenehmen Befragung entkommen zu sein. Hatten seine Eltern vielleicht gar nichts von diesem Treffen erfahren?

„Eine gute Idee. Das kannst du auch zwischendurch erledigen, ein Stückchen nach dem anderen." Mirko gab mir einen kleinen Schubs. „So, genug geplaudert. Lass uns loslegen, sonst komme ich noch zu spät zum Mittagessen."

Während wir die restlichen zwei Löcher aushoben, fand Fabian zu seiner alten Form zurück und berichtete uns von den Fortschritten, die der umgebaute Keller nahm. „Sie sind schon fast fertig!", verkündete er stolz.

„Ja, und der Urlaub ist auch fast um." Frau Jacobs tauchte mit einer Gießkanne bewaffnet am Nachbarzaun auf und lächelte uns an. „Sie haben es gut. Ihr Schwiegervater sorgt regelmäßig für die Bewässerung. Ich dagegen muss mich allein plagen."

„Gar nicht, ich helfe dir", protestierte Fabian sofort.

„Stimmt, auf dich kann ich mich immer verlassen." Sie zwinkerte uns zu. „Dann komm bitte rüber und übernimm das Gießen mit dem Schlauch. Wir wollen gleich weg."

Bevor ich Frau Jacobs fragen konnte, ob sie von Herrn Klingers Besuch gewusst hatte, wandte sie sich ab. So wichtig war es auch wieder nicht. Die nächste Gelegenheit ergab sich bestimmt bald.

Mirko und ich beeilten uns, die Büsche vernünftig einzugraben. „Ich könnte mich schwarzärgern, dass ich den Jungen nicht vernünftig ausgequetscht habe", machte ich meinem Ärger Luft, als ich mit der dritten vollen Gießkanne neben ihm stand und darauf wartete, dass er die Erde genug hin und her bewegt hatte. „Lass gut sein. Ich fülle in ein paar Tagen noch einmal welche auf."

Er erhob sich aus seiner knienden Haltung und klopfte sich den Schmutz von der Hose. „Wahrscheinlich hat der Klinger den Kleinen abgegriffen, ohne dass die Eltern was mitkriegten. Sonst hätte die Mutter dir bestimmt davon erzählt."

Mein Gedanke! „Er berichtete von Frau Jung, von Nils, von Nadine, sogar von dem Olchert. Warum gab er nicht zu, dass Julias Vater ihn ausfragte?" Genauso wie er mir sein Handy und das Foto von dem Lehrer darauf unterschlagen hatte.

Er klopfte mir begütigend auf die Schulter. „Dafür haben wir jetzt endlich einen echten Anhaltspunkt."

„Der uns hoffentlich zum Ziel führt", ergänzte ich.

34

Mein Anruf bei Corinne brachte die Gewissheit. Herr Olchert war mehrere Stunden bei der Abschlussfeier anwesend. „Morgen früh mache ich einen Termin mit Herrn Janzen", sagte ich befriedigt zu Mirko. „Danach recherchiere ich weiter."

„In welche Richtung?"

„Ich muss dringend mit dieser Nadine sprechen und ich will Olivia und ihre Truppe noch einmal gründlich überprüfen", blieb ich vage. „Auch die Frau von der Hundehilfe schaue ich mir genauer an."

„Falls du wieder meine Hilfe gebrauchen kannst, ein Anruf genügt."

„Gut, dass ich Mirko dabeihatte" lobte ich ihn Felicitas gegenüber und berichtete ausführlich von dem, was wir erfahren hatten.

„Wie man sich täuschen kann! Und ich hatte gedacht, Fabian sei ein offenes Buch." Sie schüttelte immer noch verblüfft den Kopf. „Du gehst definitiv morgen zu Kommissar Janzen? Es gibt dieses Mal keine Extratour?"

„Nein, die endgültige Auflösung erfordert mit Sicherheit einen DNA-Beweis. Da muss die Polizei ran."

„Was unternimmst du anschließend?"

Ich gab ihr die gleiche Auskunft wie Mirko. „Ich rufe Herrn Pickard ein", kam mir der ideale Einfall. „Vielleicht ist ihm Frau Naumann bekannt."

Montag, 25. Juli

Ich bekam für zehn Uhr einen Termin bei Herrn Janzen, blieb genügend Zeit, mich vorher mit dem Reporter zu unterhalten.

„Höchstwahrscheinlich ist der Mörder von Herrn Olchert ermittelt", teilte ich ihm mit.

„Stecken Sie da hinter? Warum haben Sie mich nicht im Vorfeld informiert?"

„Noch ist nichts hundertprozentig entschieden. Außerdem war es mehr ein Zufall." Ich berichtete ihm von meinem Gespräch mit Fabian, ohne zu erwähnen, dass ich da Herrn Klinger schon in Verdacht hatte. „Warten Sie bitte, bis Sie die offizielle Nachricht erhalten. Noch ist nichts bewiesen."

„Er ist es, garantiert", war er überzeugt. „Was ist mit Julias Mörder?"

„Da stehe ich noch auf dem Schlauch. Ich will jeden, mit dem das Mädchen näheren Kontakt hatte, noch einmal eingehend unter die Lupe nehmen, unter anderem auch Frau Naumann von der Hundehilfe. Hätten Sie Lust, mich zu begleiten?"

„Irgendwas klingelt bei mir, wenn ich den Namen höre. Lassen Sie mich kurz recherchieren. Ich melde mich gleich noch mal bei Ihnen."

Das war noch besser als gedacht. Vielleicht hatte die Frau schon früher einmal Dreck aufgewirbelt. Wenn es etwas gab, würde Herr Pickard es herausfinden.

Bis ich mich auf den Weg zum Polizeipräsidium machte, hatte er nicht zurückgerufen. Hieß das, es gab tatsächlich etwas in früheren Artikeln? Wenn ich nach dem Gespräch mit dem Kommissar immer noch nichts von ihm gehört hatte, würde ich noch einmal nachhaken, beschloss ich.

„Der Kleine ist uns durchgegangen", gab Herr Janzen ohne Umschweife zu. „Die Familie war zum Zeitpunkt der Tat abwesend, wir befragten ein paar Tage später Mutter und Vater. Dass der Junge so viel über jeden der Besucher wusste, hätte ich nie vermutet."

241

Ich grinste. „Er taute auf, weil wir ihn bei uns mitmachen ließen. Von Herrn Klinger erfuhr ich allerdings nur durch ge-
zieltes Nachbohren. Wäre mir nicht dieser Gedanke gekommen, hätte er wohl nie darüber gesprochen."

„Wir hatten bereits überlegt, einen Massentest bei den männ-
lichen Verwandten durchzuführen, denn die Spurenlage zeigt
eindeutig, dass der Täter ein Mann war. Jetzt konzentrieren
wir uns lieber auf Herrn Klinger."

„Hat er denn kein Alibi für die Tatnacht?"

„Das hatten die meisten unserer Verdächtigen nicht. Angeblich befand er sich auf der Heimfahrt zu seiner Wohnung."

„Angeblich?"

„Er landete auf dem Flughafen in Düsseldorf und fuhr anschließend nach Hause. Zeugen, die ihn die Wohnung betreten sahen, gibt es nicht. Bis Dortmund ist die Fahrtzeit circa
zwanzig Minuten länger. Vom Todeszeitpunkt her ist es
durchaus möglich, dass er sich mit dem Mann traf." Er erhob
sich, um mich hinauszuführen.

„Hoffentlich befindet er sich nicht gerade auf der entgegen-
gesetzten Seite der Welt", unkte ich, während ich ebenfalls
aufstand.

„Nein, er fliegt zurzeit Kurzstrecken. Spätestens heute Abend
geht er uns ins Netz."

Heute war der Kommissar außerordentlich offen zu mir.
Deshalb wagte ich nachzuhaken: „Was ist mit den Verdächtigen bei Julia Klinger? Haben Sie die Jugendlichen, die näher
mit ihr bekannt waren, auch überprüft?"

„Jeder Einzelne hat ein Alibi."

Mit seinem Versprechen, mich über den Ausgang des Ver-
hörs zu informieren, verabschiedete ich mich. Kaum hatte ich
das Polizeipräsidium verlassen, fiel mir auf, dass ich vergessen
hatte, ihn nach Frau Naumann zu fragen. Shit! Sollte ich noch
einmal hochgehen und mein Glück versuchen?

Nein, ich konnte schon froh sein, dass er mir überhaupt so viel Interna mitgeteilt hatte. Ich griff zum Handy und rief Herrn Pickard an.

„Ich wollte mich auch gerade bei Ihnen melden. Hat etwas länger gedauert. Um sämtliche Einzelheiten zu erfahren, musste ich die Kollegin, die den Artikel schrieb, hinzuziehen." Er lachte triumphierend. „Hat sich aber gelohnt. Dieses Tierheim der Frau Naumann ist eigentlich ein Gnadenhof für nicht mehr vermittelbare Tiere, zumeist Hunde. Sie pflegt die schwer Erkrankten, kümmert sich um diejenigen, die keiner mehr will, und versucht die, die aufgrund ihrer Macken eine Gefahr darstellen, zu resozialisieren. Für diese sucht sie nach erfolgreichem Training dann auch Abnehmer, gegen eine kleine Spende, versteht sich."

„Hängt sie mit irgendeiner größeren Organisation zusammen?"

„Dazu ist die viel zu eigen, sagt meine Kollegin. Mit der kommt keiner klar. Der Hammer aber ist: Gegen die Frau ging ein anonymer Hinweis ein, sie handele mit kranken Tieren."

Die Reporterin hatte aufgrund der erhobenen Vorwürfe intensiv recherchiert. Frau Naumann wurde nämlich zur Last gelegt, sie habe, um ihr Projekt zu finanzieren, zusätzlich Hunde, vermehrt auch Welpen, aus dem Ausland bezogen und diese jeweils mit einer zu Herzen gehenden Geschichte an den Käufer gebracht. Nicht nur dass viele der Welpen bei der ersten tierärztlichen Untersuchung der neuen Besitzer als krank auffielen und einige sogar eingeschläfert werden mussten, zusätzlich waren zwei Verfahren von Geschädigten anhängig, an die sie ein Tier vermittelt hatte und die von diesem attackiert worden waren.

Die Beweisführung im ersten Fall gestaltete sich anscheinend schwierig, bisher war es noch nicht zum Prozess gekommen. Allerdings wurde ihr Hof unter die Aufsicht des Veterinäramtes gestellt und sie musste den Handel mit Welpen einstellen.

„Sie veranstaltete ein großes Geschrei, erinnert sich die Kollegin. Man wolle ihr Projekt behindern, neide ihr den Erfolg, den sie durchaus teilweise nachweisen konnte", fuhr Herr Pickard fort. „Die Frau sei dermaßen von sich überzeugt, von Einsicht keine Spur."

„Wie ist ihr Verhältnis zu den Nachbarn?"

„Sie hat keins. Die ist schwierig im Umgang. Die Einzigen, mit denen sie Kontakt hat, sind die Jugendlichen, die ihr helfen, allesamt Freiwillige, die aus Liebe zu den Tieren bei der ackern. Die werden richtig ausgenutzt", wurde er lebhafter. „Die meiste Arbeit machen die Kinder. Sie trainiert in erster Linie die verhaltensgestörten Tiere und schreibt Bettelbriefe an jeden, von dem sie sich eine kleine Spende erhofft."

Mir schwante Böses „Wie war euer Artikel aufgebaut?"

„Meine Kollegin hat sich bemüht, beide Seiten zu Wort kommen zu lassen, hat sogar ein Porträt von der Naumann gebracht. Die hat sich mit diesem Gnadenhof einen Traum erfüllt. Weil es viel zu wenige gibt, die sich um die alten, vernachlässigten, gestörten Tiere kümmert, wie sie meinte. In ihren Augen hat sie, und zwar nur sie, den Durchblick und weiß genau, wie sie agieren muss. Deshalb war von Anfang an keine Zusammenarbeit mit anderen spezialisierten Vereinen möglich. Und weil die Spenden nicht so flossen, wie sie es sich vorgestellt hatte – der Tierarzt arbeitet schließlich auch nicht umsonst, das Futter ist teuer -, hat sie zusätzlich Welpen aus Ungarn, Spanien, Italien und Rumänien vermittelt. Nicht zu widerlegen war, dass einige der Tiere krank waren und sie es unterließ, auf deshalb noch anstehende Untersuchungen hinzuweisen. Einer der älteren Hunde hat aus heiterem Himmel seinen neuen Halter gebissen, eine Katze ein Kind ohne erkennbaren Anlass angegriffen. Natürlich versuchte Frau Naumann sich rauszureden, es habe an Fehlern der neuen Besitzer gelegen. Damit ist sie zumindest im zweiten Fall nicht durchgekommen. Sie wurde zu einer Geldstrafe verurteilt und steht wie gesagt jetzt unter der Aufsicht des

Veterinäramtes. Unsere Artikel haben sie garantiert noch zusätzlich aufgeregt, meine Kollegin hat offen Tierliebhaber vor ihrem Hof gewarnt. Wenn man ein Tier adoptieren wolle, solle man sich lieber an das städtische Tierheim wenden oder eine der anderen größeren Organisationen wie die Arche. Die Tiere der Frau Naumann seien für den normalen Tierfreund zu gefährlich, eine hochexplosive Mischung an für den Laien nicht erkennbaren Wesensveränderungen, nannte sie es."

„Damit hat sich ein gemeinsamer Ausflug wohl erledigt."

„Wenn sie den Namen unserer Zeitung hört, wird sie nicht öffnen."

„Wie kriege ich raus, ob sie für den Abend, an dem Julia getötet wurde, über ein Alibi verfügt?", überlegte ich laut.

„In dem Punkt kann ich Ihnen leider nicht helfen. Ich bin mir nicht mal sicher, ob die Polizei sie im Visier hat", bedauerte er.

Warum nur hatte ich versäumt, den Kommissar nach ihr zu fragen?

Den restlichen Tag vergeudete ich mit zwei Ausflügen zur Möllerbrücke – natürlich umsonst, in der Wohnung rührte sich weiterhin nichts – und angestrengtem Grübeln vor meiner Verdächtigenliste, auch ohne Erfolg.

Ich saß noch davor, als Felicitas von der Arbeit zurückkehrte.

„Was ist das?" Neugierig beugte sie sich über mich und las leise vor sich hin murmelnd die wenigen Namen, die nach der Streichung von Frau Jung, Corinne und Nils übriggeblieben waren. „Sind das alle?"

„Mehr sind mir zurzeit nicht bekannt", meinte ich mich verteidigen zu müssen.

„Was ist mit Nils und Corinne?"

„Er ist raus, einer der Freunde des Herrn Olchert hat ihn während des Konzerts in der Halle gesehen. Sie half einer Nachbarin bei einem Kindergeburtstag."

Sie schaute mich verdutzt an. „Wie lange ging denn der? Normalerweise enden die doch spätestens um sieben, halb acht."

„Danach habe ich nicht gefragt", musste ich zugeben. „Aber Herr Janzen war so nett, mir zu sagen, dass alle infrage kommenden Jugendlichen ein Alibi für die Tatzeit haben." Ob diese tatsächlich verlässlich waren? Es würde sich wohl nicht vermeiden lassen, bei Corinne noch einmal gezielt nachzuhaken.

„Was hat dein Besuch bei ihm ergeben?"

Erfolgreich abgelenkt! Ich berichtete ihr, dass er höchst erfreut über meine Auskünfte gewesen sei und Herrn Klinger direkt nach seiner Rückkehr vom Flughafen abholen lassen würde. Auch das Gespräch mit Herrn Pickard erwähnte ich.

„Hast du nachgeschaut, ob sie eine Internetseite hat?"

„Ja." Ich hatte einmal kurz durch die Präsentation geklickt. Im Moment konnte ich kein Interesse an den Tieren und ihren Schicksalen aufbringen.

„Zeig mal!" Sie zog einen Stuhl neben meinen.

Die Website des Gnadenhofes war erstaunlich professionell gemacht. Es gab unzählige Geschichten zu den Tieren, hauptsächlich große Hunde, und eine Vielzahl von Bildern zu jedem einzelnen. Natürlich waren die Artikel so formuliert, dass sie auf die Tränendrüsen drückten. Viele ihrer Schützlinge wurden im Vorfeld misshandelt, lagen jahrelang ausschließlich an einer kurzen Kette oder kannten nur einen Zwinger, Hündinnen waren als reine Gebärmaschinen missbraucht worden, das Elend der Vorher-Nachher-Bilder zeigte Entsetzliches.

Eine weitere Seite stellte die Pensionäre vor, Tiere mit nur drei Beinen, Lähmungen oder einem letztendlich tödlichen Leiden, die nicht mehr vermittelt wurden, sondern ihr Gnadenbrot bekamen. Bei den meisten stand nicht dabei, ob sie für eine Adoption infrage kam. Nur bei insgesamt vier größeren Hunden erfuhr der Besucher, dass sie ab sofort in erfahrene Hände abzugeben seien.

„Wäre das nicht ein guter Ansatz?", fragte Felicitas. „Du nimmst Mirko mit und er gibt sich als Interessent aus. Seine

Eltern haben jahrelang Hunde gehalten, wie er mal erzählte. Der käme als Profi rüber."

Wohingegen ich absoluter Laie war. Mit Hunden hatte ich bisher nichts am Hut gehabt.

„Obwohl", sie grinste. „Der große Wuschel könnte mir auch gefallen. Er hat so einen seelenvollen Blick."

Angesichts dessen, was ich von Herrn Pickard erfahren hatte, würde ich sicherlich keines dieser Tiere adoptieren. Sie gehörten in die Hände eines Fachmannes und nicht in die eines absoluten Amateurs.

„Erst das Haus, dann die Kinder, dann ein Haustier", verbesserte sich meine Freundin und lachte. „Du hättest mal dein Gesicht sehen sollen!"

35

Dienstag, 26. Juli

Nach meinem üblichen Ausflug zur Möllerbrücke rief ich Corinne an. Mirko konnte ich erst am Nachmittag fragen, ob er Lust hatte, mich zu Frau Naumann zu begleiten. Sie dagegen war hoffentlich eher verfügbar.

Wir verabredeten, dass ich gegen zwölf bei ihr vorbeikommen solle. Als sie hörte, dass ich mit ihr sämtliche ihrer Klassenkameraden durchgehen wollte, bestand sie darauf, dass wir Nils per Handy miteinbezogen. „Er hat die besseren Ideen."

Ich grinste in mich hinein. Lag es nicht eher daran, dass sie jede Möglichkeit nutzte, mit ihm in Kontakt zu treten? Wenn mich nicht alles täuschte, stand sie auf ihn.

Und wenn sie sich mit Julia deswegen gestritten hatte, schoss es mir durch den Kopf. Auch nach diesem heftigen Streit, von dem Corinne gar nichts wissen konnte, war er bestimmt nicht in der Lage, seine Verliebtheit abzulegen. Er trauerte ihr nach und sah nicht, dass jemand anderes sich über seine Aufmerksamkeit freuen würde.

Vielleicht hatte sie beschlossen, sich mit der Freundin auszusprechen. Diese sollte auf Nils einwirken, ihm deutlich zeigen, dass sie kein Interesse an ihm hatte. Vielleicht hoffte Corinne sogar, sie könne ihm einen kleinen Hinweis geben, er solle sein Glück lieber bei ihr versuchen. Und Julia, mit ihren eigenen Problemen beschäftigt, hatte sie abgewiesen, womöglich ziemlich brüsk.

Ich sah es direkt vor mir: Je mehr sie ihr Ersuchen abwehrte, desto mehr geriet Corinne in Rage. Voller Wut über die ablehnende Haltung der Freundin, schubste sie diese in den

Teich, wandte sich ab und ergriff die Flucht. Von dem, was sie anrichtete, erfuhr sie erst viel später.

Deine Fantasie geht mit dir durch, ermahnte ich mich. Am besten fragst du sie bei eurem Treffen, wann der Kindergeburtstag endete und was sie anschließend tat. Sie wird dir eine vernünftige Erklärung geben können, die sie endgültig aus der Reihe der Verdächtigen ausschließt.

Meine Gedanken wanderten zu Frau Naumann. Sie hätte ein eindeutiges Motiv, sauer auf Julia zu sein, wenn diese hinter dem anonymen Tipp stand, der das Veterinäramt auf den Plan rief. Das lag durchaus im Bereich des Möglichen. Sie war lange genug vor Ort, um die Machenschaften der Frau zu durchschauen. Sie hatte, so wie es schien, ein ausgeprägtes Gerechtigkeitsgefühl. Und ihr Interesse hatte sich anderen Dingen zugewandt, sonst hätte sie nicht zu einer Lüge gegriffen, um sich die Ferientage freizuhalten.

Wenn nun Frau Naumann dahintergekommen wäre, dass Julia sie angezeigt hatte – oder zumindest daran beteiligt war, wie hätte sie wohl reagiert. Wie ich sie einschätzte, wäre sie in selbstgerechtem Zorn bei ihr aufgetaucht. Ein Wort hätte das andere gegeben, warum sollte nicht auch eine erwachsene Frau zu diesem Stoß fähig sein? Frau Jung hatte ich diese Tat ebenso zugetraut.

Ich würde sie noch einmal zusammen mit Mirko aufsuchen müssen. Dann konnte ich auch gleich nach dem neuen Besitzer von ihrem Lieblingshund, dem Bronko, fragen. Zu diesem musste ebenfalls Kontakt bestanden haben, wie das Foto bewies.

Tja, damit hatte ich mehr Spuren zu verfolgen als gedacht. Doch zuerst einmal würde ich das Gespräch mit Corinne und Nils suchen.

„Gib mir bitte zuerst deine eigene Einschätzung von Olivia", bat ich sie, als ich pünktlich zu unserem Treffen erschien. Nicht dass sie sich zu sehr von Nils beeinflussen ließ.

Sie führte mich ohne weitere Umstände in ein behaglich eingerichtetes Wohnzimmer mit einer riesigen Wohnlandschaft gegenüber den bis zu dem Boden reichenden Gartenfenstern, bat mich Platz zu nehmen und verschwand, um Getränke für uns zu besorgen.

„Lieber was Kaltes oder einen Cappuccino?", rief sie aus der Küche.

„Was trinkst du?"

„Ein Wasser. Aber Sie können es sich ruhig aussuchen."

„Nehme ich auch."

Die Einrichtung war schon älter, stellte ich mit einem schnellen Blick fest, die Möbel hatten bestimmt schon zwanzig, dreißig Jahre auf dem Buckel, wirkten allerdings super gepflegt und harmonisierten gut miteinander. An den Wänden hingen gerahmte Leinwandbilder, anscheinend eigene Fotos aus dem Urlaub, ich erkannte Sylt, Rügen und Amrum. Der Fotograf hatte ein ausgezeichnetes Auge bewiesen, ähnliche konnte ich mir gut in einer Galerie vorstellen.

„Mamas erste Versuche in die Selbstständigkeit." Corinne war mit einem Tablett in der Tür aufgetaucht und hatte meine interessierten Blicke bemerkt. „Das ganze Haus hängt voll davon. Hast du die in der Diele gesehen? Ich in sämtlichen Stufen meines bisherigen Lebens, echt gruselig"

Nein, darauf hatte ich leider nicht geachtet. Ich würde sie mir garantiert beim Hinausgehen anschauen.

Sie stellte zwei gefüllte Gläser und eine Wasserflasche auf den Tisch und setzte sich auf einen flachen Hocker mir gegenüber. „Was wollen Sie wissen?"

„Bitte sag ebenfalls Du zu mir", bat ich. „Mir ist es schon bei unseren letzten Gesprächen andauernd rausgerutscht. Schließlich ermitteln wir intensiv zusammen, sind also Partner."

Sie warf mir einen skeptischen Blick zu, enthielt sich jedoch eines Kommentars. Ja, bei Corinne musste ich aufpassen, was ich sagte. Sie war nicht auf den Kopf gefallen.

„Wie denkst du über Olivia?"

Corinne ließ sich Zeit mit der Antwort und dachte gründlich nach. „Die tat ja immer, als sei sie was Besonderes. Als wenn die normalen Regeln für sie nicht gelten und man sich um sie besonders bemühen muss. Du wirst lachen, sie ist mit dieser Masche echt bei vielen der Lehrer durchgekommen."

„Wie war das überhaupt? Wieso bist du auf dieser Schule gelandet? Kanntest du Olivia schon vorher?"

„Wir waren zusammen im Kindergarten und in der Grundschule. Ich war früher sogar ein-, zweimal auf ihren Geburtstagen eingeladen. Damals war sie ganz anders, eher der weinerliche Typ, der sich an die Mama klammerte und sich nicht durchsetzen konnte, wenn ihr ein anderes Kind was wegnahm. Sie wurde erst in der Grundschule schlimmer, hat sich mit den jetzigen Freunden zusammengetan und die anderen gestriezt. Mich ließ sie in Ruhe, wahrscheinlich hat sie sich nicht an mich rangetraut, weil unsere Mütter befreundet waren." Sie warf mir einen Seitenblick zu. „Kaum vorstellbar, was? Meine Mutter und diese Kuh! Ich mochte die von Anfang an nicht. Die war so bemüht freundlich, da war nichts Echtes dran. Als wir auf die weiterführende Schule kamen, hatte sich das sowieso erledigt. Olivias Mutter ist ständig unterwegs mit ihren hochgestochenen Freundinnen, die hat gar keine Zeit mehr für andere."

„Wieso bist du auf diese weit entfernt liegende Realschule gekommen?", hakte ich nach.

„Weil sie die uns so schmackhaft gemacht hat. Die haben einen sehr guten Ruf und kümmere sich um jedes einzelne Kind. Meine Legasthenie war schon bekannt, meine Mutter wollte das Beste für mich. Und die Reiters boten an, dass der Vater uns Kinder morgens mitnimmt, weil er in der Nähe arbeitete, und die Frauen uns nachmittags abwechselnd abholen. Es schien alles perfekt geregelt."

„Wann wurde es zwischen dir und Olivia schlimmer?"

Corinne rieb sich nachdenklich die Stirn. „Puh, gute Frage. Das kam eher so nach und nach, zuerst waren die anderen dran. Ja, der Nils, der hatte zuerst unter ihnen zu leiden. Nee, die Nadine auch. Die war immer bemüht, nicht aufzufallen." Sie lachte. „Kein Vergleich mehr zu heute. Wenn du sie kennenlernst, kannst du dir gar nicht vorstellen, dass sie mal total gehemmt und stickum war. Die ist jetzt das genaue Gegenteil, total aufmüpfig. Die lässt sich nichts mehr gefallen."

Es dauerte eine geraume Weile, bis ich die Zusammenhänge kannte. Corinne stellte nämlich fest, dass es gar nicht so einfach war, einen genauen Zeitstrahl zu erstellen. Zum einen, weil das Mobbing nun schon über mehrere Jahre gelaufen war, zum anderen, weil es sich erst nach und nach steigerte. Richtig schlimm wurde es ab dem Moment, als sie sich mit Julia, Nils und Nadine zusammenschloss und sich damit offiziell zur Gruppe der Loser bekannte.

Olivia und ihrer Gefolgschaft – so nannte es Corinne tatsächlich – war es relativ schnell gelungen, sich die führende Position in der Klasse anzueignen. Ihren spitzen Bemerkungen hatte keiner etwas entgegenzusetzen, daher zogen sich die Klassenkameraden lieber zurück, als sich mit ihr anzulegen.

„Die hat sich gezielt die Schwächen des Einzelnen vorgenommen und darauf herumgetrampelt", verdeutlichte das Mädchen. „Meist natürlich so, dass die Lehrer es nicht mitbekamen. Da wurden leise Bemerkungen gezischt oder hämisch gelacht, im Sport, bei Völkerball, haben sie die Unsportlichen gezielt mit harten Bällen beworfen und sich, wenn sie aufflogen, halbherzig entschuldigt. Aber du hast immer gemerkt, dass sie es extra machten. Jedenfalls hatten sie es irgendwann geschafft, dass sich niemand mehr offen gegen sie zur Wehr setzte. Einige sympathisierten sogar mit denen und machten mit. Die anderen hielten sich bedeckt. Du kannst dir nicht vorstellen, was da ablief. Es wurde gehetzt, es gab gemeine Kommentare, immer hinter dem Rücken desjenigen, es wurde ausgegrenzt. Olivia bestimmte, wo es lang ging. Wer nicht mittat, stand außen vor."

„Und die Lehrer? Haben die nicht reagiert?"

„Du machst dir ein völlig falsches Bild", tadelte Corinne mich. „Olivia hat es immer vermieden, direkt aufzufallen. Wenn sie bei irgendwelchen blöden Bemerkungen erwischt wurde oder zu laut und hämisch lachte, hat sie sich gleich entschuldigt. Eklige Gerüchte wurden so gestreut, dass niemand wusste, von wem sie kamen, auch wenn man es sich denken konnte. Das Einzige, was deutlich wurde, war ihre Selbstverliebtheit und dass sie sich für was ganz Besonderes hielt. Sie war vorlaut, hat sich ständig in den Vordergrund gespielt. Nur hat sie allen vermittelt, dass sie selbst felsenfest davon überzeugt ist, dass sie sich richtig verhält."

„Und ist damit durchgekommen?"

„Na ja, bei dem einen Lehrer mehr, bei dem anderen weniger. Der Olchert zum Beispiel hat sich von der kein Gezicke gefallen lassen. Hat die versucht wen vorzuführen, hat er den Spieß umgedreht und sie an die Tafel geholt. Bei dem kriegte sie keine Schnitte, obwohl sie gerade bei ihm einen auf hilflos machte."

„Hat er Julia offensichtlich bevorzugt?"

Sie zögerte. „Die war super in Mathe und konnte gut erklären. Ich fand es eher toll, wenn sie uns eine Aufgabe Schritt für Schritt vorrechnen sollte. Die anderen haben auch davon profitiert. Das war fast schon normal, wie so eine Art Nachhilfe für alle."

„Und Olivia? Stand sie auf ihn oder hasste sie ihn eher?"

„Ist schwer zu sagen. Sie zog ihr übliches Getue ab, wie bei allen Lehrern. Ich habe auch nicht so darauf geachtet."

„Wie würden eure ehemaligen Klassenkameraden sie beschreiben?"

Sie lachte. „Woher soll ich das wissen? Ich denke, die meisten geben zu, dass die sich unheimlich aufgespielt hat und tonangebend war. Die wenigsten werden sich zu ihrem Verhalten uns vieren gegenüber äußern oder dass sie selbst Angst hatten, zu uns zu stehen."

„Und Nils und Nadine?"

„Die werden die Lage anders darstellen, extremer. Nils hat am meisten unter denen gelitten, ist auch von den Jungen körperlich angegangen worden. Auch wieder nie offen, sondern durch angeblich ungeschickte Rempler, bevorzugt auf der Treppe nach unten, einen hinterhältigen Schlag in die Rippen oder so was. Bei der Nadine machte das Gerücht die Runde, ihre Mutter sei komplett verrückt. Die würde regelmäßig von der Polizei zu Hause abgeholt und nach Aplerbeck gebracht." Wie so viele Dortmunder hielt sie es nicht für nötig, explizit auf die LWL-Klinik zu verweisen, die sich in diesem Ortsteil befand.

„Wann war das?"

„Vor drei Jahren ungefähr. Unsere Klassenlehrerin, die Frau Redegger, hat sich daraufhin die gesamte Klasse vorgenommen. Nadine ist zwei Tage nicht in die Schule gekommen. Das war das erste Mal, dass ich die Frau richtig böse erlebt habe. Natürlich hat sich keiner als Urheber des Gerüchts geoutet. Angeblich wusste keiner, wer es aufgebracht hat. Frau Redegger hat uns klipp und klar gesagt, dass die Depression von Nadines Mutter eine schwere Krankheit sei und wir daher besonders Rücksicht auf unsere Mitschülerin nehmen müssten. Das mit den Depressionen stimmt wirklich. Sie muss immer wieder stationär. Einmal waren alle Kinder so lange in einer Pflegestelle, danach haben sich die älteren Brüder gekümmert, jetzt machen das Nadine und ihre Schwester bei den beiden Kleineren. Also dieses Mal nur ihre Schwester", schränkte sie ein. „Nadine wollte endlich mal ihr eigenes Ding durchziehen."

„Hat sich die Klasse anschließend zurückgehalten?"

„Oh ja, mit Frau Redegger war in der Beziehung nicht zu spaßen. Nicht mal Olivia hat sich getraut, noch mal irgendeine Anspielung in die Richtung zu machen."

Es wurde langsam Zeit, Nils zuzuschalten. Sonst dachte er womöglich noch, wir hätten ihn vergessen.

„Ich habe behauptet, Sie … äh, du kämst erst um halb eins", gab sie errötend zu. „Eigentlich wollte ich dich vorher ausquetschen, wie dein Stand der Ermittlungen ist. Jetzt habe nur ich erzählt."

36

Obwohl ich mit Nils fast sämtliche eben gestellten Fragen durchging, hatte er nicht viel Neues hinzuzufügen. Oliva sei das Letzte und er wünsche ihr alles nur mögliche Schlechte, lautete sein Tenor. Ansonsten bestätigte er Corinnes Angaben und fügte noch einige weitere Anekdoten hinzu, die mir zeigten, wie hinterhältig sich die Mitschülerin verhielt.

Zu Beginn der fünften Klasse hätten sich Olivia und ihre beiden Freunde auf einen etwas seltsamen Jungen fokussiert und den gestriezt. Die Einzige, die damals eingriff, war Julia. Er habe durch Zufall ihr Gespräch mit Frau Redegger mit angehört, als sie vehement darauf beharrte, dass die gestoppt werden müssten. Kurz darauf sei der Junge allerdings von ihrer Schule zu einer für leistungsschwache Schüler gewechselt. Danach habe eine Weile Ruhe geherrscht, bis sie anfingen, sich ihn und Nadine vorzunehmen. Während bei dem Jungen ihre Gemeinheiten wesentlich offener erfolgt seien, hätten sie nun darauf geachtet, dass sich kein Lehrer in der Nähe befand und man die hinterhältigen Gerüchte, die sie in die Welt setzten, nicht zu ihnen zurückverfolgen konnte.

„Wann sind die beiden Mädchen dazugestoßen? Sind sie auch privat befreundet?", fragte ich.

„Die kommen alle hier aus der Ecke", übernahm es Corinne zu antworten. „Patricia und Vanessa sind erst seit der siebten Klasse dabei. Sie waren vorher auf dem Gymnasium und mussten nach der sechs abgehen. Ich vermute mal, der Tipp mit der supertollen Realschule stammt von Frau Reiter. Die kennen sich nämlich alle von ihren gemeinsamen Hobbys." Bei dem letzten Wort verzog sie geringschätzig den Mund.

Prompt erinnerte ich mich an die Dunkelblonde, die sich während des Gesprächs mit mir zweimal eine Antwort verkniffen hatte. Sie hatte auf mich den Eindruck gemacht, mit den Aussagen der anderen nicht ganz einverstanden gewesen zu sein. Ich beschrieb sie den beiden.

„Die kannst du vergessen", tönte Nils sofort. „Die hängt sklavisch an Olivia und redet ihr permanent nach dem Mund, sodass es selbst der auf den Keks ging. Patricia behauptet jedem gegenüber, sie sei ihre beste Freundin, dabei ist sie mehr oder weniger geduldet, weil ihre Eltern einen großen Partykeller besitzen, in dem sie abhängen dürfen."

„Meinem Gefühl nach störte sie sich an deren krasser Ausdrucksweise", beharrte ich.

Corinne lachte herzhaft. „Du irrst gewaltig. Olivia hat ihr Sprechverbot erteilt. Die war wie ein Echo und wiederholte jede von ihren Bemerkungen. Wahrscheinlich schafft sie es endlich, sich am Riemen zu reißen."

„Und die andere?"

„Vanessa ist genauso schlimm wie Roger und Simon", erwiderte Nils prompt.

„Nein, sie ist eher eine zweite Olivia", verbesserte Corinne ihn. „Genauso hinterfotzig. Nur machen die Jungen eher das, was von Olivia kommt."

„Nicht aus eigenem Antrieb?", kam ich nicht umhin, mich zu vergewissern.

„Also mir kam es immer so vor, als stachele sie die beiden an. Klar, hatten die irgendwie auch Spaß an der Sache. Aber ohne sie wäre es einfacher gewesen, was bei den Lehrern zu erreichen. Die …"

„… ist eben total hinterfotzig", ergänzte Nils.

„Was ist mit eurer Klassenlehrerin? Auf mich machte sie den Eindruck, sich durchaus durchsetzen zu können."

„Was soll sie tun, wenn nie was Offensichtliches passiert?"

„Und die Rempler auf der Treppe oder ihr Verhalten beim Sport?"

„Unsere Sportlehrerin war in der Beziehung eine totale Niete. Die hielt immer zu denen, die sportlich waren, so wie die fünf. Die Mädchen waren alle eine Zeit lang beim Ballett, die Jungen spielten Fußball und später kam der Tennisverein dazu."

„Bei den gelegentlichen Schubsern wurde immer beteuert, es sei ja nicht absichtlich gewesen", fügte Corinne hinzu. „Die Redegger ahnte schon, was los war. Nur hatte sie keine Handhabe gegen die. Keiner wagte, die zu verpfeifen."

Was für eine ungesunde Klassenkonstellation!

„Wir sind schon ganz gut klargekommen, nachdem wir zu viert waren", meinte Nils. „Zuletzt haben wir deren Sprüche gar nicht mehr registriert."

„Wer war alles auf der Beerdigung?" Vielleicht half mir dieser Ansatz weiter.

„Von uns Jugendlichen? Nils und ich und Olivia mit ihren Eltern, sonst keiner."

„Sie hatte sonst mit niemand aus eurer Klasse Kontakt, gab auch keinem außer Nils Nachhilfe?"

„Wir haben uns bewusst von denen abgesetzt", erklärte Corinne. „Und selbst der hilfsbereiten Julia wäre es nie eingefallen, einem der anderen ihre Hilfe anzubieten."

Demnach war ich mit meinen Fragen durch. Zumindest fiel mir nichts mehr ein, wonach ich mich noch erkundigen konnte.

Prompt begannen die beiden zu bohren, wie sich denn meine laufenden Ermittlungen gestalteten.

„Bei Julia stehe ich nach wie vor auf dem Schlauch", bekannte ich. „Der Mörder von Herrn Olchert hingegen scheint festzustehen." Gut, ich lehnte mich mit dieser Feststellung weit aus dem Fenster, bisher hatte sich Kommissar Janzen nicht bei mir gemeldet. Doch ich war mittlerweile felsenfest davon überzeugt, dass nur Herr Klinger als Täter infrage kam.

Seinen Namen hielt ich vorsichtshalber zurück, obwohl sie mich bestürmten, ihnen die Einzelheiten zu verraten. Glücklicherweise begann in dem Moment, als ich beinahe weich geworden wäre, mein Handy zu klingeln: Sveas Mutter.

„Das könnte wichtig sein, da muss ich rangehen", zog ich mich aus der Affäre, stand auf und ging in die Diele, um ungestört zu telefonieren.

„Wir haben gerade im Präsidium nachgefragt und erfahren, dass mein Mann nicht mehr verdächtigt wird", teilte sie mir mit. „Danke für ihren Ratschlag, den Test machen zu lassen." Nein, ihr gegenüber würde ich schweigsam bleiben. „Wie geht es Ihrer Tochter?"

„Ich war gestern bei Svea in der Klinik. Wir hatten ein sehr gutes Gespräch. Ich glaube, sie fängt endlich an, die Wahrheit zu erkennen, dass dieser Typ sie ausgenutzt hat und weggeworfen, als sie nicht mehr seinem Ideal entsprach. Natürlich bin ich ganz, ganz vorsichtig vorgegangen und habe nur Andeutungen gemacht. Zumindest hat sie mir nicht mehr widersprochen, mir auch nichts vorgejammert. Richtig einsichtig sei sie noch nicht, hat mir die Psychologin hinterher erklärt, aber auf dem besten Weg."

„Das freut mich für Sie." Eher fiel mir zum zweiten Mal ein Stein vom Herzen, dass sich tatsächlich durch den Selbstmordversuch und der dadurch möglichen Einweisung die Möglichkeit ergab, dem Mädchen zu helfen."

„Ihnen sei hiermit offiziell verziehen. Das soll ich Ihnen auch von den Großeltern ausrichten. Wir sind alle sehr zuversichtlich."

Ich musste mehrfach tief durchatmen, bis ich mich in der Lage sah, Corinne wieder gegenüberzutreten.

Sie lag lang ausgestreckt auf der Couch, das Handy dicht am Ohr und fummelte aufgeregt in ihren Haaren herum. Als sie mich entdeckte, schreckte sie hoch. „Nils, Alex ist zurück. Warte kurz."

Ich teilte beiden die erfreulichen Neuigkeiten mit und verabschiedete mich schnell, damit Corinne in Ruhe weiter telefonieren konnte. Enttäuscht über meinen Abgang war sie bestimmt nicht.

Der übliche Abstecher zur Möllerbrücke brachte wieder nichts Neues. Die Schäfers glänzten durch Abwesenheit.

Dafür war Mirko mehr als bereit, mich zu Frau Naumann zu begleiten. Wir verabredeten, dass wir sie gleich am nächsten Tag aufsuchen würden.

Nachdem ich das Gespräch mit Nils und Corinne in meine Notizen eingefügt hatte, kam mir eine weitere Idee. Ich griff zum Handy und rief das Mädchen an. „Ich möchte gern mit deiner Mutter sprechen, wäre das möglich? Ich glaube euch, dass du Olivia und ihre Freunde richtig einschätzt. Trotzdem würde ich gern ihre Meinung dazu hören." Ja, weil sie wesentlich objektiver urteilte.

Statt beleidigt zu sein, lachte sie. „Denkst du, sie blickt tiefer durch? Nee, schon gut. Ich frag sie eben." Eine kurze Stille folgte. „Morgen um elf, okay?"

„Passt mir sehr gut." Auch wenn ich mir nicht sonderlich viel von dieser Unterhaltung erhoffte, konnte sie durchaus weitere, kleine Ansatzpunkte bringen.

Mittwoch, 27. Juli

Nachdem Felicitas zur Arbeit aufgebrochen war, setzte ich mich vor den Computer, um mich endlich über das Thema schlauzumachen, das mir schon länger am Herzen lag: Mobbing. Natürlich wusste ich grob, was damit gemeint war. Diese Art von Ausgrenzung gab es schon lange, bevor sich der Begriff durchsetzte. Nur waren die Dimensionen nicht ganz so schlimm wie heute – was eigentlich seltsam anmutete, rühmte man sich doch überall einer besonderen Weltoffenheit und Courage, dass man gerade an den Schulen alles nur Mögliche gegen Mobbing, Gewalt und Diskriminierung tat. Ständig wurde betont, dass wir in einer toleranten Gesellschaft lebten, in der fast jeder nach seiner Fasson glücklich werden konnte. Immer neue Ausdrücke waren in letzter Zeit entstanden – oder bestehende wurden geändert, um auch die geringste Möglichkeit, dass sich jemand diskriminiert fühlen könnte, auszuschließen. Jede noch so kleine Minderheit bekam heutzutage besondere Rechte zugesprochen – eigentlich müsste unser Zusammenleben mittlerweile perfekt funktionieren.

Die Wahrheit sah in meinen Augen anders aus. Wie sonst war es zu erklären, dass es gefühlt immer mehr Probleme im Zusammenleben gab? Von einer echten offenen Gesellschaft waren wir weiter entfernt denn je.

Natürlich existierten im Internet ausführliche Leitfäden zum Thema Mobbing, über die Ursachen, die Beweggründe des Täters, die Gruppenkonstellationen und die Möglichkeiten einzugreifen.

Wie erwartet gab es nicht den einen Beweggrund. Manche Täter lebten einfach nur ihr Machtgefühl aus, andere agierten rein aus Langeweile, wieder andere aus der eigenen Frustration heraus, es gab x verschiedene Gründe, warum jemand zum Mobber wurde.

Immer geht die ursprüngliche Gewalt von einem Einzelnen oder einer kleineren Gruppe aus. Dadurch lassen sich andere animieren, mitzutun, denn es ist ja ein gutes Gefühl, auf der Siegerseite zu stehen, einige aktiv, indem sie ähnlich agieren, die Mehrheit jedoch meistens eher passiv, indem sie über die hässlichen Sprüche lacht oder die Mobbenden animiert, weiterzumachen. Ein kleinerer Teil bleibt außen vor und schweigt zu dem Treiben, meist aus Angst, ansonsten selbst zum Opfer zu werden, notierte ich mir.

Die genauen Mechanismen sind jeweils auf die Situation vor Ort bezogen: Wie ist die Klassenkonstellation, wie sind die bestehenden Normen, wie reagieren die Lehrer? Demnach kann jeder in die Opferrolle gedrängt werden, wenn die Umstände es zulassen. Dreh- und Angelpunkt ist das Verhalten der Lehrer. Werden sie bereits bei anfänglichen Versuchen energisch aktiv, kann der Prozess gestoppt werden.

Daran haperte es allerdings meiner Meinung nach gewaltig. Und selbst wenn sich die Lehrer entsprechend engagierten, wie sollte es ihnen gelingen, all das zu richten, was die Erziehungsberechtigten versäumten? Sahen wir den Tatsachen ehrlich ins Auge, blieb nur eine Antwort: Der pure Egoismus in der gesamten Gesellschaft wurde immer extremer. Was bei uns alles im Argen lag, nahm immer gewaltigere Ausmaße an! Ich holte tief Luft und nahm die Finger von der Tastatur. Ungläubig starrte ich auf meine Notizen und die dazugehörigen Kommentare. Meine Güte, ich hörte mich ja schon fast an wie mein Freund und Nachbar Tom, wenn er wieder einen seiner YouTube-Filme zu einem ihn bewegenden Thema startete. Nie hätte ich gedacht, dass ich einmal selbst tiefergehende Betrachtungen anstellen würde. Warum war es nun das Mobbing, das mich zu dieser Stellungnahme inspirierte?

Das ist bestimmt nur der Frust über all das, was du selbst an Mängeln erkennst, winkte ich ab und erhob mich, um zu meiner Verabredung aufzubrechen. Ich war sowieso nicht in der Lage, irgendetwas zu erreichen – und, wenn ich ehrlich war, Tom auch nicht. Natürlich war es trotzdem wichtig und richtig, dass er sich bemühte, Gehör zu finden, um auf Dinge, die schiefliefen, hinzuweisen. Ändern würde sich nichts. Dafür hätte es enormer Anstrengungen von allen bedurft.

Gut, dass Tom zurzeit mit seiner Freundin bei seinem Bruder Tim Urlaub macht, dachte ich, als ich meinen Fiat startete. Sonst hätte er garantiert jeden Tag auf der Matte gestanden, um mich bei meinen Recherchen zu begleiten. Dabei war dieser Fall absolut ungeeignet für ein ganzes Team. Es gab ja kaum Hinweise, denen ich nachgehen konnte. Und meist waren dann Nils und Corinne die besseren Hilfen, weshalb auch Mirko außen vor bleiben musste.

37

„Komm rein", empfing Corinne mich.

Dieses Mal holte ich das Vergessene nach und blieb vor der Bilderwand in der Diele stehen, um die einzelnen Aufnahmen zu betrachten.

„Oh, nein!", stöhnte sie genervt. „Das ist echt peinlich!"

Fand ich überhaupt nicht! Es handelte sich um wunderschöne Motive, die ansprechend ihre Entwicklung vom Baby bis zum Teenager zeigten. „Und die Fotos hat alle deine Mutter gemacht?"

„So wurde nach und nach aus einem Hobby ein echter Job." Hinter ihr tauchte Frau Starker auf, begrüßte mich und führte mich ins Wohnzimmer. „Kannst du uns bitte den Kaffee holen, den ich vorbereitet habe?", fragte sie an Corinne gewandt, bevor diese sich ebenfalls setzen konnte. „Sie trinken bestimmt einen mit, oder?"

Kaum hatte ihre Tochter den Raum verlassen, beugte sie sich vor und gestand mit leiser Stimme: „Ich war ziemlich sauer auf Sie, dass Sie Corinne in diese Geschichte mit reingezogen haben. Wenn ich nicht erkannt hätte, wie dringend notwendig diese Aufarbeitung für sie ist, hätte ich Sie längst gestoppt. Diese Recherchen sind eine Belastung für eine Sechzehnjährige."

„Mama!" Corinne hatte wohl hinter der Tür gelauert. „Ich wollte es unbedingt. Er hat mir einen Gefallen getan, dass er mich mitmachen lässt."

Die Mutter verscheuchte sie mit einer wedelnden Handbewegung. „Ich habe dich gelassen, oder? Es ist wichtig für sie, sich einzubringen", sagte sie zu mir. „Das sehe ich durchaus. Nur bitte achten Sie darauf, dass Sie sie nicht in Gefahr bringen."

„Das ist selbstverständlich", beruhigte ich sie. „Sie hilft mir bei der allgemeinen Recherche. Corinne hat einen klaren Blick und kann hervorragend Zusammenhänge verknüpfen. Und ihre Einschätzung der Personen ist eine wertvolle Hilfe."

„Wozu brauchen Sie dann mich?", fragte sie unverblümt.

„Sozusagen für eine letzte Überprüfung", gab ich unumwunden zu. Frau Starker war ganz anders, als ich gedacht hatte. Sie stand eindeutig mit beiden Beinen fest auf dem Boden. „Ihre Tochter erzählte mir, Sie seien früher mit Olivias Mutter gut bekannt gewesen. Wie ist Ihr Eindruck von den häuslichen Gegebenheiten und von Olivia?"

„Haben Sie das Mädchen etwa in Verdacht?" Sie schüttelte den Kopf. „Oliva hat ernsthafte Probleme, das stimmt, aber sie ist mit Sicherheit keine Mörderin. Dazu fehlt ihr der Mumm. Sie ist intrigant und hat mit Sicherheit auch so einige Kleinigkeiten in Richtung Sachbeschädigung und kleinere Diebstähle auf dem Kerbholz. Darüber hinaus ist sie ein Lämmchen, das sich nach Liebe und Aufmerksamkeit sehnt."

„Ein Lämmchen!" Corinne, die mit einem Tablett hereinkam, lachte höhnisch. „Sie ist eine falsche Schlange. Nach vorne tut sie freundlich, hintenrum erzählt sie Schauermärchen über dich."

„Das ist ihr Frust, verbunden mit ihrer eigenen extremen Unsicherheit", versuchte die Mutter ihr zu erklären, nicht zum ersten Mal, wie es schien, und beugte sich vor, um die Tassen zu verteilen. „Du auch?"

„Cappuccino für euch und für mich", nickte Corinne und nahm ihre Tasse auf, bevor sie sich neben mich setzte. „Ich bin sechzehn."

Ich verbiss mir ein Grinsen und nahm einen Schluck, bevor ich fragte: „Was ist bei Olivias Entwicklung schiefgelaufen?"

„Die Eltern", lautete die prompte Antwort. „Als Olivia geboren wurde, war der Vater gerade auf dem Weg zu einem anerkannten Experten im Bereich Demenzerkrankungen, seine

Praxis boomte. Ihr Bruder ist neun Jahre älter als sie. Eigentlich hatte die Mutter mit dem Kinderkriegen abgeschlossen. Sie hatte gearbeitet, während ihr Mann studierte, auch noch in den ersten Jahren nach der Geburt des Jungen. Jetzt wollte sie ihr Leben genießen. Die zweite Schwangerschaft änderte nichts an diesem Entschluss. Sie ging ganz in ihrer neuen Rolle als angesehene Arztgattin, die auf jeder Party gern gesehen war, auf. Je bekannter ihr Mann wurde, desto mehr Angebote erhielt sie, sowohl karitative als auch gesellschaftliche und sportliche. Ich habe das Gefühl, sie erfand sich vollkommen neu. Die Frau, die es vorher gegeben hatte, verschwand. Der Junge war alt genug, Olivia dagegen bekam ein Kindermädchen nach dem anderen. Nein, Au-pairs", verbesserte sie sich. „Kaum hatte sie sich an die eine gewöhnt, kam die Nächste."

„Julia ist auch nicht gerade in tollen Verhältnissen aufgewachsen", bemerkte ich.

„Sie hatte Tante und Onkel, die sie liebten. Olivia dagegen …" Sie nahm einen Schluck von ihrem Cappuccino und sah mich bedeutungsvoll an. „Anfangs war sie schüchtern und unselbstständig, dazu äußerst misstrauisch. Sie sprach nie mit Fremden und hatte im Kindergarten keine Freunde. In der Grundschule, ich glaube, es war in der dritten Klasse, kam sie dann näher mit den zwei Jungen in Kontakt. Die drei Mütter haben viel zusammen unternommen und sorgten dafür, dass die Kinder gemeinsam betreut wurden. Dadurch entwickelte sich dieses ungesunde Verhältnis, in dem Oliva den Ton angibt und die anderen das tun, was sie will. Die Mädchen, die dazugehören, haben nichts zu melden. Entweder sie machen mit oder sie sind raus."

„Die fünf wohnen alle hier in der Ecke richtig?"

„Daher weiß ich relativ gut über die Verhältnisse der Einzelnen Bescheid. Patricia macht jeden Unsinn mit und ist stolz, zu der Gruppe zu gehören. Bei Vanessa ist es nur noch eine Zeitfrage, bis sie den Jungen in nichts mehr nachsteht. Das sind richtige Rabauken, die meinen, sich alles erlauben zu können."

„Da scheint einiges bei der Erziehung schief gelaufen zu sein." Vielleicht gelang es mir, sie so zu einem tiefergehenden Statement zu bewegen. „Ist es Frust oder Langeweile, was sie antreibt?"

„Ich schätze mal beides. Die Väter sind sehr erfolgreich und wenig zu Hause. Die Mütter sehen in erster Linie sich und verwirklichen sich selbst. Ein normales Familienleben kennt keiner von ihnen."

„Dabei arbeitet nicht eine von den Frauen", ergänzte Corinne. „Im Gegensatz zu meiner Mutter, die sich trotzdem kümmert."

„Ich kann mir meine Termine frei einteilen – dank deinem Vater", wehrte diese augenzwinkernd ab.

„Na, wenn ich später mal dein Einkommen kriege, wäre ich schon zufrieden", grinste ihre Tochter.

Die Mutter leerte ihre Tasse und blickte mich auffordernd an. „Noch einen?"

Warum nicht? Unser Gespräch würde sich wohl noch eine Weile hinziehen.

Seufzend erhob sich Corinne. „Ich mach schon!"

„Beschreib Alex, wie du Olivia einschätzt!", forderte sie ihre Mutter auf, nachdem sie die gefüllten Tassen vor uns abgestellt hatte.

„Sie ist ein in sich zerrissenes Kind, das nie gelernt hat, für sich selbst einzustehen. Ihre Mutter geht auf ihre Schwierigkeiten nicht ein, sondern überhäuft sie mit Nebensächlichem. Der Vater legt viel Wert auf einen guten Schulabschluss und kann nicht akzeptieren, dass seine Tochter weder über eine außergewöhnliche Intelligenz verfügt, noch willens ist, sich anzustrengen. Als Mensch interessieren sich beide nicht für sie, Anerkennung oder gar positiven Ansporn hat sie von ihnen nie erhalten. Ich hoffe für sie, dass dieses Internat, in das sie gesteckt werden soll, ihr Gutes bringt. Weg von den alten Freunden, ein lohnendes Ziel, auf das hingearbeitet wird, die richtige Unterstützung, noch ist nicht alles verloren."

„So ein Opfer ist sie auch wieder nicht", protestierte Corinne.

„Internat?", hakte ich nach.

„Die hat nur mit Ach und Krach ihren Abschluss geschafft."

Die Befriedigung darüber war dem Mädchen anzusehen.

„Die liebe Olivia wird nach den Ferien abgeschoben. Außerdem gibt es zur Strafe dieses Jahr keinen exquisiten Urlaub. Dabei hatte sie uns schon von der tollen Insel im Pazifik vorgeschwärmt."

„Es handelt sich um ein Spezialinternat", erklärte mir Frau Starker. „Sie muss erst noch die Befähigung für die Oberstufe erreichen."

„Das ist nur durch Zufall rausgekommen." Corinne grinste hämisch. „Du hättest die Eltern mal auf der Abschlussfeier sehen sollen. Da haben sie Mama das Internat als Eliteschule beschrieben. Hinterher ist durchgesickert, dass dort den Kindern reicher Leute das Abitur nachgeworfen wird."

„Es handelt sich um kleine Klassen, sodass die Lehrer vernünftig auf jeden Einzelnen eingehen können", berichtigte ihre Mutter sie in ruhigem Ton.

„Die werden trotzdem ganz schön sauer auf Olivia gewesen sein. Ihr Bruder hat ein Einser-Abi hingelegt und in Rekordzeit studiert. Und dann so was!"

„Ihr Vater ist schon sehr streng und fordert ständig Leistung", gab Frau Starker nach einigem Zögern zu. „Für ihn ist ihr Versagen sicherlich ein Affront. Er steht auf dem Standpunkt, ohne Abitur und Studium kommt man heutzutage nicht weit. Aber die Noten sind ja im Vorhinein bekannt. Vielleicht hätte man früher anfangen sollen, sie zu fördern."

Corinne schnaubte. „Als wenn Frau Reiter sich darum gekümmert hätte. Die ist mit ihren Hobbys und anderen Unternehmungen komplett ausgelastet. Aber egal. Eigentlich will Alex ja von dir wissen, ob du ihr das mit der Julia zutraust."

Die Mutter hatte bereits während der Frage den Kopf geschüttelt, nahm sich jedoch Zeit, ihre Antwort in Ruhe zu überdenken. „Ganz allein würde Olivia niemals eine Konfrontation angehen. Und dass sie dort zusammen mit ihrer gesamten Truppe auftaucht, kann ich mir nicht vorstellen. Ihr geht es darum, jemand in der Öffentlichkeit niederzumachen, vor Publikum. Was hätte sie von einem Besuch in dem einsam gelegenen Haus, vor allem aber, was wäre ihr Motiv?"

„Eifersucht?"

„Wegen dieser Beziehung?" Wieder schüttelte sie den Kopf. „Olivia hat keinen Draht zu Erwachsenen. Durch ihre Erfahrung mit den Eltern geht sie denen so weit wie möglich aus dem Weg. Bei den Lehrern stellte sie sich hilflos, um deren Mitleid zu erwecken."

„Sie sagten, Sie können sich vorstellen, dass sie auch vor Sachbeschädigungen und Diebstählen nicht zurückschreckte", wandte ich ein.

„Das sind zwei verschiedene Dinge. Unter Sachbeschädigungen verstehe ich kleinere Aktionen, wie welche von den Elektrorollern, die überall herumstehen, umzuwerfen oder den Außenspiegel von einem Auto abzutreten. Mit Diebstählen meine ich, unnütze Artikel als Mutprobe mitgehen zu lassen, sich stark zu fühlen, dass man es riskiert, gegen das Gesetz zu verstoßen. Etwas Größeres traue ich keinem von ihnen zu."

„Sind diese Vergehen der Gruppe hier allgemein bekannt?" Das konnte ich mir kaum vorstellen.

„Mama hat einen großen Bekanntenkreis", klärte mich Corinne netterweise auf. „Sie fotografiert in Kindergärten, in Schulen, auf Hochzeiten. Die Kunden empfehlen sie weiter." Und ich hatte vermutet, sie stelle in Galerien aus.

„Eigentlich macht sie das aus Spaß. Und weil sie nicht Nein sagen kann. Ihre Landschaftsaufnahmen, die bringen das Geld."

Ihre Mutter lachte auf. „Dafür erfahre ich bei diesen Kunden solche Dinge, natürlich alles streng vertraulich. Und wie gesagt, mir ist es wichtiger vor Ort zu sein und mich um dich zu kümmern. Du stehst für mich an erster Stelle."

„Oh, ja." Das klang fast wie ein Seufzer.

Wie man es anstellte, war es verkehrt. Die einen wünschten sich mehr Freiraum, die anderen mehr Beachtung. Ob es Felicitas und mir als Eltern wohl gelang, ein gesundes Mittelmaß einzuhalten?

38

„Können Sie mir bitte Ihre Einschätzung zu Nadine, Julia und Nils geben?", bat ich zuletzt noch.

„Ich kenne sie nicht sehr gut, habe sie nur auf den offiziellen Festen der Schule gesehen", schränkte sie ein, fuhr aber auf mein aufmunterndes Nicken hin fort: „Der Nils ist extrem schüchtern. Er steht sich selbst im Weg, da er jedes Wort auf die Goldwaage legt und so gar nicht aus sich herauskommt. Er ist mit Sicherheit ein treuer Freund", setzte sie mit einem Blick auf ihre Tochter hinzu. „Allerdings vermute ich, dass er dazu neigt, zu anhänglich zu werden. Ich hoffe, er entwickelt durch die Arbeit ein wenig mehr Selbstbewusstsein."

Corinne schob schmollend die Lippe vor. „Das ist ..."

„Und Julia?", unterbrach ich sie. Besser ablenken, als zu riskieren, dass Mutter und Tochter sich anfingen zu streiten. Anscheinend war ihr ebenso wie mir klar, dass das Mädchen tiefere Gefühle ihm gegenüber hegte.

„Julia war eher misstrauisch allen Fremden gegenüber, so mein Eindruck. Sie war sich selbst genug beziehungsweise ihr reichte das Umfeld, das sich ihr bot: Tante und Onkel, die sie wie eine eigene Tochter behandelten, ihre Arbeit bei der Hundehilfe, ihre freiwilligen Nachhilfestunden. In meinen Augen war Julia die Stärkste der Gruppe. Die hatte ihren Weg klar vor Augen."

„Und war trotzdem diejenige, die auf die Avancen des Lehrers hereinfiel", musste ich einfach einwerfen.

Sie nickte ernst. „Das ist leider nie zu verhindern, wenn ein Mädchen in der Pubertät ist. Viele verlieren ... als wenn ihr Verstand aussetzt ... die Gefühle stehen im Vordergrund ... sie sehen nicht die Realität, sondern das, was sie sich wünschen." Angesichts ihres Gestammels lachte sie nervös auf.

„Die Julia hat der Olchert in einem emotionalen Ausnahmezustand erwischt. Sie war am Boden zerstört, voller Trauer. Sämtliche ihrer Pläne hatten sich zerschlagen. Sie fühlte sich völlig allein gelassen."

Wieder öffnete Corinne den Mund, um einen Kommentar abzugeben, wieder war ich schneller. „Und Nadine?"

„Ein armes Kind, von Anfang an. Manchmal zweifle ich ehrlich an unseren Gesetzen, dass man die Kinder nicht schnellstmöglich anderweitig untergebracht hat. Das war doch kein Zustand. Mindestens einmal im Jahr war die Mutter zu einem längeren Aufenthalt in der Klinik und die Kinder blieben sich selbst überlassen. Dass es in den restlichen Monaten besser lief, wage ich zu bezweifeln."

„Sie liebt ihre Mutter", brachte Corinne verteidigend vor.

„Das macht die Situation ja so schlimm. Die Kinder werden gezwungen, sich zu kümmern, alles selbst zu organisieren. Eine unbeschwerte Kindheit? So was haben die nicht kennengelernt. Die haben sich so unauffällig wie möglich verhalten und versucht, alles selbst zu regeln. Beim ersten Mal sind die vier Älteren in einer Pflegeeinrichtung untergebracht worden", erklärte sie mir. „Fast zwei Jahre waren sie von der Mutter getrennt. Anschließend haben sie alles vermieden, dass so etwas noch einmal geschah. Die Nadine war so was von angepasst, so bemüht, nicht aus der Reihe zu tanzen. Sie …"

„Zuletzt hatte sie sich geändert", unterbrach Corinne sie.

„Ja, ich gebe zu, ich war überrascht, als ich sie an eurer Abschlussfeier erlebte. Man spürte, dass sie bereit war, für ihre Überzeugungen einzutreten. Etwas zu unwirsch vielleicht noch, doch ich bin sicher, sie geht ihren Weg."

„Jetzt fehle nur noch ich in dem Reigen." Corinne nickte ihrer Mutter zu. „Los, fang an!"

„Du bist zu empathisch, du möchtest, dass immer und überall Friede, Freude, Eierkuchen herrscht. Genau aus dem Grund hast du dich mit den dreien zusammengeschlossen. Sie standen außerhalb, das konntest du nicht ertragen. Lieber gesellst du dich dazu, als tatenlos zuzuschauen."

„Ihre Tochter hat einen exzellenten Verstand." Ich musste sie einfach verteidigen. „Ich bin mir sicher, zusammen mit ihrer empathischen Ader wird sie einen Weg finden, sich selbst zu verwirklichen."

Sie warf dem Mädchen einen liebevollen Blick zu. „Davon gehe ich aus. Auch in meinen Augen ist sie etwas ganz Besonderes."

Auf dem Rückweg schaute ich wie mit Corinne vereinbart wieder bei den Schäfers vorbei. Es war immer noch keiner zu Hause. Ich griff zum Handy, um sie zu informieren.

„Ich verstehe das nicht. Nadine sprach von zwei, drei Wochen, die sie mit ihrer Freundin zusammen verbringen wollte. Meinst du, ihr ist auch was passiert?"

„Das wüssten wir längst", beruhigte ich sie, beschloss jedoch, mich bei Herrn Janzen zu erkundigen.

„Gibt es schon neue Erkenntnisse zu Herrn Klinger?" Lieber meinem Anruf einen „vernünftigen" Grund geben!

„Ich hoffe das Ergebnis heute zu erhalten. Ich werde Sie informieren, sobald es vorliegt."

Seine Laune schien nicht die beste zu sein, trotzdem wagte ich die Frage nach Nadine.

Er reagierte ziemlich genervt. „Herr Grahl, wir haben längst mit dem Mädchen gesprochen. Sie ist nicht verreist, sondern bei ihrem Bruder auf dem Campingplatz. Leider kamen von ihr keinerlei relevante Hinweise. Die Tatnacht verbrachte sie bei ihrer Freundin. Die beiden sind früh am nächsten Morgen in den Urlaub geflogen."

Ich gab die Informationen an Corinne weiter. Beide rätselten wir herum, weshalb sich Nadine nicht bei ihr oder Nils meldete. „Wir hatten verabredet, uns nach ihrer Rückkehr zu treffen", wiederholte das Mädchen. „Ich meine, wir waren keine dicken Freundinnen, trotzdem hatte ich das Gefühl, sie wolle mit uns allen in Verbindung bleiben. Sonst hatte sie ja niemand."

„Was ist mit dieser Freundin?"

Sie lachte auf. „Angeblich ihre große Liebe! Das ist die Tochter einer Nachbarin von ihrem Bruder. Die ist achtzehn und schon in der Lehre. Nadine hat extra stundenweise nebenher im Supermarkt gearbeitet, um sich Geld für die gemeinsame Reise zu verdienen. Vorher haben die sich fast nur an den Wochenenden gesehen. Sie freute sich so darauf, endlich mehrere Tage am Stück mit ihr zusammen zu sein. Klar, die hat sie ja auch noch", kam die etwas verspätete Einsicht. „Ich meinte damit auch eher Freunde hier ihn Dortmund."

„Seit wann waren die beiden ein Paar?" Hatte ich diese Frage nicht schon gestellt?

Ihr schien es nicht aufzufallen. „Puh, schon länger. Ich glaube, die haben sich im letzten Sommer kennengelernt. Da war sie in den Ferien bei ihrem Bruder. Genau, als die Schule wieder losging, war sie super gut drauf. Die liebe Oliva und ihre Truppe gingen ihr plötzlich am Arsch vorbei. Sie sei im siebten Himmel, hat sie gesagt. Die blöde Tussi könne sie mal kreuzweise."

„Habt ihr sie kennengelernt?"

„Sie hat uns ein Bild von ihr gezeigt. War nur ein Schnappschuss und nicht viel drauf zu erkennen. Sie hatte lange blonde Haare und war ein bisschen dicklich. Sie heißt Sarah. Den Nachnamen hat sie nie erwähnt."

„Wo wohnt dieser Bruder?" Vielleicht kam ich über ihn weiter.

„Irgendwo in Oberhausen. Und der Campingplatz von dem ist am Möhnesee. Sie nannte ihn immer Bobo. Alle in der Familie haben so einen dämlichen Spitznamen."

Da würde ich mit dem Allerweltsnamen Schäfer keine Chance haben, ihn zu finden.

„Würdest du mich zu dem Gespräch mit ihr begleiten, wenn sie wieder zurück ist? Vielleicht gleich am Montag, wenn sie von der Arbeit kommt?"

„Falls du Zeit hast, könnten wir versuchen, sie vorher zu erwischen", sagte sie zu meinem Erstaunen. „Ich weiß, dass sie zum Juicy Beats wollte. Sie hat die Karte für Samstag schon im Vorfeld gekauft. Und am Sonntag geht sie mit Sicherheit zum BVB-Familien-Feiertach auf den Alten Markt. Die ist ein Borussia-Fan. Das lässt sie sich nicht entgehen."

Beides waren Veranstaltungen mit riesigem Besucherandrang. Ob wir ein einzelnes Mädchen dort finden würden?

„Ich bespreche mich mit meiner Freundin und melde mich bei dir." Fußballfans waren wir zwar nicht, aber das Musikfestival konnte uns schon reizen. Angeblich sollten am Wochenende erträgliche fünfundzwanzig Grad herrschen, das ideale Wetter für ein derartiges Event.

Wieder zu Hause, rief ich vorsichtshalber bei Frau Naumann an. Als sie hörte, dass ich mit einem Interessenten für einen ihrer Hunde vorbeikommen wollte, war sie sofort bereit, uns zu empfangen.

„Ich habe mir gestern noch die Internetseite angeschaut", begrüßte mich Mirko kurz darauf. „Von welchem Kandidaten fühle ich mich denn angesprochen?"

„Diese Entscheidung überlasse ich dir", gab ich mich großzügig. „Mir ist es wichtiger, mich in Ruhe mit den Mädchen zu unterhalten."

„Also ich beschäftige Frau Naumann, damit du freie Bahn hast?"

„Wenn möglich so, dass sie nicht mitkriegt, was ich ihre Helferinnen frage."

„Gebongt. Mir wird schon einiges einfallen."

Unerwarteterweise kam Frau Naumann selbst ans Tor, als wir klingelten. Sie gab sich äußerst herzlich mir gegenüber, so, als sei ich ein guter Freund. Klar, ich hatte ja auch behauptet, ich hätte bei meinen Freunden und Bekannten Werbung für ihren Gnadenhof gemacht und Mirko sei sehr interessiert. Tiefer war ich nicht ins Detail gegangen, alles andere konnte er selbst erklären.

Dieses Mal war von den kleineren Hunden nichts zu sehen oder zu hören. Frau Naumann führte uns am Haus vorbei und weit nach links zu dem neu angelegten Sportplatz. Vier Mädchen waren damit beschäftigt, vier Hunde zu trainieren. Wenn ich mich nicht täuschte, handelte es sich dabei genau um die, die zur Vermittlung standen.

Keiner von ihnen war angeleint, doch sie blieben brav neben den Helferinnen, während wir uns näherten.

Frau Naumann winkte eines der Mädchen heran. „Das ist Amor", stellte sie den großen, etwas räudig aussehenden Vierbeiner vor.

Mein Geschmack war er definitiv nicht. Von schlanker Gestalt und undefinierbar schmutzigbrauner Farbe hatte er nichts Gewinnendes an sich, dafür ein äußerst kräftiges Gebiss, das er bedrohlich bleckte.

Im Gegensatz zu mir blieb Mirko gelassen stehen, als der Hund langsam vortrat und den Kopf in seine Richtung reckte. Er drehte seine Handfläche nach außen und ließ das Tier schnüffeln. Dieses wandte sich wieder ab und drängte sich an Frau Naumann, die die Begegnung angespannt verfolgt hatte. „Er mag Sie", sagte sie jetzt.

„Er ignoriert mich, weil er keinen Draht zu mir hat", verbesserte Mirko sie ungerührt. Er deutete auf den Wuschel, der schon Felicitas gefallen hatte. „Was ist mit ihm?"

Sie winkte das Mädchen und den Hund heran. „Pablo ist bereits acht Jahre alt. Er kannte nur den Stall, in dem er gehalten wurde. Vor einem Jahr kam er zu mir, als sein Besitzer starb. Er ist auf einem guten Weg, braucht allerdings eine konsequente Führung."

Wieder hielt Mirko zuerst dem Tier die Hand hin. Pablo begann wild zu wedeln und machte einen Satz auf ihn zu. Ein scharfer Ruf von Frau Naumann stoppte ihn. Brav setzte er sich hin.

„Na, du bist ja ein Wildfang." Mirko schien die Attacke nicht zu stören. Er ging näher an das Tier heran und begann es zu kraulen.

„Hatten Sie vorher schon einen Hund?", fragte Frau Naumann, die sein Verhalten wohlwollend betrachtete.

„Ich bin mit Hunden aufgewachsen. Meine Eltern haben immer welche gehalten. Dies wäre mein erster eigener." Offensichtlich konnte er sich kaum von Pablo losreißen.

Da er Gnade vor ihren Augen gefunden hatte, bot ihm Frau Naumann an, mit auf den Platz zu kommen und die beiden anderen Hunde näher kennenzulernen. „In der Beschäftigung mit ihnen lässt sich am besten erkennen, welcher für Sie infrage käme."

Und du kannst ihn ebenfalls gleich auf Herz und Nieren prüfen, dachte ich bei mir. Für mich der Jackpot. So würde ich nicht auffallen, wenn ich am Rande stehen blieb und mich mit den Mädchen unterhielt.

39

Es kam, wie ich es mir gedacht hatte. Frau Naumann übernahm das Kommando über die vier Hunde und schickte zwei ihrer Helferinnen mit diversen Aufgaben versehen ins Haus. Die anderen beiden sollten sich in der Nähe zur Verfügung halten.

Ich gesellte mich zu ihnen. „Da habt ihr eine wirklich tolle Aufgabe", begann ich vorsichtig. „Mit Tieren, vor allem mit Hunden, arbeiten, ist das Schönste, was es gibt."

Beide nickten stumm.

„Macht ihr das schon lange?"

Die eine, ich schätzte sie auf dreizehn, nickte ernst. „Ich komme, seitdem ich zehn bin. Und die Merle auch."

„Ihr dürft keine eigenen Hunde halten, richtig?" Warum sonst sollten sie ihre Zeit hier verbringen.

Wieder nickten beide nur. Es würde sich schwieriger gestalten als gedacht, etwas aus ihnen rauszukriegen.

„Hoffentlich nimmt er den Pablo", sagte die Kleinere von beiden plötzlich. „Er ist so ein lieber Hund. Der hätte das verdient, dass er endlich eine eigene Familie kriegt."

„Die anderen nicht?" Ich musste mein Erstaunen nicht mal heucheln. Wie kam sie zu diesem Schluss?

„Die sind längst nicht so weit", erklärte mir ihre Freundin. „Der Amor ist voll auf die Naumann fixiert, der Merlin mag keine Kinder und der Cäsar kann nicht alleine bleiben. Außerdem legt er sich mit jedem fremden Hund an."

„Ihr kennt die Tiere gut", lobte ich. „Wie oft seid ihr hier?"

„In den Ferien jeden Tag. Sonst zwei-, bis dreimal in der Woche, sooft wir dürfen."

„Von den Eltern oder von Frau Naumann aus?"

Die neben mir Sitzende verzog das Gesicht. „Wegen der Eltern. Die sagen, es gibt auch noch anderes, nicht nur die Hunde."

„Frau Naumann kann froh sein, euch zu haben. Wie sollte sie sonst all die Arbeit schaffen?" Ich war schon echt gespannt, wie sie reagierten.

Leider gar nicht, sie nickten ein drittes Mal stumm.

„Spielt ihr die ganze Zeit mit den Tieren oder wie muss ich mir das vorstellen?"

Meine dämliche Frage entlockte ihnen ein Kichern. „Es gibt viele andere Dinge, die wir machen: Bürsten, die Zwinger säubern, ihnen das Futter bringen, dass die Frau Naumann kocht, die Näpfe auswaschen, bei den ganz Schwachen sitzen und mit ihnen reden", zählte die Größere auf.

„Zwinger? Wohnen die nicht im Haus?"

Dieses Mal erntete ich eine wahre Lachsalve, sodass sogar Frau Naumann einen Blick in unsere Richtung warf. Daraufhin beruhigten sich beide Mädchen schnell.

„Das klappt mit den meisten nicht. Es würde ganz oft zu Beißereien kommen, selbst die Kleinen sind nicht ohne."

„Wer kümmert sich eigentlich um die Tiere, wenn Frau Naumann mal krank ist?"

„Na, wir! Letztens war sie übers Wochenende im Krankenhaus." Merle warf sich in die Brust. „Seitdem die Julia nicht mehr so oft da sein konnte, habe ich den Ersatzschlüssel. Sie hat mich angerufen und Bescheid gesagt, dass ich morgens ganz früh hier sein und mich kümmern muss."

Super! Sie hatten die Sprache von sich aus auf die Ermordete gebracht. Jetzt musste ich nur noch …

„War echt anstrengend, das Wochenende", fügte ihre Freundin hinzu. „Gut, dass danach die letzte Schulwoche anfing und wir nichts vorbereiten brauchten."

Ich starrte sie verblüfft an. „Am letzten Wochenende vor den Ferien war die Frau Naumann im Krankenhaus?"

Merle winkte ab. „Sie hat bloß ein paar Infusionen gekriegt, war nichts Schlimmes."

Ich war so geschockt von dieser Wendung, dass ich mich in ihr weiteres Geplauder kaum noch einmischte und erleichtert aufatmete, als Mirko auf mich zukam und mir mit einem Wink zu verstehen gab, dass wir aufbrechen konnten.

Frau Naumann begleitete uns bis zum Tor, verabschiedete sich herzlich von uns und wies natürlich noch einmal daraufhin, dass Spenden jederzeit willkommen waren. Nach dem Fortschritt meiner Ermittlungen im Fall Julia erkundigte sie sich nicht. Auf mich machte sie den Eindruck, als interessiere sie es nicht, ob der Mord aufgeklärt wurde. Sie lebte eindeutig in ihrer eigenen Welt.

„Wie ist es bei dir gelaufen?"

Mirko warf mir einen spöttischen Blick zu. „Wenn ich gewollt hätte, säße der Pablo jetzt mit uns im Auto. Ein netter Bursche, wirklich. Wenn ich alleinstehend wäre, hätte ich vielleicht gezuckt. Aber der wird nie ein richtiger Familienhund. Der müsste eine Aufgabe haben, einen einsam gelegenen Bauernhof bewachen oder so was."

„Und? Wie hat sie deine Absage aufgenommen?"

„Relativ ruhig. Sie hat mir sogar angeboten, mich zu informieren, falls sie ein besser geeignetes Exemplar reinbekommt."

Tatsächlich hatte sie sich herzlich von uns verabschiedet – und natürlich wieder auf ihre Spendenseite verwiesen. Allerdings war keine Nachfrage in Richtung Julia erfolgt. Es schien sie nicht zu interessieren, ob der Mord aufgeklärt wurde. Sie lebte in ihrer eigenen Welt, die nur aus den Tieren bestand. Wer sich für diese interessierte, war willkommen. Weitere Kontakte darüber hinaus wollte sie eindeutig nicht.

„Wie ist es bei dir gelaufen?", erkundigte ich mich, als ich den Motor angelassen hatte.

Mirko warf mir einen spöttischen Blick zu. „Wenn ich gewollt hätte, säße der Pablo jetzt mit uns im Auto. Ein netter

Bursche, wirklich. Wenn ich alleinstehend wäre, hätte ich vielleicht gezuckt. Aber der wird nie ein richtiger Familienhund. Der müsste eine Aufgabe haben, einen einsam gelegenen Bauernhof bewachen oder so was."

„Wie hat sie deine Absage aufgenommen?"

„Relativ ruhig. Wir sind sozusagen als gute Freunde geschieden. Sie bot mir sogar an, mich zu informieren, sobald sie ein besser geeignetes Exemplar reinbekommt. Hast du denn neue Erkenntnisse gewonnen?"

Zuerst einmal musste ich die sich mittlerweile in mir aufgestaute Wut ablassen. „Die Mädchen haben alle eine komplette Gehirnwäsche erhalten. Frau Naumann ist die Einzige, die sich der armen Viecher annimmt und sie vor dem sicheren Tod bewahrt. Da sie eine Heldin ist, stört sich keiner daran, dass die sie ausnutzt. Nein", verbesserte ich mich. „Sie fühlen sich nicht mal ausgenutzt, sondern sind stolz darauf, dass sie auserwählt wurden, hier helfen zu dürfen."

„Zum Glück ist es nur eine Phase", beschwichtigte mich mein Freund. „Sobald sie in der Pubertät sind, werden andere Dinge wichtiger." Er grinste. „Zum Beispiel Jungs."

Tatsächlich war Julia das einzige Mädchen über vierzehn gewesen, wie mir die beiden bestätigten. Der normale Altersschnitt lag zwischen zehn und dreizehn. Merle und ihre Freundin gehörten zu denen, die schon am längsten dabei waren. Auch sie hatten ihre Herzen an zwei der Problemhunde gehängt, das war der Ansporn, weiter bei der Stange zu bleiben.

„Frau Naumann scheidet als Verdächtige aus", ließ ich dann endlich die Bombe platzen. Sie befand sich am Tag von Julias Ableben im Krankenhaus."

Gut, dass ich fuhr. Er reagierte genauso perplex wie ich. Es dauerte mehrere Minuten, bis er mich fragte: „Ist das sicher?"

„Die Mädchen sind von sich aus damit rausgerückt. Ich hatte mich noch nicht mal nach Julia erkundigt."

„Blöd, dass du dich nicht offiziell mit Kommissar Janzen austauschen kannst", seufzte er. „Dann wäre das heutige Abenteuer gar nicht nötig gewesen."

„So hattest du wenigstens ein Erlebnis, von dem du lange zehren kannst", witzelte ich und machte fast automatisch einen Abstecher zur Möllerbrücke, bevor ich ihn nach Hause brachte.

Dieses Mal stieg er aus und klingelte. Trotzdem tat sich nichts.

„Was versprichst du dir von einem Gespräch mit Nadine?"

„Sie hat sich wenige Tage vor Julias Ermordung mit ihr gestritten. Ich möchte den Grund erfahren. Vielleicht ergibt sich daraus eine neue Spur. Viele andere Möglichkeiten bieten sich mir ja zurzeit nicht. Morgen will ich mich mit dem neuen Besitzer von Julias Lieblingshund Bronko in Verbindung setzen. Ansonsten stehe ich dieses Mal echt auf dem Schlauch."

Als ich ihn vor seiner Wohnung absetzte, fiel mir Corinnes Vorschlag wieder ein. „Habt du und Inga Lust, am Samstag mit Felicitas, Corinne und mir zum Juicy Beats Festival im Westfalenpark zu gehen?"

„Klar, warum nicht. Ist allemal besser, als wieder bei euch im Garten zu wuppen", fügte er augenzwinkernd hinzu.

Auch Felicitas war von der Idee angetan, sodass ich gleich am nächsten Morgen bei dem Mädchen anrief, um die Verabredung zu bestätigen. „Nils kann leider nicht", teilte sie mir bedauernd mit. „Sie kommen erst am späten Abend aus Holland zurück."

Ich verkniff mir den Spruch: Du wirst es verschmerzen können, und verabredete stattdessen mit ihr, dass ich sie gegen elf Uhr abholen würde.

Am Abend zuvor hatte ich Frau Klinger gebeten, mir die Telefonnummer des ehemaligen Besitzers von Bronko aus Julias Handykontaktdaten herauszusuchen. Wider Erwarten hatte sie ihr Versprechen gehalten, dass eine ihrer Helferinnen sich darum kümmern würde. Schon um zehn Uhr erfolgte der Rückruf.

Leider entpuppte sich das Gespräch mit dem Mann als Reinfall. Nicht dass er sich sperrte, im Gegenteil, er berichtete mir in allen Einzelheiten von dem, was er und Julia damals unternommen hatten, um Frau Naumann dranzukriegen. Auslöser war der Tod des von beiden innig geliebten Bronko. Wenn ich seine Ausführungen richtig verstand, starb der Hund an einer der im Mittelmeerraum typischen Krankheiten, auf die er nie getestet worden war, weil Frau Naumann behauptet hatte, er stamme aus einer Zucht in Deutschland.

Er und Julia hätten damals regelmäßig miteinander telefoniert und er habe sie auch mehrfach mit dem Bronko besucht, damit die beiden sich sehen konnten. Das Mädchen sei hervorragend mit ihm zurechtgekommen und habe ihm viele wertvolle Tipps geben können. Dann sei der Hund plötzlich krank geworden und der Tierarzt habe ihn schon in der nächsten Woche einschläfern müssen.

„Julia war am Boden zerstört. Kurz darauf rief sie mich an und rückte mit der Idee heraus, die Naumann auszuspionieren. Nicht aus Rachsucht, so war Julia nicht. Ich denke, die Geschichte mit dem Bronko war der Tropfen, der das Fass zum Überlaufen brachte. Es muss zuvor schon einiges vorgefallen sein. Jedenfalls gelang es ihr, einige Mails zu kopieren, in denen es um die Welpen ging, die sie aus dem Ausland holte und hier verkaufte. Ich habe die anonyme Anzeige gegen sie gestellt und denen die Beweise zugeschickt, damit Julia außen vor blieb."

„Warum ist sie überhaupt noch weiter dorthin gegangen?"

„Sie wollte die Untersuchung miterleben. Falls ein weiteres Eingreifen vonnöten gewesen wäre."

„Wann haben Sie zum letzten Mal mit ihr telefoniert?"

„Das war kurz nach dem Tod ihres Onkels. Sie erklärte, sie habe beschlossen ihre Stunden bei der Naumann deutlich zu reduzieren. Ob sie mich anrufen könne, wenn sie noch weitere Beweise für Unregelmäßigkeiten fände? Natürlich sagte ich ihr, dass sie mich jederzeit kontaktieren könne. Aber es kam nichts mehr von ihr."

Kaum hatte ich das Gespräch beendet, meldete sich Kommissar Janzen. „Die DNA von Herrn Klinger stimmt mit der des Täters überein. Wir haben ihn wegen Fluchtgefahr in Untersuchungshaft behalten. Sein nächster Flug wäre nach Dubai gegangen."

„Hat er gestanden?"

„Bisher redet er kein Wort. Sein Anwalt wird sich jetzt wohl mit ihm besprechen. Vielleicht erfahren wir so wenigstens eine ungefähre Version."

Ich bedankte mich für die Auskunft und informierte umgehend Herrn Pickard.

„Die Polizei hat gerade bekannt gegeben, dass der Mörder von Herrn Olchert gefasst ist", begrüßte er mich.

„Der Kommissar hat es mir vor fünf Minuten persönlich mitgeteilt." Ich schilderte ihm das Wenige, das ich erfahren hatte.

„Schade. Ich hätte zu gern mehr über sein Motiv gewusst. Spekulieren liegt mir nicht."

„Sie könnten zumindest andeuten, dass der Tote eine sexuelle Beziehung zu einer ehemaligen Schülerin hatte."

„Die während des Unterrichts begann", ergänzte er. „Das ist eine bewiesene Tatsache."

„Mehr Neuigkeiten gibt es bisher nicht", gab ich zu. „Ich bin aber weiter dran."

„Lassen Sie mich ja nicht außen vor!"

Wenn es denn irgendetwas zu recherchieren gegeben hätte! Wie es aussah, war Nadine die Einzige, die mich eventuell auf die richtige Spur setzen konnte.

40

Voller Frust beschloss ich, wenigstens etwas Sinnvolles zu tun und unsere Gartenarbeit voranzutreiben. Kaum war ich losgefahren, fiel mir Frau Dr. Klinger ein. Besser ich informierte sie, bevor es die Polizei tat.

„Frau Doktor ist in einer Untersuchung", versuchte mich die Arzthelferin abzuwimmeln.

„Dann stellen Sie mich bitte anschließend durch. Es ist wichtig."

Fast zehn Minuten dauerte es, bevor sie sich meldete. „Haben Sie den Mörder meiner Tochter gefunden?"

„Ihr Mann ist der Mörder ihres Lehrers", erwiderte ich, ohne ihr Details zu diesem Teil meiner Nachforschungen mitzuteilen. „Er sitzt in Untersuchungshaft. Seine DNA stimmt mit der des Täters überein."

Sie seufzte vernehmlich. „Irgendwie habe ich das befürchtet. Hat er gestanden?"

„Nähere Einzelheiten kenne ich nicht. Am besten setzen Sie sich mit den zuständigen Ermittlern in Verbindung."

Sie bedankte sich tatsächlich bei mir und äußerte sich hoffnungsvoll, dass ich den Tod ihrer Tochter ebenfalls aufklären würde. Das hoffte ich genauso. Würde uns das Gespräch mit Nadine allerdings nicht weiterbringen, stand ich ganz schön auf dem Schlauch.

Heute ließ sich Fabian nicht blicken. Ich konnte in aller Ruhe meiner Arbeit nachgehen. Als ich am Abend schweißgebadet und mit lahmen Muskeln in unsere Wohnung zurückkehrte, erzählte ich nach einer ausgiebigen Dusche Felicitas von meinem Tag.

Sie blickte mich mit großen Augen an. „Du gibst doch nicht etwa auf?"

„Natürlich nicht." Zumindest nicht bevor ich mit Nadine gesprochen hatte.

„Sind Olivia und ihre Freunde hundertprozentig raus?"

„Wäre natürlich schön, wenn ich ihre Alibis kennen würde", wand ich mich. Trotz der gegenteiligen Meinung von Frau Starker, Corinne und Nils blieb ich weiterhin skeptisch. Es hätte einfach zu gut gepasst.

„Frag Corinnes Mutter! Wenn sie wirklich so gute Kontakte hat, wird sie vielleicht in Erfahrung bringen können, wo sich Olivia und ihre Gruppe am Samstagabend aufhielten."

Ich beugte mich vor und gab ihr einen Kuss. „Gute Idee! Ich rufe sie gleich morgen früh an."

Freitag, 29. Juli

„Ah, schon wieder der Herr Grahl. Sie wollen doch nicht etwa Ihren Besuch der morgigen Veranstaltung absagen?"

„Dabei bleibt es auf jeden Fall", versicherte ich Frau Starker. „Ich wollte Sie fragen, ob wohl die Möglichkeit besteht, dass Sie das Alibi von Olivia und ihren Freunden für die Tatnacht herausbekommen könnten."

Sie lachte. „Glauben Sie unserer Einschätzung nicht?"

„Ein guter Detektiv muss sämtliche Details prüfen, bevor er jemand als Verdächtigen ausschließt." Eine bessere Erklärung war mir nicht eingefallen.

Sie schluckte sie und erwiderte sogar zu meinem Erstaunen. „Da kann ich Ihnen tatsächlich helfen. Ihr Bruder war zu Besuch und die Eltern hatten abends eine von ihren Spendengalas. Deshalb musste sie bei ihm zu Hause bleiben. Ich habe dort fotografiert und dabei zufällig ihre Bemerkung aufgeschnappt. Die anderen vier waren bei Patricia zu Hause. Das weiß ich so genau, weil mir am nächsten Tag die Nachbarin erzählte, die hätten es im Garten richtig krachen lassen. Sie wäre drauf und dran gewesen, die Polizei zu rufen."

„Hat sie aber nicht."

„Nein, angeblich auf Rücksicht auf die Eltern. Ich sehe es eher so, dass sich keiner mit dem Mann anlegen will. Er ist Rechtsanwalt und man befürchtet, er würde anschließend auch jedes kleinste Vergehen zur Anzeige bringen."

Frau Starker bedankte sich zum Abschied bei mir für die Einladung, ihre Tochter mit zum Juicy Beats zu nehmen und mein Angebot, sie sowohl am Morgen abzuholen als auch am Abend zurückzubringen. Dass der Vorschlag, die Veranstaltung zu besuchen, von ihrer Tochter ausgegangen war, wusste sie offensichtlich nicht.

Jetzt musste ich wirklich dringend Corinnes Verbleib am Tatabend überprüfen. Ihre Mutter war ja nicht zu Hause gewesen. Konnte überhaupt irgendjemand bezeugen, wo sie sich nach diesem Kindergeburtstag aufgehalten hatte?

Wieder fuhr ich zu unserem neuen Haus, um meine Arbeit dort fortzusetzen. Es war eine gute Art, meine steigende Unzufriedenheit abzubauen. Dass ich nicht mal einen kleinen Schritt in meinen Ermittlungen weiterkam, nervte gewaltig.

Am frühen Abend startete ich einen weiteren Versuch, Nadine zu besuchen. Und tatsächlich, die Rollos waren hochgezogen, die Fenster geöffnet. Mit neuem Elan klingelte ich. Kurz darauf ertönte der Summer und ich stieg die Treppen nach oben. In der Tür stand ein blonder, junger Mann, so Mitte zwanzig, wie ich schätzte, bekleidet mit einer schmuddeligen Jogginghose und einem Tanktop, das muskulöse, mit mehreren Tattoos bedeckte Oberarme zeigte.

Misstrauisch musterte er mich ausgiebig. „Sie wünschen?"

„Mein Name ist Alexander Grahl, ich recherchiere zu dem Mord an Julia, einer Freundin von Nadine. Könnte …"

„Sie wird nicht mit Ihnen reden", unterbrach er mich und trat einen Schritt auf mich zu. „Lassen Sie sie in Ruhe."

„Ich möchte nur …"

„Interessiert mich nicht. Sie leidet genug. Gehen Sie wieder."

Obwohl ich spürte, dass ich ihn nicht erweichen konnte, versuchte ich ihn umzustimmen. „Bitte, es wäre äußerst wichtig für …"

„Garantiert nicht für Nadine", fuhr er auf und trat so dicht an mich heran, dass seine Brust die meine berührte. „Hauen Sie ab. Hier will keiner mit Ihnen reden." Und weil ich nicht direkt reagierte, gab er mir einen kleinen Schubs, der ausreichte, mich zurückstolpern zu lassen.

Ich griff zum Geländer und hielt mich im letzten Moment fest, bevor ich das Gleichgewicht verlor.

„Brauchst du Hilfe?" Hinter ihm tauchte ein zweiter ähnlicher Koloss auf, mit ebenso finsterem Gesichtsausdruck. Vermutlich hatte er versteckt in der Diele gestanden und unserer Unterhaltung gelauscht.

„Ich bin weg." Die ersten Treppenstufen nahm ich rückwärtsgehend, um die beiden im Blick zu behalten. Nicht dass sie, um ihrer Aufforderung Nachdruck zu geben, mir folgten und mich noch einmal bedrängten.

Nein, sie warteten oben, bis ich die Haustür aufzog und auf die Straße trat. Ohne innezuhalten, trabte ich zu meinem Fiat, setzte mich hinein und fuhr los. Was für ein Reinfall!

Zuhause empfing mich Felicitas mit der Frage, ob ich Corinne Bescheid gegeben hätte, dass wir am Sonntag nicht zum BVB-Familientag mitgehen würden.

Hatte ich natürlich nicht.

„Mein Ding ist so eine Massenveranstaltung jedenfalls nicht. Weißt du, was da los sein wird? Da ist auf dem Hansamarkt kaum noch ein Durchkommen. Die Attraktionen sind bestimmt wie immer derart umlagert, dass du gar nicht in deren Nähe kommst. Wie willst du in dem Riesengedränge eine einzelne Person finden?"

Wir waren beide keine Fußballfans und hätten normalerweise um so ein Event einen Riesenbogen gemacht. Hoffentlich denken unsere Kinder später wie wir, schoss es mir durch den Kopf. Das fehlte mir noch, dass ich jedes zweite

Wochenende mit ihnen ins Stadion marschierte und mir ein Spiel anschaute! Na, vielleicht erbarmte sich der Opa. Mein Vater war ein treuer Fan, mittlerweile nur noch vor dem Radio und dem Fernseher, aber wenn die Enkel ihn baten ...

„Wenn, musst du mit Corinne allein dorthin gehen."

„Wir könnten uns auf die Strobelallee beschränken." Vor dem Stadion gab es ein buntes Rahmenprogramm für Groß und Klein, wie ich gelesen hatte, und später im Signal-Iduna-Park noch weitere Höhepunkte wie das Legendenspiel und die Kadervorstellung. Diesen Teil würden wir uns schenken – die Eintrittskarten waren garantiert schon vergriffen.

„Ohne mich", wiederholte Felicitas.

Na ja, Lust auf so einen Ausflug hatte ich auch nicht, wurde mir klar. Und die Chance, das Mädchen zu finden, war viel zu klein, um sich dafür den Rest antun zu müssen. Am Montag würden wir sie garantiert erwischen, dazu allein. Wer wusste schon, mit wie viel Leuten sie morgen unterwegs sein würde.

„Ich verzichte ebenfalls auf das sonntägliche Event", teilte ich meiner Freundin mit. „Ein Ausflug in unseren Garten ist wesentlich angenehmer."

Felicitas grinste. „Meine Güte, wir beide sind zu richtigen Spießern mutiert."

Samstag, 30. Juli

„Ihre Brüder spielen sich gern mal als Beschützer auf", erklärte mir Corinne, als ich ihr von meinem gestrigen Aufeinandertreffen mit den Schäfers berichtete. „Vielleicht finden wir sie ja heute oder morgen. Wenn ich dabei bin, wird sie mit dir reden, jede Wette. Und wenn beides nicht klappt, stehen wir am Montagabend einfach vor dem Rewe und holen sie ab."

Damit war eindeutig klar, dass sie gedachte, weiter mit mir zu ermitteln.

Unsere Absage für das Event am Sonntag nahm sie relativ gelassen hin. „Gehe ich eben nur mit Nils." Ihre Augen strahlten, als sie seinen Namen aussprach. „Wir wollen uns auch noch das EM-Spiel anschauen."

„Viel Spaß", wünschte ich ihr. War es tatsächlich Zufall, dass die beiden sich trafen, oder hatte das Mädchen nachgeholfen? Statt direkt zum Westfalenpark zu fahren, machten wir einen kurzen Abstecher zur Möllerbrücke. Corinne hatte vorgeschlagen, allein vor das Haus zu treten und zu klingeln. Vielleicht würde Nadine ihr öffnen.

Die Dachfenster waren geschlossen, die Rollos hochgezogen. Nachdem Corinne zweimal geschellt hatte, trat sie zurück, blickte nach oben und versuchte es ein weiteres Mal, bevor sie aufgab. „Keiner da." Sie klang so enttäuscht, dass ich, obwohl ich nicht daran glaubte, auf unser bevorstehendes Event hinwies, um Nadine vielleicht doch noch heute zu erwischen. Die richtige Entscheidung, sie fand schnell zu ihrer guten Laune zurück und zählte uns während der Weiterfahrt sämtliche auftretenden Künstler auf.

41

Nach zwei Jahren Pause wegen Corona war der Andrang beim diesjährigen Juicy Beats Festival riesengroß. Wie so viele andere hatten wir beschlossen, direkt zur Eröffnung aufzuschlagen, ein Riesenfehler, denn die langen Schlangen vor den Kassen schienen endlos.

„Egal", Corinne wiegte sich im Rhythmus der Musik. „Es ist mein erstes Festival, vorher hat Mama mir das nie erlaubt. Und selber hingehen? Nee, das ist nichts mehr für meine Eltern."

„Ich bin auch gespannt", vertraute Felicitas ihr mit verschwörerischer Miene an. „Alex und ich waren auch noch nicht zusammen hier. Wir werden bestimmt viel Spaß haben."

Als wenn wir uns so was im Normalfall angetan hätten! Diese Mischung aus Pop, Hip Hop und Indie-Rock riss uns eigentlich nicht vom Hocker.

Andererseits war so ein Event mal was anderes, dachte ich bei mir, während wir zusammen mit Mirko und Inga, die bereits hinter dem Eingang auf uns gewartet hatten, den riesigen Menschenmengen zur Seebühne mit Sitzplätzen für rund zweitausendfünfhundert Zuhörer folgten, auf der die großen Namen der Szene auftreten würden. Das Wetter zeigte sich von seiner besten Seite, wir verbrachten Zeit mit unseren Freunden und ermöglichten gleichzeitig Corinne, das Event live zu erleben.

Bis wir unser Ziel erreicht hatten, waren selbst die höher gelegenen Wiesen rappelvoll. Viele Fans hatten sich Decken mitgebracht, auf denen sie lagerten, andere saßen dicht an dicht, einige tanzten oder sprangen auf und ab. Hier nach Nadine zu suchen, war ein absolut unmögliches Unterfangen.

Daher lauschten wir der Musik, wanderten von einer der Bühnen zur nächsten, um möglichst viele der anwesenden Bands mitzuerleben, gönnten uns zwischendurch einen Snack an einem der vielen – natürlich maßlos überteuerten – Imbissstände und ruhten uns zwischendurch auf einer der abgelegeneren Wiesen aus.

Ich hatte Felicitas gebeten, die Frage nach Corinnes Alibi zu stellen. Bei ihr würde es unverfänglicher klingen, wenn sie nachbohrte. Sie nutzte gleich die erste Pause und brachte das Gespräch auf den Kindergeburtstag an besagtem Tag. „Alex erzählte mir, du hilfst bei derartigen Festen? Ist das nicht furchtbar anstrengend?"

„Ich mach das nur für diese eine Nachbarin." Das Mädchen schien nichts dabei zu finden, dass meine Freundin davon wusste. „Ich hüte die beiden ab und zu. Die sind echt süß und es ist eine gute Übung für später. Ich will schließlich auch mindestens zwei Kinder."

Die Unterhaltung driftete in Richtung Zukunftspläne ab. Ich wandte mich Mirko und Inga zu.

„Sie ist bis um zehn bei den Nachbarn geblieben", teilte mir Feli mit, als wir zum nächsten Veranstaltungsort aufbrachen. „Die hatten sie eingeladen, mit ihr zusammen einen Film auf Netflix anzugucken, nachdem sie mit dem Aufräumen fertig waren. Und haben ihr ein Essen zum Dank spendiert. Ich denke, du kannst ihr glauben."

Ach, auf einmal?

„Sie ist so süß. Ihr traue ich eine derartige Tat nicht zu."

Ich verbiss mir mein Lachen und drückte sie stattdessen an mich. Wenn das angedachte Treffen mit Nadine mich nicht weiterbrachte, würde ich nicht umhinkommen, mich mit der Nachbarin zu unterhalten. Dabei sah ich es eigentlich ähnlich wie meine Freundin. Corinne war weder aufbrausend noch nachtragend – und sie hatte kein ersichtliches Motiv.

Und sie war ernsthaft bemüht, Nadine heute noch aufzuspüren. Im Gegensatz zu uns ließ sie sich nicht davon abhalten, jede Menschenansammlung näher zu begutachten, drängte sich zwischen die Zuhörer vor den Bühnen und musterte alle neu Hinzutretenden. Mir dagegen war längst klar, dass so ein Glücksfall viel zu selten vorkam.

„Die Kleine würde selbst einen guten Detektiv abgeben", merkte Mirko an und grinste. „Sie ist wesentlich enthusiastischer dabei als du."

„Ich bin eben Realist – und kann gut bis Montag warten." Natürlich hatte ich ihm beim letzten Telefongespräch schon alles Wissenswerte berichtet.

„Melde dich anschließend bei mir", bat er. „Ich …" Corinne hüpfte auf uns zu und er wechselte geschickt das Thema. „Ruf mich direkt an!", wiederholte er leise, als wir uns zur nächsten Bühne aufmachten. Er war eindeutig genauso gespannt wie ich, was Nadine zu erzählen hatte.

„Es war fantastisch!", schwärmte Corinne, als wir sie gegen vierundzwanzig Uhr wieder nach Hause brachten. „Vielen, vielen Dank, dass ihr mich mitgenommen habt."

„Nichts zu danken", Felicitas war sichtlich angetan von der Kleinen. „Und viel Spaß beim BVB-Tag."

Das Mädchen lächelte selig. „Den werde ich haben. Das wird bestimmt ebenso toll wie das heutige Event."

„Sie ist super lieb", sagte meine Freundin, kaum dass Corinne ausgestiegen war. „Total umgänglich, sehr bemüht und so was von dankbar. Dabei waren wir ganz sicher nicht die Richtigen für das heutige Festival."

Nein, wir hatten uns im Hintergrund gehalten und die feiernde Menge betrachtet, anstatt mitzutun. Corinne schien damit durchaus zufrieden gewesen zu sein, zumindest hatte sie nicht einmal gedrängt, dass wir mit ihr zusammen näher an die Bühne gehen sollten. Von der Musik war sie offensichtlich angetan, im Gegensatz zu uns, für Felicitas und mich stand jetzt schon fest, dass es unser erster und einziger

Ausflug zu diesem Festival bleiben würde. Selbst Mirko und Inga hatten entsprechende Andeutungen gemacht.

„Aber das verraten wir ihr nicht", grinste ich. „Ich habe mich schon genug in die Nesseln gesetzt, als ich zugab, dass ich mit Fußball nichts am Hut habe."

Felicitas kicherte. „Damit hast du einige Punkte auf ihrer Beliebtheitsskala verloren, wetten?"

Montag, 1. August

Wir hatten uns um drei vor dem Rewe verabredet, besser zu früh als zu spät, denn wir wussten ja nicht, wie Nadines Arbeitszeiten aussahen. Das Geschäft war von sieben bis einundzwanzig Uhr geöffnet, mittendrin müssten wir sie eigentlich erwischen.

„Warte draußen auf mich", bestimmte Corinne. „Nicht dass sie Panik kriegt, wenn sie dich entdeckt. Ich versuche mich direkt zu ihrem Feierabend mit ihr zu verabreden, sage ihr aber nicht, dass du dabei sein wirst."

Begeistert war ich von ihrem Vorschlag nicht, nur sah ich keine andere Möglichkeit, an das Mädchen heranzukommen. Offensichtlich wollte sie, aus welchen Gründen auch immer, zurzeit keinen Kontakt, selbst nicht mit ihren Freunden. Es wäre schon ein Glücksfall für uns, wenn sie sich mit Corinne verabreden würde.

Fast eine halbe Stunde lang lief ich vor dem Geschäft auf und ab. Dafür strahlte Corinne, als sie wieder auftauchte und siegesgewiss den Daumen hob. „Sie hat um achtzehn Uhr Feierabend. Ich habe gesagt, ich warte draußen auf dem Parkplatz auf sie."

Damit mussten wir über zwei Stunden überbrücken. „Wir gehen zuerst einmal um das Gebäude herum", schlug ich vor. Ich traute dem Mädchen nicht. Es gab bestimmt einen Personaleingang. Lag dieser versteckt, konnte sie sich, ohne entdeckt zu werden, verdünnisieren.

Bingo! Wir entdeckten eine unscheinbare Tür auf der Rückseite des Gebäudes, die über einen schmalen Weg zur Straße führte, ohne dass man über den Parkplatz gehen musste. Ich würde mich vorsichtshalber in der Nähe aufhalten.

Wir schlenderten eine halbe Stunde herum und setzten uns schließlich in ein Café. Corinne berichtete ausführlich von ihren gestrigen Erlebnissen. Von Nils war kaum die Rede und sie antwortete nur einsilbig, als ich nachfragte.

„Er hat Julias Tod immer noch nicht überwunden", gab sie zu, während wir uns auf den Rückweg machten. „Ich glaube, der trauert immer noch, muss wirklich schwer verliebt gewesen sein."

Wie du in ihn, dachte ich bei mir, hütete mich jedoch, diese Worte laut auszusprechen. Warum hätte ich darauf hinweisen sollen, dass ich von ihrem Geheimnis wusste? Die Enttäuschung über sein Verhalten war schon so schwer zu verkraften. Nur gut, dass ich die Zeit der Pubertät hinter mir gelassen hatte. Diese Phase meines Lebens war definitiv die bessere!

Sobald Corinne auf dem Parkplatz stand, rief sie mich an und hielt die Verbindung. „Sie müsste jeden Moment da sein."

„Abwarten!" Ich stellte mich neben einen Baum in der Nähe des Hintereingangs, sodass ich von Heraustretenden nicht zu sehen war.

„Immer noch nichts", teilte sie mir fünf Minuten später mit.

„Bei mir auch nicht. Wir …" Ich hielt inne. Die Tür öffnete sich und drei Frauen traten heraus, eine von ihnen war eindeutig Nadine. „Sie kommt hinten raus."

Ich wartete, bis die drei an mir vorbei und auf dem Weg zur Straße waren, bevor ich ihnen folgte. Blöderweise blieben sie dort angekommen stehen, um sich zu verabschieden. Dabei fiel Nadines Blick auf mich. Ohne erkennbaren Ansatz spurtete sie sofort los. Ich rannte hinter ihr her. Ich musste sie unbedingt erwischen, bevor sie ihr Wohnhaus erreichte.

Sie war schnell und hatte im Nu einen beträchtlichen Vorsprung herausgeholt. Ich versuchte an Tempo zuzulegen, um wenigstens den Abstand zu halten. Es gelang mir mit Ach und Krach, näher kam ich nicht an sie heran. Wo verdammt blieb Corinne? Sie hätte ihr so gut den Weg abschneiden können!

Nadine sprang auf die Straße, sodass ein Autofahrer scharf bremsen musste, und stürmte weiter. Ich verlor wertvolle Meter. Noch einmal um die Ecke und sie war zu Hause.

Weit hinter ihr nahm ich die Kurve – und atmete auf. Vor dem Haus stand mit verschränkten Armen Corinne, fest entschlossen, die Freundin nicht durchzulassen. Nadine versuchte sie zur Seite zu drängen, schrie sie an und warf sich mit ihrem ganzen Körper gegen sie, sodass diese ins Taumeln geriet. Bevor sie sich endgültig an ihr vorbeidrängen konnte, war ich heran und packte sie am Arm. „He, immer mit der Ruhe. Wir wollen nur mit dir reden."

„Aber ich nicht mit euch!" Ihre Augen sprühten angriffslustig. „Lass mich sofort los oder ich schreie."

„Gut, rufe ich den ermittelnden Beamten hinzu", tat ich, als würde ich nachgeben. „Es haben sich einige offene Fragen ergeben, die ihn bestimmt auch interessieren."

Sie sackte in sich zusammen und schüttelte abwehrend den Kopf.

Corinne berührte sie vorsichtig an der Schulter. „Ganz kurz nur, Nadine. Es ist wichtig."

„Was wollt ihr denn von mir?"

„Wir möchten ein paar Dinge abklären, die uns vielleicht weiterhelfen, den Mord an Julia aufzuklären", übernahm ich wieder.

„Ich weiß nichts", erwiderte sie störrisch, aber ich konnte die Panik in ihren Augen sehen.

„Du hast dich kurz vor ihrem Tod mit ihr getroffen." Eigentlich hatte ich mir eine angenehmere Atmosphäre für diese Befragung erhofft, nicht auf der Straße vor ihrem Wohnhaus.

Das Fenster neben uns öffnete sich und die neugierige Nachbarin beugte sich, soweit es ihre Fülle zuließ, hinaus. „Belästigen die dich?"

Nadine schüttelte schnell den Kopf. „Nein, nein. Es ist die Überraschung", stammelte sie. „Mit den beiden hatte ich gar nicht gerechnet." Sie straffte sich. „Kommt, wir gehen drüben in den Imbiss."

42

Corinne blieb an ihrer Seite, ich hielt mich zwei Schritte dahinter. Aber das Mädchen unternahm keinen neuen Fluchtversuch.

Um diese Zeit war in dem kleinen Gastraum nicht viel los. Nadine nickte dem Inhaber hinter der Theke zu und steuerte den hintersten Tisch an. „Wir nehmen nur einen Kaffee!" Sie setzte sich uns gegenüber, sodass sie die Wand im Rücken hatte.

Wir schwiegen, bis wir unsere Tassen vor uns stehen hatten.

„Es ist so viel passiert", begann Nadine und starrte nachdenklich in ihre Tasse. „Ein Scheiß nach dem andern. Das mit Julia hab ich nur am Rand mitgekriegt. Kurz vor meiner Rückkehr aus Spanien hat meine Mutter versucht sich umzubringen. Drei Tage lang stand sie auf der Kippe. Mein Bruder hatte meine Schwestern schon eingesammelt und zu sich auf den Campingplatz geholt. Ich bin bei ihnen geblieben, wir sind erst seit dem Wochenende wieder da. Die Schule, der Job, das ist mir wichtig, dass ich bald auf eigenen Füßen stehe."

„Ach, Nadine." Corinne starrte sie betroffen an. „Das tut mir so leid. Hast du deshalb nicht auf meine Mails reagiert?"

„Ich war nicht in der Wohnung und am Wochenende hatte ich keine Zeit, mal reinzugucken."

„Wie geht es deiner Mutter?"

Sie zuckte lässig die Achseln, trotzdem war zu erkennen, wie tief getroffen sie immer noch war. „Die bleibt jetzt für Monate da in der Klinik. Wir müssen halt sehen, wie es weitergeht. Wird schon irgendwie, hat bisher ja auch geklappt."

„Bleiben deine beiden kleinen Schwestern auch hier?"

Sie wurde rot vor Empörung. „Na, sicher. Wir kümmern uns. Die beiden müssen nicht ins Heim."

Wir sollten langsam zum Punkt kommen. „Warum bist du nach der Abschlussfeier bei Julia gewesen?", brachte ich mich ins Gespräch, sie gezielt weiter duzend, um eine gewisse Vertrautheit zu schaffen.

„Na, weil wir ein ganz besonderes Geschenk für Olivias Papa geplant hatten." Statt mich anzusehen, blickte sie in Corinnes Richtung, als sie fortfuhr. „Du und Nils, ihr wart nicht eingeweiht. Ihr hättet versucht uns das auszureden."

Das ganz besondere Geschenk entpuppte sich als eine mit den heftigsten Sprüchen der Tochter beschriebene DVD. Fast ein Jahr lang hatte Nadine jedes Mal, wenn sich die Möglichkeit bot, einen Handymitschnitt von Olivias Bemerkungen gemacht. So war genügend Material zusammengekommen, das zeigte, zu welchen hässlichen Kommentaren sie sich hinreißen ließ und dass meistens sie die Anführerin der Hetze war.

„Julia hatte sich aus der Praxis einen gestempelten Umschlag und ein Blatt mit den Daten ihrer Mutter besorgt. Darauf wollten wir zusammen einen kurzen Brief schreiben, so nach dem Motto: Sie habe durch Zufall sehr wichtige Unterlagen erhalten, die ihn bestimmt interessieren", berichtete Nadine. „Die sollten endlich aufwachen und sehen, was die für ein Aas ist."

„Julia stellte sich quer", vermutete ich. „Habt ihr deshalb gestritten?"

Ihre Augen verengten sich. „Der Kleine von nebenan, richtig?"

„Was ist genau passiert?", fragte ich, anstatt ihre Vermutung zu bestätigen.

„Sie und ihre Mutter haben bei der Abschlussfeier mit Olivia und ihren Eltern an einem Tisch gesessen. Da hat Julia mitgekriegt, wie der Vater tickt. Grauslich, war das, sagte sie. Ja, und deshalb wollte sie das nicht mehr machen. Wir sollten beide einen Schlussstrich ziehen, meinte sie. Wir hätten nie wieder mit ihr zu tun." Nadine hielt inne und trank ihren Kaffee aus, winkte dem Inhaber und verlangte noch einmal dasselbe.

Dieses Mal kam er mit der Kanne, füllte ihre Tasse und sah uns auffordernd an.

„Lieber eine Cola", meinte Corinne, während ich nickte.

„Ich war total sauer", bekannte Nadine. „Die ganze Vorarbeit hatte ich erledigt. Sie sollte nur zusammen mit mir den Brief schreiben. Ich hätte ihn selbst noch eingeworfen." Sie schüttelte den Kopf. „Nee, keine Chance. Die wollte mir nicht mal das Blatt mit dem Vordruck geben."

„Wie seid ihr verblieben?"

Sie schnaubte. „Na, wie schon? Sie hat nicht nachgegeben. Ich solle vorwärtsschauen, mein Leben genießen. Klar, hat ja super geklappt. Die letzten Wochen haben wir jeden Tag gezittert, dass das Jugendamt auf der Matte steht und die beiden Kleinen abholt. Gott sei Dank hat Bobo das regeln können. Er und Bras kümmern sich abwechselnd um uns."

Ich konnte Corinne anmerken, dass sie entsetzt über das Gehörte war und sich mit Vorwürfen zurückhalten würde. „Warum bist du weggelaufen?"

Nadine lief rot an. „Weil ich zuerst dachte, die Julia hätte das mit der DVD doch noch durchgezogen und Olivias Vater hätte mir einen Detektiv auf den Hals geschickt, die Nachbarin von unten hatte so was erwähnt. Auf noch mehr Ärger hatte ich echt keine Lust."

„Uns geht es um Julia", brachte Corinne vor. „Wir wollen ihren Mörder finden."

„Hast du eine Idee, um wen es sich handeln könnte?", hakte ich nach, da Nadine schwieg.

„Ehrlich gesagt habe ich da überhaupt nicht drüber nachgedacht", gab sie zu. „Nee, keine Ahnung, echte Feinde hatte sie eigentlich nicht, es sei denn ..." Sie schob die Unterlippe vor und überlegte eine Weile. „Nein, ich habe ja die DVD wieder mitgenommen. Sie …" Ihre Augen flackerten. „Wie genau ist Julia gestorben?", versuchte sie abzulenken.

„Es scheint zu einem Streit gekommen zu sein, bei dem sie von der anderen Person grob in den Teich geschubst wurde. Leider fiel sie auf den Rand des steinernen Springbrunnens und wurde ohnmächtig. Sie ist ertrunken." Ich wartete gespannt auf ihre Reaktion.

Sie senkte den Blick und starrte mehrere Minuten lang schweigend auf die Tischplatte. Corinne wollte tröstend eingreifen, ich gab ihr mit einem kurzen Wink zu verstehen, still abzuwarten.

„Wusstest du, dass Julia ein Verhältnis mit dem Olchert hatte?", platzte Corinne dann doch heraus.

Nadine zuckte zusammen. „Was? Nee, ne, is nich wahr! Oder?" An dem Gesicht ihrer Freundin konnte sie die Wahrheit ablesen. „Ehrlich? Sie und der? Seit wann lief das? Hat er sie umgebracht?"

„Nein, er hat ein Alibi", übernahm ich die genauere Erklärung. „Und er wurde ein paar Tage später ebenfalls ermordet."

Sie schaute mit weit aufgerissenen Augen von mir zu Corinne. „War es derselbe Täter?"

„Arme Nadine", sagte Corinne aus tiefstem Herzen, als ich sie nach Hause brachte. „Ich glaube, nach allem, was ihr passiert ist, war der Mord an Julia eher nebensächlich für sie."

Ich riss mich zusammen, um sie nicht zu maßregeln, dass sie mein Verhör mit ihrer Aussage über den Lehrer total durcheinandergebracht hatte. Nadine verschwieg irgendetwas. Ich musste mich noch einmal allein mit ihr unterhalten.

„Da denkst du, es ginge endlich aufwärts. Stattdessen hast du jede Menge Probleme."

„So, wie du Nadine beschrieben hattest, habe ich sie mir ganz anders vorgestellt, irgendwie tougher."

„Ja, die stand echt neben sich. Aber das ist kein Wunder, bei dem, was sie alles mitgemacht hat", verteidigte sie die Freundin. „Die sind völlig auf sich gestellt, haben keinen, der ihnen hilft."

Dafür war jedoch der Zusammenhalt innerhalb der Familie sehr eng. Die großen Brüder schienen sich intensiv zu kümmern.

„Und jetzt?", fragte Corinne in meine Gedanken hinein.

„Ich werde mich morgen hinsetzen und meine Aufzeichnungen kontrollieren. Im Moment gibt es nicht einen echten Hinweis. Ich hoffe, dass ich danach einen Ansatz sehe", schwindelte ich. Aber ich würde allein mehr erreichen als mit ihr zusammen.

Sie seufzte enttäuscht. „Meinst du, wir finden den Täter überhaupt noch?"

„Vielleicht wenigstens eine neue Spur, der wir folgen können", tröstete ich sie. „Oft schon sah es bei meinen Ermittlungen so aus, als käme ich nicht weiter. Dann auf einmal kam der Durchbruch. Manchmal ist es nur eine Kleinigkeit, die man vorher nicht richtig eingeordnet hat."

Sie ließ sich durch meine Worte beruhigen. Wir verabredeten, dass ich sie regelmäßig über meine weiteren Schritte unterrichtete. Vielleicht sogar schon morgen, dachte ich, nachdem sie ausgestiegen war. Mit etwas Glück gelang es mir, Nadines Geheimnis im ersten Anlauf zu knacken.

„Wie ist sie denn so?", fragte Felicitas neugierig, nachdem ich ihr unser Gespräch geschildert hatte.

„Puh! Groß und kräftig, eine Art Mannweib", versuchte ich meinen Eindruck von ihr zu beschreiben. „Und trotzdem äußerst sensibel, denke ich. Die nimmt jede Kränkung schwer. Sie weiß genau, dass sie ein Außenseiter in dieser Gesellschaft ist."

„Armes Mädchen. Fass sie bitte nicht zu hart an."

„Willst du mich vielleicht begleiten?" Meine Freundin war der ausgleichende Typ, der mit jedem gut klarkam. Mit ihr an meiner Seite wäre es einfacher, zu Nadine durchzudringen.

Sie begann zu strahlen. „Ich soll mitkommen? Gern, super gern sogar."

„Dann hole ich dich morgen an der Klinik ab und wir sprechen gemeinsam mit ihr."

Wie lange arbeitete wohl ein Hörgeräteakustiker? Bis sechs oder halb sieben vermutete meine Freundin. Also setzte ich mich erst um sieben mit Nils in Verbindung. „Wie war der erste Tag?"

„Super interessant." Er stutzte. „Du rufst sicherlich nicht an, um mich danach zu fragen, oder?"

Wir hatten nicht mehr telefoniert, seitdem ich ihn am Mittwoch auch kurz über die Verhaftung von Herrn Klinger informierte. „Nein, ich wollte dich fragen, wie du Nadine einschätzt. Corinne und ich hatten heute ein Gespräch mit ihr. Nun lässt mich das Gefühl nicht los, dass sie relevante Einzelheiten zurückhielt."

„Sie ist ziemlich verschlossen", bestätigte er. „Das liegt bestimmt an der blöden Familiensituation. Selbst uns gegenüber hat sie sich immer zurückgehalten, wenn einer von uns nachfragte."

„Julia und sie wollten Olivias Vater eine DVD schicken, auf der die Sprüche seiner Tochter zu hören waren."

„Echt? Das gönn ich ihr."

„Julia hat im letzten Moment einen Rückzieher gemacht."

„Und Nadine war sauer", vermutete er.

„Wie würde sie deiner Meinung nach auf eine derartige Abfuhr reagieren?"

Er überlegte. „Keine Ahnung. Aufgeben wahrscheinlich und sich noch schlechter fühlen. Weißt du was, wir fragen Anna. Die wohnt hier um die Ecke und war eine Zeit lang ziemlich dicke mit Nadine. Ich lauf eben rüber und melde mich gleich wieder."

Gut, dass er das Gespräch so schnell abbrach. War ihm wirklich nicht klar gewesen, dass wir über diese Bekannte vermutlich Nadines Handynummer erfahren und ihre Befragung längst durchgezogen hätten?

Schon fünf Minuten später klingelte mein Telefon.

„Kannst du sofort kommen? Sie will gleich noch weg."

Selbstverständlich konnte ich. Wieder verbiss ich mir eine Bemerkung zu seinem Versäumnis und machte mich stattdessen auf den Weg. Immerhin konnte ich froh sein, dass ihm diese Verbindung noch eingefallen war.

43

Nils und Anna standen vor der Haustür, als ich vorfuhr. Schwarze, kinnlange Haare, breiter Oberkörper, die bloßen Arme mit unzähligen Tattoos bedeckt kam sie direkt auf mich zu und schüttelte mir kräftig die Hand. „Du interessierst dich für Nadine?"

„Ich möchte sie etwas besser einschätzen können. Ihr Verhalten, als ich sie traf, war etwas widersprüchlich. Es ist mir nicht gelungen, mir ein Bild von ihr zu machen."

Sie lachte rau. „Die Kleine hat sich um hundertachtzig Grad gedreht, meint Nils. Früher kriegte sie kaum die Zähne auseinander und hätte sich am liebsten in einem Mauseloch verkrochen, wenn man sie ansprach. Ich habe sie ein bisschen unter meine Fittiche genommen, bin ab und zu mal mit ihr rausgegangen, ein Eis essen, durch die Stadt bummeln, so was halt."

„Wart ihr ein Paar?"

Mit sichtlichem Vergnügen schlug sie mir fest auf die Schulter. „Nee, sie brauchte halt eine, die sie mal irgendwohin mitnimmt, sich kümmert, damit sie nicht versauert. Damals war sie noch nicht so weit, dass sie wusste, was sie wirklich wollte", setzte sie erklärend hinzu.

„Wie lange habt ihr euch getroffen?"

Sie dachte stirnrunzelnd nach. „Ich bin vor zwei Jahren von der Schule ab, danach wurde es weniger. Vor gut einem Jahr hat sie sich dann gar nicht mehr gemeldet. Egal, laut Nils kam sie gut klar."

„Ist sie ein BVB-Fan?"

Sie schüttelte sich geradezu aus vor Lachen. „Ja, klar, bei den Brüdern! Die haben sie oft mitgeschleppt, dorthin und auf den Campingplatz. Da ist sie oft gewesen, der ältere Bruder hatte da einen Wagen stehen."

„Das war's schon." Ich bedankte mich und wandte mich ab, als mir noch etwas einfiel: „Wie würdest du sie beschreiben?"

„Einsam, damals war sie einsam, musste für ihre Schwestern immer die Starke sein. Eigensinnig, wenn sie sich was in den Kopf gesetzt hatte, wollte sie es unbedingt umsetzen, egal welche Argumente dagegensprachen. Und nachtragend, sie konnte das, was die Mitschüler ihr antaten, nicht vergessen." Sie legte den Kopf schief und überdachte ihre Worte noch einmal. „Andererseits war sie total lieb. Du konntest alles von ihr haben. Mochte sie dich, hat sie sich wahnsinnig um dich bemüht und dir alles, was in ihrer Macht lag, ermöglicht."

„Eine super Beschreibung!", lobte ich sie. „Nun weiß ich, wie ich bei ihr dran bin."

Nils, der schweigend neben uns gestanden hatte, wartete, bis wir uns ein paar Schritte entfernt hatten, bevor er herausplatzte: „Was sollte das? Verdächtigst du etwa Nadine?"

Ich zog ihn zu meinem Fiat hinüber und bedeutete ihm einzusteigen. „Nein, sie war es nicht", erwiderte ich, nachdem wir die Türen geschlossen hatten. „Aber sie hält definitiv etwas zurück. Ich werde morgen noch einmal mit ihr sprechen und wollte deshalb vorher eine gute Einschätzung von ihr."

Er fuhr hoch. „Kann ich dabei sein?"

„Nein", musste ich ihn enttäuschen. „Das wäre kontraproduktiv, wenn einer von euch anwesend wäre. Vor euch würde sie es bestimmt nicht zugeben, falls sie etwas Relevantes zurückhält?"

„An was denkst du?"

Ich würde mich hüten, ihn mit der Nase darauf zu stoßen. „Sie hat irgendein Geheimnis. Ich hoffe, sie wird es morgen lüften."

Natürlich wollte er sich nicht mit diesen Worten zufriedengeben. Es dauerte eine Weile, bis es mir gelang, ihn auf den nächsten Tag zu vertrösten.

„Und Corinne begleitet dich wirklich nicht?" Das schien seine größte Sorge zu sein, dass ich sie bevorzugte.

„Nein", versicherte ich ihm zum gefühlt hundertsten Mal.

„Ich versuche sie allein abzufangen."

Dienstag, 2. August

Bevor wir uns in der Nähe des Personalausgangs postierten, schickte ich Felicitas in den Laden.

„Sie ist da", berichtete sie aufgeregt. „Es wird wohl heute klappen."

Fast eine Stunde standen wir uns regelrecht die Beine in den Bauch, weil wir es nicht wagten, uns zu weit zu entfernen. Dann trat Nadine wie am Tag zuvor mit zwei Arbeitskolleginnen zusammen aus der Tür.

Ich gab meiner Freundin ein Zeichen und schritt auf sie zu.

„Hallo, Nadine. Es haben sich noch ein paar Fragen ergeben. Hättest du kurz Zeit für uns."

Die beiden Frauen neben ihr schauten uns verdutzt an und verabschiedeten sich schnell. Ich sah, dass Nadine hastig überlegte, wie sie mich loswerden konnte. Als Felicitas neben mich trat, gab sie seufzend auf. „Was gibt es denn noch?"

„Ich habe mich gestern mit Anna unterhalten", begann ich. „Sie hat eine ausnehmend gute Meinung von dir und lobte dich in den höchsten Tönen. Allerdings meinte sie, du würdest von einem einmal gefassten Entschluss nicht abweichen, schon gar nicht, wenn es sich dabei um jemand wie Olivia handelt."

Sie presste die Lippen zusammen. Bevor ich nachhaken konnte, öffnete sich die Tür erneut und spuckte zwei weitere Mitarbeiter aus, die offensichtlich eine kleine Zigarettenpause machen wollten.

„Lasst uns woanders hingehen", schlug meine Freundin vor. „Hier kann man sich nicht vernünftig unterhalten."

Ich lotste die beiden zu dem Imbiss, in den wir uns gestern gesetzt hatten. Wieder bestellte Nadine nur eine Tasse

Kaffee. Felicitas und ich schlossen uns an. Kaum hatten wir das dampfende Gebräu vor uns stehen, beugte ich mich vor. „Bitte, Nadine. Sag uns die Wahrheit."

„Sie nahm erst einen großen Schluck Kaffee. „Das hat nichts mit Julia zu tun. Es ist allein meine Angelegenheit."

„Du hast die aufgenommen Sequenzen trotzdem an Olivias Vater geschickt", schlussfolgerte ich. „Aus dem Grund hattest du anfangs Angst vor mir."

„Ich bin nicht so sozial wie Julia – es war", hängte sie nach einer kurzen Pause an. „Für mich war die Schulzeit ein Albtraum. Sie soll büßen für das, was sie mir angetan hat."

„Hast du ihm den Brief mit dem Stick nach Hause geschickt?"

Sie straffte sich. „Nein, ich habe denen kleine Ausschnitte auf den Anrufbeantworter geschickt."

Ich starrte sie verblüfft an. Darauf wäre ich nie gekommen.

Felicitas erholte sich schneller. „Von deinem Handy aus?"

„Ich dachte, ich mach das ganz offiziell. Von Julia wusste ich, dass die am Wochenende immer den Anrufbeantworter anlassen und auf laut stellen, damit sie rechtzeitig drangehen können. Wegen der Patienten", ergänzte sie. „Deren Anrufe haben sie ignoriert. Es war nur für Bekannte gedacht. Also habe ich am Samstagmorgen die ersten zwei geschickt, ganz kurze, die hatten keine Chance abzunehmen. Sie hatten ja meine Handynummer und der Vater hätte zurückrufen können. Hat er aber nicht. Also habe ich um die Mittagszeit rum zwei weitere geschickt, zwei am Nachmittag und zwei am Abend. Von denen kam keine Reaktion, null. Auch nicht später. Als die Nachbarin von unten erzählte, da sei ein Detektiv gewesen, da dachte ich, der Vater hätte ihn mir auf den Hals geschickt. Das würde zu denen passen."

„Wie schlimm waren die Sprüche denn?", fragte Felicitas neugierig nach.

„Wollen Sie sie hören?", fragte Nadine eifrig. „Ich habe sie noch auf dem Handy."

Auf ihr Nicken suchte sie die entsprechenden Aufnahmen.

„Guck dir das dicke Trampel an!" Kurze Pause. „Sieht billig aus und passt daher perfekt zu ihr", hörten wir.

„Blöd wie Brot!" Pause. „Na, bei der Mutter! Rein in die Klapse, raus aus der Klapse, wie eine Drehtür!"

Ich schielte zu Nadine, die regungslos lauschte. Anzusehen, wie sehr sie diese Sprüche getroffen haben mussten, war ihr nicht. Doch ich konnte verstehen, dass, wenn man ihnen täglich ausgesetzt war, irgendwann der Kessel überlief.

„Pscht, den nehmen wir uns später vor. Ich überleg mir was Passendes." Pause. „Jetzt, wo ich die sehe, fällt mir ein, dass ich noch den Müll rausbringen muss."

Felicitas schüttelte immer wieder entsetzt den Kopf. Sie hielt sich nur noch mit Mühe zurück.

„Glotz nicht so blöd! Ach, du kannst ja nicht anders." Hämisches Lachen von mehreren Personen. „Ein IQ von allerhöchstens Zimmertemperatur."

„Heftig." Schade, dass mir kein besseres Adjektiv einfiel. Das war Mobbing in Reinkultur.

„Die beschissensten waren zu lang", erklärte Nadine bedauernd und dann lebhafter: „Ich habe noch jede Menge Material. Die paar sollten den Vater dazu bringen, sich bei mir zu melden." Sie schüttelte den Kopf. „War wohl wieder mal Wunschdenken, dass die reagieren."

„Oh, das haben sie, allerdings anders, als du es dir vorstelltest", sagte ich langsam, während mein Gehirn auf Hochtouren lief. „Herr Reiter ist nicht ohne, wurde mir mehrfach berichtet. Ich vermute, er hat seinen Frust direkt an Olivia ausgelassen, anstatt sie von Fremden weiter vorführen zu lassen. Diese Aussagen werden Konsequenzen für sie nach sich gezogen haben."

„Ja?" Nadine grinste erfreut.

„Was macht so ein Mädchen nach einem Tag Telefonterror?", nahm Felicitas den Faden auf. „Vor allem wenn die Eltern ziemlich sauer reagieren, und zwar auf sie bezogen?"

Nadine zuckte die Achseln. Sie verstand nicht, worauf wir hinauswollten.

„Sie geht zu der, von der sie sich erhofft, dass sie der Anruferin Paroli bietet und dafür sorgt, dass diese Anrufe aufhören", gab ich die Antwort.

„Noch einen Kaffee?" Ausgerechnet jetzt tauchte der Imbissverkäufer auf.

„Ja, noch eine Runde", bestätigte meine Freundin schnell.

„Aber Julia hatte damit nichts zu tun!", protestierte Nadine.

„An dich wird sie sich nicht rangetraut haben", erklärte ich ihr. „Deine Brüder sind ein beachtliches Bollwerk. Ich nehme an, sie wusste von ihnen?"

Sie nickte kläglich. „Mama war meist nicht in der Lage, zu irgendeiner Schulveranstaltung zu kommen. Da sind Bobo und Bras eingesprungen."

„Außerdem hoffte Olivia, bei Julia bessere Karten zu haben als bei dir", setzte ich hinzu.

„Sie meinen … sie hat Julia … also sie war das?" Ihre Augen füllten sich mit Tränen. „Das habe ich nicht gewollt, ehrlich nicht."

Nein, so weit hattest du gar nicht gedacht. „Es ist nur eine Vermutung. Und es wird sehr schwer, es ihr nachzuweisen." Ich warf einen Blick auf meine Armbanduhr. Eigentlich müsste Nils mittlerweile Feierabend haben. „Wie wäre es, wenn wir uns mit Corinne und Nils zusammensetzen und gemeinsam überlegen, welche Möglichkeiten wir haben?"

„Ich auch?" Nadine schüttelte den Kopf. „Lieber nicht."

„Dich trifft keine Schuld. Wie hättest du ahnen können, auf was für eine Idee Olivia kam? Dass sie letztendlich ausrastet und Julia derart grob schubst und diese so unglücklich stürzt, dass sie ertrinkt, konnte niemand vorhersehen."

„Weil sie mich verteidigt, mir beigestanden hat, sich weigerte, was zu unternehmen", flüsterte mein Gegenüber.

„Das war eben Julias Art."

„Es war ihre Entscheidung", übernahm Felicitas. „Du brauchst dich wirklich nicht grämen. Hilf uns lieber, Olivia zu überführen."

„Die anderen …"

„… sollten froh sein, dass du so offen und ehrlich warst", unterbrach ich sie. „Ich rufe die beiden an. Wir holen Nils ab und fahren zu Corinne."

Der Junge war sofort Feuer und Flamme, obwohl ich ihm nur ein paar Bruchstücke hinwarf. Auch während der Fahrt schwiegen wir. Jedes Mal, wenn er versuchte nachzubohren, vertröstete ich ihn auf unser angesetztes Treffen. Felicitas bemühte sich, mit Nadine ins Gespräch zu kommen, indem sie nach ihrer Arbeit und ihrem Urlaub fragte, erhielt jedoch nur einsilbige Antworten. Einzig ihre Angewohnheit, uns ständig siezen zu wollen, trieb sie ihr erfolgreich aus.

Ich hatte mich, kaum dass ich hinter dem Steuer saß, ausgeklinkt, um noch einmal in Ruhe nachzudenken. War Felis und meine Kombination nicht zu gewagt? Klar, wir hatten endlich ein gutes Motiv gefunden, das den Schubser erklären konnte. Daraus allerdings zu schließen, dass nur Olivia die Schuldige sein könne, entbehrte jedem vernünftigen detektivischen Vorgehen. Vor allem da das Mädchen ein Alibi für die Tatzeit vorweisen konnte.

Deshalb war es sinnvoll, die Zeit bis zu unserem Treffen mit den anderen, zu nutzen, um die einzelnen Fakten zu prüfen.

44

Kaum hatten wir eingeparkt, öffnete sich die Tür und Corinne blickte uns neugierig entgegen. „Kommt alle rein!", rief sie. „Wir können das Wohnzimmer nutzen." Mich hielt sie am Ärmel zurück. „Ist was mit Nadine?" Bisher hatte ich ihr nur mitgeteilt, dass wir uns dringend mit ihr besprechen müssten.

„Viel besser. Wo ist deine Mutter?"

„In der Küche. Sie wird uns nicht stören."

„Hol sie dazu", bat ich.

Sie blieb wie angewurzelt stehen. „Bist du dir sicher?"

„Ja, es kann sein, dass wir ihre Hilfe benötigen."

So saßen wir uns kurz darauf im Wohnzimmer gegenüber, Nadine, Corinne, Nils, Felicitas und ich auf der ausladenden Couch, Frau Starker hatte im Sessel Platz genommen und schaute neugierig von einem zum anderen. Ich fasste unseren Wissensstand kurz zusammen und betonte dabei noch einmal, dass Nadine keine Schuld an dem Vorgefallenen trug, nicht mal hatte ahnen können, zu was ihre Anrufe Olivia in unseren Augen trieben. „Natürlich ist es bisher nur ein Verdacht", schloss ich. „Das Erste, was wir abklären müssten, ist, ob sie und ihr Bruder tatsächlich die ganze Zeit über im selben Zimmer saßen. Ich denke, er war nicht als Besucher da, sondern um auf seine Schwester aufzupassen, der die Eltern ein Ausgangsverbot erteilt hatten."

„Willst du ihn etwa aufsuchen?" Corinne schüttelte vehement den Kopf. „Der wird umgehend seinen Vater benachrichtigen. Oder vielleicht sogar für Olivia lügen."

„Wenn die Ermittler ihn befragen sicherlich nicht."

„Die Polizei soll die Aufklärung übernehmen?" Der empörte Aufschrei kam von Nils. „Das kannst du nicht machen, Alex."

„Die schafft es, sich rauszureden", unterstützte ihn Corinne. Selbst Nadine nickte. „Der Vater hat großen Einfluss. Der findet bestimmt Leute, die für ihn lügen."

Davon würde Herr Janzen sich garantiert nicht beeinflussen lassen. Trotzdem war ihre Reaktion nachvollziehbar.

„Noch ist nicht geklärt, ob sie überhaupt die Schuldige ist", warf Felicitas beschwichtigend ein. „Ich bin auch dafür, zuerst selbst zu recherchieren, Alex. Zeigt ein Foto von ihr in der Nachbarschaft herum. Vielleicht erinnert sich jemand, sie an dem bewussten Abend gesehen zu haben."

„Und den Busfahrern", warf Frau Starker, die bisher geschwiegen hatte, ein. „Irgendwie muss sie ja zum Sölderholz gekommen sein."

„Wenn sie nicht zu Fuß gegangen ist."

„Die? Ganz bestimmt nicht!", waren sich die drei Jugendlichen einig.

„Die Zeit drängte", meinte auch Felicitas. „Der Bruder konnte sich jederzeit überzeugen wollen, ob sie noch brav in ihrem Zimmer saß."

„Ich werde morgen die Anwohner rund um Onkel Jochens ehemaliges Haus befragen", gab ich mich geschlagen. Und zwar in der Hoffnung, dass bei meiner ersten Runde niemand an einen weiblichen Teenager gedacht hatte – unverdächtiger ging es schon gar nicht mehr.

„Und ich strecke meine Fühler bei denjenigen aus, die in der Nähe der Bushaltestelle wohnen." Frau Starker blickte in die Runde. „Sonst noch irgendwelche Vorschläge?"

„Gehen wir einfach mal davon aus, wir finden einen entsprechenden Beweis. Was machen wir dann?"

„Eine gute Frage, Nils", erwiderte ich, da alle mich auffordernd ansahen. „Normalerweise müssten wir spätestens zu dem Zeitpunkt an die Ermittler übergeben." Ich legte eine kurze Pause ein und wartete auf einen erneuten Aufschrei. Seltsamerweise blieb dieser aus, stattdessen grinsten die Jugendlichen siegesgewiss. „Nur denke ich, ihr möchtet lieber zuerst selbst ein klärendes Gespräch mit ihr führen."

Nadine beugte sich vor. „Wir bringen sie schon irgendwie dazu, die Wahrheit zu sagen."

„Am besten nehmen wir ihr Geständnis auf", spann Corinne den Faden fort. „Damit es Papas teurem Anwalt nicht anschließend gelingt, sie frei zu pauken."

Nils nickte bekräftigend. „Sie darf nicht ohne Strafe davonkommen."

Ich blicke zu Frau Starker. „Sehen Sie eine Möglichkeit, wie wir Olivia allein erwischen?"

„Unter der Woche vormittags, da ist ihre Mutter meist unterwegs. Ich könnte mich erkundigen, welche Termine bei ihr anstehen."

Natürlich zogen meine drei Helfer lange Gesichter, denn Corinne war die Einzige, die noch Ferien hatte.

„Mama, bitte!", sprang sie für ihre Freunde in die Bresche. „Fällt dir nicht irgendwas anderes ein? Wir wollen alle dabei sein."

Frau Starker seufzte. „Es gäbe vielleicht eine Alternative. Die ziehe ich jedoch erst in Betracht, wenn ihr einen Zeugen gefunden habt, der Olivia am Samstagabend auf der Straße sah."

Mittwoch, 4. August

Bevor ich mich auf den Weg zum Sölderholz machte, rief ich Herrn Pickard an. „Der Verdacht konzentriert sich auf ihre ehemalige Klassenkameradin Olivia. Jetzt benötige ich eine Auskunft von den Busfahrern, die an dem entsprechenden Tag unterwegs waren. Wie kriege ich raus, wer Dienst hatte?"

„Sie könnten den heutigen Fahrer befragen. Vielleicht gibt er Ihnen den Namen."

An seinem amüsierten Tonfall hörte ich bereits heraus, dass er diese Idee nicht für sonderlich erfolgreich hielt.

„Oder Sie bitten mich ganz lieb, Ihnen diese Information zu besorgen."

Als wenn ich eine Wahl gehabt hätte! „Okay, seien Sie bitte so freundlich. Im Gegenzug verspreche ich Ihnen meine sofortige Meldung, wenn wir ein Geständnis von ihr haben."

„Sie scheinen sich ziemlich sicher zu sein."

„Es spricht vieles dafür", ruderte ich zurück. „Nur fehlen uns bisher die Beweise."

„Das heißt, Sie wollen so schnell wie möglich eine Antwort, richtig?"

„Lieber gestern schon", gab ich zu.

„Schicken Sie mir ihr Foto aufs Handy. Ich setze mich in der ersten freien Minute dran."

Zweimal zog ich meine Runde rund um unser neues Haus durch. Es blieb dabei, niemand hatte Olivia gesehen. Herr Pickard meldete sich nicht.

Um kurz nach sechs rief Nadine an, eine halbe Stunde später Nils. Ich vertröstete beide auf morgen.

„Mama hat keinen gefunden, der Olivia auf dem Weg zur Haltestelle bemerkte." Corinne klang tief enttäuscht. „Irgendwie kann ich mir das gar nicht vorstellen. Ich habe ihr gesagt, sie soll noch mal gezielt Hundebesitzer ansprechen. Die sind doch abends immer unterwegs."

Eine geniale Idee! Ich würde mich morgen auch noch einmal auf den Weg machen.

Donnerstag, 5. August
Ich parkte früh morgens vor unserem Haus ein und ging hinüber zur Nachbarin. Um diese Zeit würde ich sie bestimmt noch erwischen.

„Herr Grahl!" Frau Jacobs blickte mich besorgt an. „Ist irgendwas passiert?"

„Entschuldigen Sie bitte die Störung. Kennen Sie die Hundebesitzer in der Straße? Ich müsste diese dringend befragen."

Sie zog die Stirn kraus. „Am Anfang der Straße in dem blauen Haus wohnen die Schnatterlings. Die haben einen Dackel. Und hier schräg gegenüber in der Doppelhaushälfte links gibt es einen Boxer. Ansonsten ... die Bauern hinten raus. Meist gehen der Mann oder der Sohn abends noch eine Runde mit dem Hund. Es geht doch um die Mordnacht?", fragte sie mit hochgezogenen Brauen.

„Sie sollten sich unbedingt mal als Detektiv versuchen", scherzte ich.

Sie ging nicht auf meinen Jux ein, sondern hielt mich, als ich mich schon umdrehen wollte, mit einer Handbewegung zurück, trat einen Schritt auf mich zu und senkte die Stimme: „Die Ermittler sind bei uns gewesen und haben Fabian befragt. Wussten Sie, dass Julias Vater nach ihrem Tod vorbeikam und sich über ihn bei unserem Jungen informierte, wer ihr Freund war?"

„Ja, er erzählte mir und meinem Freund davon, als wir drüben ein paar Büsche umpflanzten."

Mit hochgezogenen Augenbrauen musterte sie mich. „Und da sind Sie nicht sofort zu uns gekommen und haben uns davon berichtet?"

„Ich wusste nicht, inwieweit seine Aussage relevant ist. Ich fand es sinnvoller, erst einmal mit dem zuständigen Kommissar darüber zu reden."

Natürlich nahm sie mir diese Behauptung nicht ab.

„Es war sein Geheimnis", verteidigte ich mich. „Das Handy, mit dem er das Foto schoss, dass er überhaupt als Einziger diesen Mann nebenan gesehen hatte, es dauerte lange, bis er sich mir gegenüber öffnete."

„Und wir hatten keine Ahnung!" Ihre Augen blitzten wütend. „Was denken Sie, wie ich mich gefühlt habe, als plötzlich die Ermittler auftauchten und mit Fabian sprechen wollten? Beschissen", nahm sie meine Antwort gleich vorweg." „Mein

Sohn verschweigt mir wichtige Dinge, nimmt hinter meinem Rücken ein Geschenk an und vertraut sich eher den neuen Nachbarn an als mir."

Es fehlte nicht viel und meine Gesichtszüge wären komplett entgleist. Nein, an die Eltern hatte ich keinen Gedanken mehr verschwendet. „Es tut mir leid. Ich hätte mich anschließend bei ihnen melden sollen."

„Das hätten sie", nickte sie grimmig.

Ich versuchte mich an einem entschuldigenden Lächeln. „Wird nicht wieder vorkommen."

„Mein Mann und ich haben entschieden, dass Fabian in der nächsten Zeit lieber keinen Kontakt zu Ihnen haben darf." Sie wandte sich ab und schloss mit Nachdruck die Tür hinter sich.

Aufstöhnend setzte ich mich in Richtung auf die Straße in Bewegung. Ich hatte es komplett vergeigt. Ob sich unser gutes nachbarschaftliches Verhältnis wiederherstellen ließ?

Am besten beratschlage ich mich mit Felicitas, beschloss ich. Sie hat das richtige Händchen dafür, diese schwierige Situation zu bereinigen.

Kaum stand ich auf dem Bürgersteig, trat ein Mann aus dem gegenüberliegenden Haus beziehungsweise wurde von seinem Hund ungestüm nach draußen gezerrt. Im Laufschritt ging es bis zum ersten Baum, an dem der Boxer prompt sein Bein hob. Bis er sich entleert hatte, stand ich neben den beiden. „Guten Morgen, Grahl. Ich ziehe demnächst in das Haus gegenüber ein", stellte ich mich vor. Denn ihn hatte ich auf meinen Befragungen bisher nie getroffen.

„Der Schriftsteller, der sich als Detektiv betätigt", grinste er, bis ein Ruck von der Leine ihn unsanft weiterzog. „Wollten Sie was Besonderes von mir?"

Ich beeilte mich, neben ihn zu kommen. Das Tier schob ein gewaltiges Tempo vor, wir hetzten mehr dahin als gemütlich zu schlendern.

„Er muss dringend sein Geschäft erledigen, hinten bei den Äckern", entschuldigte der Mann seinen Hund.

„Ich wollte Sie nur fragen, ob sie an dem Tag, als Julia starb, ein junges Mädchen mit blonden Haaren in der Nähe gesehen haben?" Ich angelte nach meinem Handy, doch er schüttelte abwehrend den Kopf. „Warten Sie bitte kurz!"

Sobald wir die Wiese erreicht hatten, löste er die Leine und der Boxer sprang davon. Ich hielt ihm den Bildschirm hin. Er beugte sich näher darüber. „Kommt mir schon bekannt vor, die Kleine. Darf ich mal?" Er nahm das Handy selbst in die Hand und betrachtete das Foto eingehend. „Ja, sie rannte zur Bushaltestelle. War spät dran. Aber ob das jetzt genau an dem Abend war? Nee, das kann ich nicht mit Gewissheit sagen."

„Erinnern Sie sich an die Uhrzeit?"

„War unsere letzte Runde, also zwischen neun und zehn. Da gehen wir immer einmal um den Block. Ha! Genau! Der Bus fährt um kurz nach zehn. Und dass ich das Gefühl hatte, sie renne, um ihn zu erreichen, das weiß ich noch."

Wir hatten sie! Ich bedankte mich bei dem Mann und musste an mich halten, nicht los zu jubeln. Die Gespräche mit den anderen Hundebesitzern konnte ich mir schenken. Diese eine Aussage reichte völlig. Olivia war bestimmt nicht mehrfach bei Julia aufgetaucht.

45

Kaum war ich zu Hause angekommen, meldete sich Herr Pickard. „Der Busfahrer, der in die Aplerbecker Mark fuhr, erinnert sich an das Mädchen. Er wartete extra noch auf sie, als er sie losspurten sah. Bedankt hat sie sich nicht. Schien ein wenig neben der Spur zu sein, wie er sich ausdrückte. Erst vermutete er, sie sei betrunken und hatte Angst, sie würde ihm auf die Sitze kotzen. Doch sie blieb bis zum Aussteigen ruhig."

Ich atmete tief durch. Gleich zwei Treffer! „Bei dem Datum ist er sich sicher?"

„Hundertprozentig! Es war seine letzte Tour. Am nächsten Tag ging er in Urlaub."

„Seinen Namen haben Sie?"

„Ich bin kein Anfänger!"

„Entschuldigen Sie, ich bin bloß so erfreut über Ihre Nachricht."

„Wie geht es jetzt weiter?"

„Die Kids wollen sie unbedingt selbst mit den Beweisen konfrontieren. Wir müssen uns noch überlegen, wie wir sie allein stellen können."

„Viel Glück!", wünschte er mir. „Und denken Sie an Ihr Versprechen."

Anschließend drückte ich sofort auf Frau Starkers Nummer. „Einer der Busfahrer erinnert sich an sie und dass es sich um den betreffenden Tag handelte. Ein Hundebesitzer im Sölderholz sah sie zur Haltestelle rennen. Er ist sich allerdings unsicher mit dem Datum."

„Schön, dann kann ich mir meine Nachforschungen schenken", freute sie sich.

„Haben Sie schon eine Idee, wie wir an Olivia rankommen?"

„Ich denke, ich bitte Frau Reiter um Hilfe. Mir ist ein Model kurz vor dem Termin abgesprungen", mimte sie die Verzweifelte. „Wäre es möglich, dass Olivia übernimmt? Sie ist genau der Typ, den ich für die Fotos brauche." Sie nannte den Namen eines bekannten Modejournals. „Die Tochter auf Hochglanz! Das zieht garantiert bei ihr."

„Und wenn sie wirklich Hausarrest hat?"

„Macht die Mutter es trotzdem möglich. Der beste Termin wäre am Samstag um zehn. Da ist der Vater beim Golfspielen."

Wir setzten ein Treffen für den Abend an, um letzte Einzelheiten zu besprechen.

Samstag, 6. August

Vorsichtshalber erschienen Nils, Nadine und ich bereits um neun. Frau Starkers Fotoatelier lag im Keller ihres Hauses. Sie führte uns mit ernster Miene in das Zimmer neben den Raum, in dem die Fotos geschossen werden sollten. Wir setzten uns auf die bereitstehenden Hocker, jeder von uns konnte kaum an sich halten vor Aufregung.

Während Nadine, Corinne und Nils begannen miteinander zu flüstern, wandte ich mich Frau Starker zu. „Mit dieser Aktion machen Sie sich die Reiters zum Feind, ist Ihnen das klar?"

„Oh, ja." Sie nickte grimmig. „Wie hätten wir es sonst durchziehen sollen? Olivia lässt sich draußen nicht mehr blicken. Und es musste ja unbedingt am Wochenende sein."

Ich blickte zu Nadine hinüber, die extra mit einer Arbeitskollegin getauscht hatte, um dabei sein zu können. „Es bedeutet ihr sehr viel. Sie hat immer noch Schuldgefühle."

Sie lächelte. „Sehen Sie, das war mir Ansporn genug."

Die drei Jugendlichen verstummten, als sie den Raum verließ und einen Vorhang zur Abtrennung vorzog. Alle drei rutschten unbehaglich auf ihren Hockern herum. Um die Zeit zu überbrücken, begann ich Nadine von unseren Recherchen zu berichten. Bald unterstützten mich sowohl Corinne als auch Nils.

„Was für ein mieses Schwein!" Sie hatte Tränen in den Augen, als wir von Svea erzählten. „Ich kann Herrn Klinger verstehen, dass er ausgerastet ist. Hoffentlich …"
Die Klingel unterbrach sie. Ich legte den Finger auf die Lippen und horchte. Zwei weibliche Stimmen! War die Mutter etwa mitgekommen?
Mehrere Minuten lang unterhielten sich die Frauen in der Diele, dann rief Frau Starker laut „Tschüss" und setzte hinzu: „Komm, Olivia! Hier lang bitte!"
„Wow! Das ist ja richtig professionell", staunte das Mädchen kurz darauf.
„Ich fotografiere für Modezeitschriften. Die haben schon gewisse Erwartungen", lachte Corinnes Mutter. „Setz dich bitte dort auf den Stuhl. Ich hole eben die Objektive."
Das war unser Stichwort. Ich schob den Vorhang zur Seite und trat gefolgt von Nils, Corinne und Nadine in den Raum. Olivia sprang auf, als wir eintraten. „Sie? Ihr?" Sie sprintete ansatzlos auf die Tür zu.
Nadine war schneller. Wie ein Felsblock stand sie davor und verschränkte die Arme vor der Brust. „Du bist uns ein paar Antworten schuldig."
„Frau Starker! Hilfe!", kreischte Olivia los.
„Pech gehabt", grinste Corinne. „Sie ist auch der Meinung, dass du endlich reden solltest."
Sie wurde leichenblass. „Wagt es ja nicht, euch an mir zu rächen", zischte sie. „Es gibt immer ein …"
„Sie sind am Tag ihres Todes bei Julia gewesen", ging ich dazwischen. „Es fanden sich mehrere Zeugen, die Sie zur Tatzeit in der Nähe gesehen haben. Was wollten Sie von ihr?"
Sie schüttelte heftig den Kopf. „Ich war zu Hause. Mein Bruder kann es bezeugen."

„Ja, was denn?", fuhr Nils auf. „Dass du den ganzen Abend über in deinem Zimmer gesessen hast? Wo war er denn? Direkt neben dir?"

„Du hattest Stubenarrest und er sollte dafür sorgen, dass du zu Hause bleibst", setzte Corinne hinzu. „Wahrscheinlich hatte er es sich auf der Couch im Wohnzimmer gemütlich gemacht in der Annahme, du würdest dich nicht an ihm vorbei trauen."

„Ihr Bruder wird die Wahrheit sagen müssen, wenn ihn die Polizei befragt", versuchte ich Ruhe in unser Verhör zu bringen. „Dem gegenüber stehen die Augenzeugen. Denken Sie an den Busfahrer, der extra auf sie wartete."

Olivia sank auf ihren Stuhl zurück. Dann straffte sie sich. „Mit euch rede ich nicht. Was bildet ihr euch eigentlich ein, wer ihr seid? Detektive?" Sie stieß ein affektiertes Lachen aus. Ich erwischte Nils gerade noch am Arm, bevor er sich auf sie stürzen konnte.

„Wollen Sie lieber mit den ermittelnden Beamten sprechen?", fragte ich ruhig.

Sie zuckte mit den Schultern. „Warum nicht?"

„Die werden dich in die Mangel nehmen." Nadine, die an der Tür lehnte, grinste hämisch. „Bei denen brauchst du es gar nicht erst mit deiner üblichen Tour zu versuchen."

„Der Busfahrer kann sich gut an dich erinnern", schob Corinne nach. „Du bist zur Haltestelle gerannt. Ein Mann, der seinen Hund ausführte, hat dich auch gesehen."

„Du bist aus dem Fenster geklettert, ohne dass dein Bruder was merkte", trumpfte Nils auf. „Und auf dem gleichen Weg zurückgekehrt. Hattest wohl gedacht, das kriegt keiner mit. Tja, Pustekuchen!"

„Sie mussten dringend mit Julia reden. Sie war die Einzige, von der Sie sich Hilfe erhoffen konnten", mimte ich den Verständnisvollen. „Ihre Stimme auf dem Anrufbeantworter, die Beleidigungen, die Ihr Vater hörte, mit jeder neuen Sequenz wurde er wütender auf Sie. Das musste aufhören."

„Du hast Julia geschubst, weil sie sich querstellte", übernahm Corinne wieder.

Olivias vorgetäuschte Ruhe begann zu bröckeln. Trotzdem sagte sie leise: „Ich war das nicht."

„Jetzt steh doch wenigstens dazu!", rief Nils, der kaum noch an sich halten konnte, die Wahrheit aus ihr heraus zu prügeln. Ich trat neben ihn und umklammerte fest seinen Arm. Wir würden keine Gewalt anwenden! „Sie haben Julia gebeten, Nadine zu stoppen. Sie hatten Angst, Ihr Vater würde Sie fallen lassen, wenn er den Rest auch noch hört."

Sie blickte zu Boden und schwieg.

„Julia weigerte sich, dir zu helfen. Da hast du sie in den Teich geschubst und bist einfach abgehauen, als sie sich nicht mehr regte", übernahm Corinne. „Wie konntest du nur!"

„Du bist eine Mörderin!", zischte Nadine.

„... und wirst für lange Zeit ins Gefängnis wandern", stieß Nils nach. „Dafür sorgen wir."

Olivia blickte ruckartig hoch. „So war das nicht!", heulte sie auf. „Ja, ich habe sie angefleht, der Nadine zu sagen, sie solle damit aufhören, weil ich eh schon mächtig Ärger hatte. Sie behauptete, sie könne nichts machen. Sie dürfe ihr nicht vorschreiben, was sie machen dürfe und was nicht."

„Du warst so wütend, dass du ihr einen Schubs gabst." Automatisch verfiel ich ins Du. Wir mussten sie unter Druck halten, damit sie nicht zum Nachdenken kam. Sonst behauptete sie am Ende noch, sie wäre einfach wieder gegangen, der Täter müsse direkt nach ihr gekommen sein.

„Sie hat mich im Garten abgefertigt, wollte mich nicht mal ins Haus lassen."

„Was war es, dass dich so in Rage brachte, dass du die Kontrolle verlorst und sie gestoßen hast?", ließ ich nicht locker.

„Sie sagte, ich hätte es verdient, dass endlich einmal einer aufstände und sich rächen würde."

Das reichte immer noch nicht. Sie musste es selbst aussprechen. „Stand sie direkt vor dem Teich?"

„Sie hatte gerade die Fische gefüttert, als ich kam. Zuerst wollte sie einfach an mir vorbei wieder ins Haus gehen. Ich habe sie angefleht, mir zuzuhören."

„Sie blieb hart und gab dir anstatt Hilfe diese Sprüche."

„Ich wollte das nicht!", schrie sie plötzlich. „Ich habe sie geschubst und bin weggelaufen. Ich konnte doch nicht ahnen, dass sie auf einen Stein fällt, ohnmächtig wird und ertrinkt."

Nils trat dicht vor sie. „Du bist schuld an ihrem Tod."

Corinne und Nadine rührten sich nicht. Das wahre Geschehen hatte sie zu sehr erschreckt.

Ich nahm mein Handy von dem kleinen Schrank in der Nähe, schaltete die Aufnahmefunktion ab und informierte Herrn Janzen, dass er bitte vorbeikommen solle.

Die Viertelstunde bis zu seinem Eintreffen standen wir schweigend da. Olivia weinte bitterlich, doch keiner der anderen wollte ihr Trost zusprechen. Auch ich blieb stumm. Wenn ich daran dachte, wie sie sich bei unserem ersten Gespräch verhalten hatte, konnte ich kein Mitleid aufbringen. Sie musste nun die Konsequenzen aus ihrem Tun tragen.

Epilog

Mehrere Wochen sind vergangen und es ist wieder Normalität bei uns eingekehrt. Julias Vater hat den Mord an Herrn Olchert tatsächlich im Beisein seines Anwaltes gestanden – beziehungsweise einen Totschlag im Affekt. Am Tag vor unserem Gespräch hatte er von dem Ergebnis der Obduktion erfahren. Nach der Unterhaltung mit Dietmar und mir allein, beschloss er, selbst die direkten Nachbarn auszufragen, denn er vermutete, dass sich die Liebenden in dem leerstehenden Haus getroffen hatten. Bevor er noch seinen Entschluss in die Tat umsetzen konnte, entdeckte er Fabian, der im Garten des verstorbenen Onkels herumstöberte.

So lautet zumindest meine Erklärung. Seine hört sich etwas anders an: Angeblich sei die Idee, dem Jungen Bronko, das Stofftier, zu schenken, eine spontane Idee gewesen. Schließlich habe er gewusst, dass der Nachbarssohn und Julia ein enges Verhältnis pflegten. Zufällig sei ihm Fabian direkt bei seiner Ankunft über den Weg gelaufen. Dass dieser ihm von dem Mann erzählte, der Julia regelmäßig besuchte, sei im Verlaufe ihrer Unterhaltung so ganz nebenbei herausgekommen. Er habe ihm sogar ein Foto von diesem zeigen können.

Herr Olchert war auf der Abschlussfeier der Schulklasse anwesend. Daher erkannte Herr Klinger ihn auf Anhieb. Er rief den Mann an und setzte ihn mit der Drohung unter Druck, das Verhältnis der beiden dem Schulamt zu melden und eine Anzeige bei der Polizei zu erstatten. Er habe nur von Angesicht zu Angesicht mit diesem reden wollen, hatte er bei der Vernehmung beteuert, herausfinden wollen, warum sich seine Julia auf diese Beziehung einließ.

Das Treffen sei durch die Art, wie der Lehrer reagiert habe, eskaliert. Der hätte versucht, sämtliche Schuld auf seine

Tochter abzuwälzen. Sie habe ihm Avancen gemacht, sei ihm ständig hinterhergelaufen, habe ihn schließlich total aufgelöst zu sich in das Haus des Onkels gerufen. Da sei es dann passiert. Sie habe ihm leidgetan, weil sich niemand aus der Familie ihrer annahm mit ihren Sorgen und Problemen. Sie sei eine so liebenswerte Person gewesen, er habe sich ihr nicht entziehen können.

Zugeschlagen habe er aus blinder Wut, als der Herr Olchert sich tatsächlich als Opfer darstellte. Nein, ihn zu töten, sei nicht seine Absicht gewesen. Er habe die schweren Verletzungen nicht registriert und sei davon ausgegangen, dass er dem Mann nur eine Lektion erteilt hätte.

Ob er mit dieser Geschichte durchkommen wird? Ich bin da ziemlich skeptisch. Immerhin erzählten mir die beiden Freunde des Lehrers eine ganz andere Version. Die Staatsanwaltschaft wirft ihm Totschlag vor, aber Herr Janzen meint, mit viel Glück einige man sich auf schwere Körperverletzung mit Todesfolge. Denn dass Herr Klinger mit dem festen Vorsatz, den Mann zu töten, zum Treffpunkt gefahren ist, wird sich nicht beweisen lassen.

Olivia wird wohl nicht einmal zu einer Haftstrafe verurteilt, wie mir der Kommissar mitteilte. Ihn hatte ich einen Tag vor dem geplanten Gespräch mit unserer Verdächtigen angerufen und durchblicken lassen, dass es mir wohl gelungen sei, Julias Mörderin ausfindig zu machen. Nur deshalb saß er, meinen Anruf erwartend, im Büro. Schon am Montag darauf ließ er durchblicken, wie sehr er dieses Mal mein Vorgehen schätzte, sowohl den Mitschnitt des Geständnisses als auch die vier fast gleichlautenden Zeugenaussagen. Denn wie nicht anders zu erwarten, hatte Olivias Vater umgehend einen Staranwalt mit der Vertretung seiner Tochter beauftragt.

Auch Herr Pickard, den ich direkt nach Herrn Janzens Auftauchen informierte, sieht Olivias Zukunft eher rosig. „Ihre Aussage kann niemand widerlegen. Und da sich ein ganzes

Team darum bemühen wird, sie reinzuwaschen, bleibt am Ende wahrscheinlich nur eine Bewährungsstrafe."

Dafür nutzte er die Macht der Presse und teilte seinen Lesern die Tatsachen, wie sie der Mitschnitt meines Handys enthüllte, wahrheitsgemäß mit. Von diesem Artikel dürften Olivias Eltern nicht gerade begeistert sein.

Ich ließ es mir nicht nehmen, im Anschluss an mein Gespräch mit Herrn Pickard, Frau Dr. Klinger anzurufen und ihr das Ergebnis meiner Ermittlungen zu verkünden.

„Olivia?"

Auch ihr spielte ich die Aufnahme vor. „Es war anscheinend keine Absicht, sondern wirklich Pech, dass Julia auf den Stein aufschlug und bewusstlos wurde", gab ich ehrlich zu.

„Ja, die Art meiner Tochter war häufig etwas schroff. Jemand wie Olivia ist so einen Ton nicht gewohnt."

Ich dachte, ich höre nicht richtig. „Sie hatte ja selbst einige schwerwiegende Probleme, mit denen sie sich allein herumschlagen musste", verteidigte ich sie. „Und dann kommt ausgerechnet ihre Erzfeindin und möchte, dass sie gegen eine ihrer wenigen Freundinnen vorgeht." Die Überleitung zu dem Punkt, der mir noch am Herzen lag, war passend. „Besonders weil sie sich kurz zuvor schon mit Ihrer Haushälterin gestritten hatte."

„Frau Jung?" Ihr Erstaunen war echt. Die Frau hatte es offensichtlich nicht gewagt, ihr von unseren Anschuldigungen zu erzählen.

„Ihr Bruder hat in Julias Beisein sein Testament aufgesetzt, in dem er sie zur Alleinerbin bestimmte. Das ist auch den besten Freunden bekannt. Nach seinem Tod war die Verfügung plötzlich verschwunden. Ihrer Tochter war klar, dass ihre Mutter es nicht vernichtet hatte. Demnach blieb nur noch die Haushälterin."

„Frau Jung? Sie soll … nein, niemals!"

„Julia war sich sehr sicher. Sie hatte extra ihren Vater gebeten, am nächsten Tag vorbeizukommen, vermutlich weil sie sich schon dachte, dass das Gespräch mit der Haushälterin kein vernünftiges Ergebnis bringt."

„Ich ... werde sie darauf ansprechen", stieß sie hervor. „Das ist ..." Ihr fehlten die Worte.

„Falls sie Interesse an weiteren Einzelheiten zu der Tat haben, können Sie sich mit Kommissar Janzen in Verbindung setzen", sagte ich abschließend.

„Ja, das werde ich tun. Und Ihnen meinen herzlichen Dank, dass sie drangeblieben sind."

Nein, auf den Deal mit dem Haus würde ich sie nicht ansprechen. Wir hatten uns den Rabatt ehrlich verdient.

„Ich hoffe, das Gericht entscheidet sich bei Olivia gegen eine Haftstrafe und für einen längere psychotherapeutische Behandlung", beendete sie unser Gespräch zu meinem Erstaunen. „Ich glaube, das wäre für alle Beteiligten das Beste."

Man musste schon ziemlich selbstlos sein, um bei dem Tod der eigenen Tochter derart über den Dingen stehen zu können.

„Und, wie hat sie deinen Verdacht der Frau Jung gegenüber aufgenommen?", erkundigte sich Felicitas, die neben mir gesessen hatte, neugierig.

„Sie will sie fragen. Keine Ahnung, wie das ausgeht."

„Abwarten", blieb meine Freundin optimistisch. „Im Prinzip ist es ein starkes Stück, einfach über den Kopf der Arbeitgeberin zu entscheiden."

Zwei Wochen später erfuhren wir über Frau Starker, dass Frau Dr. Klinger sich von ihrer Haushälterin getrennt hatte, in gegenseitigem Einvernehmen, wie betont wurde. Angeblich war Frau Jung krankheitsbedingt nicht mehr in der Lage, ihren Dienst fortzusetzen.

Corinnes Mutter hatte von ihren Nachbarn, Kunden und Bekannten ausschließlich Positives zu der von ihr veranlassten Aktion zu hören bekommen. Nur Olivias Eltern stellten sich offen gegen sie. Frau Reiter hatte sogar versucht, eine

Aussprache zu erzwingen, die eher einer Anklage glich. Sie hatte versteckt vor dem Haus gewartet, bis die Gesuchte zu ihrem Auto ging. Sobald sie ihrer ansichtig wurde, hatte sie losgelegt: Es sei eine Schande, wie sie die Tochter ausgetrickst hätten. Anstatt offen und ehrlich sich den Eltern zu offenbaren, habe sie zu einer gemeinen Täuschung gegriffen.

Frau Starker war einfach wortlos an ihr vorbeigegangen und hatte sich in ihr Auto gesetzt. Das: Sie solle sich was schämen, ging im aufheulenden Motor unter. Anschließend erwirkte ihr Mann zügig ein Näherungsverbot. Das hinderte die Reiters nicht, weiterhin gegen sie zu hetzen. Allerdings standen die Starkers den Anfeindungen relativ gelassen gegenüber. Legten sie doch auf das Ehepaar und ihre sie unterstützenden Bekannten keinen Wert.

Nadine, Nils und Corinne hat unsere Aktion wieder fester zusammengeschweißt. Sie teilten mir bei unserem Nachtreffen eine Woche später freudestrahlend mit, sich von nun an regelmäßig verabreden zu wollen und das Andenken an Julia hochzuhalten. So bleibt Corinne immerhin die Hoffnung, dass sich Nils irgendwann doch für sie entscheidet.

Mirko, obwohl traurig, dass er nicht hatte dabei sein können, war voll des Lobes für mich. „Du hast dich wie immer voll reingehängt. Damit habt ihr euch das Haus eindeutig verdient."

„Ja", ging Felicitas auf seinen Ton ein. „Alex sollte als Mitinhaber eingetragen werden. Schlussendlich ist es sein Verdienst, dass wir das Haus so günstig bekommen haben."

„Wenn doch der Einzug schon vor der Tür stehen würde", erklärte mein Freund augenzwinkernd. „Ich kann es kaum noch erwarten, endlich mit euch unter einem Dach zu wohnen."

Einziger Wermutstropfen bleibt das Verhältnis zu den Jacobs'. Fabian ist nicht wieder bei uns aufgetaucht und auch die Eltern halten sehr auf Abstand, obwohl Felicitas natürlich versucht hat, ein klärendes Gespräch mit beiden zu führen. Sie nehmen es mir immer noch übel, dass ich es vorzog, anstatt sie miteinzubeziehen, den Kleinen allein befragte, und sie nicht wenigstens anschließend über die Wichtigkeit seiner Aussage informierte.

Meine Freundin sieht die Sache gelassener als ich. „Passiert, ist passiert. Du kannst es nicht mehr rückgängig machen. Unsere nachbarschaftliche Beziehung wird sich schon wieder einrenken." Verschmitzt lächelnd hatte sie hinzugefügt: „Ein Gutes hat es ja. Wir können die Ruhe und den Frieden sowohl bei der Arbeit als auch beim Entspannen im Garten genießen."

Mittlerweile sind die Eintragungen im Grundbuch erfolgt. Selbstverständlich ist meine Freundin die alleinige Besitzerin – und stolz wie Oskar! Am liebsten würde sie sofort morgen umziehen.

Immerhin können wir nun mit den erforderlichen Umbaumaßnahmen starten. Wenn alles klappt, schaffen wir den Umzug noch vor Weihnachten. Der Garten ist natürlich bereits komplett angelegt. Die neue Konzeption ist hervorragend gelungen, wie ich finde. Ich bin schon gespannt, wie sich unser Arrangement im Frühjahr präsentiert.

Während des Wartens auf den Grundbucheintrag habe ich jeden Tag an meinem Dortmund-Krimi gearbeitet – natürlich mit einigen kleineren Änderungen hier und da. Dank meiner vielen Notizen bin ich schon bis fast zum Ende gekommen. Ich bin optimistisch, dass ich den Rest neben meiner zusätzlichen Arbeit, mich auf der Baustelle herumzutreiben und die Handwerker zu überwachen, zeitnah erledigen kann.

Nachwort

Die beschriebenen Schauplätze, soweit sie sich auf Dortmund beziehen, sind real, die Geschichte und die handelnden Personen dagegen frei erfunden und der Fantasie des Autors geschuldet. Ähnlichkeiten mit lebenden Personen sind nicht beabsichtigt.

Karin Franke

Dortmund-Krimis
Getäuscht und belogen
Gepokert und geblufft
Verschleiert und versteckt
Verfolgt und gejagt
Getrieben und gelenkt
Erschaffen und gestaltet
Die Richie-Reihe
Am eigenen Leib: Richies erster Fall
Je tiefer du gräbst: Richies zweiter Fall
Zwischen Lüge und Wahrheit: Richies dritter Fall
Jeder Tod hat seinen Preis: Richies vierter Fall
Inmitten der Krise: Richies fünfter Fall
Kinderseelen-Hölle: Richies sechster Fall
Schwarze Teufelin: Richies siebter Fall
Verkalkuliert: Richies achter Fall
In den Fängen eines Loverboys: Richies neunter Fall
Tote Sünder: Richies zehnter Fall

KJ Weiss – Romane
Laurie
Nur ein schmaler Pfad
Erbarmungsloses Spiel
Gedanken eines Mörders
Tollkühn
namenlose Angst
Opferleid
Im Schatten des Vergessens
In ohnmächtiger Wut
Albtraum: Tod eines Kindes
Liebe - Trennung - Mord
Flickenteppich: Diagnose: Schizophrenie
Lukas: Irrwege eines Hochbegabten